MERIEL FULLER

La passagère
et l'aventurier

LES HISTORIQUES

éditions Harlequin

Titre original : THE DAMSEL'S DEFIANCE

Traduction française de ENID BURNS

HARLEQUIN®
est une marque déposée par le Groupe Harlequin

LES HISTORIQUES®
est une marque déposée par Harlequin S.A.

Photo de couverture
Sceau : © ROYALTY FREE / FOTOLIA

Si vous achetez ce livre privé de tout ou partie de sa couverture, nous vous signalons qu'il est en vente irrégulière. Il est considéré comme « invendu » et l'éditeur comme l'auteur n'ont reçu aucun paiement pour ce livre « détérioré ».

Toute représentation ou reproduction, par quelque procédé que ce soit, constituerait une contrefaçon sanctionnée par les articles 425 et suivants du Code pénal.

© 2007, Meriel Fuller. © 2010, Harlequin S.A.
83/85 boulevard Vincent-Auriol 75646 PARIS CEDEX 13.
Service Lectrices — Tél. : 01 45 82 47 47
www.harlequin.fr
ISBN 978-2-2802-11703 — ISSN 1159-5981

1

Barfleur, France, 1135

Frissonnante, Emmeline resserra sur elle son épais manteau de laine. Elle vérifia que son grand capuchon lui couvrait bien la tête. Sa mère avait émis un petit claquement de langue en la voyant partir ainsi attifée, une manière pour elle de manifester sa désapprobation. Et c'était la chevelure défaite de sa fille qu'elle blâmait le plus ; elle avait même marmonné quelque comparaison avec « les filles du port ». Emmeline avait entendu, mais elle n'avait pas eu le temps de se justifier, encore moins celui de changer de tenue. Toutefois, elle regrettait de ne pas s'être vêtue plus chaudement, car elle avait froid. Mais elle avait dû se hâter, pressée de savoir si la *Belle de Saumur* avait traversé la Manche.

Venu de la mer, le vent du nord-est s'engouffrait dans le port. De plein fouet, il frappait Emmeline qui se tenait au bout du quai, s'insinuant sous sa robe et la glaçant jusqu'aux os. Claquant des dents, elle s'avisa que sa cheville lui faisait plus mal que d'habitude, mais elle préféra ne pas accorder trop d'importance à ces petites misères alors que son regard se fixait sur le bateau qui entrerait bientôt dans le port. Le bateau de son père ; *son* bateau.

La *Belle de Saumur* voguait encore en pleine mer, au-delà de la balise qui signalait l'embouchure du fleuve côtier. « Dieu merci ! » songea la jeune femme avec reconnaissance, avec aussi, un profond soulagement. Il arrivait enfin, le bateau qui permettait à sa famille de subsister et qui, plus important encore pour elle, lui permettait de rester libre et indépendante, de ne pas avoir à se soumettre à un maître quelconque... Ou à un mari. Hélas, sa mère refusait de considérer la situation de cette manière et n'avait qu'une idée en tête : la voir mariée de nouveau. Or, Emmeline ne désirait pas se marier. Le mariage, elle ne voulait plus en entendre parler.

Clignant des yeux contre la lumière du soleil qui perçait la brume matinale et l'éblouissait, elle observa les manœuvres à bord de la *Belle de Saumur* ; les hommes s'activaient sur le pont, deux d'entre eux jetaient l'ancre à la mer et tiraient sur la corde pour vérifier qu'elle était bien tendue. A l'évidence, le navire venait d'arriver à l'entrée du port et devait s'arrêter là, parce que la marée était encore basse et la *Belle de Saumur* ne pouvait se risquer plus avant dans le port, au contraire de plusieurs navires moins gros qui venaient de toucher le quai. La grand-voile, pas encore complètement amenée, faseyait mollement à mi-mât. La coque s'enfonçait profondément dans la mer, signe certain d'une cargaison importante en poids aussi bien qu'en volume, qui ne pourrait pas être déchargée dans l'immédiat. L'équipage devrait donc patienter plusieurs heures en haute mer. Le capitaine Lecherche, qu'Emmeline distinguait à la proue du navire, se préparait visiblement à cette attente.

— Damoiselle Lonnières ! Damoiselle Lonnières !

Emmeline détourna un instant son attention du navire. C'était Geoffroy Beaufort, un des marchands les plus prospères de Barfleur, qui l'interpellait depuis une des petites embarcations en pleine manœuvre d'accostage. Il agita les bras au-dessus de sa tête pour se faire remarquer, puis, dès que la coque eut raclé le quai, il sauta sur la terre ferme et s'élança à la rencontre d'Emmeline, puis s'inclina devant elle en prenant la main qu'elle lui tendait.

— Dieu merci, lui dit-elle, vous êtes de retour, sain et sauf. J'ai eu grand-peur de ne pas vous revoir, car au cours des derniers jours nous avons eu d'inquiétantes nouvelles concernant le temps qu'il faisait sur la Manche.

— Il ne fallait pas vous effrayer, damoiselle, répondit le jeune homme.

Puis il regarda Emmeline avec plus d'attention et poursuivit, d'un air inquiet :

— Je crois que vous vous faites bien trop de souci. Vous m'avez l'air épuisée. Ces cernes que vous avez sous les yeux…

— La *Belle de Saumur*, c'est tout ce que nous avons, soupira-t-elle ; c'est tout ce que j'ai.

Elle ramena son capuchon sur l'avant de son visage, autant pour se protéger du froid que pour dissimuler les signes évidents de sa fatigue, qu'elle connaissait trop bien pour les observer quotidiennement dans son miroir.

— Votre capitaine et votre équipage sont les meilleurs que vous puissiez trouver à des lieues à la ronde, la rassura encore le marchand.

Emmeline opina en souriant.

— C'est bien pour cette raison que je les garde à mon service. Il n'empêche, ajouta-t-elle le front barré d'un pli soucieux, que je me suis inquiétée, Geoffroy, vraiment. Voilà plus d'une semaine que vous devriez être revenus d'Angleterre.

Le marchand se frappa la poitrine avec son poing avant de répondre.

— C'est ma faute, et je vous en demande humblement pardon, Emmeline. C'est moi qui ai voulu prolonger notre séjour là-bas, car je voulais visiter la foire de Winchester. Vous savez qu'elle n'a lieu qu'une fois par an, et je trouve que c'est péché de ne pas y aller quand on en a la possibilité. La qualité des étoffes qu'on y trouve est insurpassable ! J'en ai acquis un grand nombre, que je revendrai à bon prix, sans aucune difficulté.

S'avisant soudain qu'Emmeline ne s'enthousiasmait pas autant que lui, il s'empressa d'ajouter, d'un ton conciliant :

— Ne craignez rien, je saurai vous dédommager pour le retard que j'ai fait prendre à votre *Belle de Saumur*. D'ailleurs, votre capitaine, toujours soucieux de vos intérêts, me l'a fait promettre.

Son visage se fendit d'un large sourire satisfait et il déclara avec emphase :

— Songez à tout ce que je vous rapporte, que vous n'attendiez pas ! Et puis, j'ai réussi à vendre tout le vin.

Emmeline n'était pas décidée à s'en laisser conter aussi facilement. Elle soupira.

— Si j'en juge par la façon dont la *Belle de Saumur* s'enfonce dans la mer, vous avez dû bourrer la coque, et pour cela, il vous a fallu démonter mes tonneaux.

— Il va sans dire que je vous dédommagerai pour cela aussi.

Emmeline hocha la tête avec empressement. Cette indemnité, elle ne la refuserait certes pas, car elle avait à peine les moyens de payer le remontage des tonneaux, une tâche compliquée et fort onéreuse, qui incombait généralement au transporteur.

— Et maintenant, reprit Geoffroy qui rayonnait, j'ai une surprise pour vous, damoiselle.

Il marqua un temps d'arrêt comme pour ménager le suspense. Emmeline l'interrogea impérieusement du regard.

— Une lettre de votre sœur, lâcha-t-il enfin.

Emmeline plissa le front et se mordilla la lèvre inférieure tandis que Geoffroy fouillait dans la sacoche de cuir accrochée à sa ceinture. Une sourde inquiétude l'assaillit. Elle recevait bien peu de nouvelles de sa sœur Sylvie depuis que celle-ci avait décidé de rompre autant que possible, tout lien avec sa famille, trop humble à son goût. Elle préférait de loin la nouvelle existence qu'elle menait auprès de son mari, un Anglais noble et fortuné.

Aussi, les rares lettres qu'Emmeline avait reçues ne parlaient que de trésors, de vastes domaines, de magnifiques demeures, de tous ces biens qui appartenaient à son beau-frère, lord Edgar. A l'époque, juste après la mort du bébé Rose, Emmeline avait réprouvé l'attitude de sa sœur, égoïste et vaine, mais aujourd'hui, elle n'éprouvait plus pour elle qu'une vague pitié et une certaine tristesse.

Geoffroy lui tendit la lettre et Emmeline s'en saisit, la main tremblante au point qu'elle éprouva quelques difficultés à rompre le sceau et à déplier la grande feuille de papier qui se mit à s'agiter dans le vent. Elle se retourna pour pouvoir lire, parcourut rapidement le texte fort bref, et en éprouva aussitôt un choc affreux.

« Je vis dans la peur... Je t'en prie, aide-moi... J'ai commis une terrible erreur... Puisses-tu me pardonner... »

Emmeline ferma les yeux.

Les mots de sa sœur dansaient derrière ses paupières closes. Elle revoyait l'écriture chaotique et mal formée, comme si cette missive avait été griffonnée en hâte, dans la peur.

Quel contraste avec le souvenir qu'Emmeline avait gardé de Sylvie ! La dernière fois qu'elle l'avait vue, celle-ci paradait dans une robe magnifique, juste avant de quitter Barfleur. Elle s'était alors montrée arrogante, très désagréable envers sa famille qu'elle avait traitée avec un indicible mépris, et totalement insouciante de sa toute petite fille, Rose, l'enfant qu'elle leur abandonnait alors, sans aucun scrupule. Très tôt, Sylvie avait aspiré à une vie de luxe et de confort. Et quand elle l'avait enfin obtenue, personne, pas même sa sœur n'avait pu l'empêcher de réaliser son rêve. Elle était donc partie sans regret, sans un regard en arrière...

— Il y a quelque chose qui ne va pas..., murmura Emmeline en rouvrant les yeux.

Geoffroy la considéra avec inquiétude.

— Pas de mauvaises nouvelles, au moins ? s'enquit-il, en la regardant attentivement.

— Je pense que ma sœur a des ennuis, répondit Emmeline, d'une voix chevrotante. Quand l'avez-vous vue pour la dernière fois ?

— J'ai eu la chance de passer une nuit à Waldeath. Votre sœur et son mari, lord Edgar, ont eu la gentillesse de m'accueillir chez eux.

— Comment était-elle ? L'avez-vous trouvée en bonne santé ?

Geoffroy leva les mains comme pour une oraison. A l'évidence il n'était pas sûr de sa réponse.

— Elle m'a paru un peu nerveuse, dit-il avec prudence, mais...

Emmeline termina la phrase pour lui, en tâchant de sourire, afin de le mettre à l'aise.

— Mais c'est une habitude chez elle, je sais.

Il était bien vrai que Sylvie semblait toujours agitée, voire brouillonne, comme si elle craignait de n'avoir pas le temps de faire tout ce qu'elle voulait.

— Merci de m'avoir apporté cette lettre, reprit Emmeline.

Elle fourra le papier dans la bourse qui pendait à sa ceinture, en se demandant de quelle manière elle pourrait prendre contact avec sa sœur et lui venir en aide.

— Si elle a des ennuis, reprit Geoffroy en prenant un

ton rassurant, cela ne doit pas être bien grave. J'ai eu l'impression que son mari la tenait en haute estime.

— Si la *Belle de Saumur* peut entreprendre une ultime traversée avant les tempêtes de l'hiver, alors j'irai lui rendre visite en Angleterre, décida Emmeline. Je...

Mais Geoffroy ne l'entendait pas. Il n'écoutait plus. Il avait le regard fixé sur un petit groupe qui accourait vers lui, une femme et des enfants, et ceux-ci poussaient des cris aussi aigus que ceux des mouettes qui tournoyaient autour d'eux.

— Ah, voici Marie et les enfants ! fit-il avec ravissement.

Emmeline se réjouit, tout autant que lui, de voir approcher son amie. Celle-ci, presque aussi grande que son mari, avançait avec grâce et pourtant trois petits enfants s'accrochaient à ses jupes. Emmeline était plus petite qu'elle d'une tête environ, mais la grande différence venait de leurs teints, Marie étant aussi brune qu'Emmeline était blonde.

Le plus souvent, Emmeline regrettait son visage trop avenant — un bel ovale que sa mère louait — et ses airs de jeune première qu'elle voyait plutôt comme un inconvénient plutôt que comme un avantage dans le monde d'hommes où elle devait évoluer. Combien de fois n'avait-elle pas compris que ses interlocuteurs la dévisageaient au lieu d'écouter ce qu'elle avait à leur dire ! Par chance, la plupart des marchands qui louaient ses services étaient de vieux amis de son père, et ils embarquaient leurs marchandises à bord de la *Belle de Saumur* autant par fidélité que pour l'avantage qu'ils trouvaient à compter sur un équipage aguerri.

— Je vous jure ! s'exclama Geoffroy en caressant la tête de ses enfants. Qu'est-ce qu'ils ont grandi, au cours des quelques semaines que j'ai passées loin d'ici !

Il les prit l'un après l'autre dans ses bras comme pour les soupeser, puis demanda à sa femme :

— Qu'est-ce que tu leur donnes donc à manger ?

Puis il lui donna un baiser bruyant, sur la joue.

Emmeline éprouvait toujours un léger malaise quand elle était témoin de ces scènes d'amour familial autant que conjugal, et elle se demandait parfois si elle n'éprouvait pas un peu de regret, voire de jalousie. Pourquoi n'avait-elle pas connu le même bonheur avec Giffard Lonnières ? Une fois de plus, elle soupira en se disant qu'elle devrait bien finir par se faire une raison : elle ne se marierait plus, elle n'aurait pas d'enfant, elle était condamnée désormais à vivre seule.

Obligée de se marier après la mort de son père, Emmeline avait dû laisser à Giffard les rênes de l'entreprise familiale, qu'il n'avait pas tardé à conduire à la ruine en commettant erreur sur erreur, et ne voulant prendre aucun avis de sa femme. Condamnée ainsi à l'impuissance, elle avait assisté, le cœur brisé, à cette lente déchéance, et avait éprouvé un soulagement indicible quand son mari avait trouvé la mort dans un accident de chasse. Devenue veuve, elle avait conquis de haute lutte le droit de reprendre la direction des affaires de son père, ou plutôt de ce qu'il en restait. Alors elle s'était juré de renflouer l'entreprise, et elle y consacrait dorénavant toute sa vie, sans écouter les jérémiades de sa mère qui ne cessait de lui répéter qu'elle eût mieux fait de se rendre plus aimable pour l'autre sexe et de se donner ainsi toutes les chances de trouver un nouveau mari. Un autre mari !

Elle ne pouvait pas révéler à sa mère tout ce qu'elle avait enduré du premier, derrière les portes closes : les méchantes paroles, les pinçons et les coups de pied, humiliations vénielles qui en avaient préparé une plus grave, quand Giffard l'avait poussée dans l'escalier. Quand elle y pensait… Mieux valait ne pas y penser.

Emmeline secoua la tête pour chasser ses tristes pensées et sourit à Marie qui la prenait dans ses bras.

— Tu vois, nous nous sommes fait du souci pour rien, lui disait-elle. Mais, quand même, la mer finira par nous rendre folles !

Elle parlait d'un ton léger, mais Emmeline vit bien comme elle s'agrippait à la main de son mari qu'elle avait cru perdu dans un naufrage.

Celui-ci, qui surveillait le déchargement de la cargaison, annonça :

— Il faut que j'aille aux entrepôts. Nos hommes travaillent plus vite que je ne pensais, et il faut que j'aille compter les sacs, m'assurer aussi que les marchandises n'ont subi aucun dommage... Je suis à peu près certain qu'il n'en est rien, mais cela ne coûte rien de vérifier quand même.

Puis il regarda Emmeline qui frissonnait dans le vent froid et lui dit :

— Pourquoi ne viendriez-vous pas prendre votre petit déjeuner avec nous ? Je suis sûr que Marie nous a préparé quelque chose de bon.

Il jeta un regard amoureux à sa femme qui souriait pour confirmer, mais Emmeline déclina l'invitation.

— C'est très gentil à vous, cher ami, mais il faut que j'attende le capitaine Lecherche afin de lui payer ce que je dois pour son travail et celui de tout l'équipage.

— Emmeline ! protesta Marie avec sincérité. Il y en a encore pour des heures et des heures. Tu vas te geler les os à rester immobile sur cette jetée. Viens donc avec nous, il y a si longtemps que nous ne nous sommes pas vues.

Un coup de vent plus froid que les autres s'enfila sous la robe d'Emmeline et lui glaça les jambes. Elle fut aussitôt tentée de changer d'avis.

— Faites dire au capitaine où vous serez, ajouta Geoffroy, afin de la convaincre tout à fait. Il pourra venir vous retrouver quand l'équipage aura terminé de décharger la cargaison.

Refoulant les larmes qui lui piquaient les yeux, Emmeline

jeta un regard en direction des entrepôts qui s'alignaient le long du port. Celui de Geoffroy, qui était le plus grand et le plus imposant, comportait aussi une maison très confortable, où il était toujours agréable d'entrer. Après tout pourquoi ne pas céder aux instances de ses amis ?

— J'accepte, dit-elle enfin avec un sourire. Mais donnez-moi encore un moment. Je vous rejoindrai plus tard, car voilà que j'aperçois le capitaine Lecherche sur le pont. Il m'a vue, je ne puis décemment m'en aller sans lui dire quelques mots.

Adossé à un mât, les bras croisés, Talvas de Boulogne jetait sur le petit port un regard désabusé. En débarquant à Barfleur, il s'imposait une longue journée de chevauchée pour rejoindre ses parents à Boulogne, un autre port tellement plus considérable, qu'il eût naturellement choisi comme destination s'il avait eu la possibilité de voyager sur son propre bateau. Malheureusement, la grand-voile s'était fendue de haut en bas lors de la précédente traversée et exigeait des réparations si longues qu'il avait été obligé d'embarquer sur un autre navire, faute de quoi les grandes tempêtes l'auraient retenu en Angleterre jusqu'à la fin de l'hiver, contrecarrant ainsi ses projets. Il tenait, en effet, à passer Noël en compagnie de ses parents et à visiter ses possessions en France, avant de s'en retourner vers l'Angleterre, le pays qui avait ses préférences. Il n'aimait pas séjourner trop longtemps en France ; cela lui rappelait de mauvais souvenirs.

Etienne, le mari de sa sœur, quand il avait appris qu'il reviendrait pour un temps à Boulogne, lui avait fait savoir que l'impératrice Maud, leur parente à tous les deux, séjournait pour lors dans son fief de Torigny et exigeait leur présence. Fille du roi de France Henri Ier, elle était bien connue pour son caractère autoritaire voire capricieux : il n'était donc pas question de la décevoir. En repensant à cette invitation — en fait une convocation — Talvas exhala un long soupir désenchanté : une grande semaine s'écoulerait avant qu'il puisse quitter le continent et retourner vers sa chère Angleterre.

Talvas se décolla du mât et s'approcha du bastingage qu'il s'apprêtait à enjamber pour sauter dans une des légères embarcations qui convoyaient les marchandises vers le quai.

Alors que le soleil commençait à s'élever au-dessus de l'horizon, tout le port semblait s'éveiller. Les petits bateaux de pêche, partis pendant la nuit, commençaient à rentrer en rangs serrés et leur sortie avait été fructueuse car dans toutes les coques on voyait briller les tas de poissons ramenés dans les filets. Leur faible tirant d'eau leur permettait de s'engager fort loin dans la rivière et ils déchargeraient le produit de leur travail directement sur le marché. Les uns et les autres s'activaient afin d'arriver le plus vite possible et de se ménager ainsi les meilleures places pour accoster.

Alors qu'Emmeline, inlassablement, se soulevait sur la pointe des pieds puis retombait sur les talons, dans le vain espoir de se réchauffer, la flèche d'une grue tournait derrière elle, afin d'amener sur le quai des barriques de vin, si énormes que trois seulement pouvaient ensemble prendre place dans les embarcations qui transportaient la cargaison de la *Belle de Saumur* vers la terre. Même la grue ne pouvait en soulever qu'une seule à la fois ; son appareillage, mis à rude épreuve, émettait des craquements et des grincements.

Emmeline observa d'un œil distrait le manège de la grue

qui cueillait la barrique dans une embarcation, la soulevait et l'amenait dans un lent mouvement de balancier au-dessus du chariot sur le quai. Puis elle reporta son regard sur la chaloupe où avait pris place le capitaine Lecherche. Elle plissa les paupières, car elle n'y voyait pas bien à cause du soleil qui se reflétait sur la surface de la mer et l'éblouissait. Le capitaine Lecherche lui paraissait plus grand et plus large que dans ses souvenirs. Elle s'en étonna, puis songea qu'il avait dû multiplier les couches de vêtements pour se protéger du froid, comme elle avait fait elle-même. Elle s'étonna davantage de le voir quitter la *Belle de Saumur* alors que la cargaison n'était pas encore toute à terre : en temps normal, il restait à bord jusqu'à la fin du déchargement, afin d'empêcher tout larcin par l'équipage. Mais cette précaution était-elle nécessaire ? Il devait avoir confiance en ses hommes… Ou alors — et Emmeline frémit à cette perspective —, il venait à elle pour lui rendre compte de certaines difficultés, lui soumettre un problème pour lequel elle devrait trouver une solution.

Mais alors que l'embarcation approchait, Emmeline nota avec étonnement que l'homme qui se trouvait à son bord n'était pas le capitaine Lecherche. Du regard, elle chercha dans le port un autre navire d'où il aurait pu débarquer mais il n'y en avait pas d'autre. Ainsi l'inconnu avait voyagé à bord de la *Belle de Saumur*, son navire ; de quel droit ? Elle avait pourtant donné des instructions précises au capitaine Lecherche : pas de passagers, seulement des marchandises.

L'homme s'avançait maintenant vers elle, impressionnant, presque agressif. Emmeline réprima une envie de reculer. Pas question qu'elle trahisse la peur qu'il lui inspirait ! Pourtant, il était si intimidant avec son visage dur, aux traits accusés, qui inspirait la crainte.

Puis, soudain, tout s'accéléra. Alors qu'il n'était plus qu'à quelques pas, l'homme prit son élan et se rua sur Emmeline, qu'il poussa avec force, et il l'enveloppa dans ses bras pour rouler avec elle sur le quai. Derrière eux, la barrique de vin décrochée de la grue s'abattit dans un vacarme épouvantable, projetant de tous côtés ses lames de bois et une énorme quantité d'excellent vin d'Aquitaine.

Le visage enfoui dans le manteau de l'inconnu, qui sentait la mer, Emmeline s'agita, essayant de reprendre ses esprits aussi bien que son souffle. Mais elle était écrasée sous le corps robuste qui la plaquait au sol, sa poitrine comprimée ne parvenait plus à se soulever et elle commençait à manquer d'air. Les bras coincés sous l'inconnu, elle ne pouvait repousser son immense carcasse, et quand bien même, si elle avait eu plus de liberté de mouvement, elle n'aurait pas disposé de la force nécessaire.

— Laissez-moi… partir…, réussit-elle à murmurer, d'une voix mourante.

Aussitôt, l'homme roula sur le côté avec une agilité surprenante. Emmeline resta allongée, immobile, les os moulus et la poitrine meurtrie. Au bout d'un petit moment, elle parvint cependant à s'asseoir, en tremblant. Elle porta une main hésitante à l'arrière de son crâne, qui avait porté rudement sur le bois du quai et où une bosse s'était déjà formée. Mais ce qui l'inquiéta le plus, c'était que ses doigts avaient rencontré ses cheveux. Où était passé le capuchon de son manteau ? Fébrile, sa main le chercha dans son dos. Seigneur, de quoi avait-elle l'air ainsi, les cheveux au vent ?

Enfin, elle rabattit le capuchon sur son visage, rouge de honte. Elle osa alors, seulement, lever les yeux pour croiser le regard de l'homme qui venait de lui sauver la vie. Il s'était déjà remis debout et la considérait d'un air moqueur.

— A mon avis, lui dit-il, il est un peu tôt pour vous

mettre au travail, miss… A moins que vous ne finissiez votre nuit de dur labeur.

Emmeline mit un certain temps à comprendre. Le rustre la prenait pour une catin ! Elle frémit et ferma les yeux. Jamais elle n'avait subi d'affront aussi cruel. Jamais on ne l'avait insultée de façon aussi grossière.

2

— Il faut, messire, que vous ayez beaucoup d'impudence en vous pour oser me parler de cette manière !

Vexée, elle tenta de se relever, n'y parvint pas et renonça, repoussant d'une main rageuse ses cheveux qui s'obstinaient à lui tomber sur le visage. Puis elle leva un regard exaspéré vers son offenseur qui la dominait de toute sa hauteur, en essayant de ne pas montrer la crainte qu'il lui inspirait, tant il était large d'épaules, tant il semblait fort. Il avait la carrure d'un ours, ou d'un ogre, impression accentuée sans doute par la barbe qui lui mangeait tout le bas du visage ainsi que par les cheveux mal peignés qui cachaient son front. Son manteau s'agitait dans le vent aigre et lui cachait le soleil, accentuant encore l'allure intimidante de sa silhouette.

Elle frissonna et réprima un sentiment... un sentiment de quoi ? Que ressentait-elle à ce moment ? De la frayeur, ou une autre émotion qu'elle n'était pas bien capable de définir ? Or, elle refusait de se laisser impressionner par cet étranger ; après tout, quelle que fût l'opinion qu'il avait d'elle, il n'était qu'un homme, rien qu'un homme. Giffard avait fait ce qu'il fallait pour qu'elle puisse se forger de l'autre sexe une opinion rien moins que favorable, et ce n'était pas ce matin qu'elle allait en changer ! Cet homme ne méritait que son mépris et elle n'hésitait pas à lui en témoigner. Elle toisa sa haute silhouette, depuis ses bottes jusqu'à sa poitrine puissante corsetée dans une cuirasse, en passant par ses jambes musculeuses. Il portait un manteau de bonne facture, d'un bleu profond qui annonçait un membre de la noblesse aisée, car il fallait avoir des moyens considérables pour s'offrir l'indigo. En outre, cette couleur s'accordait parfaitement avec celle de ses yeux, très intense, si intense qu'Emmeline ne put s'empêcher de frissonner lorsqu'elle les croisa de nouveau.

— Voudriez-vous avoir l'obligeance de me dire, répondit enfin l'homme, sur un ton tranquille et détaché, de quelle manière on doit s'adresser à une prostituée, dans cette ville ?

C'en était trop ! Exaspérée mais ne sachant que répondre, Emmeline se remit à fourrer ses mèches folles dans son capuchon. Dans ces mouvements désordonnés, ses doigts rencontrèrent la bosse qu'elle s'était faite à l'arrière du crâne et elle grimaça douloureusement avant de lancer :

— Je ne suis pas une prostituée, messire. N'importe qui ayant une once de bon sens doit être capable de s'en apercevoir.

L'homme se permit encore d'accueillir cette réponse avec un petit gloussement rauque, et il observa sans barguigner :

— Alors, il faut croire que je n'ai pas de bon sens du tout ! Mais il faut me comprendre : d'après ce que je crois savoir, seule une prostituée, ou alors une folle, peut se promener sur le quai d'un port, de bon matin, tous cheveux au vent. Alors dites-moi, à quelle catégorie appartenez-vous ?

— Cela ne vous regarde pas !

— Cela me regarde, au contraire, puisque je vous ai sauvée d'une mort certaine. Songez que si la barrique vous était tombée sur la tête, vous ne seriez plus en état de me faire la conversation. Et puis, estimez-vous heureuse, quand tant d'autres hommes, dans la même situation, n'auraient pas risqué leur vie pour sauver celle d'une femme dans votre genre.

« *Votre genre*, songea Emmeline. Seigneur, il croit réellement que je suis une prostituée ! »

— Pourquoi m'avez-vous sauvée alors ? lui demanda-t-elle hautement.

Il haussa les épaules, ses massives épaules, avant de répondre :

— L'instinct, je suppose. Personne n'aime être le témoin d'une vie inutilement perdue. Vous auriez été écrasée, vous seriez morte. Cette barrique pesait au moins dix fois votre poids.

Puis, avec un regard plein de morgue et de mépris, il ajouta :

— Normalement, vous auriez dû déjà me remercier.

— Merci bien, chantonna-t-elle sur un ton légèrement moqueur, tout en prenant une conscience très aiguë du vent glacial qui l'atteignait au travers de ses vêtements, et qu'en outre, elle était toujours assise par terre, devant l'arrogant étranger.

Elle entreprit donc, une fois encore, de se mettre debout avec dignité et ragea de se découvrir incapable de le faire. Si seulement elle disposait de quelque chose à quoi se raccrocher pour se hisser sur ses pieds ! Plus vite elle se sortirait de cette situation humiliante, mieux ce serait.

— Laissez-moi donc vous aider, proposa l'étranger, d'un ton rogue.

Il lui tendit la main. Elle regarda le gant soigneusement cousu, à petits points, symbole d'élégance alors qu'elle n'était qu'une pauvre fille assise sur le quai dans un grand désarroi d'étoffes froissées et humides, remontées trop haut sur ses jambes et laissant voir — ô horreur — ses bas de laine.

— J'y arriverai toute seule, dit-elle en grinçant des dents.

— Comme vous voulez.

La main gantée se mit hors de portée.

Des hommes s'étaient rassemblés, ils considéraient la scène avec intérêt ou ironie, certains se réjouissaient même ouvertement de l'humiliation subie par Emmeline. Il était temps de réagir et plus que temps. Elle rabattait sa robe sur ses chevilles au moment où un commerçant fendait le petit groupe des badauds pour s'adresser à elle, en marmottant, en se tordant les mains.

— Ah, damoiselle Lonnières, c'est donc vous ! Mille excuses. Je vous assure, j'avais bien vérifié l'état des cordages et la façon dont la barrique était suspendue à la grue...

— Vérification insuffisante, cependant, remarqua l'étranger, d'un ton glacial. Cette femme aurait pu être tuée.

Le regard bleu semblait prêt à foudroyer le pauvre homme confus.

Les débris de la barrique gisaient sur le quai devant Emmeline, comme un squelette désarticulé, dans une mare de vin rouge qui ressemblait à un épanchement de sang. Au-dessus de cette scène tournoyaient et criaillaient les mouettes.

— Damoiselle ? On vous appelle « Damoiselle » ?

Emmeline entendit à peine la voix de l'étranger qui s'étonnait, alors qu'elle prenait subitement conscience du grave danger auquel elle venait d'échapper. Elle se mit à trembler et se laissa soulever, deux mains puissantes s'étant insinuées sous ses aisselles.

— Messire ! s'écria-t-elle d'une voix étranglée, les yeux écarquillés, en prenant conscience de la dangereuse proximité des pouces masculins posés tout près de ses seins, zone éminemment sensible.

Très consciente d'un pincement étrange qu'elle ressentait au niveau de l'estomac, elle recula de quelques pas, aussitôt qu'elle fut sur pied, et elle reprit, d'une voix pleine de courroux :

— Je vous prie de me laisser tranquille !

Elle leva même une main comme pour le souffleter, mais l'homme retira ses mains et les montra en protestant, mais ses yeux bleus brillaient d'ironie :

— N'ayez crainte, *damoiselle*, je n'avais pas l'intention de jauger vos talents. Simplement, je voulais m'assurer que vous teniez bien debout.

Emmeline se redressa de toute sa hauteur et constata qu'elle avait encore les yeux à la hauteur de la poitrine de son interlocuteur. Maudissant sa petite taille, net désavantage en l'occurrence, elle rejeta la tête en arrière et lui lança un regard impérieux.

— Pas étonnant que vous manquiez à ce point de manière, répliqua-t-elle, vu votre absence complète de jugement !

La bouche de Talvas se tordit en un étrange petit sourire qui lui fit remonter les pommettes, au-dessus de sa barbe. Cette femme, qui lui venait tout juste au niveau de l'épaule, l'amusait en définitive. Elle l'intriguait aussi. Il s'enchantait à la voir se redresser et à lui jeter des regards furieux. Il avait beau la regarder fixement, elle ne baissait pas les yeux. En outre, elle ne manquait pas de charme, avec ses longs cheveux blonds défaits et mal peignés qui débordaient de son capuchon et avec ses yeux d'un beau vert qui brillaient comme des joyaux au milieu de son visage d'albâtre. Sa peau, brillante aussi, appelait les caresses. Il avait déjà eu un aperçu du corps qu'elle cachait sous son ample manteau et ses mains gardaient le souvenir de sa poitrine qu'elles avaient enfermée pendant un moment trop bref. Il ne lui avait pas échappé non plus qu'elle était légère comme la plume.

Il hocha la tête avant de répondre :

— Désolé, cela ne m'a pas sauté aux yeux que vous étiez une dame. Vous avez tout ce qu'il faut, le visage et le corps, pour réjouir un homme.

Emmeline prit cette déclaration comme une nouvelle insulte, encore plus cuisante que les précédentes. Elle protesta avec une véhémence renouvelée :

— Vous allez trop loin, messire ! Vous devriez avoir honte !

L'homme garda un visage impassible, preuve qu'elle pouvait lui dire tout ce qu'elle voulait, il ne s'en souciait pas.

Bien mieux, il s'en amusait, même s'il ne voulait pas le montrer trop. La représentation que lui donnait cette femme était un spectacle plaisant après la monotonie de la traversée. Il se demanda s'il faudrait la pousser encore beaucoup pour la voir éclater d'une vraie colère, il éprouva la tentation d'essayer mais, sagement, renonça.

— Alors, messire, qu'avez-vous à dire pour votre défense ?

Elle le traitait maintenant comme s'il était un enfant désobéissant, elle le tançait vertement ! A l'évidence, elle n'avait pas du tout idée de qui il était.

— Avez-vous toujours aussi mauvais caractère ? lui demanda-t-il.

Elle ferma les poings qu'elle posa sur ses hanches. Pensait-elle vraiment l'impressionner de cette manière ? Il haussa les sourcils. Elle l'amusait de plus en plus et, manifestement, elle s'en rendait compte. Il la considérait avec un intérêt grandissant. L'expérience lui avait appris qu'il fallait se méfier des femmes, car elles sont habiles à dissimuler leur vraie nature.

Celle-ci n'était pas la prostituée qu'il avait cru : la vigueur de ses réactions prouvait qu'elle ne mentait pas. Elle avait même gardé aux joues une rougeur qui disait la honte qu'elle avait éprouvée à se sentir ainsi rabaissée.

— Emmeline, Emmeline, que s'est-il donc passé ?

Geoffroy arrivait en courant, tout rouge et essoufflé d'avoir couru. Il reprit :

— J'étais dans l'entrepôt quand j'ai entendu le fracas de… Oh, sire Talvas, je ne vous avais pas reconnu. Je vous souhaite le bonjour.

A la grande surprise d'Emmeline, il se découvrit et s'inclina profondément devant l'homme.

— Geoffroy, lui demanda-t-elle, vous le connaissez donc ?

— Evidemment que je le connais, répondit Geoffroy en riant. Nous avons traversé la mer ensemble !

— Sur mon bateau ?

— Sur *votre* bateau ? fit l'étranger, sourcils hauts. Vous voulez dire, sans doute, le bateau de votre père, ou celui de votre mari.

— Non, proclama Emmeline. Je dis bien : *mon* bateau ! Et normalement, *mon* bateau ne prend pas de passagers. Comment avez-vous réussi à persuader le capitaine Lecherche de…

— Emmeline ! protesta Geoffroy, d'une voix pressante qui trahissait sa gêne.

Il se tourna vers l'étranger.

— Pardonnez-moi, messire, mais j'ai oublié de procéder aux présentations…

Il s'éclaircit la gorge.

— … Messire Talvas, permettez-moi de vous présenter Emmeline Lonnières, propriétaire de la *Belle de Saumur*. Emmeline, voici messire Talvas de Boulogne.

— Enchanté, fit ledit Talvas, d'un air indifférent.

Il retira un gant et sa large main, chaude et puissante, enserra celle d'Emmeline, toute froide, sur laquelle il se pencha pour l'effleurer de ses lèvres. Il n'avait pas l'air si enchanté qu'il le disait.

Emmeline regarda la tête qui s'inclinait devant elle. Elle vit une grande mèche qui dégringolait pour barrer le front et résista mal à l'envie de la remettre en place. Elle serra les dents en s'interrogeant sur cette étrange lubie. Par chance, la tête se releva bien vite. Elle affronta le regard inquisiteur de l'homme qui lui disait d'emblée, comme un reproche :

— Vous auriez dû me dire qui vous étiez, damoiselle.

Il grommelait pour manifester son irritation, sans toutefois pouvoir dissimuler son étonnement. Comment ne pas le comprendre ? Il était si rare de voir une femme gérer une affaire.

Elle lui répondit avec hauteur :

— Comment aurais-je pu vous dire qui j'étais ? Vous vous êtes jeté sur moi et vous avez formé votre jugement.

Elle sentit sa poitrine se comprimer, d'abord parce que les yeux de l'homme riait, et aussi parce qu'il avait gardé sa main dans la sienne. Elle la lui arracha avec brusquerie et détourna le regard.

Elle vit bien que Geoffroy fronçait les sourcils. Il percevait l'animosité qu'elle éprouvait pour l'étranger, et cela ne lui plaisait pas. Il crut devoir préciser, avec emphase :

— La mère de sire Talvas est la belle-sœur du roi, Emmeline. Sire Talvas revient d'Angleterre où il a visité ses terres.

— Et pourquoi revenir ? questionna Emmeline, consciente de sa rudesse mais n'ayant aucune envie de l'atténuer.

Elle se moquait de l'allusion au roi Henri Ier. Elle refusait de s'incliner devant cet homme appartenant à la plus haute classe de la société, alors qu'il lui avait manqué de respect. Elle tremblait encore des insultes qu'il lui avait infligées.

— Emmeline, un mot je te prie...

Geoffroy la tira par la manche pour l'emmener un peu à l'écart.

— Je crains que vous ne m'ayez pas bien compris. La propre sœur de sire Talvas est mariée avec Etienne de Blois, petit-fils de Guillaume le Conquérant. Il est pratiquement l'égal d'un roi. Vous feriez bien de lui marquer un peu plus de respect.

— Du respect ? fit Emmeline d'une voix sifflante. Voilà bien un mot que cet homme ne comprend pas ! Il m'a prise pour une prostituée des quais...

Sire Talvas s'approcha et coupa court à cette diatribe en disant :

— Je resterais bien avec vous toute la journée à échanger moult plaisanteries, mais il faut, hélas, que je prenne congé. Mes chevaux viennent d'arriver.

Effectivement, deux chevaux bais se frayaient un passage entre les amoncellements de sacs et de caisses qui encombraient le quai. Ils étaient amenés par un grand jeune homme aux cheveux blonds, dont le visage se fendit d'un large sourire quand il aperçut Talvas de Boulogne.

— Messire Talvas ! s'écria-t-il en lâchant les rênes. Je suis bien aise de vous revoir et je remercie Dieu qui a permis que vous traversiez la mer sans difficulté.

Il embrassa sire Talvas et, du plat de la main, lui tapota le dos avec une virile vigueur.

— Moi aussi je suis content de vous voir Guillaume, répondit sire Talvas. Mais reprenez donc les rênes avant que nos chevaux ne s'en aillent voir ailleurs. Mais dites-moi, comment saviez-vous que je serais ici ?

Ayant repris les rênes qu'il enroula autour de sa main, Guillaume répondit :

— Je savais que vous débarqueriez à Boulogne ou à Barfleur. Les hommes de votre père vous attendent à Boulogne, alors j'ai pris la liberté de vous faire préparer un logement à Barfleur. Et puis, je suis venu chaque matin sur le port pour assister à l'arrivée des bateaux. Je vous attendais.

— Chaque matin ? ne put s'empêcher de dire Emmeline.

Tant de fidélité, tant de loyauté l'étonnait. Puis, regardant mieux le visage souriant du jeune homme, elle eut l'impression de l'avoir déjà vu, déjà rencontré.

Elle reprit :

— Dites-moi, messire Talvas, vous n'arrivez pas sur votre propre bateau ? Comment se fait-il que vous ayez embarqué sur le mien ?

Les poings aux hanches, elle attendit une réponse, qui ne tarda pas :

— Mon bateau a subi des avaries au cours de la traversée vers l'Angleterre. Il a fallu que je l'abandonne là-bas pour réparations. J'ai eu la chance de rencontrer le capitaine Lecherche, qui m'a offert de voyager sur la *Belle de Saumur*.

Talvas de Boulogne avait les yeux brillant de plaisir. Il attendait une réponse acérée et semblait s'en amuser par avance.

— Le capitaine n'aurait pas dû, fit Emmeline avec mauvaise humeur. Il sait que je lui interdis de prendre des passagers.

— Il m'a demandé bon prix pour cette traversée. Vous avez fait une bonne affaire, damoiselle.

— Je me moque de l'argent ! Là n'est pas la question. Vous auriez pu être... n'importe qui, un brigand, un pirate. Vous auriez pu voler mon bateau.

Emmeline avait conscience de la pauvreté de ses arguments ; de son hypocrisie aussi, car cet argent inattendu serait le bienvenu, les dettes laissées par Giffard n'étant pas encore entièrement résorbées, loin de là.

Talvas de Boulogne souriait, d'une manière qu'Emmeline jugea agaçante, ses dents éclatant de blancheur dans sa barbe noire. Il reprit, non sans suffisance :

— C'est que je ne suis pas n'importe qui, damoiselle. Je m'appelle Talvas de Boulogne, comme vous avez l'honneur de le savoir déjà. Et puis, je ne suis pas un inconnu pour votre capitaine, il savait donc ne rien risquer en m'embarquant.

Emmeline commença à se rendre compte qu'elle regardait l'homme plutôt qu'elle ne l'écoutait. Elle regardait surtout ses yeux, d'un très beau bleu, profond, et son cœur battait plus vite. En vérité, il n'était pas n'importe qui ; il était quelqu'un, quelqu'un dont elle devait se méfier, et s'en méfier d'autant plus qu'elle sentait déjà s'amenuiser sa confiance en soi. Elle croisa les bras et tâcha de se composer une mine sévère.

Le dénommé Guillaume reprit le cours de ses explications.

— Après quelques jours d'attente, j'ai commencé à me rendre compte qu'il avait dû arriver quelque chose de fâcheux à votre navire. C'est pourquoi je me suis tourné vers tous les armateurs pour leur demander s'ils attendaient encore des navires en provenance d'Angleterre. Ce n'était le cas de personne, damoiselle Lonnières faisant exception.

Et voilà ! songea Emmeline. Elle se rappelait maintenant d'où elle connaissait le jeune homme : il l'avait questionnée, un matin, sur le port.

— La Fortune m'a souri ce jour-là, dit sire Talvas, en lorgnant vers Emmeline, toujours avec cet air supérieur et ironique dont elle s'agaçait de plus en plus.

L'impudent personnage reprit :

— Oui, j'ai vraiment eu de la chance de trouver un navire faisant voile vers la France, si tard dans la saison…

Il se tourna vers Guillaume :

— Sommes-nous attendus ?

— Demain, messire. J'ai un bon logement en ville, pour la nuit.

Un vol de mouettes passa en criaillant au ras des têtes. Les chevaux s'agitèrent et renâclèrent. Guillaume les calma en leur parlant et en les flattant, puis il s'adressa à sire Talvas, à voix plus basse :

— Messire, il s'est passé quelque chose, mais je ne sais pas encore quoi. L'impératrice a annoncé hier qu'elle devait se rendre en Angleterre aussi vite que possible. Elle veut un bateau pour l'y emmener.

La mine de Talvas changea instantanément. Il devint grave et, après avoir jeté un coup d'œil circonspect en direction d'Emmeline et de Geoffroy, il murmura à l'intention de Guillaume :

— Je suis certain qu'elle aura changé d'avis demain. Inutile de parler de cela.

Emmeline eut la nette impression qu'en fait il ne voulait pas évoquer ce sujet devant elle et Geoffroy, impression qui se confirma quand il s'empara des rênes d'un cheval pour se mettre en selle promptement et piquer des deux afin de mettre sa monture au trot. Guillaume s'empressa de l'imiter. Alors qu'il s'éloignait, son vaste manteau flottant dans le vent, il se retourna pour s'incliner en direction d'Emmeline.

— Damoiselle, je vous fais mes adieux. Ce fut un plaisir que de vous rencontrer, plaisir que je ne souhaite pas renouveler.

— C'est exactement mon sentiment, murmura Emmeline.

Il ne l'entendit pas car il était déjà trop loin.

※
※ ※

— Il faut le voir pour le croire, ma mère ! Cet homme est le plus grossier, le plus déplaisant qu'il m'ait été donné de rencontrer.

Emmeline ne tenait pas en place sur son tabouret. Elle avait encore froid, elle ne parvenait pas à se réchauffer, ses membres, particulièrement les extrémités, lui semblaient glacés. En outre, elle restait très énervée à cause de sa rencontre avec Talvas de Boulogne, qui avait ruiné sa confiance en elle : elle croyait posséder une force lui permettant de se considérer comme l'égale des hommes, et elle devait maintenant se rendre compte qu'il n'en était rien. Du bout des doigts, elle jouait avec le bijou de jade qui pendait à son cou. Le contact avec la pierre précieuse lui permettait de reprendre un peu confiance en elle, non qu'elle eût quelque pouvoir magique, mais parce qu'elle lui rappelait les paroles de son père, un homme sage dont elle ne cessait jamais de méditer les enseignements.

A l'occasion, Anselme Duhamel ne dédaignait pas de voyager sur ses bateaux, et c'est ainsi qu'au retour d'un long périple dans les eaux de la Baltique, il avait offert à sa fille cette pierre de jade suspendue à une chaînette d'argent. Peu de temps après, il s'était rembarqué et le navire s'était perdu corps et biens. Emmeline venait tout juste d'atteindre sa quinzième année.

Son père lui manquait. En même temps, elle savait qu'il aurait été fier d'elle, sachant la façon dont elle avait entretenu leur petite flotte, du moins ce qu'il en restait. Elle soupira puis dissimula le collier sous son bliaut.

— Calmez-vous, Emmeline, lui dit sa mère avec sévérité, ou vos cheveux seront encore plus emmêlés.

D'une main énergique, Félicie Duhamel essaya de discipliner quelques mèches sur la tête de sa fille. Le peigne à la main, elle lui demanda :

— Comment dites-vous que cet homme s'appelle, ma fille ?

Emmeline dirigeait ses mains vers le cidre aromatisé qui chauffait doucement, sur une table toute proche. Elle réchauffa ses doigts encore glacés dans la vapeur qui s'élevait au-dessus du vase en terre cuite. Puis elle préleva une gorgée du liquide au moyen d'une petite louche qu'elle porta à ses lèvres, avec précaution, car elle craignait de se brûler. Il n'en fut rien. Elle savoura le délicieux mélange, véritable élixir qui lui réchauffa l'âme aussi bien que le corps.

— Emmeline ?

— Il m'a dit s'appeler Talvas de Boulogne. Je n'avais jamais entendu parler de lui, mais Geoffroy semble penser que j'aurais dû.

Le peigne s'arrêta dans les cheveux d'Emmeline.

— Mère ?

Emmeline pivota sur son tabouret et se retourna pour scruter le visage de sa mère dans la faible lumière. Dehors, de gros nuages noirs venaient de cacher le soleil, il n'allait sans doute pas tarder à pleuvoir.

— Mon Dieu, Emmeline, que lui avez-vous dit ? Sire Talvas est apparenté au roi... Vous savez que son beau-frère...

— Je sais tout cela, ma mère. Je sais que, par mariage, il est neveu d'Henry, roi d'Angleterre et duc de Normandie...

— ... et qu'il aurait pu vous faire jeter en prison pour insubordination.

Emmeline reposa son gobelet sur la table et se leva en retirant le peigne resté coincé dans ses cheveux. Puis elle voulut se retourner pour faire face à sa mère, d'un mouvement si vif qu'elle perdit l'équilibre à cause de sa cheville douloureuse et qu'elle faillit tomber. Elle se rattrapa au bord de la table et, les mains crispées sur le bois luisant, elle lança :

— Tout ce que je retiens, ma mère, c'est qu'il m'a prise pour une... pour une femme de la nuit.

Voilà, elle l'avait dit.

Sa mère horrifiée écarquilla les yeux et murmura :

— Oh, Emmeline, ma fille...

Elle s'avança pour prendre les mains d'Emmeline et lui demanda :

— Qu'avez-vous fait ? Mon Dieu, tout est de ma faute. Je n'aurais jamais dû vous laisser sortir de la maison avec vos cheveux défaits.

Voyant le visage de sa mère, Emmeline se mordit la lèvre. Elle ne l'avait jamais vue aussi peinée, et encore moins à cause d'elle. Félicie Duhamel avait beaucoup souffert de la perte de son mari et elle avait alors passé de longs jours sur son lit, à pleurer indéfiniment. Emmeline était alors devenue la protectrice de sa mère à qui elle voulait épargner les dures réalités de la vie. Il lui parut qu'elle devait encore agir en ce sens, et c'est pourquoi elle s'agenouilla devant elle pour lui prendre les mains en disant :

— Ne vous inquiétez pas, ma mère. Ce n'est pas grave. Ce Talvas de Boulogne doit déjà m'avoir oubliée. En outre, l'incident était déjà clos au moment de son départ. L'arrivée de Geoffroy a calmé les esprits. Et puis, je pense que je ne reverrai plus jamais messire Talvas, alors, pourquoi s'inquiéter ?

Elle abandonna les mains de sa mère, qu'elle prit dans ses bras et serra contre elle.

— Pourquoi ne pas continuer à arranger mes cheveux ?

Puis, elle lui rendit le peigne et se remit à genoux devant elle.

※
※※

Félicie couvrit sa fille d'un regard encore inquiet, puis, avec hésitation, se remit à la peigner. Elle savait, à voir le visage fermé d'Emmeline, que celle-ci ne lui dirait plus rien, ne lui donnerait plus aucun détail sur l'incident. C'était cette même expression qu'elle avait lorsque, autrefois, elle refusait de parler de son mariage avec Giffard Lonnières. De ce qui s'était réellement passé avec Talvas de Boulogne, elle ne saurait donc rien ; c'était une certitude.

Jusqu'à peu, Félicie pensait avoir pris la bonne décision en mariant Emmeline à Giffard Lonnières, ce riche marchand qui avait demandé la main de la jeune fille deux ans après la mort d'Anselme. Félicie avait toujours pensé que ce mariage était heureux ; elle avait continué à voir sa fille très souvent, puisque le couple vivait à Barfleur, comme elle ; de plus, Giffard s'en allait souvent, il voyageait sur ses bateaux. Cependant, quand celui-ci avait péri dans un accident de chasse, Emmeline n'avait pas semblé affectée, et c'est alors que Félicie avait commencé à se poser des questions.

Ayant réuni les cheveux de sa fille en deux longues nattes qui brillaient comme des cordes constituées de fils d'or, Félicie plongea la main dans un panier à côté d'elle, pour y prélever un voile de lin blanc, qu'elle mit en place et assujettit au moyen d'un bandeau d'or. Le regard concentré, les lèvres pincées, elle fixa la coiffe au moyen de petites épingles. Il ne fallait plus qu'Emmeline se montre dehors les cheveux au vent, comme une fille de rien ! Il suffisait d'avoir connu cette honte une fois.

Après un long moment de silence, Emmeline reprit la parole pour annoncer, d'une voix hésitante :

— Geoffroy a apporté une lettre de Sylvie.

Puis, comme sa mère ne répondait pas mais s'immobilisait,

Emmeline sortit le morceau de papier et le montra. Félicie le regarda mais n'approcha pas la main. Elle demanda, d'un petit air pincé :

— Et que nous écrit Sylvie ?

Elle n'avait jamais pardonné à sa fille aînée d'avoir abandonné son enfant pour aller en Angleterre.

— J'ai l'impression qu'elle a des soucis, mère. Je pense qu'il faut que j'aille la voir.

Aussitôt Félicie fit valoir ses objections.

— Et pourquoi feriez-vous cela ? Sylvie a choisi de quitter Barfleur pour suivre... cet homme. Je vous rappelle qu'elle a abandonné son enfant.

Puis elle s'empara du tisonnier et le planta entre les bûches qui se consumaient dans la cheminée, elle l'agita avec force. Des gerbes d'étincelles jaillirent et les flammes montèrent pour lécher la grande marmite où chauffait de l'eau.

Emmeline regarda sa mère droit dans les yeux et lui répondit tranquillement :

— Il faut que j'y aille parce qu'elle est ma sœur, parce qu'elle est votre fille ; parce que nous avons le devoir de nous soucier d'elle, quoi qu'elle ait fait.

— Vous avez trop bon cœur, ma fille, reprit Félicie, d'une voix blanche. Moi, je me rappelle ce qui s'est passé, je me le rappelle trop bien.

Emmeline plaida la cause de sa sœur.

— Elle ne savait pas que sa fille était malade lorsqu'elle a pris la décision de partir. Elle n'est pas aussi fautive que vous le croyez.

Félicie hocha la tête d'une façon qui donnait à penser qu'elle n'en croyait rien, puis elle se leva pour ouvrir le four, dans le côté de la cheminée, où cuisait le pain. Une bonne odeur s'en échappa et Emmeline sentit son estomac se mettre à gronder. Elle s'était levée tôt et n'avait pas encore trouvé le temps de se sustenter.

— Comment ferez-vous ce voyage ? demanda sa mère en tirant la première miche du four. Vous ne pouvez pas armer le navire en sachant qu'il vous sera impossible de revenir. Et je crois que personne ne vous donnera une pièce pour vous permettre d'embarquer. C'est une folie que nous ne pouvons pas nous permettre.

— J'ai une idée, mère, répondit Emmeline, énigmatique, en s'emparant avidement du morceau de pain qui lui était offert.

Elle n'avait rien oublié de la conversation qu'elle avait saisie entre Talvas de Boulogne et le jeune Guillaume. Et cela lui donnait une idée…

— J'ai l'impression que l'impératrice Maud a besoin de se rendre en Angleterre, expliqua-t-elle à sa mère. J'ai décidé de l'y conduire.

Félicie poussa un cri d'effroi plein de désapprobation. L'impératrice Maud, fille unique du roi Henri Ier, avait une détestable réputation et un caractère non moins odieux.

— Emmeline, reprit Félicie d'une voix pressante, je te déconseille de te frotter à des gens comme cette Maud ! Et puis, pourquoi l'impératrice voudrait-elle entreprendre une traversée à cette période de l'année ? C'est trop dangereux ! Qui sait ce qui pourrait vous arriver ?

Emmeline haussa les épaules d'un air dégagé et répondit :

— Il ne nous arrivera rien, mère. Moi, je n'ai pas besoin de savoir pourquoi elle veut se rendre en Angleterre. Tout ce que je vois, c'est qu'elle paiera un bon prix pour embarquer sur un bateau capable de lui faire traverser la Manche. Il suffit que je trouve un équipage et un capitaine.

Elle savait déjà que Lecherche refuserait de voyager encore une fois cette année : il disait que le temps devenait trop incertain et les courants trop dangereux. Mais elle connaissait d'autres hommes tout aussi compétents qui accepteraient l'aventure. Avec un peu de chance, elle pourrait même rendre visite à sa sœur dans le courant de la semaine.

— Demain, je me rendrai à Torigny, dit-elle, la bouche pleine.

3

L'impératrice Maud était assise sur un tabouret bas placé à côté du lit où reposait son père, le roi Henri Ier. Elle se pencha sur les fourrures qui le recouvraient et lui prit la main avant de s'adresser à son demi-frère qui se tenait dans l'embrasure de la fenêtre et regardait dehors.

— Je ne comprends pas le mal soudain dont il souffre, Robert, lui dit-elle. Notre père était encore en bonne santé, ce matin, dans la forêt.

Robert s'arracha à la contemplation de la forêt, de ces grands arbres dénudés par-dessus lesquels il pouvait apercevoir, au loin, le port de Barfleur. Il se retourna lentement.

De deux ans plus âgé que Maud, il avait comme elle les cheveux châtain foncé, et il les portait très courts, selon la mode normande. Comte de Gloucester, il portait les somptueux vêtements qui convenaient à son rang, une chemise d'un blanc éclatant et des braies en laine, renforcées de bandes de cuir, qui s'enfilaient dans de hautes bottes. En raison de la chaleur qui régnait dans la pièce, il s'était débarrassé de sa tunique. Il avait abandonné en bas, dans la grand-salle, son manteau et son épée, avant de prendre son père dans ses bras pour le porter à l'étage et le déposer sur son lit, dans sa chambre qui se trouvait dans la tour orientale du château.

— Je conviens que cette fièvre est étrange, répondit-il

à Maud. Hélas, je pense que nous ne pouvons rien de plus que le médecin, qui s'est déclaré incompétent.

La maladie s'était déclarée le matin même, au cours d'une partie de chasse. Robert, qui avait repéré un grand cerf, s'était tourné vers son père pour l'en avertir et il avait alors été frappé par la subite pâleur de celui-ci, son air égaré et son apparente incapacité à réagir. Robert s'était alors empressé de sauter à terre pour lui porter secours, et était arrivé juste à temps pour le recueillir dans ses bras car il tombait de cheval, déjà à demi inconscient.

— Si je comprends bien, reprit Maud d'une voix amère, nous devons nous contenter d'attendre qu'il meure !

Malgré le souci réel que lui causait son père, elle avait trouvé le temps de se changer, quittant ses vêtements de chasse pour passer une ample robe de brocart rouge qui dissimulait les courbes et les formes de son corps. Elle était plutôt petite, caractéristique qu'elle tenait de sa mère, la reine saxonne Edith, et amaigrie de surcroît parce qu'elle n'avait pas encore recouvré toute sa santé après la naissance de son deuxième fils.

Il régnait dans la chambre une chaleur presque insupportable, que le médecin avait demandée en expliquant qu'elle pouvait avoir un effet bénéfique sur la fièvre du roi. Dans la cheminée, le feu dévorait en ronflant des troncs d'arbres entiers qui craquaient bruyamment et se désintégraient en projetant des gerbes d'étincelles.

Maud se leva et se pencha sur son père pour lui donner un baiser sur le front.

— Rappelez-vous votre promesse, mon père, murmura-t-elle d'une voix pressante ; rappelez-vous votre promesse !

Un ricanement mal étouffé lui fit lever la tête. Elle fronça les sourcils tandis que son frère lui disait d'une voix sardonique :

— Vous ne pourriez pas le laisser un peu en paix ? Avec

vous, il ne risque pas d'oublier ! N'avez-vous pas reçu déjà suffisamment de promesses ?

— J'ai envie d'en entendre encore, répondit Maud irritée.

— Tous les évêques, tous les abbés et tous les seigneurs vous ont déjà donné des assurances à ce sujet, Maud ! Vous en avez reçu lors de la cour tenue à Noël et ensuite lors de la cour tenue à Pâques. Que voulez-vous de plus ? Tous ont acquiescé : quand notre père sera mort, vous lui succéderez comme reine d'Angleterre et duchesse de Normandie.

— Ne vous mettez pas en colère contre moi, Robert, soupira Maud d'une voix mourante. Je ne le supporterais pas. Je sais que vous devriez être le successeur de notre père.

Avec un sourire désabusé, Robert rétorqua :

— Vous savez aussi que je suis un fils illégitime, ce qui m'interdit de devenir roi. Jamais la noblesse ne l'accepterait. Cela dit, ne vous lamentez pas sur mon sort car j'en suis content. Je suis comte de Gloucester et j'ai une riche épouse.

Il aurait pu ajouter qu'il ne lui déplaisait pas d'abandonner son épouse afin de se consacrer à toutes les belles filles qu'il lui était donné de rencontrer à Torigny. Maud ne put s'empêcher de faire une remarque acerbe à ce sujet.

— Votre épouse, vous ne la voyez jamais parce que vous vous sentez obligé de m'escorter partout dans mes déplacements.

— Vous savez bien que le roi notre père m'a demandé de veiller sur votre vie.

— Et je vous remercie de vous consacrer tout entier à ce devoir. Vous vous conduisez avec moi comme un véritable mari, mieux que Geoffroy en vérité. Pourquoi mon père a-t-il arrangé pour moi ce mariage si mal assorti, c'est ce que je ne cesserai jamais de me demander.

— Père avait sûrement de bonnes raisons de vous marier à Geoffroy d'Anjou.

— Un homme de onze ans plus jeune que moi ! Quelle plaisanterie ! D'abord il me marie avec l'empereur germanique, un homme si âgé qu'il aurait pu être mon père...

— Sans doute, à l'époque, étiez-vous trop jeune pour vous marier !

— J'étais en âge de me marier, Robert, mais pas avec un homme dont je ne pouvais rien comprendre de ce qu'il me disait. Et puis, il était réellement si vieux ! Coucher avec lui, c'était comme...

Robert leva la main pour imposer le silence à sa sœur.

— Je vous en prie, Maud, épargnez-moi les détails. Je sais combien cette épreuve fut difficile pour vous.

Maud n'en dit pas plus. Ses doigts jouant avec impatience dans une des embrasses qui tenaient ouverts les rideaux du lit, elle s'exclama avec aigreur :

— Quand nos gens apprendront-ils enfin à nouer ces choses proprement ? Je leur ai déjà montré cent fois comment faire !

Elle se leva brusquement et arrangea les plis du rideau en poursuivant :

— Oh, Robert, que je n'aime pas attendre comme cela !

Elle leva les bras et s'étira pour essayer de calmer les élancements qu'elle ressentait dans les épaules, puis demanda :

— Ne croyez-vous pas que nous devrions repartir à la chasse, au lieu de rester ici à regarder notre père mourir ?

Robert quitta l'embrasure de la fenêtre, il traversa la chambre pour venir se placer devant sa sœur et la prendre par les épaules. Elle croisa les bras sur sa poitrine et il perçut toute l'anxiété qui l'habitait. Il savait tout de l'ambition qui la dévorait. Elle voulait devenir reine d'Angleterre, voilà tout ce qui lui importait. Elle avait la certitude que cet honneur devait lui échoir parce qu'elle en était digne, et ne tolérerait pas que quiconque se permît de se mettre en travers de son chemin.

Maud attachait son regard au visage émacié de l'homme allongé sur le lit. En dépit de la brutalité avec laquelle il avait assumé son rôle de roi, il avait toujours été un bon père pour elle, sans négliger de lui enseigner tout ce qu'il pouvait quant à la conduite des affaires du royaume. Il s'était montré encore plus attentif avec elle après la mort de Guillaume, son seul fils légitime, qui aurait dû lui succéder. Dès lors, il avait fait connaître à tous sa volonté de voir Maud monter sur le trône après son décès.

Maud s'aperçut que son père avait les yeux ouverts et qu'il regardait le ciel de lit. De l'endroit où elle se trouvait elle ne pouvait voir la couleur de ces yeux, mais savait qu'ils étaient bruns, parsemés de taches vertes. Ces yeux avaient ri avec elle, ils avaient pleuré avec elle. Les lèvres avaient bleui, minci aussi et la bouche se réduisait maintenant à une fente presque imperceptible.

Maud prêta l'oreille pour entendre la respiration rauque et irrégulière de son père, mais elle n'entendit rien. Elle cacha alors son visage dans ses mains. Si elle ne voyait pas son père mort, alors sa mort ne serait peut-être pas réelle. Mais elle ne put retenir ce cri :

— Il a passé, Robert, il a passé ! Regardez, il ne respire plus !

Comme si elle était incapable de supporter la vérité, elle courut vers la fenêtre, dans l'embrasure de laquelle elle se réfugia, le front contre la pierre. Pendant ce temps, Robert se pencha sur le lit et se signa avant de fermer les yeux de son père.

La porte de la chambre grinça en tournant sur ses gonds. Hugues, archevêque de Rouen et confident du roi, entra.

— Vous arrivez en retard, lui dit Robert. Il aurait fallu être ici un peu plus tôt.

Hugues se dirigea vers le lit. Ayant vu le visage immobile du roi, vrai masque de cire, il murmura :

— Qu'il repose en paix.

— Vous n'avez pas entendu son ultime confession, reprit Robert, d'une voix douce qui ne permettait pas de penser qu'il pût se montrer critique envers le prélat.

— J'avais entendu votre père en confession, répondit celui-ci, d'un ton non moins amène. Et au cas où vous vous poseriez la question, je peux vous affirmer que je lui avais donné l'absolution et l'extrême onction. Il était prêt à mourir, que Dieu accueille son âme.

Maud se retourna pour questionner l'archevêque.

— Monseigneur, mon père vous a-t-il dit quelque chose à propos de...

— A propos de quoi ?

— De la succession, qui devrait me revenir. Il n'a pas pu ne rien vous en dire.

Hugues secoua la tête.

— Non, Madame, votre père ne m'a rien révélé à ce sujet. Il m'a seulement dit qu'il voulait être inhumé dans la cathédrale de Reading, à côté de votre mère. Il avait déjà beaucoup de difficulté à s'exprimer.

— Vous en êtes certain ? s'écria Maud d'une voix étranglée.

Elle s'approcha à grands pas, le regard brillant de méfiance et de colère, mais elle ne parvint à troubler l'archevêque qui maintint ses dires :

— Madame, je suis certain de ce que je dis. J'ai longuement parlé avec votre père pendant que vous vous prépariez et j'ai bien compris tout ce qu'il avait à me dire. Il n'a aucunement évoqué son successeur. Je pensais que ce serait Etienne.

Maud faillit s'étrangler. Elle glapit :

— Mon cousin Etienne, comte de Blois ? Comment pouvez-vous dire une chose pareille ? Sûrement, il ne peut pas être roi.

— Il est... enfin, il était le neveu préféré de votre père, son favori. Lui et vous étiez comme frère et sœur quand vous étiez enfants. Vous avez pratiquement été élevés ensemble.

Maud secoua la tête et, avec un regard terrible, fonça sur le prélat qui recula précipitamment.

— Je suis l'héritière légitime de mon père, monseigneur l'archevêque, lui cracha-t-elle au visage. Tout le monde, en Angleterre, sait cela. Les nobles ont même promis leur foi.

Dubitatif, l'archevêque se frotta le menton et murmura :

— J'ai peine à croire que les grands seigneurs accepteront de voir une femme monter sur le trône d'Angleterre... Et votre mariage avec le comte d'Anjou n'est certes pas un atout.

— Que vient faire mon mariage en cette affaire ?

— Anjou a toujours été l'ennemi de l'Angleterre et de la Normandie. Il faut voir la situation bien en face, Madame. Votre père et votre mari ne s'adressaient plus la parole depuis un certain temps.

Maud balaya cet argument d'un revers de la main.

— Une querelle sans importance ! N'oubliez pas que mon père lui-même a arrangé mon mariage avec Geoffroy, afin d'assurer la paix entre Normandie et Anjou.

— Et il faut convenir que, dans une certaine mesure, il y a réussi, concéda l'archevêque. Cela étant, j'imagine mal que les barons anglais accepteront de voir monter un comte angevin sur le trône d'Angleterre.

Le visage de Maud s'enflamma. Sa colère montait.

— Ce n'est pas lui qui montera sur le trône, mais moi ! Ne l'avez-vous donc pas encore compris ? Pourquoi donc faut-il que je ne sois entourée que d'idiots ?

Robert fit un pas en avant pour intervenir :

— Hugues, je pense que…

Sa demi-sœur lui coupa la parole.

— Je vous en prie, Robert, ne vous mêlez pas de cette querelle, qui ne concerne que moi !

Puis elle planta son index dans la poitrine de l'archevêque en martelant ces mots :

— Ecoutez-moi bien. Contrairement à ce que vous savez, ou que vous croyez savoir, c'est moi qui serai reine d'Angleterre et duchesse de Normandie. Mon père le voulait et il l'a fait admettre par ses barons ainsi que par ses prélats. Alors, je ne veux pas que la nouvelle de sa mort se répande avant que je ne sois arrivée en Angleterre avec sa dépouille mortelle. M'avez-vous bien comprise ?

Hugues hocha plusieurs fois la tête et dans ce mouvement son double menton se mit à trembler.

— Je comprends parfaitement, Madame, dit-il d'une voix soumise.

Il jeta un coup d'œil rapide en direction de Robert avant de demander :

— Voulez-vous que je veille la dépouille de votre père avant l'arrivée de vos femmes ?

— Je vous le demande, répondit Maud. Robert s'assurera que vous ayez tout le nécessaire.

Un vagissement se fit entendre. Elle grimaça son mécontentement et ajouta en soupirant :

— Il faut que j'aille voir comment vont les enfants.

Elle s'éloigna et se retourna pour lancer à Robert :

— Trouvez-nous un bateau pour gagner l'Angleterre, le plus vite possible.

* *
 * *

Au-delà des murailles de granite qui entouraient Barfleur et au-delà des marais, la forêt couvrait de vastes espaces, collines et vallées, d'une végétation dense et sombre. C'est dans ce labyrinthe confus, où elle se retrouvait pourtant parfaitement, qu'Emmeline se promenait à cheval. Elle longeait pour lors une rivière qui s'appelait Argon.

Menant sa monture à vive allure, elle la contrôlait avec aisance tout en se délectant de la paix qu'elle trouvait toujours dans cette forêt.

En dépit du vif déplaisir que lui causait le déplacement décidé par sa fille, Félicie n'avait pas essayé de la dissuader d'approcher l'impératrice Maud, la sachant obstinée, pour ne pas dire têtue. Elle s'était querellée avec elle trop souvent pour avoir envie d'une nouvelle confrontation à la fin de laquelle elle n'eût de toute façon pas imposé sa volonté.

Emmeline avait conscience d'avoir remporté une petite victoire sans avoir eu besoin de combattre. Elle s'en félicitait avec d'autant plus de bonne conscience qu'elle savait que son père Anselme — Dieu ait son âme ! — l'aurait approuvée. Homme d'action, il n'avait jamais pensé qu'on devait s'asseoir en espérant les faveurs de la chance.

Tout en se baissant pour éviter de heurter une branche basse, Emmeline songea que son père, toutefois, n'eût pas aimé la voir entreprendre seule une telle expédition. Lui, elle l'aurait écouté. Après tant d'années, elle ressentait toujours douloureusement son absence. Elle avait tant besoin de sa présence qui la réconfortait, des avis empreints de sagesse qu'il lui donnait avec la plus grande pondération. Cet homme formait un contraste étonnant avec sa femme perpétuellement nerveuse, toujours affolée.

Alors qu'elle chevauchait en écoutant distraitement le ruissellement de la rivière qui coulait sur sa gauche, de gros nuages noirs s'amoncelaient rapidement au-dessus d'elle et obscurcissaient encore la forêt déjà sombre. Levant les yeux vers le ciel, elle prit conscience que la pluie menaçait de tomber bientôt avec force, et elle pressa aussitôt les flancs de sa monture. Elle n'avait pas envie de se faire tremper jusqu'aux os. Il fallait se hâter.

Tandis qu'elle filait sous les arbres, elle prit conscience de bruits insolites, qui l'inquiétèrent. Tirant sur les rênes pour arrêter sa monture, elle tourna la tête d'un côté puis de l'autre, pour essayer de voir entre les arbres. Elle perçut des cliquetis métalliques, puis un brouhaha de voix. Des gens approchaient sans doute.

Le cœur battant follement, elle passa une jambe par-dessus l'encolure de sa monture et glissa sur le sol. Accroupie, elle regarda de tous côtés dans l'espoir de trouver un endroit où elle pourrait se cacher. Ne voyant rien sur le moment, elle entraîna sa monture hors du chemin, s'enfonça dans les taillis, le plus vite possible, avec le minimum de bruit, sans se soucier des branches fines qui lui cinglaient le visage ou s'accrochaient à ses vêtements. Dans sa hâte, le capuchon de son manteau qui lui couvrait la tête retomba sur ses épaules.

Elle parvint ainsi à un énorme rocher de granite, derrière lequel elle pouvait se cacher. Avec soulagement, elle se laissa tomber assise, au bord de la crise de larmes et vivement consciente d'avoir échappé à un grave danger. Tâchant de contrôler sa respiration qui restait chaotique, écoutant les battements de son cœur qui sonnaient à ses oreilles, elle se reprocha, pour la première fois, la folie qui l'avait incitée à entreprendre sans escorte une expédition aussi dangereuse.

Les voix lui parvenaient de plus en plus distinctement. Des hommes approchaient… Malgré son angoisse, Emmeline ne put s'empêcher de se pencher pour jeter un coup d'œil en direction du chemin. Elle vit d'abord deux chevaux et songea qu'elle s'était cachée juste à temps.

Puis elle vit les cavaliers.

Non...

Ce n'était pas possible !

Elle reconnut, au premier coup d'œil, l'insupportable, l'arrogant Talvas de Boulogne !

Il allait devant, très droit sur sa selle, presque debout sur ses étriers, et il jetait des regards de tous côtés. L'avait-il entendue ? Derrière venait l'écuyer, Guillaume, dont la chevelure blonde flottant au vent formait un contraste marqué avec celle de son maître, noire comme les plumes de corbeau, aussi noire que sa barbe...

Emmeline sursauta : Talvas n'avait plus de barbe, plus de barbe du tout, et c'était un fort beau visage d'homme qui se révélait à elle, visage auquel les pommettes hautes et le nez aquilin donnait un air d'oiseau de proie ; la mâchoire carrée et le menton proéminent renforçaient encore cette impression de puissance. Si sa lèvre supérieure, fort mince, se réduisait à une simple ligne presque sévère, sa lèvre inférieure, charnue et légèrement retroussée aux commissures, lui conférait une étrange séduction.

Tremblante, Emmeline se sentit rougir alors qu'elle se rejetait derrière son rocher. Elle appuya son front contre la pierre froide, pour calmer la fièvre dont elle se sentait prise. Elle en respira l'odeur de moisi, tandis que ses doigts se crispaient dans la mousse humide. Elle avait l'impression de devenir folle. Elle n'avait plus de forces, ses membres devenaient tout mous. Les yeux clos, elle essaya de réfléchir pour se reprendre, et comprendre.

Maintenant que Talvas avait changé de vêtements, il ne faisait plus de doute qu'il fût de haute naissance. Il portait une magnifique tunique verte, fendue de chaque côté afin de lui permettre de chevaucher, agrémentée au col et aux manches de broderies dorées; par-dessus il avait jeté un ample manteau bleu, tout aussi richement orné, bordé de fourrure et fermé par une grande agrafe qui ne pouvait qu'être en or massif.

Alors que les cavaliers passaient au plus près du rocher, une des montures émit un petit hennissement auquel répondit aussitôt le cheval d'Emmeline. Elle ferma les yeux et serra les poings. Le corps tendu, elle n'osait plus bouger, ne se permettait même plus de respirer. Avec un peu de chance, les hommes n'auraient pas été alertés. Elle échapperait au danger…

Talvas tira sur les rênes et sauta sur le sol. Il tira son épée du fourreau et examina les alentours en prêtant l'oreille aux bruits de la forêt, mais il n'entendit rien.

— Qui va là ? cria-t-il.

N'obtenant pas de réponse, il reprit, tandis que Guillaume s'approchait à pas de loup, l'épée à la main :

— Montrez-vous si vous ne voulez pas que j'aille vous déloger !

Il perçut un bruit léger derrière le gros rocher de granite, puis entendit ces mots prononcés d'une voix faible, dans un souffle presque inaudible :

— C'est moi, Emmeline Lonnières.

Incrédule, il vit bientôt apparaître la jeune femme de Barfleur et ne put s'empêcher de se tourner vers Guillaume qu'il vit écarquiller les yeux en murmurant tandis qu'il remettait l'épée au fourreau :

— La fille du quai…

— Je l'avais reconnue, répondit Talvas en reportant son regard vers la jeune femme qui approchait à pas comptés, l'air résigné.

« Encore elle, songea-t-il. C'est bien ma chance ! »

Elle tirait par la bride un cheval qui avançait trop vite pour elle et qui faillit la précipiter au sol, d'un coup de tête. Elle glissa, se rattrapa de justesse à une branche. Talvas se mordit l'intérieur de la joue pour ne pas rire.

Elle avait, une fois de plus, la tête découverte, le capuchon de son manteau rejeté en arrière parce qu'il s'était accroché aux branches, et c'était sans doute une brindille acérée qui avait fait cette éraflure que Talvas distinguait sur sa joue gauche.

— Où sont les autres ? demanda-t-il, les bras croisés, après avoir lui aussi remis son épée au fourreau.

— Quels autres ?

La jeune femme plissa le front et ses grands yeux verts s'écarquillèrent. Elle semblait ne pas comprendre le sens de cette question.

Elle était bien mal habillée d'un manteau gris tout froissé et piqueté de brindilles, jeté sur une robe brun foncé, qui semblait d'une qualité un peu meilleure, du moins si on pouvait en juger par les manches qui seules se montraient, par les fentes du manteau.

Talvas s'emporta.

— Je vous serais reconnaissant de ne pas vous moquer de moi, damoiselle ! Où sont les autres ? Où est votre escorte ?

— Je n'ai pas d'escorte.

Il leva les yeux au ciel et murmura pour lui-même :

— Elle n'a pas d'escorte... Comment se fait-il que je n'aie pas trop de mal à croire qu'elle dit vrai ?

Emmeline prit cela pour une condamnation, elle protesta :

— Je n'ai rien fait de mal !

— Alors, pourquoi vous cacher ? tonna-t-il.

En même temps il se pencha pour enlever une brindille accrochée au manteau de la jeune femme. Elle sursauta, eut envie de prendre la fuite. Les doigts de Talvas avaient effleuré sa joue et elle s'était aussitôt sentie rougir. Ce contact l'avait décontenancée. Elle baissa les yeux, attendit avec angoisse la suite de l'entretien et éprouva un soulagement indicible quand elle perçut un adoucissement dans le ton de l'homme.

— S'il vous plaît, répondez-moi, lui dit-il.

— Je ne pouvais pas savoir si vous étiez ami ou ennemi, expliqua-t-elle en regardant le bout de ses bottes.

— Pas faux, dit-il. Mais dites-moi, avez-vous la moindre idée des dangers que vous courez quand vous vous lancez seule dans ce genre d'expédition ? Songez que même moi, je me fais accompagner quand j'entreprends un voyage un peu long !

Du doigt levé, il lui désigna Guillaume, comme si elle n'avait pas été capable de comprendre que le jeune homme constituait l'escorte dont il parlait.

— Je suis capable de me défendre, fit-elle avec hauteur.

Talvas regarda des pieds à la tête la petite personne qui tâchait de faire bonne figure. Puis il se permit de sourire avant de répondre :

— Compte tenu de ce que je viens de voir, damoiselle, je doute que vous soyez réellement capable de vous défendre.

Puis, tout en se demandant pourquoi il perdait son temps avec elle, il lui demanda :

— Où vous rendiez-vous ?

Emmeline hésita. Elle répugnait à divulguer le but de son voyage. Elle s'interrogeait en regardant, par-delà Talvas de Boulogne, les nuages maintenant noirs qui continuaient de se rassembler dans le ciel de façon de plus en plus menaçante, et les arbres qu'un vent violent secouait tout continûment.

Un groupe de corbeaux s'envola soudain des feuillages en croassant d'une manière sinistre.

Talvas s'impatientait.

— Vous nous faites attendre, damoiselle !

Il s'agaçait de la voir obstinément muette, une attitude qu'il croyait insolente, voire discourtoise, ce qui lui paraissait le comble de l'injustice puisqu'il ne voulait que lui venir en aide, lui être agréable ; mais pourquoi s'attardait-il auprès d'elle ? Il s'étonnait aussi, pour en souffrir bien qu'il eût du mal à l'admettre, de l'hostilité que manifestaient les yeux verts de la jeune femme. Cette réaction à son égard était des plus inhabituelles, des plus étranges. D'ordinaire, les femmes lui faisaient bonne figure.

Emmeline songea que Talvas de Boulogne attendrait aussi longtemps qu'il faudrait la réponse à la question qu'il lui avait posée, et qu'il n'était sans doute pas le genre d'homme à se laisser éconduire. Il lui suffisait, pour s'en convaincre, de croiser le regard de ses yeux bleus, d'une dureté, à ce moment, presque insoutenable.

— Je vais à Torigny, soupira-t-elle.

Aussitôt irritée d'avoir cédé si rapidement, elle ramena sur elle les plis de son manteau. Elle avait froid.

— Torigny ? s'exclama le seigneur Talvas. C'est là que nous allons aussi. Quelle coïncidence, n'est-ce pas ? Eh bien, nous allons vous escorter jusque là-bas. Vous ne direz pas non, j'espère.

Emmeline secouait déjà la tête. D'escorte elle ne voulait pas entendre parler.

— Non, messire. C'est inutile. Je ne ferais que vous retarder et vous êtes sans doute pressé d'arriver. Laissez-moi donc aller mon chemin comme je l'entends et ne vous préoccupez plus de moi.

Elle songeait : sainte Marie mère de Dieu, pourquoi faut-il que mon chemin croise toujours celui de cet arrogant personnage ? Sa cheville droite commençait à la faire souffrir très sérieusement, et son malaise s'en accroissait.

Hélas, Talvas de Boulogne agita un index péremptoire en répondant :

— Certainement pas, damoiselle. Vous êtes la jeune personne la plus agaçante qu'il m'ait été donné de rencontrer et pour vous dire la vérité je vous trouve même insupportable, mais j'ai un devoir envers vous.

Emmeline ferma les yeux. Et si tout cela n'était qu'un mauvais rêve ?

— Oui, damoiselle, reprenait son interlocuteur. En tant que chevaliers, nous avons le devoir de protéger les êtres faibles, et les femmes sont des êtres faibles, surtout les jeunes veuves à qui leur indépendance récemment acquise fait tourner la tête et les incline à commettre de regrettables imprudences.

Abasourdie, elle demanda d'une voix coupante :

— Comment savez-vous que je suis veuve ?

— J'ai deviné ! fit Talvas de Boulogne. Mais dites-moi, qu'avez-vous fait à votre mari, ce pauvre homme ? L'avez-vous coupé en petits morceaux avec votre langue si acérée ?

Il partit d'un grand éclat de rire, et Guillaume l'imita.

Emmeline serra les dents. Comment osait-il se moquer d'elle ? La colère bouillonnait en elle et menaçait d'exploser, mais elle réussit à se contenir et c'est avec une ironie meurtrière qu'elle répondit :

— Les beaux chevaliers que voilà ! Je ne crois pas un mot de tout ce que vous me dites, et je ne me sens pas du tout obligée de vous suivre. Alors, maintenant, laissez-moi passer, je m'en vais !

Tirant son cheval par la bride, elle tenta de forcer le passage, bousculant de l'épaule messire Talvas qui la saisit par le bras et la souleva avec brutalité, en la plaquant contre le flanc de sa propre monture. Puis il lui souffla au visage, d'une voix basse et vibrante qui traduisait fort bien la colère qu'elle avait suscitée en lui :

— Si c'est de jolies manières et des mots mielleux que vous voulez, vous n'obtiendrez rien de tout cela avec moi. Il n'empêche, cependant, que je suis un vrai chevalier, et que je mets en pratique le serment que j'ai prononcé lorsque j'ai reçu cette dignité. Maintenant, permettez-moi de vous dire que vous perdez votre temps et le mien aussi. Il n'est pas question de nous attarder ici davantage.

Il souleva Emmeline avec une facilité déconcertante et la mit en selle avec une brutalité calculée. Puis, ayant lui-même enfourché sa monture, il ajouta :

— Vous venez avec nous. C'est un ordre.

4

Emmeline ne décolérait pas d'avoir été traitée de façon aussi indigne par messire Talvas. Le regard obstinément fixé sur l'encolure de son cheval, elle essayait de se calmer, mais elle ne cessait de penser à l'affront reçu et s'enflammait davantage. Il avait osé la prendre comme un sac de grain pour la jeter sur sa selle! Il avait osé! De quel droit?

Le comportement irrespectueux de Talvas lui rappelait son mari, Giffard, et réveillait en elle les douloureux souvenirs de deux années au cours desquelles elle avait subi vexations, insultes et sévices corporels. Elle avait enduré tout cela par égard pour sa mère, parce que ledit Giffard avait apporté un argent qui avait permis à la famille de vivre à peu près confortablement après la mort du père. Hélas, ce soulagement relatif n'avait pas duré très longtemps, puisque Giffard s'était très vite mis à boire. Les querelles étaient devenues de plus en plus violentes, et le mari brutal avait fini par pousser Emmeline dans l'escalier de la maison. Dans cette chute, elle s'était brisé une cheville. Deux jours durant, Giffard avait refusé de faire venir le médecin. Quand, enfin, le praticien avait pu voir Emmeline, il était déjà trop tard. Il n'avait pas pu remettre correctement en place les os brisés. Depuis ce temps, Emmeline boitait et sa cheville la faisait souvent souffrir.

Mais le destin l'avait quand même favorisée puisque,

moins de quinze jours plus tard, des chasseurs lui ramenaient le cadavre de Giffard, avec des égards qu'il ne méritait pas. Dès ce jour, elle s'était juré que plus personne, jamais, ne prendrait d'ascendant sur elle, et celui-ci, ce Talvas de Boulogne, pas plus que tous les autres. Ce n'était pas parce qu'il la dépassait de plus d'une tête et qu'il jouait de ses yeux couleur de bleuets qu'il la subjuguerait ; Giffard, dans les débuts, se comportait exactement de la même façon. Comme Giffard encore, ce Talvas avait une trop forte propension à démontrer sa force physique, ainsi qu'un esprit dominateur ; il trouvait normal de commander en toutes circonstances, il n'aimait pas être contredit.

Pourtant... pourtant la ressemblance entre les deux hommes s'arrêtait là. Physiquement d'abord, aucune comparaison n'était possible. Brutal certes, Giffard était petit, à peine plus grand qu'Emmeline, et il avait une fâcheuse tendance à s'empâter, surtout à l'approche de l'hiver, ce qui avait pour conséquence de le faire paraître plus petit encore, tandis que ses poings semblaient plus gros encore, plus menaçants. Plusieurs mois après la mort de ce méchant mari, les nuits d'Emmeline restaient tourmentées par de nombreux cauchemars au cours desquels elle se voyait frappée, et ces mauvais rêves étaient si réalistes qu'elle croyait sentir encore l'haleine, lourdement chargée d'alcool, de son mari.

Elle frissonna à ce souvenir si désagréable et s'astreignit à reprendre contact avec la réalité présente. Elle jeta un coup d'œil sur la rivière qu'ils longeaient, sur les hauts arbres qui enfermaient le chemin et lui cachaient le ciel. Non, se dit-elle, elle ne consentirait jamais à revivre d'aussi pénibles périodes que celle de son mariage. Plus jamais elle n'accepterait de se recroqueviller pour se soustraire aux coups de poing, aux coups de pied. Elle ne voulait plus passer de longues journées à ne plus pouvoir bouger, le corps couvert d'ecchymoses. Elle ne vivrait plus dans la peur de recevoir des coups encore, elle ne connaîtrait plus l'angoisse de perdre la vie à tout moment.

Murée dans son silence, perdue dans ses pensées, Emmeline suivait messire Talvas et Guillaume la suivait. Le petit groupe allait lentement, à la queue leu leu, sur l'étroit chemin le long de la rivière. Au-dessus d'eux les nuages menaçants continuaient à s'amasser, il faisait de plus en plus sombre dans la forêt. De temps en temps tombaient quelques gouttes, parfois même une petite averse. Consciente d'avoir un manteau trop mince pour résister longtemps à une forte pluie, Emmeline priait pour atteindre Torigny avant les déversements qui s'annonçaient. Elle se demanda brièvement si elle avait bien fait d'entreprendre cette expédition et se convainquit que oui : elle voyageait non pour elle, mais pour sa sœur, Sylvie, avec qui elle avait tant joué et tant ri du temps qu'elles étaient petites filles ; Sylvie, qui se trouvait désormais dans une situation très difficile.

Talvas, qui chevauchait en tête, se pencha pour ne pas se cogner la tête à une branche basse, pas assez bas cependant puisqu'il secoua la branche et qu'il reçut toute l'eau accumulée sur les feuilles. Emmeline voyant cela, fut prise d'une folle envie de rire mais elle nota vite d'autres détails : ses larges épaules, son cou puissant, vision troublante qu'elle effaça aussitôt en s'obligeant à fixer la croupe du cheval. Pourquoi cet homme qu'elle ne connaissait que depuis la veille, la fascinait-il à ce point ? Quel mystère cachait-il ?

Après environ une heure de progression, Talvas leva le bras pour donner le signal d'une halte.

— Arrêtons-nous ici, déclara-t-il. Nos chevaux ont besoin de boire.

— Et moi, ajouta Guillaume, je mangerais bien quelque chose.

Il mena sa monture au bord de la rivière, mit pied à terre,

ouvrit un des gros sacs en cuir accrochés à la selle, en tira deux paquets enveloppés de toile, qu'il montra en disant :

— J'ai l'impression que la femme de notre aubergiste nous a gratifiés d'un excellent déjeuner, messire.

Il jeta un des paquets à Talvas, qui le rattrapa avec dextérité, tandis qu'Emmeline conduisait sa monture vers la rivière. Elle éprouvait le besoin de se mettre un peu à l'écart, ne se sentant pas très à l'aise avec ces deux hommes qui s'entendaient si bien. Et puis, si, dans le cadre de ses affaires, elle avait souvent à traiter avec des hommes, elle évitait de nouer des liens avec eux. Mais, alors qu'elle s'apprêtait à descendre, Talvas se manifesta tout à coup près d'elle et lui demanda :

— Puis-je vous aider ?

Elle sursauta et son premier mouvement fut de refuser, car elle n'avait pas l'habitude, et cette fois pas l'envie, d'accepter l'assistance d'aucun homme. Mais elle se trouva incapable de formuler son refus avec une netteté convenable.

— C'est-à-dire..., murmura-t-elle.

Puis elle resta, muette, à contempler le visage du chevalier, à se perdre dans son regard si bleu. Au prix d'un vif effort sur soi, elle parvint à ajouter, au bout d'un moment :

— Je peux très bien me débrouiller toute seule.

Pour le prouver, elle se mit en devoir de descendre, pour ne pas lui laisser le temps de porter la main sur elle. Il n'insista pas et pencha la tête pour la regarder faire, avec un sourire plein d'ironie, très agaçant.

Quand ses pieds touchèrent le sol avec violence, elle sut qu'elle s'était trop hâtée. Une douleur atroce fulgura dans sa cheville faible et remonta le long de sa jambe. Elle grimaça et chancela, tendit la main pour se rattraper à la bride de son cheval.

— Ne tombez pas, dit Talvas en souriant.

Il la rattrapa avec fermeté en la prenant sous les aisselles et l'aida à se remettre sur pied.

— Vous n'êtes pas blessée, j'espère.

Il se pencha et souleva le bas du bliaut pour lui examiner les chevilles.

— Laissez-moi tranquille ! protesta-t-elle en essayant de le repousser. Comment osez-vous ? Je vais parfaitement bien, mais je suis tombée un peu rudement, voilà tout.

Elle détestait cet homme, précisément à cause du souci qu'il prenait d'elle. Elle n'aimait pas le sentir trop près d'elle non plus, à cause des pensées qui naissaient de cette proximité : il sentait la mer, les grands espaces, il donnait des idées d'aventure, de vie bien remplie et libre.

Guillaume avait étendu son manteau sur le sol et il commençait à ouvrir un des paquets pour découvrir ce qu'il contenait : de beaux pains ronds, des fromages crémeux et des cuisses de volailles. Emmeline jeta un coup d'œil sur cet étalage et aussitôt elle se mit à saliver.

— Avez-vous pensé à vous munir de provisions ? lui demanda Talvas en se redressant. Si ce n'est pas le cas, vous pouvez profiter des nôtres.

Elle ne répondit pas, le visage rouge et fermé, montrant ainsi à quel point elle le détestait.

Elle se retourna et détacha le petit sac attaché à la selle de son cheval, en disant :

— Je vous remercie, mais j'ai ce qu'il me faut.

— Dans ce cas, asseyez-vous, reprit Talvas en lui désignant le manteau de Guillaume.

Elle hésita, n'ayant pas envie de marcher devant lui car cela lui montrerait qu'elle boitait.

— Eh bien, allez-y ! reprit-il. Guillaume ne mord pas !

Puis il se tourna vers son cheval pour détacher sa gourde. Emmeline en profita pour filer vers le manteau sur lequel elle se laissa tomber. Talvas lui tournait toujours le dos,

Guillaume était trop occupé à mordre dans une cuisse de poulet pour faire attention à elle. Elle put donc prendre place sans se faire trop remarquer.

— Alors, quelle préoccupation vous mène à Torigny ? demanda Talvas alors qu'il prenait place non loin d'elle, sur un tronc d'arbre abattu et entreprenait d'ouvrir l'autre paquet de victuailles.

— Cela me regarde, répondit Emmeline en s'affairant à l'ouverture de son petit sac, les yeux baissés pour ne pas croiser le regard de son interlocuteur.

La douleur dans sa cheville devenait très supportable ; moins vive, elle persistait cependant. A présent qu'elle se sentait mieux, Emmeline était prête à dire son fait à l'impudent personnage.

Celui-ci partit d'un grand rire qui résonna sous la haute voûte des arbres. Penché en arrière, il se laissa secouer par l'hilarité, à la suite de quoi il répondit, les yeux mouillés de larmes gaies :

— Laissez-moi deviner, alors.

Puis il croisa les bras et leva les yeux au ciel en plissant le front, comme s'il cherchait avec intensité, puis reporta son regard moqueur sur Emmeline, avant de déclarer, pour Guillaume :

— Nous sommes en présence d'une jeune femme des plus étonnantes, qui ne veut vivre que selon ses propres règles, sans se soucier de sa sécurité ni de sa réputation.

Emmeline se redressa pour protester, mais Talvas leva une main pour lui imposer le silence.

— Un moment, damoiselle, laissez-moi terminer.

Il reprit, toujours pour Guillaume :

— Elle possède son propre bateau de commerce, elle passe une grande partie de sa vie dans le port, parmi les négociants ; mais il lui arrive de voyager à l'intérieur des terres sans daigner se faire accompagner de quiconque. Pourrais-tu me dire pourquoi ?

— Pour rendre visite à des parents ? proposa Guillaume, la bouche pleine.

— Et si c'était pour rendre visite à quelqu'un qu'elle ne connaît pas encore ? répliqua Talvas, en reportant sur elle son regard brillant d'ironie, un vrai regard de rapace.

Elle le regarda un moment avant de s'écrier :

— Vous savez !

Comme elle le détestait, avec ces airs supérieurs qu'il prenait avec elle !

— J'ai essayé de deviner, répondit-il, l'air modeste, et votre réaction montre que j'ai trouvé.

Il ne servait plus à rien de nier. Le rouge au front, Emmeline se laissa aller aux confidences.

— J'ai entendu dire, par votre écuyer, que l'impératrice avait besoin d'un bateau et j'ai pensé...

— Et vous avez pensé que vous pourriez gagner quelque argent assez facilement !

Emmeline décocha à Talvas un regard plein de haine. De quel droit se permettait-il de dire qu'elle était âpre au gain ? Pire, comment pouvait-il sous-entendre qu'elle cherchait à profiter de l'impératrice, qu'elle était une femme mercenaire ?

— J'ai simplement pensé, dit-elle avec dignité, que nous pourrions nous aider l'une l'autre.

Mais à quoi bon se justifier ? Elle se pencha pour examiner le contenu de son sac.

Talvas ne répondit pas. Il buvait, longuement, goulûment. Puis il s'essuya les lèvres avec sa manche et tendit sa gourde à Guillaume, et son regard incisif se reporta sur Emmeline. Petite rouée ! songeait-il. Toutes les mêmes, ces femmes ! Leur beauté n'était qu'un masque cachant leur cœur avare. Elles n'avaient qu'un but dans la vie, elles ne s'intéressaient qu'à l'argent, l'argent, toujours l'argent ! Une pièce par-ci, une pièce par-là ! Elles ne s'arrêtaient donc jamais ? L'or était-il seul capable de les rendre un peu heureuses ? L'amour, l'amitié, la confiance, tout cela ne comptait-il pour rien ?

Il observa les petites dents bien blanches d'Emmeline qui arrachaient un morceau à la pomme, puis son regard se reporta sur les doigts fins et remonta jusqu'au poignet, mais ses pensées prirent un autre tour.

Elle l'avait abandonné pour une question d'argent, celle qu'il avait eu l'intention d'épouser, quelques années plus tôt. Il avait très vite compris qu'il avait affaire à une ambitieuse, dès la première fois qu'il avait rencontré cette beauté blonde, chez ses parents, à Boulogne. Il avait tout compris mais, par stupidité, il n'avait pas voulu en tenir compte. Cette jeune fille, qui était alors la suivante de sa mère, avait mis tout en œuvre pour le séduire. Elle n'avait que dix-huit ans ! Il s'était laissé captiver, enjôler. Ignorant les regards désapprobateurs de ses parents qui assistaient à cette idylle naissante et de plus en plus dévorante, il n'avait plus d'yeux que pour la jolie figure, le merveilleux sourire de celle qui lui avait tenu la dragée haute, peu de temps, avant de se donner à lui, ou plutôt de se jeter sur lui. Il avait alors fallu célébrer leurs fiançailles, parce qu'elle était enceinte ; et il avait été convenu qu'ils se marieraient lorsqu'il serait chevalier.

Talvas prit une longue inspiration pour se remettre du malaise diffus dont il se sentait pris. L'air le brûla en passant dans sa gorge serrée... Ensuite, ils avaient commencé à se quereller. En dépit de la grande fortune de ses parents, il était décidé à faire tout seul son chemin dans la vie, il voulait construire des bateaux. La jeune fille n'y consentait pas, car elle voulait qu'il prenne possession de toutes les terres et de toutes les richesses de son héritage. Avec brutalité, deux semaines après avoir accouché, elle rompit les fiançailles, elle abandonna Talvas pour un Anglais riche et noble, qu'elle suivit dans son pays en y emmenant leur petite fille avec elle, et celle-ci, Talvas ne l'avait plus jamais revue. Les dents serrées, il marmonna un juron. L'esprit indépendant et le joli minois de damoiselle Lonnières lui rappelaient par trop sa fiancée, cette jeune fille qui l'avait meurtri et dont le souvenir assombrissait toute sa vie depuis.

Dès lors, la mer était devenue sa maîtresse. La mer lui plaisait parce qu'elle était rude, sauvage, imprédictible. Elle convenait à son être épris d'aventures. Il aimait prendre des risques insensés, sans se soucier des conséquences. Il préférait les dangers de la mer aux bonheurs d'une vie domestique, trop calme à son goût.

Les femmes ? Il ne les voyait plus. Elles n'avaient plus de visage. Il les ignorait et ne recherchait leur compagnie que pour satisfaire ses besoins physiques, et ces brèves rencontres ne signifiaient absolument rien pour lui. Il les oubliait aussitôt après. Il ne serait pas dit qu'une autre femme se moquerait de lui, de nouveau.

— Talvas ?

La voix de Guillaume l'arracha à ses méditations amères. Il se tourna vers lui, qui demanda :

— Ne croyez-vous pas que nous devrions nous remettre en route ?

Il jeta un regard éloquent vers le ciel.

— Vous avez raison, répondit Talvas. Allons-y.

D'un bond, il se mit sur pied en se demandant pourquoi il venait d'accorder tant de réflexions à son passé. Cette période de sa vie était bel et bien terminée, il ne servait à rien d'y revenir et le mieux serait de l'oublier complètement.

— Damoiselle, vous êtes-vous suffisamment restaurée ? demanda-t-il d'une voix presque furieuse.

Emmeline jeta son trognon de pomme par-dessus son épaule, dans la rivière. Le quignon de pain resterait dans son sac : elle n'avait pas envie de montrer une si maigre pâture à ces deux hommes qui venaient de faire bombance devant elle. Mais Talvas lui prit son sac, le retourna, regarda par terre et leva les yeux vers elle.

— Est-ce tout ? demanda-t-il avec un étonnement qui n'avait rien de feint.

Horrifiée, humiliée, Emmeline considéra le morceau de pain et les miettes répandues sur le manteau, la preuve qu'elle n'avait pas grand-chose à se mettre sous la dent. Gênée, elle haussa les épaules et tenta de donner une explication.

— Je n'ai pas faim.

Hélas, elle se sentait rougir. Elle ramassa le quignon de pain, le pressa contre sa poitrine et reprit, d'une voix plaintive :

— Je vous en prie...

Elle avait envie de dire : « Ne me prenez pas en pitié, c'est inutile », mais les mots ne parvinrent pas à franchir le barrage de ses lèvres.

— Vous mangerez en chemin, damoiselle, reprit Talvas. Je n'ai pas envie de vous voir tomber d'inanition. Nous avons encore un long chemin à faire.

Puis il fourra le sac entre les mains d'Emmeline et se dirigea vers son cheval qui l'attendait patiemment, les pattes encore dans la rivière.

Guillaume aida Emmeline à se mettre en selle. Il avait un sourire aimable, lui.

— Merci, lui murmura-t-elle avec reconnaissance. Vous avez de bien meilleures manières que votre seigneur.

Le jeune homme prit un air un peu contrit pour répondre :

— Il ne faut pas le juger trop sévèrement, damoiselle. Il ne veut que votre bien.

Talvas de Boulogne se trouvait déjà en selle, et sur le chemin. Il se retourna pour crier, d'une voix impatiente :

— Guillaume, nous y allons, oui ou non ? Cessez donc de bavarder à tort et à travers !

L'écuyer se le tint pour dit. Il obtempéra avec vivacité, se mit en selle, puis se rapprocha de son seigneur. Il semblait pensif, ou plutôt interloqué.

Talvas fronça les sourcils.

— Je n'aime pas cet air que vous avez, lui dit-il. Qu'est-ce qui vous tracasse ?

Guillaume se retourna brièvement pour jeter un coup d'œil en direction d'Emmeline. Elle se trouvait encore assez loin, et ne pouvait donc entendre. Il reprit à voix basse :

— La jeune fille…

— Oui ! Eh bien, quoi ?

— Je ne l'avais jamais vue de si près, mais maintenant c'est fait, et je me dis qu'elle ressemble beaucoup à…

— Ne prononcez jamais ce nom, Guillaume. Ne le prononcez jamais !

Les yeux d'Emmeline s'agrandirent d'étonnement quand elle aperçut pour la première fois le château de Torigny, imposante forteresse dont les hautes tours se hissaient très haut au-dessus de la forêt. Elle était bâtie sur un monticule rocheux et faite de la même roche, d'un gris qui paraissait presque noir, et brillant à cause des pluies récentes. Brillaient également les cottes de mailles des nombreuses sentinelles parcourant inlassablement le chemin de ronde, et qui disparaissaient derrière les merlons, et qui apparaissaient dans les créneaux. Les oriflammes rouges, emblèmes de l'impératrice Maud et de son mari, le comte Geoffroy d'Anjou, flottaient au sommet de toutes les tours, vivantes taches de couleur dans la grisaille ambiante.

Quant au village de Torigny, qu'il fallait traverser pour parvenir au château, il consistait en un rassemblement de chaumières le long de la rivière et du chemin, et la fumée qui montait de tous les toits était tordue par le vent tourbillonnant.

Emmeline prit une longue inspiration. Son cheval s'arrêta, comme s'il était sensible à sa nervosité. Elle avait froid et elle frissonnait. Il tombait depuis quelque temps une bruine légère qui avait eu raison assez vite du manteau et du bliaut qu'elle portait.

— Comment entrons-nous ? cria-t-elle à l'adresse de Talvas qui se trouvait déjà loin en avant.

Il se retourna pour expliquer :

— Il nous faut traverser tout le village et contourner le château pour nous présenter devant le pont-levis.

Dans la lumière atténuée du crépuscule commençant, Emmeline pouvait à peine voir les traits de l'homme, elle n'en distinguait que les yeux d'un bleu étincelant et l'éclat des dents blanches qui suggérait un sourire. Elle frissonna, car elle se sentait moulue et elle avait de plus en plus froid. Ce qui n'échappa point à Talvas.

— Vous avez un peu peur, n'est-ce pas ? demanda-t-il. Avouez ! Il faut reconnaître qu'il est impressionnant, ce château, tout comme celle qui y habite.

— Essayez-vous de me faire peur ? demanda Emmeline en tâchant d'assurer sa voix.

Elle porta la main à sa nuque pour en presser les muscles durcis par la fatigue.

— Non, damoiselle, répondit Talvas, je ne cherche pas à vous faire peur, seulement à vous préparer à ce qui vous attend. Mais venez donc, il faut nous dépêcher si nous voulons entrer avant qu'il ne fasse nuit noire.

Emmeline pressa les flancs de sa monture, qui se mit au trot. Tout en gardant le regard fixé sur les hautes murailles, elle dut reconnaître, bien qu'à contrecœur, qu'elle était finalement ravie d'avoir une escorte. Sans ces deux hommes, elle n'eût pas osé entrer dans l'imposant château.

Ayant traversé le village, le petit groupe se présenta à l'entrée de la rampe qui menait au pont-levis. Quand les chevaux commencèrent à glisser sur les pavés mouillés, Talvas proposa :

— Descendons et allons à pied. Ce sera plus facile.

Il donna l'exemple et mit pied à terre.

Emmeline hocha la tête en signe d'assentiment, et se trouva bien soulagée d'aller à pied sur cette rampe étroite, bordée de ravins.

En haut, deux sentinelles montaient la garde, une grande lance à la main. Les deux hommes portaient un casque à nasal et une cotte de mailles sous un surcot aux armes du roi Henri, deux léopards dont l'un représentait la Normandie et l'autre l'Angleterre. Ayant reconnu Talvas, ils le saluèrent et lui donnèrent passage sous le porche.

Dans la cour, alors que des palefreniers s'approchaient pour prendre les chevaux en charge, un jeune noble fort élégamment vêtu se tourna vers les arrivants et s'écria joyeusement :

— Talvas, messire Talvas !

Suivi d'un porteur de torche, il s'élança pour venir à la rencontre de celui-ci, qui s'exclama, avec manifestement moins de plaisir :

— Comte Robert !

Il retira son chapeau et passa la main dans ses boucles brunes, avant de reprendre :

— Je ne savais pas que je vous trouverais à Torigny.

— Où se trouve l'impératrice, répondit ledit Robert, là aussi on me trouve.

— Alors, votre loyauté fraternelle doit être louée, reprit Talvas, sans rire.

— Ma loyauté est sur le point d'être mise à rude épreuve, soupira Robert, en même temps qu'il scrutait le visage d'Emmeline, lequel semblait lui plaire.

Après un bref instant d'hésitation, il demanda :

— Je reconnais votre écuyer, mais qui est cette jouvencelle ? Est-elle de votre maison ? C'est une vraie beauté.

Emmeline rougit violemment et fut certaine que cela se voyait malgré l'obscurité, et elle s'empourpra davantage encore quand Talvas se pencha vers elle, comme s'il avait besoin de vérifier l'affirmation de messire Robert. Après quelques secondes très pénibles pour elle, il répondit :

— Non, cette jouvencelle n'est pas de ma maison. Nous l'avons rencontrée sur le chemin, en venant de Barfleur. Damoiselle Lonnières souhaiterait obtenir la faveur d'une entrevue avec l'impératrice, pour traiter certaines affaires importantes.

Aussitôt le visage de messire Robert se crispa. Il murmura, comme pour lui-même :

— Je crois que cela sera difficile.

Puis il saisit précipitamment le bras de Talvas pour lui dire :

— Il faudrait que je vous parle, seul à seul.

Les deux hommes se dirigèrent vers un coin de la cour et ils se fondirent dans l'obscurité. Le porteur de torche avait reçu l'ordre de rester auprès d'Emmeline. Elle resta donc dans le cercle de lumière, assez gênée de se sentir le point de mire de tous les gens qui circulaient autour d'elle et la regardaient avec une curiosité non dissimulée. Guillaume s'était éloigné aussi, il l'avait abandonnée pour aller avec les palefreniers et voir comment on s'occupait des chevaux.

Pour se donner une contenance, elle examina le bas de son bliaut qui était mouillé et taché de boue. Son manteau aussi était sali, et surtout tout trempé, et plein d'eau il pesait lourdement sur ses épaules, comme s'il était lesté de billes de plomb. Dans sa hâte de gagner Torigny, elle n'avait absolument pas pensé à la façon dont elle serait habillée pour paraître devant l'impératrice, elle n'avait pas préparé non plus le discours qu'elle devrait lui tenir. Et voilà qu'au moment de mettre son projet à exécution, le doute s'insinuait en elle. Dans quelle folie s'était-elle lancée ? Elle n'avait ni le rang ni les manières qui convenaient pour s'adresser à l'impératrice, fille du roi d'Angleterre ! Et quand bien même elle disposerait de ce dont celle-ci avait besoin, à savoir un bateau pour traverser la Manche, n'était-ce pas outrecuidance que d'aller le lui proposer ?

Elle suivit du regard Talvas qui surgissait de l'ombre et revenait vers elle. Quand il fut tout près, elle lui vit la bouche pincée, ce qui était de mauvais augure, et en effet il lui déclara d'emblée :

— Il ne convient pas que vous voyiez l'impératrice, mais vous avez l'autorisation de passer la nuit ici. Vous rentrerez à Barfleur demain.

— Comment cela, « il ne convient pas » ? s'écria-t-elle, incrédule et agacée. Si l'impératrice sait que je suis venue lui proposer mon bateau, elle voudra me recevoir !

Talvas lui prit le bras qu'il serra un peu fort, en lui murmurant dans l'oreille :

— Un peu moins fort, je vous prie.

Elle secoua son bras, haussa l'épaule dans l'espoir de se libérer, et clama, non moins fort qu'avant :

— Il n'en est pas question ! Je n'ai pas fait tout ce chemin pour me laisser éconduire !

Sans y penser, elle planta son index dans la poitrine de l'homme. Il captura cette main impertinente et s'en servit pour attirer la jeune femme tout près de lui, avant de lui asséner ces mots qu'il prononça, les dents serrées :

— J'ai dit non, point final !

Il avait le regard dur. Dans la lumière de la torche tenue par le serviteur, ses yeux d'ordinaire bleu azur avaient pris la couleur de la nuit.

Sans brutalité, Emmeline réussit à lui soustraire sa main, sur laquelle il ne se crispait pas. Dans ce mouvement, elle caressa une paume rendue calleuse par une vie d'errances et d'aventures.

Sensible à cette caresse, il porta son regard sur la tête de la jeune femme, couverte d'un voile retenu par un simple bandeau doré, voile qui laissait échapper beaucoup de boucles blondes, dont certaines lui retombaient sur le front. Il songea qu'elle était d'une beauté à couper le souffle, surtout quand elle rougissait, comme en ce moment. Il se sentit ému, décontenancé aussi, comme s'il se sentait en danger. Ce pincement, dans sa poitrine, ne trompait pas. Mais qui était cette jeune femme pour lui inspirer de tels sentiments, pour éveiller en lui des émotions qu'il croyait ne plus pouvoir ressentir, des émotions qu'il s'interdisait ?

Emmeline reprenait, d'une voix suraiguë, et elle le tira ainsi de sa rêverie :

— J'ai dit que je n'avais pas fait tout ce chemin pour me laisser éconduire ! Alors, je verrai l'impératrice, que cela vous plaise ou non ! Ma parole, on croirait que vous voulez m'interdire cette audience.

« C'est vrai, songea-t-il, je ne veux pas que vous approchiez l'impératrice, mais comment vous faire comprendre mes raisons ? » Le comte Robert venait de lui dire que le roi d'Angleterre avait trépassé et que Maud voulait rentrer en Angleterre aussi vite que possible, avec la dépouille de son père. Il savait bien pourquoi : elle voulait monter sur le trône. Or, sa loyauté allait à Etienne, le beau-frère de l'ambitieuse, l'héritier légitime selon lui. Dans ces conditions, il ferait tout son possible pour empêcher Maud de traverser la Manche.

— Si elle sait que je peux mettre un bateau à sa disposition, reprenait Emmeline, je suis certaine qu'elle me recevra avec plaisir.

Elle avait parlé fort, exprès. Le comte Robert, qui se trouvait non loin, l'avait entendue, et il se tournait vers un serviteur à qui il disait quelques mots.

Agacé, Talvas reprit :

— Femme, vous parlez trop et vous allez attirer le malheur sur nous. Est-ce cela que vous voulez ?

Ne voulant pas continuer cette conversation gênante dans la cour où passaient tant d'indiscrets, il prit la jeune femme par l'épaule pour la conduire vers le château.

La voix du comte Robert se fit entendre.

— Messire Talvas, un moment, je vous prie !

Il fallut s'arrêter, l'attendre. Il demanda :

— Cette jeune femme ne vient-elle pas d'évoquer un bateau ?

— Non ! fit Talvas, en crispant sa main sur l'épaule d'Emmeline.

— Bien sûr que si ! répliqua celle-ci, sur le ton du triomphe. J'ai entendu dire que l'impératrice voulait gagner l'Angleterre, et je peux mettre mon bateau à sa disposition. Il est ancré à Barfleur.

— Pourquoi ne me le disiez-vous pas, messire Talvas ? demanda le comte Robert, d'une voix doucereuse. J'ai l'impression que cette damoiselle nous sera d'un grand secours ; d'un très grand secours.

Le comte Robert conduisit le petit groupe vers un huis en chêne massif, qui donnait accès à une des quatre grosses tours que comportait le château. De grandes torches illuminaient le passage, mais la porte ouverte, on se trouvait dans un corridor obscur. Heureusement, une corde courait le long de l'escalier. Emmeline s'en saisit et put gravir les marches sans encombre, mais lentement, avec précaution parce que les marches étaient glissantes à cause de l'humidité, et aussi à cause de sa cheville droite qui la faisait souffrir. Devant elle allait le comte Robert, qui lui montrait le chemin et dont les pas résonnaient fortement, mais Talvas, qui venait normalement derrière elle, elle ne l'entendait pas. Avait-il renoncé à la suivre? Elle craignait de l'avoir offensé. Elle l'avait vu agacé, pour ne pas dire en colère : de cela elle ne doutait pas, sans savoir pourquoi. De quoi se mêlait-il? Tout ce qu'elle voulait, c'était se rendre en Angleterre afin de revoir sa sœur, et faire d'une pierre deux coups, puisque le passage de l'impératrice lui rapporterait un argent bienvenu. En quoi tout cela concernait-il messire Talvas de Boulogne?

De l'orteil — son pied droit, évidemment! — elle heurta une marche et grimaça de douleur. Elle eut si mal qu'elle lâcha un moment la corde et faillit perdre l'équilibre. Ne pas tomber! Ne pas tomber! Montrer sa faiblesse devant ces deux hommes lui infligerait une humiliation de plus. Elle ne voulait pas recevoir leur aide. Elle ne voulait surtout pas leur inspirer de la pitié.

La voix de messire Talvas se fit entendre :

— Faites attention, damoiselle, les marches sont inégales.

Déjà d'une main, il lui prenait le coude pour l'aider à garder l'équilibre. Elle ne l'avait pas entendu approcher! Elle ne le voyait pas, mais se trouvait très consciente de sa proximité avec lui, dont elle ressentait la chaleur. Il avait une présence qui la rassurait et l'inquiétait en même temps. Consciente de ce sentiment paradoxal, elle se mordit la lèvre pour tenter de réfléchir sainement. Comme il serait confortable, comme il serait agréable de se laisser tomber dans les bras de cet homme, pour profiter de sa force, pour se sentir protéger par lui. Mais elle ne céderait pas à cette tentation que lui inspirait sa propre faiblesse. Elle ne se rendrait pas à lui. N'avait-elle pas en elle une force qui valait bien celle de Talvas. Force morale plus que physique certes, mais en quoi celle-ci devait-elle être considérée comme supérieure à celle-là ? En tout cas, elle ne soumettrait jamais sa faiblesse relative à la force de quiconque : Giffard lui avait donné à ce propos une leçon qu'elle n'oublierait jamais.

— Ne vous mettez pas en peine pour moi, messire, murmura-t-elle ; surtout que j'ai la très nette impression que vous aimeriez bien me voir rouler jusqu'au bas de l'escalier.

— Ne me tentez pas.

Elle frissonna en entendant cette voix grave qui faisait naître en elle des émotions indues, et elle voulut s'en défendre en soustrayant son coude à la main trop serviable qui le tenait, afin de reprendre son ascension. Ce mouvement fit rire Talvas, et cela l'agaça au plus haut point. Elle se retourna vivement vers lui.

— Pourquoi êtes-vous en colère contre moi ? Mes affaires ne vous causent aucun dommage, alors, je ne comprends pas pourquoi vous vous en préoccupez.

— Vous parlez trop, ma chère, et vous pourriez vous en mordre les doigts.

Elle s'esclaffa.

— Allons donc ! Vous essayez de me faire peur, mais vous n'y réussirez pas. Et d'abord, que faites-vous ici ? Je croyais que vous aviez l'intention de vous rendre à Boulogne.

Talvas sourit, et ses dents luisirent dans l'obscurité.

— Vous êtes bien impatiente de vous débarrasser de moi, hein ? Moi qui croyais que vous appréciiez ma compagnie.

Il se trouve simplement que Guillaume et moi n'aimons pas chevaucher de nuit.

— Alors, vous partirez demain matin ? fit-elle d'une voix qui trahissait son soulagement.

Puis elle se rendit compte, non sans émoi, que sa position supérieure dans l'escalier mettait ses yeux à la hauteur de la bouche de Talvas, une belle bouche aux lignes généreuses, une bouche très sensuelle.

— Nous verrons bien, ma chère. Nous verrons bien.

Emmeline eut comme un vertige. La tête lui tournait tandis qu'elle ressentait, de façon de plus en plus nette, le désir de se soumettre complètement à cet homme qui, par ailleurs, l'agaçait au plus haut point parce qu'il se moquait d'elle ouvertement. Plus entreprenant que jamais, voilà qu'il la prenait maintenant par la taille — pour la soutenir, bien sûr ! — et qu'il la caressait avec ses pouces. Ce geste ô combien libertin faisait monter en elle une fièvre qu'elle reconnaissait parfaitement : le désir. Dans son esprit se formaient des mots de protestation, qu'elle ne parvenait à prononcer que sous forme de balbutiements incompréhensibles, dans un désordre qui traduisait très bien le désarroi qu'elle ressentait. Son corps fondait, lui semblait-il. Sa respiration s'accélérait et devenait irrégulière. Soudain elle se sentit perdue.

— Hâtez-vous, messire Talvas !

D'en haut venait la voix du comte Robert, qui s'impatientait et le faisait savoir. Il ajouta d'ailleurs :

— Croyez-vous que le moment soit bien choisi pour les conversations intimes ?

— Ce ne sera jamais le moment ! réussit à murmurer Emmeline.

Trouvant enfin en elle la force qu'elle appelait de ses vœux, elle entreprit de repousser les mains de messire Talvas…

pour s'apercevoir qu'elles avaient déjà déserté ses hanches, laissant derrière elles une troublante sensation de chaleur.

— Je ne voulais que vous aider, damoiselle, lui dit-il d'un ton rauque.

Emmeline fit semblant de ne pas noter le trouble et la gravité que trahissaient soudain cette voix et reprit son ascension.

Talvas suivait des yeux la silhouette à peine visible dans l'obscurité de l'escalier, il ne pouvait détacher ses yeux du mouvement si suggestif des étoffes. Quand Emmeline s'était retournée pour lui faire face, elle lui avait révélé la stupéfiante beauté de son visage, dont il avait certes conscience, mais qui l'avait laissé sans voix, parce que, pendant un court moment, il s'était senti transporté dans le passé, au temps où il avait été fiancé avec une autre jeune fille, qui ressemblait tant à celle-ci.

Comme l'autre, celle-ci irradiait une lumineuse énergie qui le fascinait, une énergie dans laquelle il éprouvait le désir de se perdre. Mais il résisterait à cet enchantement délétère ! Il ne devait pas succomber, s'il ne voulait pas devenir fou.

5

Sortant de l'obscurité qui régnait dans l'escalier, Emmeline entra dans la vive lumière qui inondait la grande pièce et elle cligna des yeux. Arrêtée sur le seuil, elle regarda autour d'elle. Elle vit d'abord les somptueuses tapisseries accrochées sur les murs, qu'elles égayaient de leurs vives couleurs. Elle remarqua ensuite un immense lit à baldaquin, couvert de fourrures, aux rideaux ouverts, et autour de ce lit se trouvaient, comme des soldats montant la garde, d'immenses chandeliers portant de grands cierges allumés. Puis son regard se porta vers l'embrasure d'une fenêtre, où elle aperçut un tout petit enfant et un autre, d'environ deux ans, qui jouaient tranquillement sur un tapis, sous le regard bienveillant d'une nourrice.

L'impératrice Maud siégeait au milieu de la chambre. Assise sur un fauteuil de chêne sculpté, la tête posée sur une main, elle écoutait la musique que lui jouait une harpiste. Elle avait les yeux fermés et, lorsqu'elle les ouvrit, Emmeline nota qu'ils étaient rouges et gonflés comme si elle venait de pleurer. Une de ses suivantes se pencha vers elle pour lui dire quelques mots. Elle se redressa et le premier regard qu'elle jeta aux visiteurs était rien moins qu'aimable, mais, voyant qui arrivait, elle esquissa un sourire et murmura :

— Comte Robert !

Elle tendit vers son demi-frère ses mains étincelantes de

pierreries multicolores. Celui-ci s'agenouilla pour le baiser rituel, mais déjà le regard de l'impératrice glissait par-dessus sa tête pour se fixer sur Talvas.

— Vous êtes là aussi ! s'exclama-t-elle avec plus d'enthousiasme. Approchez, approchez donc, messire ! Voilà plusieurs mois que je n'ai pas connu le plaisir de votre compagnie.

Talvas combla en quelques enjambées la distance qui les séparait et à son tour il s'agenouilla pour baiser la main de l'impératrice, avant de répondre :

— C'est un grand honneur pour moi que de paraître en votre présence, Madame ; mais je suis navré de vous revoir en d'aussi pénibles circonstances.

Le regard de l'impératrice se porta brièvement sur son demi-frère avant de revenir sur Talvas.

— Le comte vous a donc appris l'affreuse nouvelle…

Ses yeux s'étaient mouillés de larmes.

Restée un peu en arrière, dissimulée à la vue de Maud par les deux hommes qui se trouvaient devant elle, Emmeline écoutait cet échange avec grand intérêt, avec la conscience d'une tension dont elle ne parvenait pas encore à s'expliquer les raisons. Elle voyait bien que les dames s'affairaient à leurs tâches diverses et semblaient s'y absorber, mais qu'elles prêtaient une oreille attentive à tout ce que disait leur maîtresse. Alors qu'elle changeait de position pour soulager sa cheville droite, l'impératrice l'aperçut et demanda en la désignant du doigt :

— Qui est-ce ?

Elle semblait, non pas étonnée, mais choquée de cette présence, ce que dénonçait sa bouche déjà étirée en un rictus désagréable, tandis que son regard durci se tournait vers le comte Robert dans l'attente d'une explication.

Consciente d'être le point de mire de tous, Emmeline se redressa et s'avança pour se présenter.

— Je suis Emmeline Lonnières, Madame, énonça-t-elle d'une voix claire et nette.

A sa grande surprise, l'impératrice s'adoucit aussitôt, elle joignit les mains en signe de ravissement, et elle se tourna vers son demi-frère.

— Ah! Je vois que vous avez trouvé le moyen de nous faire passer en Angleterre, n'est-ce pas?

— Je n'ai rien fait, admit honnêtement le comte Robert.

Il s'était approché de sa demi-sœur. La main posée sur l'épaule de celle-ci, il accorda un long regard à Emmeline avant d'ajouter :

— Il se trouve simplement que j'ai entendu cette dame dire à messire Talvas qu'elle possédait un bateau.

— Alors, la Fortune nous favorise, répondit Maud. Approchez donc, ma fille, que je puisse vous voir.

Les doigts en crochet, elle agita la main pour inciter Emmeline à venir plus vite.

Celle-ci se hâta d'obtempérer et fit une révérence aussi profonde que possible, interrompue dans ce rituel par l'impératrice qui lui prenait les deux mains pour l'attirer à elle et lui demander :

— Quand votre bateau peut-il être prêt?

— Il est prêt, répondit Emmeline. Il ne me reste plus qu'à trouver un équipage… et un capitaine. Il faut avouer que nous entrons dans la saison des tempêtes d'hiver et qu'il sera peut-être difficile de trouver des volontaires. Il faudra se résoudre à distribuer un peu plus d'argent que d'ordinaire.

Derrière elle, Talvas se permit un petit ricanement, mais l'impératrice déclarait :

— De l'argent, j'en ai plus qu'il n'en faut. Cela dit, il nous faudrait prendre la mer le plus vite possible.

Talvas prit la parole.

— Ne serait-il pas plus sage d'attendre le printemps, Madame ?

L'impératrice lui décocha un regard dégoûté, comme s'il venait de prononcer une incongruité, et elle répliqua avec emportement :

— Je ne peux pas attendre le printemps, Talvas ! C'est impossible ! Auriez-vous perdu la raison ? Il faut que je me rende en Angleterre dès maintenant, le plus vite possible.

Elle se leva. Elle s'agitait. La bouche pincée et réduite à une simple ligne presque invisible, elle retomba lourdement sur son siège. A ce moment, un des enfants, dans l'embrasure de la fenêtre, se mit à pleurnicher. L'impératrice porta une main à son front et gémit :

— Seigneur ! Ces enfants ne peuvent-ils pas se taire ? Ne puis-je pas avoir un peu de paix dans ma propre chambre ?

Une main crispée sur l'accoudoir de son siège, elle revint à Emmeline pour lui demander :

— Quelle quantité d'or vous paraît-elle nécessaire pour assurer un départ dans les deux jours ?

Emmeline ne donna pas de chiffres, mais dit :

— Il y aurait une autre condition à l'organisation de cette traversée.

— De quoi s'agit-il ?

— Je désirerais faire partie du voyage.

L'impératrice accueillit cette demande avec un mince sourire, plutôt bienveillant, et répondit :

— Eh bien ! Je serai ravie d'avoir votre compagnie. La plupart de mes femmes n'ont pas l'habitude de voyager, et je préfère qu'elles restent ici pour s'occuper de mes enfants. Vous pourrez donc m'accompagner et vous serez ma suivante.

— Je souhaiterais être considérée comme votre égale, Madame.

Choquée par ce qu'il fallait bien appeler une insolence, Maud sursauta et se redressa. Dans la salle se faisaient entendre des murmures scandalisés. Le comte Robert eut pour Emmeline un regard qui la condamnait déjà.

— Je vous trouve bien effrontée, finit par déclarer Maud, dans un silence glacial.

Mais elle commençait à sourire, et c'est avec un semblant de cordialité qu'elle ajouta aussitôt :

— Pour cela, je vous admire.

Puis elle se tourna vers son demi-frère pour affirmer, à haute voix afin de bien se faire entendre de tous :

— J'aime cette jeune personne, Robert.

— Moi aussi, répondit-il d'un ton qui donnait à penser qu'il ne donnait pas le même sens à ce verbe, aimer...

Il jeta à la jeune femme un regard de prédateur, et il donnait même l'impression de se retenir pour ne pas se lécher les babines.

L'impératrice reprenait, et son ton redevenait coupant :

— Ne prenez pas trop vos aises avec moi, jeune dame. Tous ceux qui me connaissent bien vous diront que je ne suis pas de celles qu'on dit accommodantes. Mais revenons à nos affaires. Je puis vous proposer vingt pièces d'or pour l'usage de votre bateau.

Emmeline s'imposa l'impassibilité. Elle ne voulait pas manifester sa réaction à cette proposition : trop tôt. Elle avait espéré gagner un peu plus. Avec une lenteur calculée, elle croisa les bras sur sa poitrine, une pratique apprise au cours de ses longues négociations, souvent difficiles, avec les marins et les négociants. Elle dit :

— Il me faudrait plus pour persuader le capitaine Lecherche et ses marins de reprendre du service. Disons que trente pièces d'or constitueraient une somme plus adéquate.

En disant « trente », somme qu'elle jugeait elle-même

exagérée, elle pensait qu'on parviendrait à trouver un accord sur une somme intermédiaire, raisonnable.

Sourcils froncés, le comte Robert se pencha vers sa demi-sœur pour lui glisser quelques mots à l'oreille. Celle-ci hocha la tête puis reprit, à l'adresse d'Emmeline :

— Nous sommes quelque peu à votre merci, damoiselle, et vous en profitez. N'oubliez pas que si le plaisir m'en prenait, je pourrais vous faire jeter dans mes prisons et saisir votre bateau au nom de mon père, qui est roi d'Angleterre. Mais vous avez de la chance, car je vous apprécie. C'est pourquoi je vous propose vingt-cinq pièces d'or.

Talvas de Boulogne prit la parole avec autorité.

— Et moi, dit-il, je ne demanderai rien.

De quoi se mêlait-il, celui-là ? Furieuse de le voir intervenir dans les négociations, Emmeline se tourna vers lui et le saisit par le bras qu'elle secoua en s'exclamant :

— Que faites-vous ? Je ne vous comprends pas.

C'était vrai : elle ne comprenait pas quel jeu il prétendait jouer.

Sans daigner lui répondre, sans même la regarder, il gardait les yeux fixés sur l'impératrice, qui, enchantée, se mettait à rire en disant :

— Messire Talvas ! Bien sûr ! Vous pouvez diriger ce bateau vous-même !

— Et je trouverai un équipage compétent, ajouta-t-il.

— Il n'en reste pas moins vrai que je veux vingt-cinq pièces d'or pour prix de mes services, réussit à dire Emmeline.

Consciente que l'affaire lui échappait, elle n'avait qu'une seule envie à ce moment : tuer l'insupportable Talvas de Boulogne.

— N'allez tout de même pas trop loin, damoiselle, murmura-t-il en décrochant les doigts qu'elle gardait crispés sur son bras.

La menace implicite que contenaient ces mots n'échappa nullement à Emmeline, qui, troublée, n'osa pas répliquer.

Et l'impératrice, ravie, se tourna vers son demi-frère avec qui elle eut un court entretien secret, puis elle croisa les bras et ferma les yeux. Elle semblait s'être endormie.

Il appartenait au comte Robert de clore l'entretien.

— Nous pouvons vous donner quinze pièces d'or pour payer notre passage sur votre bateau, damoiselle. C'est à prendre ou à laisser.

Emmeline n'avait pas d'autre choix que de prendre.

Emmeline se débarbouillait. Elle passait un linge humide sur ses bras, avec une brutalité qui traduisait sa colère à l'endroit de Talvas de Boulogne. Elle se posait indéfiniment la même question, à laquelle elle ne pouvait trouver de réponse satisfaisante : de quel droit avait-il osé se mêler de ses affaires et gêner une transaction qui était si bien engagée ? C'était comme s'il lui avait volé dix pièces d'or ; dix pièces d'or ! Avec cette somme, elle aurait pu assurer sa subsistance et celle de sa mère pendant tout l'hiver, une longue période pendant laquelle la *Belle de Saumur*, ne pouvant naviguer, ne lui procurait plus aucun revenu. Certes, avec les quinze autres pièces, elle ne serait tout de même pas dans la misère... mince consolation ! Et puis, elle avait trouvé le moyen de se rendre en Angleterre pour voir sa sœur, ce qui n'était pas rien non plus... Il n'en restait pas moins que Talvas de Boulogne lui avait volé dix pièces d'or !

— Voulez-vous que je lave vos cheveux maintenant, damoiselle ?

Maud avait mis à la disposition d'Emmeline une jeune servante, Béatrice, pour l'aider à se préparer en vue du banquet qui devait avoir lieu le soir même.

— Je vous demande pardon ? Oh, oui, bien sûr, Béatrice. Vous pouvez commencer.

Tandis que Béatrice lui versait sur la tête un délicieux flot d'eau tiède, Emmeline se massa les muscles de la nuque et elle roula des épaules pour se délasser. En même temps, elle essayait d'oublier l'homme odieux qui semblait s'être donné pour mission de se mettre en travers de son chemin en toutes occasions. Mais, tandis que la servante commençait à lui frictionner les cheveux, elle se mit à revivre, par la pensée, certains événements survenus au cours de la journée, et qui avaient pour centre, précisément, celui qu'elle aurait tant voulu chasser de son esprit.

La porte s'ouvrit en grinçant.

Emmeline rouvrit les yeux et, imaginant qu'une autre jeune fille venait se mettre à son service, elle murmura à l'adresse de Béatrice :

— Je ne mérite pas autant d'attentions.

Elle sursauta en entendant cette réponse...

— C'est bien mon avis...

Talvas de Boulogne !

Béatrice poussa un cri d'effroi. Pour sauvegarder sa pudeur, Emmeline croisa ses bras sur sa poitrine puis s'immergea jusqu'au menton, et elle cria à tue-tête :

— Sortez !

Fort tranquillement, il répondit :

— Je viens vous demander si vous désirez qu'on vous accompagne pour descendre dans la grand-salle.

Bien loin de se retirer, il s'adossa à un mur et lui aussi, il croisa les bras. Il lui plaisait de la voir en délicate situation, cette jeune femme à la langue trop bien pendue, au caractère bien trop indépendant. Ah ! Il la tenait à sa merci. Son regard se promena sur la surface de l'eau, parsemée de pétales de roses, et il essaya de voir dessous, sans succès, ce qui le chagrina quelque peu. Béatrice, qui avait compris ce qui l'intéressait, s'empressa d'aller chercher une serviette dont elle couvrirait sa maîtresse.

— Je n'ai pas besoin de vous, de quelque manière que ce soit, lui jeta Emmeline quand elle se sentit à l'abri sous la serviette.

La colère prenait le pas sur l'embarras. Cette fois, elle allait dire son fait à l'impudent personnage.

— Vous m'avez déjà suffisamment causé de tort. Et d'abord, de quel droit vous mêlez-vous de mes affaires ? Ce soir, vous m'avez fait perdre beaucoup d'argent.

— J'essayais seulement de faire en sorte que l'impératrice économise un peu d'argent. Vous êtes une redoutable négociatrice, damoiselle.

Emmeline fulmina :

— On ne commerce pas par charité ! Il est bien vrai que je sais manœuvrer au mieux de mes intérêts, du moins quand un importun ne me met pas de bâtons dans les roues !

Talvas sourit. Les commissures de ses lèvres s'étirèrent vers le haut, et son visage en parut beaucoup plus jeune.

— Je vous trouve sévère, dit-il. Allons ! Reconnaissez que trente pièces d'or, c'était beaucoup trop demander. Avec cette somme, l'impératrice pouvait louer toute une flotte de bateaux pour traverser la Manche.

— C'est la somme qu'elle m'aurait payée si vous n'étiez pas intervenu, répondit Emmeline, têtue.

Talvas sembla sincèrement s'étonner.

— Cela a-t-il tant d'importance pour vous ? Je veux dire : l'argent.

Emmeline s'étonna encore plus.

— Avez-vous perdu la raison ? Bien sûr que cette question d'argent a de l'importance pour moi ! Comment croyez-vous que nous vivons, ma mère et moi ? De l'air du temps ?

En même temps, elle avait conscience que la température de son bain avait considérablement baissé. Elle frotta ses jambes l'une contre l'autre pour atténuer l'impression de froid qu'elle avait déjà, et la surface de l'eau s'anima de petites vagues. Naturellement, cela ne suffisait pas. L'agacement la reprit et elle s'écria :

— Maintenant, sortez !

Avec un sourire suave, Talvas répondit :

— Quand je voudrai.

Emmeline remonta alors ses genoux sous son menton et entoura ses jambes de ses bras, en joignant les mains. Elle ne sortirait pas de l'eau de plus en plus froide. Elle préférait y geler plutôt que de donner cette satisfaction à cet homme odieux qui n'attendait que cela.

— Pourquoi avez-vous proposé de vous instituer capitaine de mon bateau ? demanda-t-elle.

— Pour vous ennuyer.

Préférant ne pas relever cette nouvelle impertinence, elle posa une nouvelle question :

— Je croyais que vous aviez l'intention de vous rendre à Boulogne, non ?

Talvas haussa les épaules et répondit d'un ton évasif :

— Dans le fond, il m'importe peu de rester ici ou de retourner en Angleterre. Je possède des terres et des châteaux dans les deux contrées.

Outrée, Emmeline s'exclama :

— Et vous osez m'accabler de votre mépris pour avoir essayé de soutirer une dizaine de pièces d'or à l'impératrice !

Il pouvait la juger, lui qui ne savait pas ce que c'était que de vivre chichement ; lui qui ne s'était sans doute jamais demandé certains soirs de quoi serait fait le lendemain ! Sortant de ces méditations amères, elle proposa :

— Pourquoi ne pas rester ici, au fond ? Je pourrais engager un autre capitaine.

— Vous avez donc tant envie de vous débarrasser de

moi, damoiselle ? Mais non, je ferai cette traversée vers l'Angleterre, avec vous !

Le sourire narquois de Talvas s'éteignit quand il aperçut un sein de la jeune femme qui émergeait légèrement de l'eau : voilà qui l'amenait à d'autres pensées et il n'avait plus envie de plaisanter.

— Je n'ai vraiment pas de chance, murmura-t-elle.

Elle reçut avec bonheur la serviette que Béatrice lui mettait enfin sur les épaules et qu'elle s'empressa de rabattre sur sa poitrine, ce qui lui permit de se redresser, de sortir de l'eau le haut de son corps, tout en préservant sa pudeur.

Talvas, le souffle coupé, admira le spectacle magnifique et émouvant, quelque peu frustrant aussi, que lui offrait la jeune femme dont les boucles blondes, rendues plus sombres par l'eau, dégoulinaient sur la serviette blanche et lui cachaient à demi le visage. Puis il secoua la tête pour chasser le charme et revenir à la réalité, et affectant le cynisme qui convenait pour masquer son trouble il lança :

— Quel est votre souci, damoiselle ? Vous regrettez votre générosité envers l'impératrice, maintenant que je prends le commandement de votre bateau ?

— Je n'avais pas l'intention d'être généreuse, rétorqua-t-elle avec force. Votre impératrice était censée me payer un bon prix pour avoir le droit de monter sur mon bateau.

— Tout de même, quinze pièces d'or, ce n'est pas rien. Votre avarice vous jouera de mauvais tours, si vous persistez dans cette voie.

Emmeline s'enveloppa de façon plus étroite dans sa serviette mouillée, et elle se sentit rougir sous le nouvel affront que lui infligeait Talvas : il sous-entendait qu'elle s'était comportée de malhonnête façon avec l'impératrice, ce qui était insupportable !

— Je n'ai pas à avoir honte, fit-elle, autant pour se justifier à ses propres yeux qu'à ceux de son interlocuteur.

Je comprends bien que les nobles personnages dans votre genre n'aiment pas salir leurs belles mains blanches dans des affaires aussi triviales que les transactions commerciales, mais il faut bien que les pauvres gens vivent aussi, n'est-ce pas ? Rien ne vous permet de me juger aussi sévèrement. Vous n'avez pas le droit !

Talvas, subjugué, admirait le joli visage qui s'animait sous l'effet de la colère et qui n'en devenait pas moins attrayant pour autant. Il n'entendait plus ce que lui disait la jeune femme, tout son être étant absorbé par une contemplation assez douloureuse : il sentait monter, du plus profond de lui-même, une émotion puissante qui le bouleversait. Son cœur battait très vite, une boule s'était formée dans sa gorge. Il se sentait désarmé.

— J'étais venu vous proposer ma compagnie pour ce soir, murmura-t-il, revenant difficilement au sujet qui l'avait réellement amené dans cette chambre.

— Je n'ai pas besoin de vous, lui repartit-elle avec violence. Béatrice m'accompagnera volontiers jusque dans la grand-salle. Maintenant, laissez-nous.

— Comme vous voulez…

Il s'inclina, se redressa, s'accorda un dernier regard admiratif, puis sortit en résistant à la tentation de se retourner sur le seuil.

Quand la porte se fut refermée, Emmeline laissa échapper un long soupir de soulagement. Prenant appui sur les bords de la baignoire, elle se mit debout et sortit de l'eau, avec précaution à cause du sol glissant et de sa cheville affaiblie. Béatrice s'empressa de l'envelopper d'une nouvelle serviette sèche avant de l'emmener devant la cheminée où brûlait un bon feu, et elle l'aida à prendre place sur un tabouret bas.

— Cet homme…, murmura-t-elle, plus pour elle-même que pour Béatrice.

— Il est bel homme, répondit celle-ci.

— Moi je le trouve surtout très agaçant, reprit Emmeline alors que la servante commençait à lui passer un peigne d'ivoire dans les cheveux.

Cela fait, Béatrice alla ouvrir un coffre dans lequel elle fourragea un moment, puis elle revint vers Emmeline avec un sourire triomphant, en montrant la robe qu'elle avait choisie pour elle.

— Damoiselle, je pense que vous serez très belle ce soir.

Emmeline protesta aussitôt.

— Non, je ne peux pas porter cela, c'est trop beau pour moi ! Je préfère garder ma robe.

Elle se hâta de remettre sa chemise, fort élimée, et chercha des yeux sa robe mais ne la vit nulle part. Un peu gênée, Béatrice lui dit :

— Damoiselle, j'ai pris la liberté d'envoyer vos vêtements à la buanderie, car ils étaient maculés de boue. Ai-je mal agi ?

Emmeline se hâta de rassurer la jeune fille inquiète en lui disant :

— Non, pas du tout. Pardonnez-moi, mais je n'ai pas l'habitude que l'on s'occupe de moi. Alors, vous pouvez m'habiller comme bon vous semble.

En souriant, Béatrice lui fit passer par-dessus la tête une robe de dessous en drap vert, aux manches étroites qui accentuaient la gracilité de ses bras et la fragilité de ses poignets. Puis Emmeline laissa échapper un cri de surprise émerveillée quand la servante déploya devant elle la robe qu'elle avait choisie pour elle, une magnifique fabrication de soie couleur d'or pâle, avec des ornements en or bruni autour du col, des manches, celles-ci évasées au point qu'elles touchaient presque le sol.

Alors que Béatrice, derrière elle, procédait au laçage du corsage, Emmeline eut l'impression qu'elle se laissait emprisonner. Elle avait du mal à respirer déjà, et les doigts lui démangeaient de s'accrocher à son encolure pour se libérer de ce carcan d'étoffe, avant de sortir de cette chambre, puis de ce château, pour rentrer chez elle et retrouver sa maison, son bateau, les seuls endroits où elle se sentait chez elle, en sécurité. Pourtant, ici, personne ne la menaçait... Du moins pas vraiment... Ou pas encore.

Car il lui fallait compter avec messire Talvas. Celui-là, il l'inquiétait. En sa présence, elle avait l'impression de devenir plus vulnérable, comme si elle devait tout craindre de lui, comme s'il avait la possibilité de changer son destin. Quand elle le voyait, quand elle pensait à lui, il lui semblait qu'elle marchait soudain sur un chemin très étroit avec un très profond précipice de chaque côté. En vérité, ce n'était pas le château qui la mettait mal à l'aise, c'était bien messire Talvas, et c'était bien celui-ci qu'elle devait fuir. Le plus tôt serait le mieux.

— Damoiselle, votre bourse...

Emmeline prit sa vieille bourse, que lui présentait Béatrice, et, rêveuse, elle en caressa les broderies usées, en se disant que cet objet, qui l'accompagnait déjà depuis de nombreuses années, semblait plus fané encore sur sa trop belle robe, mais elle l'attacha néanmoins à sa ceinture.

Puis elle reprit place sur le tabouret parce que Béatrice devait tresser ses cheveux, qu'elle recouvrit ensuite d'un voile arachnéen, maintenu au moyen d'un bandeau assorti à la robe. De longues épingles terminées par un minuscule cabochon d'améthyste, parachevaient son œuvre.

Quand Béatrice repassa devant Emmeline pour contrôler son travail, elle joignit les mains, et d'un air extatique, elle s'exclama :

— Damoiselle, vous êtes belle comme tout !

Un peu gênée, Emmeline sourit. Elle se leva, passa les

mains dans les plis de sa robe, puis, ne sachant comment répondre au compliment, elle proposa d'une voix timide :

— Si vous m'accompagniez jusqu'à la grand-salle ?

Guillaume faisait entrer le destrier de Talvas dans les vastes écuries de Torigny. Le parfum du foin fraîchement épandu dans les mangeoires se mêlait aux fortes odeurs des chevaux et celles, plus âcres encore, du fumier. Beaucoup de palefreniers, pour la plupart des enfants et certains n'ayant pas plus de six ou sept ans, s'activaient, couraient partout pour assurer le bien-être des magnifiques montures.

Ayant fait entrer l'immense bête dans une stalle, Guillaume l'attacha avec la corde effilochée qui pendait à l'anneau fixé dans le mur. Puis il se fit apporter par un palefrenier, un seau d'avoine qu'il répandit dans deux mangeoires, celle du destrier et celle de son plus modeste cheval. Les deux coursiers avaient bien mérité cette gourmandise, après un nouvel aller et retour entre Torigny et la côte.

Notant avec satisfaction que les deux chevaux se délectaient de leur pitance, Guillaume se mit en devoir de nettoyer la robe du destrier, d'en détacher la boue séchée avec une vieille brosse de racines qu'il avait trouvée dans un coin de l'écurie. Difficile de savoir s'il s'y prenait convenablement, car à cette heure, l'obscurité à l'intérieur de l'écurie était à peine atténuée par la faible lumière des deux torches fixées de part et d'autre de la porte d'entrée — à l'extérieur bien sûr, pour des raisons de sécurité : la moindre étincelle sur le foin suffirait à déclencher une terrible catastrophe.

Tout à sa tâche et absorbé par ses pensées, Guillaume sursauta quand Talvas entra dans la stalle.

— Vous m'agacez, Guillaume, le réprimanda-t-il. Pourquoi ne confiez-vous pas cela à un palefrenier ?

— Je préfère le faire moi-même, répondit Guillaume

avec amabilité. Je connais votre destrier et il me connaît. C'est mieux ainsi.

Cessant de frotter le poil lustré, il donna quelques petites tapes affectueuses sur la croupe de l'immense animal, puis se retourna vers Talvas pour lui demander :

— Et comment était l'impératrice ?

Talvas grimaça d'abord. Puis il entra plus avant dans la stalle, non sans avoir vérifié que personne ne se trouvait à portée de voix. Par chance, les palefreniers semblaient avoir déjà déserté l'écurie, sans doute s'en étaient-ils allés vers le château dans l'espoir de recevoir quelques miettes du festin. Talvas déclara alors, en donnant un grand coup de poing dans une planche :

— Le petite idiote ! J'aurais dû la laisser sur le chemin.

— Je présume que vous voulez parler de la damoiselle Lonnières ? fit Guillaume, impassible.

Il se remit au travail, ce qui lui permit de tourner le dos à son seigneur et de dissimuler ainsi un petit sourire amusé. Il connaissait bien Talvas, pour avoir fait avec lui son apprentissage de chevalier, sous la férule du père de Talvas, le comte Eustache de Boulogne. Ils avaient noué ainsi une amitié qui ne s'était pas démentie depuis.

— De qui d'autre pourrait-il s'agir ? questionna Talvas exaspéré. Qui d'autre qu'elle peut se permettre de contrecarrer nos plans ?

— De quelle façon ?

— Elle a proposé à l'impératrice une traversée de la Manche sur son bateau ; rien que cela ! L'impératrice va donc pouvoir filer en Angleterre sans plus tarder. Ce n'est pas ce que nous voulons, n'est-ce pas ? Et Etienne, croyez-vous qu'il apprendra ce voyage avec plaisir ?

Talvas ponctua cette sortie d'un nouveau coup de poing

dans la planche. Guillaume fronçait les sourcils. Il n'avait plus envie de sourire.

— C'est ma faute, soupira-t-il. Je n'aurais pas dû vous parler de l'impératrice, sur le quai de Barfleur ; mais je ne pensais pas que cette jeune femme m'entendrait et…

— Vous ne pouviez pas savoir quelles conséquences aurait cette indiscrétion, répondit Talvas, d'un ton plus conciliant. Il a donc fallu que je me propose pour prendre le commandement du navire. Maintenant que Maud est décidée à gagner l'Angleterre, il faut que je garde un œil sur elle. C'est le moins que je puisse faire, pour Etienne.

Il donna un troisième coup de poing dans la planche.

— Quels sont les projets de l'impératrice, à votre avis ?

— Elle dit qu'elle entreprend ce voyage pour inhumer son père en Angleterre, mais qui sait si elle n'a pas une idée derrière la tête ? Elle sait garder ses secrets et ne les révéler que lorsque le moment propice est venu.

Perdu dans ses pensées, il caressa distraitement l'encolure de son destrier, avant de reprendre :

— Qui aurait pu croire que cette femme insignifiante pourrait nous causer tant de tort…

— L'impératrice ? fit Guillaume avec étonnement.

— Mais non, la damoiselle Lonnières ! s'exclama Talvas, avec emportement.

— Il y avait bien longtemps qu'une femme ne vous avait pas mis dans cet état, fit observer Guillaume, avec le plus grand calme.

— Elle me met dans un état qui me donne envie de l'étrangler, répondit Talvas, cette fois en souriant. C'est vrai qu'elle est très énervante, il faut le reconnaître. Mais maintenant qu'elle loue son bateau à Maud pour aller en Angleterre, il va falloir que nous les suivions, toutes les deux. Nous ne pouvons pas agir autrement.

**
* *

Soulevant très haut sa trop belle robe, Emmeline descendait avec précaution un escalier aux marches suintantes et glissantes. Elle brandissait avec la main gauche une torche qui projetait de nombreuses étincelles et répandait dans l'air humide une désagréable odeur de graisse animale brûlée. Elle percevait déjà, venant de la grand-salle, les bruits de la fête qui avait commencé : un brouhaha indistinct sur fond musical, ponctué d'éclats de rire.

Elle s'arrêta pour essayer de comprendre d'où venait le son, afin de se diriger dans les corridors du château, qui lui apparaissaient de plus en plus comme un labyrinthe dont elle craignait de ne pas trouver la sortie, ayant en effet la certitude qu'elle avait déjà parcouru plusieurs fois le même cheminement, comme si cet entrelacs de corridors plus ou moins droits et d'escaliers montants et descendants avait été conçu pour perdre les intrus.

Après un moment d'hésitation, elle descendit encore quelques marches, mais, les bruits de la grand-salle lui parvenant avec moins de netteté, elle se retourna avec l'intention de rebrousser chemin, mais elle sursauta en se heurtant à une haute silhouette qui lui barrait le passage, une ombre qui lui dit d'une voix caverneuse :

— Bonsoir, jeune damoiselle.

Après quelques secondes de réelle panique, elle reconnut le comte Robert, se sentit soulagée, puis se sentit aussitôt reprise d'une vive inquiétude en voyant la façon dont il la regardait, ses petits yeux luisant d'un désir qu'il ne cherchait pas à cacher.

— Je constate que Béatrice vous a trouvé une très belle robe, reprit-il après quelques secondes d'un silence très pénible.

Il descendit une marche et ajouta encore :

— Une très belle robe, vraiment.

Emmeline serra les poings et ses ongles entrèrent dans ses paumes. Son cœur battait trop vite.

— Béatrice est très serviable, dit-elle, platement.

— Vous êtes vraiment très belle, reprit le comte Robert.

Il descendit encore deux marches. Emmeline recula. Le comte lui caressa la joue. Elle fit un bond en arrière et se cogna à une porte. Il lui dit d'un ton doucereux :

— Il est dangereux de se promener comme cela, toute seule... Le savez-vous ? Laissez-moi vous accompagner jusqu'à la grand-salle.

Emmeline eut l'intuition désespérante qu'il avait des intentions rien moins qu'honorables. Elle balbutia :

— Il faut que j'y aille, effectivement...

— Pas si vite, lui dit l'homme avec un sourire de loup. Votre beauté me subjugue et j'aimerais y goûter. Cela ne nous prendra qu'un petit moment.

— Non... Non !

Acculée à la porte, elle mit les mains en avant, dérisoire protection, et tenta de faire preuve d'autorité.

— Maintenant, messire, laissez-moi passer !

— Pas avant que vous ne m'ayez donné un baiser... et fait une promesse. Allons, jeune damoiselle, ne soyez pas effarouchée. Personne n'en saura rien.

— Je vous dénoncerai à votre sœur, l'impératrice, tenta-t-elle de le menacer.

Le comte éclata de rire.

— Ha ! Croyez-vous qu'elle s'intéresse à vous, vraiment ? Vous n'êtes pas assez importante, ma pauvre petite ! Tout ce qu'elle veut, c'est votre bateau, et elle est prête à tout pour se rendre en Angleterre. J'ajoute qu'elle n'aurait pas le cœur à me priver d'une amourette.

Emmeline songea, avec horreur, qu'elle avait en face

d'elle un homme qui lui rappelait Giffard, son mari. Le comte reprenait, avec un sourire carnassier :

— Rendez-vous, ma chère petite. Soumettez-vous, sinon vous verrez de quoi je suis capable.

Il se pencha vers elle, exhalant une haleine fortement chargée de bière.

— Je pourrais vous briser d'un seul coup, lui sursurrat-il à l'oreille. Maintenant, si c'est ce que vous voulez, je suis à votre service.

— Je ne veux rien du tout ! hurla Emmeline.

Et elle jeta sa torche dans le visage de l'ignoble personnage. Il poussa un long hurlement de douleur et recula, les deux mains sur ses yeux pour les protéger et tomba assis dans l'escalier. Emmeline prit alors son élan, passa près de lui et remonta les marches à toute vitesse, tandis qu'il hurlait, derrière elle :

— Je vous aurai ! Que vous le vouliez ou non, je finirai par vous avoir !

Sans lumière, elle courait à l'aveuglette, poussée par la peur, très vite malgré la douleur de sa cheville droite. Elle ne savait pas où elle allait, mais elle courait. Elle monta jusqu'en haut de l'escalier, s'engagea au jugé dans le premier corridor qu'elle trouva, courut encore, et sa main courait le long du mur, pour se guider car elle n'y voyait rien. Elle cherchait une lumière mais ne la trouvait pas. Sa poitrine était oppressée comme si une main invisible empoignait son cœur affolé. Elle entendait encore le comte Robert qui hurlait sa rage et sa douleur. La poursuivait-il ? Oui, elle entendait maintenant le bruit de ses pas qui frappaient lourdement les marches de pierre.

— Oh !

Elle venait de heurter un autre individu au corps aussi dur que la pierre, et qui ne chancela pas sous le choc qu'elle lui infligeait. Seigneur ! songea-t-elle, prise de panique ;

comment se faisait-il qu'elle était de nouveau remise face au comte Robert ? S'était-elle trompée de chemin à ce point ? Mais il ne serait pas dit qu'elle se rendrait sans lutter ! Elle commença à frapper des deux poings la poitrine qu'elle ne voyait pas, mais l'autre la prit aux hanches, la souleva et la bascula sur son épaule, avant de l'emmener, hurlante et gesticulante, dans une pièce dont il poussa la porte avec son pied. Elle continua de lutter, sans succès. La porte se referma.

Elle était prisonnière.

— Non, non ! Ne me touchez pas ! hurla-t-elle, de toutes ses forces. Je m'appelle Emmeline Lonnières, je ne suis pas une quelconque prostituée !

Une voix d'homme, qui n'était pas celle du comte Robert, lui répondit ceci :

— Vous ne pourriez pas vous taire un peu ? Arrêtez de crier. Vous voulez le faire revenir ou quoi ?

Elle éprouva un soulagement si intense qu'elle se sentit défaillir. C'était avec Talvas qu'elle était, Talvas qui la tenait par les épaules et l'empêchait de s'écrouler.

— Je…

— Taisez-vous !

Elle reçut cette injonction comme un baume bienfaisant. Elle accepta comme un présent la main qui se plaquait sur sa bouche pour l'obliger au silence.

Elle discerna le pas du comte Robert, qui passait devant la porte, en gémissant et en jurant. Ensuite, le silence se fit dans le corridor et dans la pièce. Un silence lourd, tendu.

Ses bras toujours placés autour de la jeune femme, Talvas ne pouvait ignorer la douceur du corps qu'il tenait contre sa poitrine, sensible au parfum de rose qui en émanait. Sentant le désir monter en lui, il ouvrit les bras et recula, désolé d'être la proie de ses instincts.

— Merci, lui dit la jeune femme, d'une voix douce qui le rasséréna.

— Je vous en prie, répondit-il, la gorge serrée.

— J'essayais de me rendre dans la grand-salle.

Talvas s'étonna et ne put s'empêcher de prendre un ton corrosif.

— Toute seule ? Je croyais que Béatrice devait vous y conduire.

Emmeline avoua :

— J'avais dit cela pour que vous sortiez de ma chambre. En fait, je n'ai pas besoin de Béatrice pour m'accompagner dans toutes mes actions.

— J'aurais dû insister, pourtant, murmura-t-il dans l'obscurité.

— Pourquoi ? lui demanda-t-elle, étonnée et déjà au bord de l'agacement. Vous n'êtes pas mon protecteur, que je sache !

Non, il n'était pas son protecteur. Alors, d'où lui venait ce désir d'être à ses côtés, pour veiller sur elle et la préserver des dangers dans lesquels elle avait tendance à se jeter, tête baissée ?

Elle reprit :

— Je suis encore capable d'aller seule d'un endroit à un autre.

Il rétorqua :

— Et que se serait-il passé si je n'étais pas intervenu ?

Il se rapprocha d'elle. Il avait envie de la secouer afin de lui dire combien elle avait été stupide, afin de lui faire comprendre qu'elle s'était mise en danger toute seule et que c'était bien grâce à lui si l'aventure s'était bien terminée. Ne pouvait-elle le reconnaître une fois pour toutes ?

— Alors, que se serait-il passé, damoiselle ? insista-t-il.

Elle se rebiffa.

— Je ne vous dois aucune explication, messire. Pouvons-nous aller vers la grand-salle, maintenant ?

Il n'était pas décidé à se laisser éconduire aussi facilement. Conscient de parler trop fort, il réitéra sa question :

— Que se serait-il passé ?

— Je ne sais pas, murmura Emmeline.

Talvas s'emporta :

— Ne me prenez pas pour un imbécile, jeune damoiselle ! Je vais vous dire, moi, ce qui se serait passé : il vous aurait entraîné dans une chambre voisine, il aurait retroussé votre robe et il…

Les mains sur les oreilles, la jeune femme se mit à hurler :

— Arrêtez ! Je ne veux plus rien entendre !

— Parce que c'est la vérité ?

Emmeline ne savait plus où elle en était. Ce n'était pas tant l'interrogatoire qui la décontenançait, que l'odeur de cuir et de grand air qu'elle respirait. Elle connaissait tout cela et n'en avait jamais été troublée auparavant. Que lui arrivait-il ?

— Pourquoi me tourmentez-vous ? demanda-t-elle d'une voix mourante.

Elle tremblait, ses jambes menaçaient de ne plus la porter, elle avait envie de pleurer. La réponse ne la réconforta pas :

— Parce que vous êtes un danger pour vous-même. N'oubliez pas que vous êtes une femme, que vous n'avez pas la force suffisante pour cheminer dans un monde d'hommes.

— C'est pourtant ce que je fais depuis la mort de mon père, répondit-elle avec dignité.

— C'est ce que vous prétendez.

— Je…

Les mots suivants moururent dans la bouche d'Emmeline

quand les grandes mains, qui la soutenaient, lui prirent le visage pour amener ses lèvres à celles de Talvas. Ce ne fut pas un vrai baiser, plutôt un simple effleurement, juste une brève leçon qui avait sans doute pour but de lui prouver qu'elle était effectivement à la merci du premier homme qui aurait envie de prendre ascendant sur elle.

Ce fut tout. Talvas s'en tint là, et il repoussa Emmeline.

Bouleversée par le désir qui l'avait instantanément enflammée, frustrée de voir cesser si vite ce baiser, et en même temps furieuse de s'être laissé subjuguer et plus encore d'en éprouver du regret, Emmeline chancela. Avait-elle perdu la raison ? N'avait-elle pas appris, avec Giffard, qu'il n'était pas bon de s'abandonner à un homme ? Ne savait-elle pas que les hommes voulaient tout contrôler, tout posséder, les femmes en particulier ? Voulait-elle être un objet dont on se sert à sa guise avant de le jeter ? Certainement pas !

Les larmes aux yeux, elle chercha son chemin dans l'obscurité, sa main courant le long du mur dans l'espoir de retrouver la porte. Elle voulait sortir. Elle devait sortir.

Quand elle trouva la poignée de la porte, la main de Talvas était déjà dessus. Elle sursauta et retira vivement la sienne, comme si elle s'était brûlée.

— Ne recommencez jamais, jamais…, murmura-t-elle.

Talvas lui ouvrit la porte. Elle entendit, de nouveau, le brouhaha de la grand-salle ainsi qu'un halo de lumière lui indiquant qu'elle devait descendre l'escalier. Elle s'éloigna à pas lents.

— Je ne recommencerai jamais. Je vous le promets, lança Talvas dans son dos.

6

Des senteurs grasses de porc rôti alourdissaient l'air de la grand-salle en se mêlant aux autres senteurs fortes, celles de la bière en particulier. Parfois, la fumée envahissait tout l'espace, le remplissant de volutes blanches et âcres dans lesquelles se dissolvaient les silhouettes, pendant un instant, et on avait l'impression soudaine de vivre un rêve étrange. Il fallait alors fermer les yeux qui s'irritaient, mais ni les conversations ni les rires ne cessaient pour si peu. Autour des longues tables, l'atmosphère restait des plus gaies, malgré la presse : les jeunes chevaliers qui avaient juré foi et fidélité au comte d'Anjou, le mari de l'impératrice, jouaient des coudes avec les paysans des environs pour se faire une place puis pour la garder.

De sa place au haut bout de la table, l'impératrice Maud observait. Le regard hautain et la bouche pincée, elle gardait le silence, se contentant de dire quelques mots, de temps en temps, à son frère assis à sa droite. Celui-ci, penché vers elle, buvait littéralement les paroles dont elle voulait bien l'abreuver avec parcimonie. Avec régularité, il portait une main précautionneuse à sa joue qu'une brûlure marquait de rouge et de noir.

Chaque fois qu'elle l'apercevait, Emmeline se sentait prise de nausée, le souvenir des outrages qu'il lui avait fait subir lui revenant avec force. Elle se demanda comment il avait expliqué l'horrible marque sur son visage, et une autre interrogation lui vint alors, immanquablement : cet incident remettrait-il en cause les modalités de la traversée vers l'Angleterre avec l'impératrice ?

A sa gauche, Talvas découpait une pièce de viande avec son couteau de chasse. Un bel objet dont la poignée était incrustée de joyaux étincelants. Après l'avoir escortée, presque traînée, jusqu'à la grand-salle, il ne lui avait plus adressé la parole, affichant une mine fermée, le regard glacial.

— Que s'est-il passé entre vous et lui ? demanda-t-il soudain.

Emmeline sursauta puis se tourna vers lui afin de s'assurer que c'était bien à elle qu'il s'adressait.

— Je l'ai frappé avec une torche allumée, répondit-elle.

Talvas haussa les sourcils, étonné.

— Vous n'avez pas pensé aux conséquences que cet affront pourrait avoir pour vous ? On ne s'attaque pas impunément à un membre de la haute noblesse.

Bien loin de l'intimider, cette remarque l'énerva.

— Vous n'avez pas le droit de me critiquer, fit-elle d'une voix sifflante. Qu'aurais-je dû faire, selon vous ? Me coucher devant messire le comte parce qu'il me le demandait ?

Talvas ne lui répondit pas. Il ne la regardait même pas.

— Je n'avais pas le choix, reprit Emmeline, avec plus de calme. Il ne voulait pas me laisser aller tranquille et...

Les mots lui manquèrent, sa voix s'enraya. Elle se remettait à trembler, les larmes lui revenaient aux yeux. Comment aurait-elle pu expliquer que cette réaction, instinctive, lui était venue parce qu'elle avait été mariée à un homme brutal ? Ne sachant plus que dire, incapable de parler, elle baissa la tête.

— Il vous regarde d'une façon... que je n'aime pas, intervint de nouveau Talvas.

Elle jeta un regard en coin vers le comte Robert, et avoua :

— Il me fait peur, avoua-t-elle.

Voilà, elle avait dit ce qu'elle voulait garder pour elle. Maintenant, Talvas pourrait rire, s'il le voulait. Sa réponse fut loin de ce qu'elle avait imaginé.

— Cela n'a rien d'étonnant. Moi aussi, il me fait peur parfois.

Incrédule, Emmeline promena son regard sur l'imposante carrure de son interlocuteur.

— Vous ? Ce n'est pas possible…, murmura-t-elle enfin.

Elle réfléchit encore à l'étonnante confession qu'il venait de lui faire, puis reprit en souriant :

— Je crois que vous vous moquez de moi.

Elle jeta encore un regard très discret en direction du comte Robert, et son expression redevint grave.

— La prochaine fois, je saurai me débarrasser de lui, ajouta-t-elle.

— Il n'y aura pas de prochaine fois, dit Talvas. Je dormirai devant la porte de votre chambre ce soir, et si cela m'est impossible pour une raison ou pour une autre, ce sera Guillaume qui montera la garde.

Emmeline voulut protester, refuser.

— Ce n'est pas nécessaire…

D'un mouvement de tête énergique, Talvas lui coupa la parole.

— Assez parlé, damoiselle. Maintenant, finissez de vous restaurer, car nous partirons d'ici pour Barfleur demain matin très tôt, et il ne faudrait pas que vous soyez en retard.

— Je serai à l'heure, promit Emmeline.

Voilà, elle avait un protecteur. Sans trop savoir pourquoi, au fond d'elle-même, elle en éprouvait un vif soulagement.

***

Emmeline s'éveilla d'un bond et se retrouva assise dans son lit. Le cauchemar avait été terrible, mais elle n'arrivait pas à s'en rappeler le déroulement exact. Le front plissé, elle chercha à en retrouver quelques détails, mais renonça en se rendant compte qu'elle n'y arriverait pas. Elle repoussa alors ses longs cheveux qui lui retombaient sur le visage, et chercha à distinguer les contours de sa chambre. Lorsque sa vision se fut accoutumée, elle repoussa ses couvertures et mit les deux pieds par terre.

Aussitôt, elle frissonna et s'empara d'une fourrure sur le lit pour s'en couvrir les épaules. Sa cheville lui faisait mal, probablement à cause du froid, mais elle ne renonça pas pour autant à aller jusqu'à la fenêtre, tâtonnant dans l'obscurité. Elle l'ouvrit pour regarder dehors.

L'air froid, en coulant sur elle, acheva de la réveiller et elle reprit très vite ses esprits. Elle récapitula les événements de la journée.

Talvas et Guillaume l'avaient raccompagnée à Barfleur. Le voyage avait été des plus rapides cette fois. Assez piètre cavalière, Emmeline avait eu d'ailleurs des difficultés pour ne pas se laisser distancer par les deux hommes, et il lui avait semblé qu'elle les agaçait, parce qu'elle les retardait.

Après l'avoir raccompagnée jusque chez elle, ils lui avaient souhaité une bonne nuit, d'une façon tout juste aimable, avant de se rendre à leur auberge. Ils devaient revenir la chercher le lendemain matin pour procéder avec elle aux formalités de l'embarquement, l'impératrice et sa suite devant arriver ce jour-là.

Peu à peu lui revenait, par bribes, le cauchemar qui l'avait réveillée si brutalement. Elle revoyait son père sur le point de mourir, suffocant dans un de ses bateaux qui coulait.

Elle avait quinze ans quand le drame était arrivé. En

compagnie de sa mère et de sa sœur Sylvie, elle avait assisté au départ du *Poisson*, le plus beau navire de son père. Un bon nombre de Normands et d'Anglais avaient pris place à bord, tous fort joyeux d'avoir remporté une nouvelle victoire sur le roi de France. Il n'avait pas échappé à la toute jeune Emmeline qu'un grand nombre de barriques de vin avaient été chargées à bord, et elle ne doutait pas que tous ces gens se feraient un plaisir de les vider dans l'heure. Hélas, elle n'avait pas imaginé que l'équipage aussi prendrait part aux libations. Déjà ivres sans doute avant même d'embarquer, les hommes à la manœuvre avaient drossé le *Poisson* sur les récifs qui rendaient si dangereuses les entrées et les sorties dans le port de Barfleur. La coque déchirée, le bateau avait coulé en peu de temps. Il n'y avait eu aucun survivant. Impuissantes, Emmeline, sa mère et sa sœur avaient assisté, de loin, à la tragédie. Elles avaient entendu les cris des malheureux qui appelaient au secours. Peut-être son père hurlait-il aussi ? Voilà que ces cris, elle croyait les entendre encore. Elle plaqua ses mains sur ses oreilles.

De sa fenêtre, elle avait une vue étroite sur la mer, qui lui apparaissait à ce moment comme un miroir brillant sous l'éclat glacé de la lune. Elle ne pouvait apercevoir la *Belle de Saumur* mais savait que son bateau était à l'ancre dans les eaux tranquilles du port.

Elle referma la fenêtre puis les volets. Sachant qu'elle ne retrouverait pas le sommeil, elle décida de se rendre dans le port. Elle éprouvait le besoin de refaire connaissance avec son bateau à bord duquel elle n'était plus remontée depuis la mort de son père. De nuit, personne ne la verrait, personne ne la dérangerait. Ce serait parfait.

Fouillant dans son grand coffre, elle trouva quelques vêtements de son père : des braies et une tunique, froides et un peu humides. Ses propres bottes, assez peu féminines, et un grand chapeau de cuir compléteraient son accoutrement.

Elle sortit alors de la maison, sans bruit, et se rendit vers le port, en courant dans l'ombre des maisons, ignorant sa cheville douloureuse.

Au moment de sauter dans un canot, elle se demanda tout de même si elle ne commettait pas une erreur, mais elle ne s'attarda pas sur cette question, détacha l'esquif et rama en direction de la *Belle de Saumur*, qu'elle ne tarda pas à atteindre. Se dirigeant vers l'échelle de corde, elle y attacha son canot, puis entreprit son ascension, qui se révéla très vite plus difficile qu'elle ne l'avait prévu. La fatigue se fit presque tout de suite sentir, et la douleur de sa cheville devint insupportable ; la faute à Giffard, qu'elle maudit, une fois de plus. Sous l'effort, son cœur battait si fort qu'elle n'entendait plus que lui. Après un bref arrêt à mi-parcours, elle recommença à se hisser, lentement, marche après marche, et parvint, enfin, au bastingage, qu'elle attrapa d'une main faible, et auquel elle s'accrocha, sans bouger, pour retrouver son souffle et se remettre un peu de sa fatigue intense.

Les yeux fermés, elle éprouva les lents balancements de la *Belle de Saumur*, les craquements de la coque. Enfin, elle put enjamber le bastingage, mais elle éprouva encore le besoin de s'asseoir sur le pont pendant un moment, avant d'entreprendre l'exploration du bateau qui, avant la mort de son père, avait été comme une seconde maison pour elle. Elle y venait très souvent autrefois, sous prétexte d'aider son père. Effectivement, l'équipage lui confiait toujours une petite tâche ou une autre, qu'elle accomplissait avec fierté. Elle aimait aussi écouter les conversations de son père et du capitaine ; ils parlaient de la mer, du temps, des difficultés du métier, des pays lointains où se rendait la *Belle de Saumur*, ces pays qu'elle aurait tant aimé découvrir elle aussi.

Perdue dans ses souvenirs, elle caressait la pierre de jade qui pendait à son cou, ce cadeau inestimable que lui avait fait son père.

Soudain, un bruit presque imperceptible, derrière elle, la ramena à la réalité. Le cœur battant, elle se retourna. Avait-elle vraiment entendu un glissement, comme un bruit de pas ? D'abord elle ne vit rien sur le pont assez bien éclairé par la lune, mais un nouveau bruit se fit entendre, comme un petit cliquetis, puis un juron étouffé et le choc d'un objet sur le pont. Cette fois, le doute n'était plus permis.

Emmeline porta les deux mains à sa bouche pour étouffer un cri de terreur. Déjà elle commençait à trembler de tous ses membres et à claquer des dents. Elle se rappela certaines histoires horribles que lui avait racontées le capitaine Lecherche, celles des voleurs qui écumaient les bateaux, la nuit, et n'hésitaient pas à s'en prendre aux malheureux qu'ils surprenaient lors de ces expéditions malveillantes. Mais si voleurs il y avait, que trouveraient-ils à emporter sur la *Belle de Saumur* ? Toute la cargaison en avait été évacuée ; de cela, elle était certaine.

Emmeline s'aperçut alors qu'une écoutille, au milieu du pont, était grande ouverte ; voilà qui n'était pas normal. Le doute n'était plus permis : un individu se trouvait en bas et, comble de l'horreur, il remontait à la surface, faisant crisser les marches de l'escalier.

Folle de terreur, Emmeline se leva et, d'un grand coup de pied, referma la porte de l'écoutille. Juste à ce moment, la lune disparut derrière un nuage noir et une obscurité très dense envahit tout le pont. Affolée, Emmeline regarda partout autour d'elle, dans l'espoir de trouver une cachette. Ne voyant rien, elle s'apprêtait à redescendre par l'échelle de corde, quand elle s'entendit interpeller par derrière. Une voix d'homme lui lança, ou plutôt aboya :

— Venez donc par ici, petite vermine !

Pétrifiée, la sueur au front, elle n'osa pas se retourner tandis qu'elle écoutait, le cœur battant à tout rompre, les pas qui sonnaient lourdement sur le bois du pont. Que faire ? Se laisserait-elle agresser par ce voleur, cet individu méprisable venu sur son bateau pour s'emparer de tout ce qu'il pourrait y trouver, et qui se réjouissait de trouver, en plus, une jeune femme dont il se promettait déjà, sans doute, d'abuser ? Mais elle n'avait même pas d'arme pour se défendre...

Par chance pour elle, l'homme se prit les pieds dans quelque obstacle et il tomba lourdement, non sans éructer de fort vilains jurons. C'était une chance qu'il fallait saisir. Sans réfléchir, Emmeline enjamba le bastingage et sauta.

Alors que l'eau glacée l'engloutissait, elle eut une pensée reconnaissante pour son père qui lui avait appris à nager. Battant des pieds, elle remonta avec précaution vers la surface, et sortit juste le visage de l'eau, afin de ne pas révéler sa position. Elle ouvrit les yeux, cligna des paupières pour lutter contre la sensation de brûlure que lui causait le sel, et regarda vers la *Belle de Saumur* qui, vue d'en bas, lui paraissait immense.

Où était le voleur, son agresseur ? Elle ne le voyait pas. Elle nagea sans bruit vers la coque contre laquelle elle se serra, afin de se rendre tout à fait invisible. Elle n'avait plus qu'à retrouver son canot, y embarquer subrepticement et regagner le quai avec le plus de discrétion possible. Où se trouvait-il, ce canot ? Plus loin vers la poupe... Emmeline longea la coque, vite car elle commençait à sentir le froid la paralyser. Elle ne tarda pas à apercevoir son canot. Elle poussa un soupir de soulagement. D'un coup de pied contre la *Belle de Saumur*, elle se propulsa contre la petite embarcation, et c'est avec bonheur qu'elle s'y agrippa, avec le sentiment d'être déjà presque sauvée.

— Ha ! Je vous tiens !

Deux grosses mains d'homme s'étaient posées sur les siennes et les retenaient prisonnières. Seigneur ! Elle n'avait pas vu l'homme descendre dans le canot, et à vrai dire, elle n'avait même pas imaginé qu'il pût avoir cette intention. Ses forces décuplées par le désespoir, elle réussit à s'arracher à son emprise et elle s'éloigna le plus vite possible. Elle entendit l'homme jurer, puis comprit qu'il s'activait pour détacher le canot de l'échelle. Elle se démena pour nager plus vite, tout en sachant déjà qu'elle luttait en vain, d'autant plus que ses vêtements et surtout ses bottes l'empêchaient de se mouvoir.

Le bruit des rames, derrière elle, se rapprochait inexorablement. Elle nageait toujours.

Une main s'abattit sur son épaule. Déterminée à ne pas se rendre sans lutter, elle se débattit comme elle put, barattant l'eau de ses bras et de ses jambes. Elle cria même sa rage d'être ainsi maintenue par une poigne de fer qui, à présent la hissait dans le canot et la jetait sur le fond, sans ménagement.

Découragée, abattue, elle ressentit avec plus d'acuité le froid qui la pénétrait jusqu'aux os, et elle commença à trembler de tous ses membres, à claquer des dents, non sans se demander encore quel traitement lui réservait le forban, et surtout comment elle pourrait lui échapper.

L'homme se pencha sur elle.

Talvas de Boulogne ! Lui !

Elle aurait dû se sentir bien soulagée. Au moins avait-elle l'assurance qu'il ne l'égorgerait pas. Mais peut-être lui en coûtait-il plus d'être aux mains de celui-ci plutôt que dans celles du voleur qu'elle avait imaginé. Aussi, se redressa-t-elle d'un bond dans l'intention de plonger de nouveau, mais Talvas la prit aux épaules pour la jeter, une fois encore, au fond du canot, en grommelant :

— Maintenant, ça suffit ! Asseyez-vous et ne bougez plus.

A ce moment les nuages s'éloignèrent de la lune, qui inonda le canot de sa lumière blanche, révélant à Talvas le visage du voleur qu'il croyait avoir rattrapé.

Emmeline Lonnières !

C'était bien elle, en effet, qui avait perdu son chapeau en sautant dans l'eau. Elle grelottait de façon lamentable. Le souffle coupé, il la regarda, ne sachant s'il devait la sermonner ou la réconforter. Puis ses pensées prirent un tour inattendu et très gênant quand il se rendit compte que les vêtements trempés de la jeune femme lui collaient au corps et qu'ainsi il pouvait la voir presque comme si elle eût été nue, rien ne lui échappant de ses courbes et de ses formes. Sa gorge se serra et son désir s'éveilla avec une acuité redoutable. Troublé par cette réaction physique dont il ne se croyait plus capable, il émit un juron étouffé. Cela ne lui était plus arrivé depuis... Non ! Il n'évoquerait pas cette femme, pas maintenant ! Mieux valait revenir aux contingences. Pour couper court aux tentations, il se défit de son manteau, dont il enveloppa Emmeline, puis il lui dit d'une voix suave :

— Peut-être aimeriez-vous me dire à quoi vous jouez ? Ce n'est pas tous les jours que j'ai la chance de sortir une sirène de la mer.

— Ce n'est pas tous les jours que j'y plonge, rétorqua-t-elle, non sans difficulté car elle claquait des dents. Pour l'amour du ciel, que faisiez-vous sur mon bateau ?

— J'aimerais vous poser la même question. Si je puis me permettre une observation, damoiselle, vous avez l'art de vous trouver au mauvais endroit au mauvais moment.

* *

Pour qui se prenait-il ? songea Emmeline. Voilà que, maintenant, il lui reprochait d'être montée sur son bateau ! Pourquoi ne pas l'accuser d'être une voleuse, tant qu'il y était ?

— C'est mon bateau ! clama-t-elle avec aigreur. J'ai le droit d'y monter quand je veux, même la nuit si ça me chante, ce qui n'est pas du tout votre cas.

— Vous ne m'avez pas bien compris, damoiselle, lui répondit-il avec un calme parfait. Je parlais de votre saut dans cette eau glacée. Avez-vous perdu la raison ?

Il s'était remis aux avirons et ramait avec efficacité. Le canot filait vers le quai.

— Je n'ai pas perdu la raison, répondit Emmeline, avec moins de violence parce qu'elle prenait conscience de n'avoir plus de sensations dans les pieds.

Le silence se fit, troublé seulement par les avirons, qui frappaient l'eau avec régularité.

— Alors, pourquoi avoir sauté ? demanda Talvas après un moment. La température de l'eau doit être assez froide pour geler un homme fort et vigoureux, alors, une petite jeune femme comme vous, imaginez...

— Je pensais que vous vouliez me tuer ! Je croyais que vous étiez un voleur, un forban, ou pire !

— Et vous n'avez pas cherché à en savoir plus ?

— Je n'avais pas pas pas envie de de de me me faire trancher la gorge !

Emmeline claquait des dents, elle bégayait, ses tremblements ressemblaient de plus en plus à des convulsions. Croisant les bras, elle se frictionna des coudes aux épaules, dans l'espoir de se réchauffer un peu.

— Vous êtes restée dans l'eau trop longtemps, murmura Talvas, voyant son corps secoué de spasmes.

— Ce n'est pas de ma faute ! rétorqua-t-elle. Je n'aurais jamais sauté si vous n'étiez pas monté à bord de mon bateau, où vous n'avez que faire ! Et d'abord, qu'est-ce que vous y faisiez ?

Il souleva ses massives épaules, fit une petite moue et répondit :

— Je jetais un coup d'œil, c'est tout. Il est vrai que moi aussi, je vous ai prise pour un malandrin.

Le canot fut vite arrivé. D'un bond, Talvas sauta sur le quai. Emmeline, pour l'imiter, voulut se débarrasser du manteau qui entravait ses mouvements.

— Surtout pas ! lui dit Talvas. Il faut garder ce manteau sur vous, faute de quoi vous allez mourir de froid.

Il lui tendit la main pour l'aider à prendre pied sur la terre ferme, puis s'employa à resserrer sur elle le manteau avant de déclarer :

— Il faut que vous enleviez ces vêtements mouillés le plus vite possible. Je vous conduis chez Geoffroy et Marie.

Emmeline hocha la tête. Elle n'avait pas envie de rentrer chez elle dans cet appareil lamentable. Levant la tête, elle calcula la distance qu'elle aurait à parcourir et le découragement la prit, elle se demanda si elle y arriverait. Pourtant elle mit un pied devant l'autre, puis encore une fois, avec lenteur, avec difficulté aussi à cause de sa cheville qui la faisait souffrir plus atrocement que jamais. Elle hésitait à faire peser le poids de son corps sur sa jambe droite.

— Prenez ma main, lui dit Talvas, après quelques pas.

Elle refusa.

— Dans un moment tout ira bien. Allez devant, si vous êtes pressé.

Mais il ignora sa suggestion. S'arrêtant net, il regarda de près.

— Que se passe-t-il ? Vous êtes-vous blessée ?

— Non, ce n'est rien, juste une crampe dans la jambe...

— Laissez-moi voir.

— Non !

Elle n'allait tout de même pas se soumettre à un examen, là, sur le quai, en pleine nuit !

Elle poussa un cri quand Talvas la souleva dans ses bras et se remit en route, l'emportant comme un petit enfant. Si elle se débattit, ce ne fut que brièvement, car le bon sens lui montra qu'elle n'aurait pas pu faire quelques pas de plus.

— Votre mère pourrait avoir son mot à dire quant à vos activités nocturnes, lui dit-il en marchant.

— Et pourquoi ? Ma mère me laisse faire ce que je veux.

— Alors, reprit Talvas en riant, il est temps que quelqu'un s'occupe un peu de vous. Vous êtes un véritable danger pour vous-même, damoiselle !

7

Très inquiets de se faire réveiller si tard dans la nuit, Geoffroy et Marie s'effrayèrent de voir dans quel état leur arrivait Emmeline, dans les bras de messire Talvas de Boulogne. Bouche bée un moment, devant la jeune femme tremblante, dont les vêtements dégoulinaient et formaient une flaque sur le pavage, ils ne tardèrent cependant pas à réagir. Geoffroy commença par donner un gobelet de bière à chacun des visiteurs, en disant qu'il regrettait de ne pas avoir de boisson chaude à leur offrir, tandis que Marie, agenouillée devant la cheminée, s'employait à ranimer le feu.

Emmeline, secouée de spasmes et épuisée, cherchait à comprendre comment elle en était arrivée là, mais elle ne le pouvait pas. Pourquoi Talvas était-il sur son bateau en pleine nuit ? Qu'y faisait-il ? Voilà des questions auxquelles elle aurait bien voulu trouver une réponse. La présence de cet homme la rendait toujours nerveuse, et c'était particulièrement le cas à ce moment. Elle aurait aimé le voir partir, afin de pouvoir rester seule avec ses amis, en confiance.

— Marie, réussit-elle à dire malgré ses dents qui s'entrechoquaient, je suis désolée de vous réveiller si tard.

Elle voulut faire quelques pas en direction de la cheminée, mais s'arrêta aussitôt à cause de la douleur insoutenable de sa cheville droite. Marie lui demanda :

— Que s'est-il passé ?

Toujours importun, Talvas se permit de répondre à la place d'Emmeline.

— Votre amie a la détestable habitude de se mettre dans les situations les plus difficiles qui soient. Je l'ai débusquée à bord de la *Belle de Saumur* et elle n'a rien trouvé de mieux que de sauter dans l'eau pour m'échapper.

— Vous m'avez « débusquée » ? fit Emmeline scandalisée. J'ai encore le droit d'aller sur mon bateau, même en pleine nuit, et ce n'est pas votre cas !

Les yeux écarquillés par l'étonnement, Marie demanda :

— Tu as sauté dans l'eau ? Seigneur, comment est-ce possible ? Pourquoi as-tu fait cela ?

Emmeline haussa les épaules, et se redressa, façon pour elle de signifier qu'elle n'était pas responsable, et qu'elle avait agi au mieux, vu les circonstances.

De sa position près de la porte, Talvas observait en silence la jeune femme qu'il venait de sortir de l'eau et tirait les conclusions de cette aventure. Emmeline Lonnières était — il venait d'en avoir, une fois de plus, la confirmation — l'exemple parfait de ces femmes qui ne se soumettaient à aucune autorité, qui ne faisaient que ce qui leur passait sous le bonnet, et, en ce qui concernait celle-ci en particulier, parce qu'elle n'avait personne à qui se référer. Ce genre de comportement, qui l'étonnait et parfois même l'agaçait, le fascinait aussi, ce qui était étrange.

Installée devant la cheminée, Emmeline profitait de la chaleur du feu. Ses vêtements séchaient sur elle dégageant une vapeur épaisse, chargée des fragrances de son parfum aux notes orientales. Talvas les huma avec délectation.

Perdu dans ses pensées, il attacha son regard aux longs cheveux blonds, défaits et encore humides de la jeune femme, qui descendaient jusqu'aux courbes de ses hanches. Il s'y attarda et, juste à ce moment, elle tourna vers lui ses grands yeux verts ourlés de longs cils. Troublé, il sentit son désir renaître avec force. Pour s'en distraire, il prit la parole et dit la première chose qui lui passait par la tête.

— Alors ? J'attends toujours une explication.

Fatiguée, Emmeline ne répondit pas. Consciente de s'affaisser, ce qui ne la mettait pas dans une position avantageuse face à cet homme qui s'instituait en juge, elle voulut se redresser. Pourquoi avait-elle toujours l'impression d'être plus petite encore quand elle se trouvait en sa présence ?

Détachant sa haute silhouette du mur où il s'adossait, Talvas revint vers le centre de la cuisine, il alla vers la table en buvant ce qui lui restait de bière, avant de déposer son gobelet vide. Emmeline le regarda s'approcher d'elle ensuite, si grand, si impressionnant. Elle se sentit aussitôt, comme toujours, plus faible et agacée à la fois. Elle vacilla et dut s'appuyer contre la table pour ne pas perdre l'équilibre. C'était ridicule ! Elle était presque sèche à présent, elle avait moins froid, mais voilà que la tête lui tournait.

— J'avais décidé d'inspecter le bateau avant notre départ de demain, déclara-t-il enfin en guise d'entrée en matière.

— Au milieu de la nuit ? Je ne vous crois pas, messire Talvas ! Vous aviez une autre idée en tête. J'en suis convaincue !

Elle voulait paraître sûre d'elle-même et vindicative, mais sa vision se brouilla, tout lui sembla disparaître dans une sorte de brume. Cette fois, elle allait défaillir pour de bon. Le bras qui la soutenait en prenant appui sur la table faiblit. Désespérée, elle se sentit tomber, et perdre conscience.

Quand elle rouvrit les yeux, elle était dans les bras de Talvas, plaquée contre lui. Son évanouissement n'avait sans doute pas duré longtemps, mais il avait été réel, et se prolongeait dans l'état bizarre où elle se trouvait, avec l'impression de vivre comme dans un rêve, et avec une sensation d'immense fatigue et l'envie de dormir pendant au moins cent jours. La joue contre la poitrine de Talvas, elle chercha à s'y réchauffer, à en tirer un peu de la force qui lui faisait tant défaut.

Troublé par la situation, par cette jeune femme qui se lovait contre lui, Talvas s'obligeait à regarder fixement les flammes dans l'âtre et s'irritait de sa réaction, qu'il jugeait inappropriée, et surtout déplacée.

Emmeline s'agita. Sa tête se mit à rouler sur la poitrine de Talvas, tandis qu'elle s'affaissait, se faisant plus lourde dans les bras de Talvas. Il la remonta et lui tint la tête, afin qu'elle eût une position plus confortable. Les yeux fermés, ses longs cils ombrant ses joues si pâles, elle semblait dormir. Il ne put alors s'empêcher d'admirer avec émotion, une fois de plus, les traits du visage, si harmonieux. Mais le désir le reprit, avec plus d'intensité encore, avec tant de violence même qu'il tourna la tête vivement et s'obligea à s'intéresser, une fois encore, aux flammes dans la cheminée, piètre divertissement s'il en était ! Puis il tourna les yeux vers Geoffroy qui descendait l'escalier menant à l'étage, et qui avait dans les bras un gros tas de vêtements ainsi qu'une grande fourrure.

— Voilà qui devrait convenir, déclara celui-ci, avec entrain.

— Je pense aussi, répondit Marie. Mais il vaudrait mieux lui retirer sa tunique et sa chemise, avant.

Elle tourna les yeux vers Talvas, en souriant. Il comprit le message et grommela :

— C'est bon, je sors un moment.

Claquant la porte derrière lui, il s'adossa à la muraille et emplit ses poumons de l'air froid de la nuit finissante. Il avait envie de hurler, envie de frapper quelqu'un. Comme cela sans raison apparente. Il ne se reconnaissait plus, sa vie avait basculé dès le moment où il avait sauvé la vie d'Emmeline Lonnières, juste avant que la barrique ne tombe d'une grue, menaçant de l'écraser. C'est à ce moment précis, en effet, alors qu'ils gisaient tous les deux sur le quai, lui la tenant dans ses bras, qu'il s'était senti pris d'un désir qui ne s'était pas éteint depuis et qui s'avivait chaque fois qu'il la revoyait.

Furieux de ne pouvoir se contrôler, il fit un rapide calcul : il ne connaissait Emmeline que depuis trois jours ; trois jours ! Avait-il régressé, était-il redevenu un adolescent au point de se laisser subjuguer ainsi par une femme ? Il lui fallait évacuer ce désir coûte que coûte. Peut-être en recourant aux services d'une prostituée, une femme experte dans les choses de l'amour, qui saurait bien calmer ses ardeurs. Comme c'était inopportun et malvenu de ressentir de telles sensations !

N'avait-il donc rien retenu des leçons du passé ? Il serra les poings, tandis qu'il écoutait les premiers bruits de la ville qui s'éveillait. Dans son esprit, les souvenirs affluaient, il ne pouvait les empêcher de l'accabler, une fois de plus.

Il aurait pu *lui* pardonner de l'avoir quitté. Il pouvait même la comprendre. Il avait à cette époque les ambitions de la jeunesse, il ne rêvait que de passer sa vie en mer. Souvent absent, et l'esprit préoccupé quand il était avec elle, il avait fini par la décourager et elle était partie, elle l'avait abandonné pour un homme mieux capable de lui donner ce qu'elle voulait, à savoir une fortune et une vie pleine d'agréments divers.

Ce qu'il ne pouvait lui pardonner, en revanche, c'était d'être partie avec leur enfant, *son* enfant à lui, de le lui avoir soustrait de façon si subite qu'il lui arrivait parfois de se demander s'il n'avait pas rêvé cette période de son existence. Les souvenirs, précis, restaient pour lui prouver qu'il n'en était rien : il avait tenu le petit être dans ses bras, il avait vu les petits doigts roses s'enrouler autour de son index, il s'était délecté des gazouillis qui l'enchantaient tellement alors et qui lui brisaient maintenant le cœur quand il y repensait.

Il n'était pas resté inactif. Il avait entrepris des recherches. Il avait voulu, coûte que coûte, retrouver son enfant. Puis il avait appris que la petite fille était morte.

La porte s'ouvrit derrière lui, en craquant. Il se tourna vers Geoffroy et fut reconnaissant à celui-ci de la diversion bienvenue qu'il lui apportait.

— Comment va-t-elle ? demanda-t-il.

— Marie l'a couverte de vêtements chauds. Elle est assise au plus près du feu, mais elle a toujours très froid. Ses mains et ses pieds restent glacés.

Après un petit moment de silence, le marchand demanda :

— Dites-moi, messire... Est-elle restée longtemps dans l'eau ?

Talvas hocha la tête.

— Trop longtemps... Elle s'est d'abord dissimulée le long de la coque, puis elle a nagé sur une assez longue distance, pour m'échapper.

Geoffroy émit un petit sifflement admiratif, puis murmura :

— Je n'ignorais pas qu'elle savait nager, mais dans une eau aussi froide, je n'aurais pas cru, et surtout sur une aussi longue distance.

— C'est impressionnant, en effet, admit Talvas. Il n'est déjà pas habituel qu'une jeune femme sache nager. Emmeline Lonnières est surprenante... à plus d'un titre.

— C'est son père qui lui a appris. Elle nageait déjà alors qu'elle savait à peine marcher. Elle...

Geoffroy s'interrompit, s'approcha de Talvas pour le regarder de plus près et s'exclama :

— Messire, vous êtes tout mouillé, vous aussi. Voulez-vous que je vous prête quelques vêtements de rechange ?

Talvas sourit et soupira :

— J'ai bien cru que vous ne me poseriez jamais cette question.

Il suivit son hôte pour rentrer dans la maison, prenant garde de se baisser pour passer sous le linteau.

Emmeline se sentait bien. Elle avait chaud. Sans ouvrir les yeux, elle comprit tout d'abord qu'elle était assise, mais presque allongée et adossée à un mur, enveloppée d'une épaisse fourrure douce à sa joue. Puis, elle reprit peu à peu contact avec la réalité qui l'entourait, les bruits et les senteurs domestiques, si rassurants : le chuintement de l'eau qui coule, le parfum du pain tout juste sorti du four...

Elle ne savait pas très bien comment elle en était arrivée là et ne se souvenait pas des moments qui avaient précédé son sommeil. Elle s'était querellée avec l'insupportable Talvas, une fois de plus, puis elle s'était évanouie et s'était abandonnée dans les bras qu'il lui ouvrait fort opportunément. En fait, elle n'avait pas tout à fait perdu conscience, puisqu'elle se rappelait sa tête reposant sur la poitrine de Talvas, les battements de son cœur, les fragrances de cuir et de mer qui émanaient de lui.

Elle se demanda s'il avait quitté les lieux et entrouvrit un œil, puis l'autre. Bien à l'abri dans son cocon de couvertures, elle vit Marie qui coupait de belles tranches de pain, et à côté d'elle Geoffroy qui...

Emmeline crut que son cœur s'arrêtait de battre. Elle s'empressa de refermer les yeux mais la vision restait très présente dans son esprit : à côté de Geoffroy, elle avait vu Talvas, qui lui tournait le dos et se débarrassait de sa tunique mouillée.

Elle ne put s'empêcher de le regarder de nouveau. Talvas ôtait maintenant sa chemise, et il s'empara du linge que lui tendait Geoffroy pour se sécher. Elle ne perdit pas une miette du spectacle, elle s'en délecta même. Elle admira son corps bien taillé, sa musculature puissante, ses épaules larges, sa taille mince... Habillé, cet homme lui en imposait, tant par sa taille que par sa carrure, mais là, nu jusqu'à la ceinture, il était proprement bouleversant! Le regard d'Emmeline parcourut tout le cheminement de la colonne vertébrale, puis s'égaya de chaque côté, sur les muscles mobiles qui attestaient d'une vie d'efforts physiques intenses. Il n'y avait rien de mou chez cet homme qui n'avait pas une once de graisse ou de chair inutile.

Toute à sa contemplation, Emmeline ressentit les picotements du désir et elle referma les yeux, tenant son visage dans ses mains, pour tenter d'en atténuer les effets : les annihiler, il n'y fallait pas compter! Elle ne voulait plus voir, mais elle voyait quand même. Elle ne voulait plus penser, mais elle pensait encore, et de quelle manière!

La voix de Talvas retentit.

— Ah! Je crois que notre petite sirène a repris conscience.

Voilà précisément ce qu'il lui fallait pour sortir de son trouble! Enlevant ses mains et ouvrant les yeux, elle lança :

— Et alors? Cela vous chagrine-t-il?

Se montrer agressive était pour elle une façon de surmonter sa faiblesse, sa vulnérabilité. Elle avait encore un peu froid, les forces lui manquaient. C'est pourquoi elle fit un gros effort pour se redresser, et regarder droit dans les yeux l'homme avec qui une nouvelle confrontation se préparait.

— Ce qui me chagrine, lui dit-il, c'est que vous veniez en Angleterre. Comment puis-je être assuré que, là-bas, vous ne commettrez pas de nouvelle sottise? Je ne serai pas toujours derrière vous.

— Je commets peut-être des sottises, mais j'en assume

la responsabilité et je n'ai pas envie que vous soyez toujours derrière moi.

Talvas sourit. Aimait-il se quereller avec elle ? Quand il souriait, il paraissait plus jeune et il devenait ainsi moins intimidant.

— Et puis, reprit-elle, vous serez peut-être heureux de m'avoir avec vous en Angleterre. Qui sait si je ne vous serai pas très utile ?

— Je ne vois pas comment ! fit Talvas en se grattant le cuir chevelu.

— De toute façon je viens et il n'est même pas question d'en discuter. Il faut que je rende visite à ma sœur.

Repoussant alors ses couvertures car elle voulait se mettre debout, pour ne plus être dans cette position d'infériorité, Emmeline se leva, trop vite et s'aperçut, trop tard, qu'elle commettait une erreur. En effet elle avait oublié sa cheville blessée et, à peine fut-elle debout, que sa jambe droite lui infligea une douleur atroce. Elle retomba aussitôt, en poussant un long gémissement. Elle se rassit sur son tabouret et, rageuse, ramena ses couvertures sur elle, jusqu'à son menton. Elle ne voulait plus voir personne.

Marie avait poussé un cri d'horreur. Reposant sur la table le pain qu'elle tranchait, elle accourut, mais Talvas s'était déplacé plus vite qu'elle. Le premier, il s'agenouilla devant Emmeline qui voulut le repousser mais il avait déjà soulevé son bliaut jusqu'au genou.

Le silence se fit. Le temps paraissait suspendu.

La jambe droite d'Emmeline, violacée du genou à la cheville, était balafrée de cicatrices rougeâtres. Quant à son pied droit, non marqué quant à lui, il dessinait avec le reste de la jambe un angle bizarre, pas normal.

Après un long examen silencieux, Talvas émit un petit sifflement dubitatif, puis, levant les yeux vers Emmeline, il lui demanda :

— Comment vous êtes-vous fait cela ? Cela ne date pas de cette nuit, je suppose ?

Emmeline ferma les yeux. Elle se sentait humiliée.

— Non, répondit-elle après une longue hésitation. C'est une blessure ancienne.

Sa voix tremblait ; les souvenirs lui revenaient avec une telle acuité qu'elle avait l'impression de revivre les événements : la poussée dans le dos, la longue chute dans l'escalier quand elle avait rebondi de marche en marche, du haut jusqu'en bas, tandis qu'en haut, son mari riait, riait et continuait de lui lancer des injures.

— Voilà donc pourquoi vous boitez, murmura Talvas, comme pour lui-même. J'aurais dû m'en douter.

Il prit la main d'Emmeline et la garda dans les siennes, qui étaient grandes et rudes, mais qui se révélèrent d'une grande douceur, et si grande en effet qu'Emmeline se sentit bouleversée ; et il la regarda, et son regard si bleu était si tendre qu'elle eut envie de pleurer. Mais c'était trop. Elle ne pouvait pas accepter de se laisser subjuguer de la sorte. Elle devait réagir. Elle réagit. Elle arracha sa main à la douce emprise, puis rabattit son bliaut sur ses jambes avant de déclarer :

— Je ne pense jamais à cela.

Elle ne voulait pas de pitié. Inutile de se soucier d'elle, qui n'avait besoin de personne.

— Comment cela vous est-il arrivé ? demanda Talvas, conscient de la tension qui régnait dans la cuisine depuis un moment.

Geoffroy et Marie savaient. De cela il était certain.

— Je suis tombée, lui dit Emmeline, d'une voix éteinte. J'ai fait preuve de maladresse.

Talvas se leva, sans quitter du regard le visage de la jeune femme, et en s'interrogeant sur le drame que cachait le mensonge qu'elle venait de lui servir. Il ne lui échappa nullement qu'elle avait joint les mains et qu'elle les crispait l'une dans l'autre, au point d'avoir les jointures toutes blanches : c'était le signe certain d'un malaise, qu'il venait de déclencher par sa découverte et plus encore par sa dernière question.

Il eut pitié d'elle, effondrée sur son tabouret et adossée au mur, telle une poupée de chiffon abandonnée. Où était la délicieuse jeune femme, si agaçante, qui voulait n'en faire qu'à sa tête, qui refusait d'écouter qui que ce fût et qui avait l'art de se jeter dans tous les traquenards possibles et imaginables ? Elle avait perdu sa morgue qui pourtant paraissait inépuisable, elle semblait éteinte, amorphe, vaincue.

Malheureux de la voir ainsi, Talvas se demanda ce qu'il pourrait faire pour elle, et songea avec tristesse qu'il ne pouvait rien.

— Il faut que je m'en aille maintenant, dit-il avec douceur, en s'inclinant devant elle. Soyez prête pour prendre la mer au matin.

Ses yeux éteints, et qui gardaient cependant un reste d'hostilité à son encontre, se levèrent brièvement vers lui.

— Je serai prête, murmura-t-elle.

Elle reporta son regard sur le feu qui flambait dans la cheminée. Pourquoi se montrait-il soudain si attentionné ? se demanda-t-elle, gênée. A tout prendre, elle préférait son arrogance, qui la mettait en sécurité en la tenant à distance. S'il y avait une leçon qu'elle avait retenue de son mariage avec Giffard, c'était bien celle-là : plus on se tient loin des hommes, mieux on se porte.

Talvas s'en allait. Il s'inclina devant Marie.

— Je vous remercie de votre gentillesse, dit-il.

Et il sortit. Au moment où il franchissait le seuil, Geoffroy lui lança :

— Faites un bon voyage, messire.

Puis sortant derrière Talvas, il ajouta à voix basse :
— C'est Giffard, son défunt mari, qui lui a fait cela.

Les mouettes criaillaient au-dessus de sa tête. Le regard morne, Emmeline suivait du regard la lente progression du chariot que deux bœufs amenaient près du bateau. Croisant les bras, elle se demanda combien il y en aurait encore, de ces chariots lourdement chargés. Deux, déjà, avaient été délestés d'un encombrant contenu qui avait été placé dans de multiples canots et ainsi conduits vers la *Belle de Saumur*. Et voilà qu'un troisième arrivait, lui aussi plein des effets de l'impératrice, et il fallait craindre qu'il ne fût pas le dernier. Fallait-il tant de bagages pour se rendre en Angleterre ?

— Il y a suffisamment de place dans le bateau pour charger tout cela, lui dit Talvas, comme s'il lisait dans ses pensées.

Il se tenait à côté d'elle. Tel un géant un peu mystérieux, il venait d'apparaître brusquement. Elle ne l'avait pas entendu arriver, et il lui faisait un écran bienvenu contre le vent matinal. Elle avait encore froid. Elle n'était pas parvenue à se réchauffer complètement.

Elle se tourna vers lui.

— Je croyais que vous étiez à bord, dit-elle pour meubler le silence, ne sachant que répondre d'autre.

En vérité, elle l'évitait depuis que Guillaume était venu la chercher, aux premières lueurs du jour. Elle se sentait vulnérable devant lui, surtout depuis qu'il avait vu l'état de sa jambe, un secret qu'elle ne divulguait pas volontiers, une honte qui l'affligeait, même si elle n'était responsable en rien de son infirmité.

Talvas la regardait en silence. Il l'avait vue depuis la *Belle de Saumur*, silhouette solitaire sur le quai qui se recroquevillait et tournait le dos au vent pour résister mieux au froid. Elle l'avait ému à un point tel qu'il avait éprouvé l'envie irrépressible de sauter dans le premier canot qui retournait vers le quai, afin de se trouver près d'elle, pour la réconforter si c'était possible — si elle acceptait de se laisser réconforter par lui.

— J'étais sur le bateau, en effet, lui répondit-il en souriant. Mais il m'a semblé que vous auriez peut-être besoin d'aide, ou de conseils quant au chargement.

Emmeline haussa les épaules et soupira :

— Non, je n'ai besoin de rien maintenant, mais il me faudra sans doute de l'aide pour le déchargement.

Elle montra, désabusée, l'énorme amas de sacs et de malles qu'on descendait du chariot pour les entasser sur le quai.

Talvas partit d'un petit rire qui s'interrompit très vite quand il vit arriver le comte Robert. Il murmura :

— Pour affronter celui-ci, vous aurez besoin d'aide aussi, je pense.

Emmeline dirigea son regard dans la direction qu'il lui indiquait et son sang se figea dans ses veines quand elle vit le comte Robert qui aidait sa demi-sœur à descendre d'une voiture. Cependant, ne voulant pas montrer qu'elle avait peur de lui, elle prit un ton assuré pour répondre :

— Je pense qu'il a compris la leçon et qu'il ne sera pas nécessaire de lui en donner une seconde.

— Je n'en crois rien, rétorqua Talvas. Les hommes puissants n'écoutent pas les leçons qu'on veut leur donner. Ils ne veulent pas apprendre.

En même temps, il scrutait le visage d'Emmeline, se demandant si le comte Robert lui rappelait le mari qui l'avait mutilée.

Croisant brièvement son regard, elle baissa la tête et lui dit avec une sorte d'emportement :

— Talvas, je vous prie d'arrêter.

— Arrêter quoi ? demanda-t-il, sincèrement étonné.

— Vous n'êtes plus le même avec moi, et je sais pourquoi. Vous faites preuve de prévenances depuis que vous avez vu l'état de ma jambe. Alors, je vous serais reconnaissante d'arrêter. Je ne supporte pas votre pitié.

Il sourit et, d'un index placé sous le menton, il l'obligea à relever la tête pour le regarder, et il demanda :

— Vous aimiez mieux quand je vous aiguillonnais ?

Elle hésita.

— Non, mais...

Comment expliquer qu'en effet, elle préférait lutter contre ses railleries que de composer avec sa gentillesse ?

Talvas, qui la regardait avec un petit sourire narquois, reprit :

— Alors, damoiselle, on ne trouve plus ses mots ? Certainement pas, je sais que vous avez la langue bien pendue.

Exaspérée, Emmeline lança :

— Il suffit maintenant ! Retournez donc sur le bateau et préparez la traversée avec votre équipage. Je n'ai pas besoin de vous ici.

Elle se tourna vers un quatrième chariot qui arrivait, aussi lourdement chargé que les précédents, et elle s'exclama :

— L'impératrice a décidé d'emporter toute sa garde-robe ! Va-t-elle vider son château ?

— C'est une femme..., dit Talvas, sarcastique. Cela dit, il faut ajouter un bagage spécial, et c'est même à cause de ce bagage qu'elle doit s'embarquer si vite pour l'Angleterre.

Il montra un cinquième chariot qui arrivait sur le quai, où affluait maintenant une foule curieuse. Les gens se pressaient autour du convoi. Ils voulaient voir l'impératrice, s'extasier sur ses volumineuses malles.

— Encore un chargement ? s'exclama Emmeline ; il y en a assez, maintenant ! Il faut que j'aille lui parler.

Décidée, elle fit un pas en direction de l'impératrice, mais Talvas la retint par le bras.

— Restez ici, commanda-t-il.

Elle se retourna et lui décocha un regard furieux, tout en cherchant à se dégager de la main qui lui tenait le bras. Refusant de la lâcher, il lui demanda :

— Ne vous êtes-vous jamais demandé pourquoi l'impératrice souhaitait se rendre de toute urgence en Angleterre, alors que la traversée est si dangereuse, à cette époque de l'année ?

Emmeline le regarda attentivement, cherchant à lire sur son visage, très sérieux, la réponse à la question qu'il venait de lui poser ; et elle eut soudain le pressentiment qu'il allait lui annoncer quelque chose de très important.

— Eh bien ! Dites-moi, murmura-t-elle.

Elle se rapprocha de lui au point que le bout de ses souliers toucha la pointe des bottes de Talvas. Elle respira, une fois de plus, les fragrances viriles qui la troublaient tant.

— Regardez, fit-il en lui montrant le dernier chariot arrivé.

Emmeline vit quatre hommes qui déchargeaient une caisse longue et la mettaient sur leurs épaules pour la transporter jusqu'au bord du quai où attendait un canot.

— Un cercueil ! fit-elle avec étonnement. De qui s'agit-il ? Talvas, dites-le-moi.

— Le père de Maud, le roi Henri Ier.

— Je ne savais pas...

— Personne ne sait, à part quelques personnes. L'impératrice veut que le secret soit gardé jusqu'à ce qu'elle soit arrivée en Angleterre.

— Pourquoi ?

— Parce qu'elle veut devenir reine d'Angleterre et duchesse de Normandie.

Emmeline assimila ces renseignements, essaya de

comprendre en quoi ils se reliaient les uns aux autres, n'y parvint pas et demanda :

— Pourquoi tant de hâte ? Pourquoi risquer d'affronter une tempête qui pourrait être fatale ? La couronne ne doit-elle pas lui revenir, de toute façon ? Pourquoi éprouve-t-elle le besoin d'aller faire valoir ses droits ?

— Parce que d'autres qu'elles veulent aussi cette couronne. La concurrence risque d'être rude. Le cousin de Maud, en particulier, a la préférence du peuple anglais. Il s'appelle Etienne.

— Normal, c'est un homme, marmonna Emmeline avec mauvaise humeur.

Talvas ne contesta pas.

— C'est un élément à prendre en compte, évidemment. Cela dit, je vous garantis qu'Etienne est un homme capable. Il ferait un bon roi, j'en suis certain.

— Vous en parlez comme si vous le connaissiez.

— Je le connais, et même fort bien. Il est marié avec ma jeune sœur, Mathilde.

Tout en observant le cheminement du cercueil parmi la foule, Emmeline plissa le front. Les implications de ce qu'elle venait d'entendre lui apparaissaient clairement. Elle demanda, pour vérifier qu'elle ne se trompait pas :

— Serez-vous obligé de prendre parti ?

— C'est possible, répondit-il, de façon énigmatique, sans vouloir dire qu'en fait, il avait déjà pris parti. Etes-vous prête à prendre la mer ?

Emmeline hésita à répondre, les yeux rivés sur les petites vagues qui s'écrasaient contre le quai, sur lequel certaines projetaient leur écume blanche. Mouillés, les galets gris qui en composaient le revêtement prenaient toutes sortes de couleurs irisées.

— C'est le moment, insista Talvas en lui prenant le

coude. Il faut que nous embarquions et partions avec la marée descendante.

Instinctivement, la main d'Emmeline se porta sur son collier, le pendentif que lui avait offert son père, comme chaque fois qu'elle avait l'impression de se trouver dans une situation difficile. Puis elle tenta une objection :

— J'ai peur que le chargement soit trop important. L'impératrice n'aurait-elle pas pu se contenter de quelques malles de vêtements ?

Talvas eut un sourire rassurant.

— Ce ne sont pas quelques vêtements de plus ou de moins qui vont nous faire couler.

— Certes, mais une tempête pourrait nous engloutir, objecta-t-elle.

— Pourquoi ne pas avoir confiance en mes talents de marin ? N'oubliez pas que c'est moi qui prends le commandement de la *Belle de Saumur*. Sachez que je n'ai encore jamais perdu de bateau jusqu'à ce jour.

Emmeline le toisa.

— Vous avez confiance en vous, messire ! lui dit-elle d'un ton sarcastique. Permettez-moi tout de même de vous rappeler qu'il est toujours dangereux de s'embarquer à cette époque de l'année. Il se trouve que j'ai besoin de me rendre en Angleterre, et l'impératrice aussi ; mais vous ? Rien ne vous oblige à embarquer. Pourquoi mettre votre vie en danger ?

Talvas haussa les épaules. Il avait le regard toujours aussi vif, mais semblait indécis soudain. Emmeline crut même déceler en lui un frémissement... Une émotion peut-être ? Ou une douleur secrète, enfouie au plus profond de lui-même. Elle ne pouvait en être certaine et savait qu'il ne servirait à rien de poser la question.

— Parce que je n'ai plus rien à perdre, dit-il gravement, après un long moment de silence.

8

Cramponnée des deux mains au bastingage, Emmeline avait le regard fixé sur sa mère, dont la silhouette s'amenuisait peu à peu. Le bateau sortait du port et dansait sur les premières vagues de la haute mer.

Elles avaient passé ensemble l'après-midi de la veille à empaqueter les affaires dont Emmeline aurait besoin pour son voyage en Angleterre. Très pâle, nerveuse à l'idée que sa fille se lance dans une aventure dangereuse, la mère avait eu constamment les larmes aux yeux et elle avait à peine desserré les dents, sans doute parce qu'elle avait peur de pleurer. Elle gardait à la mémoire le souvenir de son mari, lui-même disparu en mer et craignait que sa fille ne connût le même destin tragique. Au petit matin, quand Guillaume était venu chercher Emmeline pour la conduire au port, Félicie l'avait longuement serrée contre elle, et cette étreinte muette en disait plus que tous les mots qu'elle aurait pu prononcer.

— Le vent nous est favorable, damoiselle, lui dit Talvas en venant prendre place près d'elle.

Elle sursauta, comme chaque fois qu'il surgissait alors qu'elle le croyait loin d'elle. Nerveuse, elle ne répondit pas, se contentant de hocher la tête, et elle se remit à la contemplation du port dont elle s'éloignait, sans doute pour longtemps. Le pont dansait sous ses pieds mais elle compensait ses mouvements avec aisance, sans même les remarquer car elle avait une certaine expérience des voyages maritimes. D'autant qu'elle se sentait à l'aise sur la *Belle de Saumur*, son bateau.

— Depuis quand n'avez-vous pas pris la mer, damoiselle ? lui demanda Talvas.

Elle se pencha sur le bastingage et feignit de s'intéresser à un détail du paysage, afin de se donner le temps de réfléchir. Il lui en coûtait de dire la vérité, et eût voulu pouvoir détourner la conversation, mais il ne lui vint aucune idée. Alors elle se retourna et répondit à la question.

— Pas depuis un certain temps, c'est vrai.

Elle reporta son regard sur les voiles, en vit une qui faseyait et ajouta :

— Cette voile prend mal le vent. Nous perdons de la vitesse.

Elle était très heureuse de pouvoir changer de sujet et surtout de pouvoir critiquer la conduite du bateau, mais Talvas, bourru, lui répondit :

— C'est que le vent vient juste de tourner. Voyez d'ailleurs, l'homme de barre corrige déjà notre trajectoire.

Emmeline regarda l'homme en question, un colosse au visage rouge, tout ébouriffé, qui manipulait la barre de ses deux énormes mains.

— Je ne l'ai jamais vu, dit-elle, pensive. Etes-vous certain qu'il connaît bien son métier ?

— Je pense pouvoir dire que oui, car il travaille avec moi depuis plusieurs années. J'ai fait beaucoup de voyages en mer avec lui à la barre, et vous voyez, nous sommes toujours là ! Je mettrais ma vie entre ses mains avec la plus grande confiance.

Il adressa un petit salut à l'homme, qui lui répondit en agitant une main.

— Je suppose que je devrais me contenter de ces maigres assurances ? demanda Emmeline, avec acrimonie.

Ces mots avaient jailli de sa bouche avec une violence qui la surprit elle-même. D'où lui venait cette volonté, ou plutôt ce besoin de se montrer désagréable envers Talvas de Boulogne ? Elle avait bien remarqué que lui-même avait changé d'attitude à son égard, qu'il pouvait encore faire preuve d'une suffisance très agaçante, mais que, dans l'ensemble, il était courtois, attentionné, charmant même. Il n'empêche qu'elle était toujours très mal à l'aise avec lui. Le mieux était donc de le fréquenter le moins possible.

— Je pense que vous pourriez me faire un peu confiance, répondit-il, sans relever l'agressivité de son ton. Si je me porte garant de cet homme...

— Peut-on faire confiance à un homme « qui n'a rien à perdre » ?

Bien loin d'indigner Talvas, cette perfidie le fit rire. En voilà une qui en avait, de la repartie ! Il n'avait pas envie de la faire taire, à moins de la bâillonner avec un baiser, et puis la prendre dans ses bras et l'affoler jusqu'à ce qu'elle demande grâce, jusqu'à ce qu'elle le supplie de... Il jura intérieurement, secoua la tête et tâcha de se composer un visage austère en pensant à autre chose. Mais comment penser à autre chose quand on se trouve en compagnie d'une aussi jolie jeune femme ? Le mieux était donc de la fréquenter le moins possible.

— J'attends la réponse à ma question, lui dit Emmeline, qui le regardait avec curiosité.

— Quelle question... Ah, oui ! Damoiselle, permettez-moi de vous le dire une fois de plus, vous avez la langue trop bien pendue. A mon avis, votre père ne vous a pas donné assez de fessées.

— Je vous interdis de me parler d'aussi familière façon !

Vous n'avez pas connu mon père. Jamais il n'aurait levé la main sur moi.

Les yeux verts de la jeune femme brillaient de colère.

Talvas persista.

— Il aurait dû, pour votre bien !

Emmeline se redressa de toute sa hauteur et elle toisa son interlocuteur.

— Vous n'avez pas le droit de me parler de cette façon ! Vous oubliez les bonnes manières, messire... A supposer que vous en ayez !

Tout en parlant, elle lui martelait la poitrine du bout de son index.

— Et vous avez des manières, vous ? répliqua-t-il. Vous les connaissez, les usages ? Vous vous adressez à moi comme si j'étais un paysan, et vous vous exprimez comme une poissonnière !

Emmeline rougit sous l'affront. La charge était rude, mais sans doute un peu méritée. Emporté par son élan, Talvas poursuivait :

— Et votre mari, pourquoi ne vous a-t-il pas éduquée ? Les hommes ne connaissent-ils pas leur devoir, à Barfleur ?

Il savait qu'il s'aventurait en la provoquant de la sorte mais il voulait la mettre hors d'elle, espérant la voir trahir le terrible secret de son passé. Il était temps qu'elle s'en libère.

— J'ai peine à croire que votre mari, ce bon Giffard, vous laissait la bride sur le cou, ajouta-t-il.

Emmeline eut comme un vertige. Elle vacilla. La douleur dans sa jambe droite se réveilla, comme chaque fois qu'elle se trouvait en difficulté. Par quel mystère cet homme connaissait-il Giffard ? Eh bien, non ! Giffard, qui n'était pas « bon », ne lui laissait pas la bride sur le cou. Une parole qui ne lui plaisait pas, un simple regard mal interprété, et il infligeait une punition, toujours cruelle.

Voilà des souvenirs qu'elle n'aimait pas, qu'elle avait tâché d'enfouir au plus profond de son être, mais à cause de Talvas, ils remontaient à la surface, aussi vifs, aussi cuisants que s'ils étaient de la veille.

Talvas étudiait la réaction de la jeune femme avec un intérêt grandissant. C'était comme s'il venait de lui jeter un seau d'eau glaciale. Le feu, dans ses yeux, s'était éteint. Elle s'était affaissée. Les bras croisés, elle tremblait légèrement. Quand elle reprit la parole, ce fut pour dire d'une voix coupante :

— Mon mari est mort.

« Et bon débarras ! » Voilà ce qu'elle aurait pu ajouter, mais elle n'osa pas.

— Est-ce que vous l'aimiez ? lui demanda Talvas.

— L'aimer ? Lui ? Non, messire, il n'a jamais été question d'amour entre nous.

— Si je comprends bien, ce mariage avait été arrangé par votre père ?

Emmeline se mordilla un ongle. Ses yeux verts s'étaient assombris.

— Mon père — que Dieu ait son âme — n'aurait jamais approuvé une telle union. Jamais il ne m'aurait donnée à un homme comme celui-là. Mais il fallait bien mettre du pain sur notre table, et c'est Giffard qui nous le procurait.

A quel prix ? se demanda Talvas. Il éprouva le besoin de poser sa main sur l'épaule de la jeune femme, en signe de compassion, pour lui faire comprendre qu'il n'était pas son ennemi.

— Racontez-moi, murmura-t-il.

— C'est impossible. Je ne peux pas.

Parler, ce serait pour elle revivre toute cette époque de sa vie, la plus pénible, et surtout, la revivre devant un témoin, un étranger. Il n'en était pas question. Alors, elle fit « non » de la tête, et Talvas n'insista pas.

— Geoffroy m'a dit, pour votre jambe, déclara-t-il.

Aussitôt Emmeline arracha la main posée sur son épaule et la jeta, comme une chose repoussante. Vibrant de colère, elle clama :

— Il n'avait pas le droit ! De quoi se mêle-t-il, celui-là ? Seigneur ! J'en étais sûre ! Je m'en doutais, à voir la façon dont vous vous conduisez avec moi. Je ne veux pas de votre pitié ! Je n'en veux pas !

Elle pivota sur elle-même, avec vivacité, et dans ce mouvement sa robe gonfla, révélant fugitivement ses chevilles tandis que sa longue natte oscillait sous son voile. Elle voulait partir, s'éloigner de Talvas, mais il la retint par le coude, la fit se retourner pour lui faire face, et lui prit le menton pour l'obliger à le regarder. Il vit la veine qui palpitait à son cou, spectacle anodin en soi qui éveilla en lui un désir démesuré. Il crut que son cœur éclatait, que son sang courait plus vite dans ses veines et lui montait à la tête, laquelle commençait à lui tourner dangereusement. Eperdu, il se demanda ce qui lui arrivait. Il se flattait de garder toujours un parfait contrôle de soi, même et surtout quand il se trouvait en présence des dames, une discipline que bien des moines lui auraient enviée sans doute, d'autant plus remarquable chez lui qui n'avait pas à brider sa sensualité.

— Non, dit-il avec douceur. Vous vous méprenez. Ce n'est pas de la pitié que j'éprouve pour vous, mais du désir.

Emmeline ouvrit les yeux et reprit contact avec la réalité.

La bâche qui fermait la loge s'agitait dans le vent qui la tourmentait. La pluie frappait le toit en planches et des gouttes pénétraient à l'intérieur de l'étroit habitacle.

Recroquevillée sous les fourrures qui la recouvraient jusqu'aux yeux, elle se rappela les derniers instants avant qu'elle ne se réfugie là, dans cet abri construit à la proue du bateau. Elle avait annoncé qu'elle désirait tenir compagnie à l'impératrice qui allait se coucher, et qu'elle aussi avait besoin de sommeil. En fait, elle voulait tout simplement se soustraire à Talvas et mettre fin, si possible, à la tension qui s'était instaurée entre elle et lui.

Dans l'obscurité, les deux femmes s'étaient allongées et enfouies sous les fourrures. Emmeline avait apprécié le moelleux du matelas en crin, sans se soucier des récriminations de l'impératrice, qui se plaignait des dures conditions du voyage. Elle-même ne trouvait rien à redire : le temps était clément, la mer tranquille, un vent puissant mais sans violence poussait le bateau vers l'Angleterre. Que demander de mieux ?

Or, voilà qu'au milieu de la nuit, la situation s'était quelque peu aggravée : le bateau tanguait fortement, et les vagues s'écrasaient sur la coque avec un bruit assourdissant.

— Emmeline ! Emmeline !

L'impératrice geignait misérablement, l'agrippant par la manche. Emmeline se pencha sur elle et chercha à distinguer les traits de son visage.

— Que se passe-t-il ? Vous ne vous sentez pas bien ?
— J'ai mal à l'estomac. Je me sens très mal.

Emmeline posa une main sur le front de Maud et s'alarma de le sentir si chaud. La fièvre était là. Sans manifester le moindre émoi, elle déclara d'un ton calme :

— Vous avez besoin de boire un peu. Je vais chercher de l'eau, ainsi qu'un linge humide pour vous rafraîchir, et je rapporterai aussi de la lumière.

Ramenant son manteau sur ses épaules, elle chercha autour d'elle la torche qu'elle irait allumer au brasero disposé sur le pont, près de l'homme de barre. L'ayant trouvé, elle sortit à quatre pattes, en repoussant la bâche alourdie.

Dès qu'elle fut dehors, elle reçut sur la tête la pluie

froide qui s'insinua dans son cou et coula dans son dos. En frissonnant, elle se hâta de se mettre debout, mit sa main en visière pour regarder autour d'elle, poussa un cri d'horreur, vacilla et se cramponna au mât.

Le pont était jonché de corps, immobiles sous la pluie battante.

Que s'était-il passé ? Elle n'arrivait pas à comprendre. Pourquoi tous les hommes d'équipage étaient-ils morts ?

Avec angoisse, elle se dirigea vers eux, se pencha sur le premier qu'elle vit et prit conscience, non sans soulagement, qu'il n'était pas mort, seulement malade. Il en allait de même pour les autres. Tous se recroquevillaient et poussaient de faibles gémissements. Si cette constatation était quelque peu rassurante, la question n'en demeurait pas moins sans réponse : que s'était-il passé ?

Et qui dirigeait le bateau ? Emmeline se tourna vers la barre et constata avec soulagement qu'un homme la tenait d'une main ferme ; lui, au moins, ne semblait pas malade. Et cet homme n'était autre que Talvas.

Il l'aperçut au même moment, comprit qu'elle voulait venir vers lui et cria :

— Non ! Mettez-vous à l'abri. C'est trop dangereux !

Elle persista néanmoins dans son projet et se dirigea vers la barre, avec difficulté à cause du bateau qui tanguait de plus en plus et parfois même semblait se coucher sur la mer. Elle tomba deux fois, se releva, parvint à son but pour s'entendre aussitôt réprimander :

— Vous êtes folle ou quoi ? Je vous avais dit de vous remettre à l'abri dans la loge.

Un nouveau mouvement du bateau fit perdre l'équilibre à Emmeline.

— Accrochez-vous à moi, lui dit-il.

Elle s'accrocha à lui, se cramponna des deux mains dans

les plis de sa tunique trempée, pendant qu'il s'employait à garder le contrôle de la situation.

— Pourquoi tout l'équipage est-il malade ? demanda-t-elle dans un moment de répit.

Il manifesta qu'il n'avait pas compris et se pencha vers elle afin qu'elle puisse lui crier dans l'oreille. Elle répéta sa question. Il répondit :

— Ce doit être le repas de ce soir. Le ragoût n'était pas bon. En avez-vous mangé ?

— Non ! Je n'ai pris que du pain et du fromage.

— Comme moi ! Nous avons de la chance. Même Guillaume est malade. Il se tord de douleur... Il est là-bas.

D'un mouvement de tête, Talvas désignait la silhouette de Guillaume, quand le bateau se coucha de nouveau et un paquet d'eau submergea le pont.

— Accrochez-vous bien ! recommanda Talvas. Je ne veux pas vous perdre. Passez vos bras autour de ma taille.

Emmeline ne se fit pas prier. Elle noua ses bras autour de lui, rassurée de le trouver aussi solide qu'un roc. Cramponnée à lui, elle se sentait capable d'affronter une véritable tempête.

Or la tempête n'était pas loin. La *Belle de Saumur*, secouée de plus en plus violemment, bondissait sur les vagues. La coque craquait. Le vent soufflait avec violence.

Talvas hurla dans l'oreille d'Emmeline :

— Il devient difficile de conserver notre cap. Regardez ! La grand-voile se détache.

En clignant des yeux à cause de la pluie battante, Emmeline tourna son regard vers le grand carré de toile, qui était toujours d'une seule pièce, mais la corde qui la retenait à sa vergue s'était cassée, ce qui avait une conséquence néfaste sur la progression du bateau : en dépit de la puissance du vent, il se mouvait avec lenteur. A cette allure, il faudrait bien compter une journée supplémentaire de navigation, voire deux.

— Il faut réparer cela, dit Emmeline.

— C'est bien mon avis, répondit Talvas, mais en ce moment, il n'y a plus que deux personnes valides sur ce bateau : vous et moi. Or vous n'êtes pas assez forte pour tenir la barre et moi je suis trop lourd pour monter au mât.

— Pas moi.

— Je vous demande pardon ?

— Je suis suffisamment légère pour pouvoir monter au mât.

Incrédule, Talvas secoua la tête en dévisageant Emmeline, comme pour s'assurer qu'elle ne plaisantait pas. Puis il jeta la tête en arrière et partit d'un franc éclat de rire. Etonnant spectacle que celui-là ! Dans la tempête qui se déchaînait, alors que le vent hurlait et que les embruns montaient à l'assaut du bateau, Talvas de Boulogne riait, il avait l'air d'un diable en parfait accord avec les éléments en furie. Il hurlait de rire, tout son corps en était secoué et transmettait ses mouvements saccadés à celui d'Emmeline. Quand il se fut un peu calmé, il déclara :

— Je vous jure, damoiselle, vous ne cessez jamais de m'étonner.

Mortifiée de ne pas être prise au sérieux, elle répondit :

— Je ne cherchais pas à vous faire rire. Regardez plutôt la corde, elle est encore attachée à la vergue, il ne devrait pas être difficile de rattacher la grand-voile.

Les derniers effets du rire se dissipèrent chez Talvas. Redevenu très sérieux, il demanda, avec un air presque effrayé, comme s'il redoutait d'entendre la réponse :

— Vous voulez vraiment grimper à ce mât ? Vous croyez que vous pourrez réparer ?

— Oui, dit Emmeline avec fierté. Je suis capable de

faire cela. C'est une tâche que j'ai accomplie souvent du temps de mon père.

Talvas parut alors si incrédule qu'elle eut envie de rire. En même temps, il cherchait visiblement des arguments à lui opposer, et il ne trouva que celui-ci, qui avait sans doute valeur d'évidence pour lui :

— Mais vous êtes une femme ! Non ! Vous allez rester sagement sur ce pont, près de moi, afin que je puisse garder un œil sur vous.

— A cette vitesse, objecta Emmeline, notre traversée durera deux fois plus longtemps. Dans l'état où elle se trouve, la grand-voile ne nous sert plus à rien. Et puis, il faut que je vous dise : il n'y a pas que l'équipage à être malade. L'impératrice aussi est en train de geindre sur sa couche. Il faut donc que nous touchions terre le plus vite possible, afin de pouvoir la mettre entre les mains d'un médecin. Nous n'avons rien à bord pour la soigner.

A ce moment, le pont se souleva, il monta très haut et retomba d'un seul coup, comme dans un gouffre. Emmeline ne put s'empêcher de pousser un grand cri de terreur. Cramponnée à la taille de Talvas qui vacillait en s'accrochant à la barre, elle ferma les yeux et ne les rouvrit que lorsque la *Belle de Saumur* eut touché le creux de la vague.

— Restez avec moi, damoiselle, lui dit Talvas en la prenant par les épaules. Il me serait impossible de vous repêcher si vous tombiez dans cette mer. Alors, ne bougeons plus et attendons que la tempête se calme.

— Talvas, répondit-elle, il faut que je monte au mât.

— Non.

— Il faut fixer cette voile, faute de quoi nous n'avancerons pas assez vite, et de surcroît, nous risquons de perdre mon bateau. Je ne puis me le permettre.

Talvas grimaça son désarroi. « Quand elle a une idée derrière la tête, celle-là… », songea-t-il. Apparemment, elle

ne renonçait jamais, mais il s'en doutait déjà, plus ou moins...
Il croyait savoir que les femmes étaient des créatures faibles et incapables, toujours en quête de la protection des hommes, des chevaliers en particulier, lesquels les admiraient et les chérissaient pour leur beauté et leur douceur. Telle était la leçon qu'il avait retenue de son éducation.

Or Emmeline Lonnières ne correspondait absolument pas à ce portrait, elle en était même l'antithèse parfaite. Elle défiait toutes les conventions, elle faisait preuve d'un esprit d'indépendance extraordinaire. Bref, elle bouleversait l'image que Talvas s'était faite des femmes, et d'une certaine manière, elle le scandalisait. Souvent, il avait envie de lui démontrer qu'elle était dans l'erreur.

Mais de quel droit ? Qui était-il pour lui donner ce genre de leçon ? Elle n'était pas de sa parenté. Elle ne lui appartenait même pas, ni comme serve ni comme domestique. Il n'était son seigneur en aucune manière. Il n'avait sur elle aucun droit.

— En êtes-vous bien certaine ? demanda-t-il soudain.

Il la dévisagea et s'avisa qu'elle avait des traits trompeurs, puisqu'ils donnaient une impression de fragilité, ce qui n'était absolument pas son cas.

Emmeline sourit car elle savait qu'elle avait gagné, non sans regretter, toutefois, de devoir se détacher de ce corps qui l'attirait tant. N'avait-elle pas présumé de ses forces et de son courage, en déclarant qu'elle pouvait monter en haut du mât ? Mais elle l'avait dit, elle devait s'exécuter. Elle ôta donc son manteau qu'elle mit aux pieds de Talvas, puis son bliaut qu'elle fit passer par-dessus sa tête.

— Avez-vous l'intention de grimper toute nue ? demanda Talvas, avec un petit sourire en coin.

Il prenait un air dégagé, mais s'il se cramponnait à la barre, ce n'était plus seulement pour diriger le bateau dans la tempête, c'était pour se retenir de se jeter sur la jeune femme et d'achever de la dévêtir, lui arracher sa chemise et rouler avec elle sur le pont. Tourmenté par ces pensées, il détourna la tête et regarda vers l'horizon tout noir, pendant qu'Emmeline s'agenouillait pour délacer ses bottes.

Celle-ci, qui n'était pas du tout dans les mêmes dispositions et semblait même trouver la situation très naturelle, lui dit en riant :

— Toute nue, certainement pas, mais il est quand même bien plus facile de monter à un mât si on n'est pas trop engoncé dans ses vêtements. Quoi qu'il en soit, soyez rassuré, je resterai décente.

— Dieu soit loué, murmura-t-il, les dents serrées.

La chemise d'Emmeline bâillait, son col étant très échancré. Talvas, ayant eu un aperçu des trésors qu'elle cachait si mal, poussa un gémissement avant de soupirer :

— Il ne me reste plus qu'à vous souhaiter bonne chance.

Il regarda la jeune femme qui se dirigeait vers le mât, avec difficulté sur le pont qui dansait sous ses pas. Il se sentait malheureux, parce qu'il ne pouvait grimper au mât à sa place, parce qu'il était obligé de rester à la barre. Il souffrait parce qu'il avait peur pour elle. Il espérait qu'elle ne tomberait pas, mais il ne pouvait rien faire pour la protéger. Il devait lui faire confiance.

Mais depuis quand faisait-il confiance à une femme ? se demanda-t-il. N'était-il pas en train de perdre la raison ? La dernière fois qu'il avait cédé à cette inclination, il avait beaucoup souffert et s'était promis alors que plus jamais il ne commettrait la même erreur. Or voilà qu'il retombait dans l'ornière, à cause d'une jeune femme fantasque qui l'avait agacé d'abord, fasciné ensuite, et à laquelle il se sentait déjà prêt à passer tous ses caprices, même les plus dangereux, comme en ce moment.

Emmeline s'étira pour attraper la corde qui dansait

frénétiquement autour du mât, puis elle se hissa à la force des bras. Ignorant le danger qu'elle courait, elle respirait avec lenteur, en se concentrant sur la tâche qu'elle devait accomplir. Elle se sentait pleine de force et sa jambe droite si faible ne la gênait nullement dans son ascension. Elle n'avait pas le vertige et le vent violent ne l'incommodait pas. Le mât n'étant pas très haut — trois hommes debout les uns sur les autres environ —, elle en atteignit le sommet assez rapidement. Elle évitait tout de même de regarder vers le bas, pour ne pas voir la mer si agitée, et elle ne voulait pas savoir si Talvas avait l'œil sur elle. Enroulant avec force ses jambes autour du mât, elle rendit libres ses bras et put ainsi attraper la corde qui dansait dans le vent, afin de la rattacher à la vergue. L'effort était important, elle sentait les muscles de son dos se tendre et déjà la fatigue se faisait sentir. Elle commençait aussi à avoir très froid, ses doigts engourdis perdaient rapidement de leur dextérité. Elle put néanmoins venir à bout de sa tâche en peu de temps, et, satisfaite de voir la voile de nouveau correctement assujettie au mât, elle entreprit de redescendre sur le pont.

C'est alors qu'elle ressentit, avec une terrible acuité, la pluie glaciale qui alourdissait ses minces vêtements que le vent agitait avec force, augmentant ainsi l'impression de froid qui la pénétrait jusqu'aux moelles. Elle regarda vers le bas. Le pont lui parut bien loin. Fallait-il parcourir toute cette distance, alors qu'elle n'avait qu'une envie, s'effondrer et dormir ? Il fallait pourtant descendre, avec sa chemise qui s'emmêlait dans ses chevilles et la rendait malhabile. Elle s'accrochait désespérément au mât chaque fois que le bateau penchait d'un côté ou de l'autre, en se demandant pourquoi elle n'avait pas éprouvé ces terribles difficultés lors de son ascension. Avait-elle été inconsciente ?

Elle se sentit glisser et ne réagit pas. Elle n'avait plus la force, plus la volonté non plus. Elle entendit un hurlement venu d'en bas :

— Faites attention !

Elle tombait. Un nouveau soubresaut du bateau la plaqua durement contre le mât. La douleur lui rendit ses esprits. Ses mains se crispèrent sur la corde pendante et s'y brûlèrent, mais c'était trop tard. Elle ne pouvait plus lutter. Alors elle renonça. Ouvrant les bras, elle partit en arrière et poussa un grand cri de détresse.

Elle ne rencontra pas les planches du pont, mais deux bras qui la cueillirent avec souplesse, et si le choc fut rude, il n'était pas insupportable.

— Je vous tiens ! dit une voix familière, tandis qu'elle reprenait ses esprits.

Talvas la reposa sur le pont. Elle frissonna.

— Tenez, mettez ça.

Il enleva son manteau dont il lui couvrit les épaules. Il avait laissé un bras autour de sa taille. Il ajouta :

— Il est humide, mais il vous donnera peut-être un peu de chaleur, quand même.

Elle trouva ce manteau très lourd, mais il lui donnait, effectivement, un peu de la chaleur emmagasinée dans ses fibres, la chaleur de Talvas. Elle en tira un certain bien-être, un peu de trouble aussi.

— Je vous remercie, messire, déclara-t-elle en frissonnant.

Lui prenant le menton pour l'obliger à le regarder, il répondit :

— C'est moi qui dois vous remercier. Dans des conditions très difficiles, vous avez réussi à remettre la voile en place. Regardez, nous allons à pleine vitesse, maintenant. Je ne connais aucune autre femme qui aurait accepté de mettre sa vie en danger pour accomplir cette tâche difficile. Vous êtes extraordinaire.

Emmeline haussa les épaules et expliqua avec modestie :

— J'ai grandi avec la mer, sur la mer. J'ai l'habitude de ces choses.

Emu, Talvas regardait avec admiration la jeune femme qui tenait à peine debout mais qui ne voulait pas avouer sa fatigue. Le manteau, mal fermé, lui laissait entrevoir sa poitrine, et son désir se réveillait une nouvelle fois, puissant, irrésistible. Il inclina la tête dans l'intention de déposer un baiser sur les lèvres d'Emmeline, pour la remercier. Ce ne serait qu'un baiser plein de chasteté, un baiser presque fraternel. Mais au premier effleurement de leurs lèvres, il sut qu'il ne s'en tiendrait pas à ces délicates intentions. Le désir explosa en lui et il perdit tout contrôle de lui-même. Ses bras enlacèrent la jeune femme et la pressèrent contre lui, tandis qu'il savourait le goût de cette bouche.

Emmeline ne résista pas, ne se rebella pas, pour la bonne raison qu'elle sentait vivre en elle un désir dont elle ne se croyait pas capable. Etourdie, elle s'émerveillait de tout : les mains de Talvas qui la maintenaient solidement contre lui, la bouche de Talvas qui la dévorait, son propre cœur qui battait à tout rompre, le brasier qui se développait au creux de son ventre et enflammait tout son corps. Pendant un bref instant, sa raison protesta, mais elle la fit taire. Elle préférait écouter le message que lui transmettaient les lèvres de Talvas sur les siennes. Elle voulait croire à la merveilleuse promesse qu'il lui faisait, celle d'entrer dans un domaine qui lui avait toujours été interdit jusqu'alors, celui de la sensualité.

Talvas approfondissait leur baiser. Il ne se contrôlait plus et transmettait son exaltation à Emmeline qui l'acceptait avec bonheur.

Accrochés l'un à l'autre, emportés par la passion, ils

avaient oublié les terribles contingences dans lesquelles ils se trouvaient.

Ils ne virent pas le mur d'eau qui se mouvait en direction du bateau et qui, s'abattant sur le pont, les submergea, les emporta.

Les débris de la *Belle de Saumur* jonchaient la plage de galets blancs, et d'autres dansaient sur les vagues, à perte de vue.

Au petit jour, un veilleur posté sur la côte avait donné l'alerte. Tous les villageois encore endormis étaient sortis de leurs chaumières et ils avaient travaillé durement pour mettre en lieu sûr ce qui restait de l'épave. Maintenant le soleil brillait haut dans le ciel et révélait l'ampleur du désastre : un bateau éventré, et tout l'équipage sur la plage, hébété.

Emmeline était assise sur les galets. Les jambes repliées, le menton sur les genoux, elle revivait par la pensée l'incroyable miracle qu'elle venait de vivre. Quand la vague avait submergé la *Belle de Saumur*, la côte anglaise était tout près, beaucoup plus près qu'elle ne le croyait. Cette vague avait ainsi drossé le bateau sur la plage, si vite qu'il n'avait pas été possible de tenter une manœuvre pour échapper à un destin fatal, mais sans trop de violence cependant, si bien que tous les passagers et hommes d'équipage s'en sortaient vivants. Tous avaient été précipités dans les eaux tumultueuses et, à la faveur de la faible lumière donnée par le soleil levant, ils avaient pu nager en direction de la côte, où les villageois les avaient accueillis et réconfortés.

Emmeline pouvait se dire qu'elle avait de la chance, n'ayant aucune perte humaine à déplorer, mais elle éprouvait une étrange sensation de manque. Elle avait envie de pleurer. Elle frotta sur ses genoux ses yeux qui lui piquaient, et l'eau salée n'était sans doute pas seule à mettre en cause.

Elle revint, une fois de plus, à un souvenir qui l'obsédait depuis le naufrage : Talvas qui la portait, elle toute fragile et épuisée, lui si fort et indestructible. Il la déposait sur la plage, très vite, trop vite, puis repartait vers la mer pour porter secours aux autres naufragés.

— Emmeline, comment vous portez-vous ? Vous n'avez pas été blessée, au moins ?

Elle tourna la tête vers l'impératrice Maud, qui, assise à côté d'elle, s'était enfermée dans un long mutisme dont elle sortait enfin. Elle avait réussi à garder son voile sur sa tête, mais le diadème doré, posé de guingois, lui donnait un petit air ridicule. Enveloppée dans une couverture, elle grelottait de froid. Elle avait le visage tout rouge, et les yeux lui pleuraient.

Emmeline eut un sourire un peu mécanique avant de répondre :

— Je vais aussi bien que possible, Madame, et je vous remercie de votre sollicitude. Mais c'est moi qui devrais vous poser cette question : comment vous sentez-vous, après votre affection de cette nuit ?

— C'est oublié ! dit l'impératrice avec une pétulance qu'on n'eût pas attendue d'elle. J'ai retrouvé ma santé, et je me sens d'autant mieux que je me trouve sur le sol d'Angleterre. Je ne dirai quand même pas que je n'ai pas été un peu secouée par ce qui nous est arrivé cette nuit...

Elle montra, d'un geste gracieux, l'épave du bateau, échouée dans les hautes eaux, les débris qui flottaient aux alentours. Nul n'était besoin d'en dire davantage.

— Il est donc si important pour vous de vous trouver en Angleterre ? demanda Emmeline.

— Je pense bien ! Il me faut revendiquer la couronne royale, maintenant que mon père est mort. Je ne me cache pas que l'entreprise sera sans doute difficile. Certes, mon père a obligé les barons à jurer qu'ils n'entraveraient pas mon accession au trône, mais vous savez ce que c'est, beaucoup des hommes ne se résignent pas à reconnaître l'autorité d'une femme.

Maud avait un ton beaucoup plus aimable que par le passé, elle se confiait… Cherchait-elle à se faire une alliée ? C'est la question que se posait Emmeline, tandis qu'elle répondait :

— Les hommes, en général, ne voient que des défauts chez les femmes. Ils ne veulent pas admettre que nous sommes capables de faire des choses aussi bien qu'eux, et souvent même, mieux qu'eux.

Maud partit d'un rire qui avait valeur d'approbation, et elle reprit :

— Je crois que nous nous ressemblons beaucoup, toutes les deux. Nous sommes attachées à notre indépendance, et nous savons ce que nous voulons. Souhaitons que nous réussissions dans nos entreprises.

— Je ne suis pas dans une phase de réussite, murmura Emmeline avec lassitude.

Elle reporta son regard sur son bateau échoué, qui penchait lamentablement, la coque éventrée.

— Il va sans dire que je vous dédommagerai, s'empressa de répondre Maud. Je récompense toujours les gens qui me viennent en aide. Nous verrons cela plus tard. Pour le moment, ne serait-il pas indiqué que vous trouviez quelques vêtements à vous mettre ?

Emmeline baissa les yeux sur elle-même et rougit en se voyant, presque nue sous sa mince couverture. Embarrassée, elle voulait bien s'habiller, certes, mais où trouver quoi se mettre ? Elle entendit alors, venant de derrière elle, une voix rauque et familière :

— Permettez-moi de vous aider.

Aussitôt s'accélérèrent les battements de son cœur, tandis que Talvas, qui passait devant elle, lui mettait son manteau sur les épaules, comme il l'avait fait au cours de la nuit, juste avant le naufrage. Elle s'en enveloppa avec reconnaissance, en rapprocha les bords et ainsi put disparaître tout entière sous cet abri de drap. Bien qu'ayant séjourné dans la mer, la lourde étoffe encore humide témoignait encore qu'elle appartenait à un chevalier, un homme d'aventures : elle sentait le cheval et la fumée.

Emmeline leva les yeux vers Talvas pour le remercier. Elle appréciait son geste, elle avait envie de le lui dire, mais il avait déjà tourné la tête, son attention ayant été attirée par un mouvement à l'horizon.

— Comment se fait-il que vous ayez perdu la moitié de vos vêtements ? demanda Maud, à mi-voix.

Ce fut Talvas qui lui répondit, la voix vibrant d'admiration :

— Elle s'est dévêtue pour grimper au mât afin d'assujettir une voile. Grâce à elle nous avons pu ainsi nous rapprocher très vite de la côte, et ainsi ne pas périr dans le naufrage.

Etonnée de l'entendre parler ainsi, Emmeline le regarda et chercha sur son visage un signe de désapprobation, qu'elle ne trouva pas. Avec sa barbe noire qui lui mangeait le bas du visage, il avait l'air d'un pirate. Puis le regard de la jeune femme s'attacha à la bouche, pulpeuse et généreuse, et elle se rappela le baiser qu'elle en avait reçu quelques heures auparavant. A ce souvenir, un nœud se forma dans son ventre, et elle reporta son regard sur la *Belle de Saumur*, afin de revenir aux réalités du moment, les seules qui devaient compter pour elle.

— Votre courage est digne de passer dans la légende, déclara l'impératrice. Vous nous avez donc sauvés, tous… Vous avez sauvé la vie de votre reine.

— Pas si vite, Maud ! Vous n'êtes pas encore reine.

Celui qui venait de parler ainsi et jeter un froid dans la conversation, n'était autre que le comte Robert, qu'Emmeline avait vu, du coin de l'œil, s'approcher en prêtant l'oreille. Il lui jeta un curieux sourire de travers en passant devant elle, et il sembla qu'il attachait son regard au bijou qu'elle portait au cou, le pendentif en jade offert par son père. Ennuyée par cet intérêt, elle rapprocha encore les bords du manteau, en se disant que plus vite elle serait rendue chez sa sœur, mieux ce serait.

— Je n'oublierai jamais ce que vous avez fait, lui dit Maud avec sincérité, semblait-il.

Puis elle s'adressa à Talvas.

— Je pense que vous connaissez ce pays. Où sommes-nous, à votre avis ?

— Je crois que nous avons tous eu beaucoup de chance, lui répondit-il en souriant.

Emmeline pinça les lèvres et exhala un petit filet d'air pour marquer son agacement. De la chance ? On voyait bien que ce n'était pas lui qui venait de perdre un bateau, son seul bateau ! Elle ne put s'empêcher de faire connaître son sentiment, avec toute l'acrimonie qu'elle ressentait :

— Je pense que vous plaisantez, messire !

Elle éprouvait le curieux besoin d'une querelle, avait envie de s'affronter à cet homme, afin d'étouffer l'émotion qu'elle ressentait quand elle le regardait ou qu'elle pensait à lui. Le baiser avait créé en elle un changement qu'il convenait d'anéantir le plus vite possible.

Bien loin de tomber dans le piège qu'elle voulait lui tendre, c'est en riant que Talvas répondit :

— Je ne plaisante pas. Nous avons effectivement beaucoup de chance.

Il tendit le bras en direction du nord et expliqua, pour l'impératrice aussi bien que pour Emmeline :

— Nous ne sommes pas à plus de deux lieues de mon domaine de Hawkeshayne. J'y ai déjà dépêché Guillaume, qui reviendra bientôt avec des chevaux et des chariots pour nous transporter tous.

Le comte Robert, prit la parole :

— Nous vous sommes reconnaissants de votre hospitalité, messire. Grâce à vous, l'impératrice et moi pourrons rassembler nos alliés avec la plus grande célérité avant de nous rendre à Winchester, où nous prendrons possession du trésor royal, ainsi que du trône. Quant à la dépouille du roi, elle sera conduite vers la cathédrale de Reading, où nos sujets pourront lui rendre les derniers hommages.

Justement, un petit groupe d'hommes sortaient de l'eau, portant sur leurs épaules le cercueil royal qu'ils étaient allés chercher dans l'épave.

— Alors, qu'attendons-nous ? demanda alors une Maud impérieuse, qui semblait retrouver sa véritable personnalité. J'ai hâte de devenir reine d'Angleterre !

Elle tendit la main à Emmeline.

— Aidez-moi à me lever, je vous prie, car je me sens toute pleine de courbatures.

Emmeline eût été très heureuse de rendre ce petit service d'amitié, mais Talvas lui brûla la politesse en attrapant d'autorité la main tendue de l'impératrice, pour l'aider à se mettre debout. Elle ravala sa déception mais jeta à Talvas un regard chargé de ressentiment. Puis, comme l'homme l'agaçait décidément beaucoup, elle lui déclara :

— C'est ici que nos chemins se séparent.

Il fronça les sourcils, croisa les bras et la regarda comme si elle venait de prononcer une incongruité. Mais elle ne faiblit pas dans sa résolution et précisa :

— Si vous pouviez me prêter un cheval, je me rendrais plus vite chez ma sœur, qui habite à une vingtaine de lieues d'ici.

— Habillée comme vous l'êtes ? fit Talvas avec un air de dérision très vexant. Si vous voulez mon avis, il faudrait vous vêtir de façon un peu plus décente, avant de vous lancer sur les routes d'Angleterre.

L'impératrice intervint.

— Je vous en prie, Emmeline, restez encore un peu avec nous. J'aimerais vous connaître mieux.

« Et moi aussi j'aimerais bien la connaître mieux », songea Talvas. Il n'avait passé que quelques jours en compagnie de la jeune femme, et en si peu de temps elle avait déjà bouleversé toute sa vie. Il aimait cela et n'avait pas envie de la voir disparaître si vite. Ne sachant comment lui demander de rester et n'ayant aucune justification pour cela, il comptait sur l'intercession de l'impératrice.

Il regarda Emmeline, qui se mordillait la lèvre et lui donnait l'impression d'hésiter. Elle pouvait fort bien décider de partir dans cette tenue — ou cette absence de tenue — en prétextant que toutes ses affaires avaient été perdues dans le naufrage et que personne ne pourrait lui en donner. Redoutant d'entendre ces arguments, Talvas prit les devants.

— Vous n'y pensez pas sérieusement, j'espère ! Avez-vous la moindre idée de ce qui peut vous arriver si vous partez vêtue de votre simple chemise ?

Emmeline rougit. Se faire ainsi chapitrer, c'était odieux, surtout quand Maud et Robert observaient, et le regard de celui-ci lui était particulièrement insupportable. En outre, Talvas n'avait aucun droit à parler ainsi. Il n'était pas son protecteur.

— Je fais ce que je veux, répondit-elle, l'air buté.

Il répondit avec une brutalité qui la choqua :

— Vous ne ferez pas ce que vous voudrez quand vous serez tirée au bas de votre cheval par des malandrins qui useront ensuite de vous comme il leur plaira. En un mot comme en cent, vous serez violée. Est-ce ce que vous voulez ?

Ces propos n'étaient pas seulement brutaux, mais vulgaires. Emmeline en souffrit. Elle grimaça, elle ferma les yeux, elle joignit les mains sur son ventre. Elle garda le silence.

Constatant sa réaction, Talvas s'en voulut d'avoir parlé de la sorte, mais ne devait-il pas dire la vérité ? Un peu radouci, il persista néanmoins dans sa présentation des tristes réalités de la vie.

— Je vois bien que mes paroles ne vous plaisent pas, damoiselle, mais vous feriez bien de les méditer. Je dis la vérité. C'est pourquoi je vous le dis : acceptez mon hospitalité, ne serait-ce que pour une nuit. Ensuite, je vous fournirai une escorte et vous pourrez voyager en toute sécurité, pour aller chez votre sœur, ou n'importe où vous voudrez.

Le comte Robert, qui avait assisté à toute cette scène avec un intérêt qui ne se démentait pas, prit la parole.

— Pourquoi ne pas la laisser partir dès maintenant, puisque tel est son désir ? proposa-t-il d'un ton las, comme s'il avait hâte d'en finir, comme si ces discussions l'avaient lassé.

Talvas fit « non » avec la tête et expliqua :

— Il va sans dire que je n'ai pas autorité pour la forcer à rester avec nous si elle veut s'en aller, mais je tiens à lui rappeler, une fois encore, qu'il ne serait pas prudent pour elle de partir sans escorte, dans cette tenue de surcroît.

Emmeline songea qu'il était inutile d'insister. Epuisée par les aventures de la nuit, elle ne se sentait pas la force d'argumenter à l'infini. Toutefois, elle proposa un accommodement intermédiaire :

— Je tiens à partir maintenant, mais je veux bien que vous me fassiez accompagner par une escorte.

— Malheureusement c'est impossible, répondit aussitôt Talvas. La plupart de mes hommes vivent avec leur famille hors de mon château. Il me faudra au minimum une journée pour trouver des gens disponibles.

En silence, Emmeline hocha la tête, le regard rivé à celui de Talvas. Elle réfléchit. Elle avait envie de dire « non » une bonne fois pour toutes. Elle ne voulait pas se rendre si facilement. Elle se rendait bien compte que son comportement avait quelque chose de puéril, mais elle était ainsi faite : son mariage l'avait rendue extrêmement susceptible, très pointilleuse sur le chapitre de sa liberté. Elle ne voulait plus dépendre des hommes, s'en remettre à eux. Cela dit, elle devait reconnaître que Talvas n'avait pas tout à fait tort.

— Il semble que je n'ai pas le choix, finit-elle par soupirer.

C'est à la marée descendante que le petit groupe s'engagea sur une route pavée, le long d'un estuaire qui se vidait rapidement, révélant une vaste étendue marécageuse parcourue par d'innombrables ruisselets.

Le cortège se composait de quelques cavaliers suivis par des chariots qui transportaient tout ce qu'on avait pu sauver du naufrage, et, surtout, la dépouille du roi Henri.

Irritée de s'être rendue aux raisons de Talvas, Emmeline gardait la bouche close. Le regard fixé sur la crinière de sa jument, elle réfléchissait sans s'intéresser au paysage. Cela ne l'intéressait pas. Elle enrageait. Si elle avait eu du caractère, elle eût fait prévaloir sa volonté, et tant pis si Talvas n'était pas content, elle aurait dû s'en aller sans plus écouter ses objurgations. Mais elle avait manqué de force. Elle se détestait, elle détestait l'homme qui lui donnerait une hospitalité obligée. Elle se présenterait chez lui dans le plus grand dénuement, ayant perdu tous ses bagages dans le naufrage ; une humiliation supplémentaire ! Elle devrait, en plus, lui avouer qu'elle n'avait pas la moindre idée du chemin qu'elle devrait prendre pour se rendre chez sa sœur. Il se ferait un plaisir de lui donner les indications nécessaires, qu'elle recevrait avec déplaisir, comme une preuve supplémentaire qu'elle n'était pas capable d'être aussi indépendante qu'elle l'aurait voulu.

— A voir votre mine, je suppose que vous êtes toujours en colère contre moi.

Il venait de ralentir son cheval pour se mettre à la hauteur d'Emmeline et faire un bout de chemin en sa compagnie. Avec ses cheveux emmêlés, et sa barbe il avait l'air d'un jeune brigand, mais un brigand aimable, impression que donnaient ses yeux si bleus et rieurs. Emmeline haussa imperceptiblement les épaules et détourna le regard, puis elle grinça des dents parce que lui revenait à la mémoire, une fois de plus, le baiser qu'elle avait reçu au cours de la nuit. Cette obsession l'agaçait.

— Je ne suis pas en colère, messire, mentit-elle en regardant droit devant elle. J'ai hâte de revoir ma sœur et je m'inquiète pour elle, voilà tout.

Elle n'osa pas ajouter qu'elle avait surtout hâte de ne plus le voir et se reprocha cette preuve supplémentaire de sa pusillanimité.

— Ne vous impatientez pas, lui répondit-il avec amabilité. Vous pourrez aller chez elle dès demain matin. Quant à nous, nous nous séparerons et ce sera comme si nous ne nous étions jamais rencontrés.

— La vie serait plus simple pour moi si nos chemins ne s'étaient pas croisés, lança-t-elle avec une rudesse dont elle s'enchanta secrètement.

— Mais elle serait aussi moins intéressante, répliqua Talvas, énigmatique.

Que voulait-il dire par-là ?

— Et j'aurais toujours mon bateau ! soupira Emmeline.

— Vous l'avez toujours, votre bateau. Echoué et un peu endommagé, mais il n'est pas perdu. Je prendrai des dispositions dès aujourd'hui pour qu'il soit conduit au port le plus proche et réparé.

— N'essayez pas de me donner de fausses joies. J'ai bien vu le trou dans la coque.

— Je répète que la *Belle de Saumur* n'est pas perdue, répéta Talvas, avec patience. J'ai vu des bateaux plus endommagés et qui sont repartis sur les mers.

— Je n'en crois rien, dit Emmeline, surtout pour le plaisir de se montrer désagréable, et ne pas trahir la joie que lui donnait cette nouvelle.

— Je n'aurais pas la cruauté de vous abuser, reprit Talvas. Je sais ce que ce bateau représente pour vous.

— La *Belle de Saumur* est tout pour moi, s'exclama Emmeline. Elle est l'assurance que ni ma mère ni moi ne mourrons de faim. Si je la perds, je perds tout. Je...

Elle s'interrompit. Qu'avait-elle besoin de se confier ainsi ? Moins elle en dirait sur elle, mieux ce serait.

— Votre père a fait de bon travail quand il a dessiné ce bateau, reprit Talvas. C'est pourquoi je vous le redis : il n'est pas perdu.

En disant cela, il tapota la main d'Emmeline, geste qui se voulait rassurant, mais qui la troubla au plus haut point. Elle sursauta et les larmes lui vinrent aux yeux. Comme il lui en faisait la remarque, elle lui dit :

— C'est parce que je pense à mon père.

— Je comprends. La vie n'a pas dû être facile pour vous et votre mère, après sa mort.

Elle pinça les lèvres pour ne pas éclater en sanglots, puis soupira :

— Nous avons fait face.

— Nous avons fait face, répéta Talvas.

Elle se demanda s'il ne se moquait pas d'elle, ce qui eût été intolérable ; mais tel n'était pas le cas, car il poursuivit après un peu de silence :

— J'admire l'élégance avec laquelle vous rendez compte des épreuves que vous avez subies. Vous avez fait face... Il est déjà assez dur pour une femme de vivre sans un homme pour la soutenir, mais en plus, vous avez dû vous faire marchande pour continuer à faire voguer votre bateau.

Un peu gênée par ces compliments, Emmeline s'employa à détourner la conversation.

— Il me semble que l'impératrice fait face, elle aussi, et qu'elle nourrit de grandes ambitions. N'a-t-elle pas l'intention de monter sur le trône d'Angleterre ?

C'est par l'ironie que Talvas répondit. Désignant d'un coup de menton le chariot qui roulait assez loin devant eux, et dans lequel se trouvait l'impératrice, il déclara :

— Elle peut faire face ! Voyez tous les serviteurs qui la suivent, qui satisfont le moindre de ses désirs. Voyez aussi son demi-frère, Robert, toujours prêt à boire le moindre mot qu'elle prononce. Si vous voulez mon avis, Emmeline, vous feriez bien de vous éloigner d'elle le plus possible.

Et là, il ne riait plus.

Emmeline protesta.

— Et voilà que maintenant, vous me dites quelles sont les personnes que je peux avoir comme amies ! Figurez-vous que l'impératrice, moi, je l'aime bien. Elle a du caractère, et cela me plaît.

— Elle vous reconnaît les mêmes qualités, murmura Talvas. Mais je vous en conjure, ne vous acoquinez pas avec elle. Vous pourriez le regretter.

Emmeline ne voulut pas croire à cette menace à peine voilée, et elle le fit savoir sans ambages.

— Je sais bien pourquoi vous ne voulez pas que je

fréquente l'impératrice ! Elle vous agace parce qu'elle ambitionne de monter sur le trône d'Angleterre. Dans le fond, vous êtes un jaloux !

— Ai-je dit quelque chose en ce sens ? questionna Talvas, sans s'émouvoir.

— Vous ne l'avez pas dit, mais vous le pensez ! Vous n'aimez pas qu'une femme ait de l'indépendance. Vous condamnez l'impératrice tout comme vous me condamnez.

Avait-elle touché juste ? La réaction de Talvas ne se fit pas attendre. Il se pencha pour saisir les rênes de son cheval et l'obliger à s'arrêter.

— Ce n'est pas vrai et vous le savez ! Si vous prétendez le contraire, c'est que vous êtes de mauvaise foi. Je reconnais que vous êtes différente, pas banale, que vous avez souvent des idées ou des comportements qui ne correspondent pas à ce qu'on attend d'une femme. Vous l'avez prouvé cette nuit, quand vous êtes montée au mât. Pour cela, et pour tant d'autres faits, je vous admire.

— J'ai fait ce qu'il fallait pour sauver mon bateau. N'importe qui aurait agi de même.

— C'est possible. Il n'empêche que vous avez fait preuve d'un grand courage.

— Eh bien, vous voyez ! Je suis très capable de veiller sur moi-même, et je n'ai donc pas besoin d'avoir un homme à mes côtés. Je ne veux pas d'homme.

Il s'agissait, pour Emmeline, de bien faire comprendre que sa liberté était ce qu'elle chérissait par-dessus tout, qu'elle ne la laisserait rogner par personne.

Talvas comprit-il la leçon ? Il se mit à rire.

— Sur ce point, damoiselle, vous me permettrez de n'être pas d'accord avec vous. La façon dont votre corps répond au mien lorsque nous nous trouvons près l'un de l'autre, tout près, tendrait à prouver que, bien au contraire, vous avez besoin d'un homme.

Emmeline rougit violemment, affreusement gênée.

— Vous me prenez au dépourvu, messire. Que voulez-vous que je réponde à cela ? Je n'étais pas préparée à...

— Je veillerai à ce que vous soyez mieux préparée la prochaine fois ! fit Talvas, le regard brillant.

Son audace laissa Emmeline sans voix. Elle aurait voulu trouvé une réplique très cinglante pour le remettre à sa place, lui faire comprendre qu'il outrepassait les bornes de la bienséance, mais elle n'en trouva aucune. Elle n'eut d'ailleurs pas à chercher longtemps, car Guillaume arrivait. A la hauteur de Talvas, il fit faire un demi-tour à sa monture, puis, il annonça, avec grand sourire :

— Hawkeshayne vous attend, messire. J'ai tiré tout le monde du lit, et il faut voir comme on s'affaire là-bas pour préparer le château à vous recevoir !

— Voilà qui est agréable à entendre, fit Talvas. J'ai grand besoin de prendre un bain, comme tous ceux qui sont dans ce convoi, d'ailleurs.

Il jeta un regard entendu à Emmeline, qui fit semblant de ne rien voir.

— A cette heure, l'eau chauffe déjà dans les chaudrons, annonça Guillaume.

Puis il se pencha pour s'adresser à Emmeline :

— Damoiselle, le château n'est plus très loin d'ici.

Il tendit le bras. Emmeline regarda dans la direction qu'il lui indiquait, et c'est ainsi qu'elle aperçut pour la première fois le château de Talvas de Boulogne, une forteresse imposante qui couronnait une éminence rocheuse, un promontoire s'élevant au bord d'un vaste estuaire, par ailleurs entouré de marais et disposant d'un seul point d'accès, une longue route surélevée au bout de laquelle se trouvait un pont-levis pour lors abaissé.

Impressionnée, Emmeline ne put retenir une question qui lui brûlait les lèvres.

— Comment se fait-il que vous possédiez une telle propriété en Angleterre, messire ? N'êtes-vous pas un seigneur de France ?

— Guillaume le Conquérant a donné ce fief à mon grand-père, qui avait combattu à ses côtés à Hastings, expliqua Talvas. Mon père me l'a transmis quand ma sœur Mathilde a épousé le neveu de Guillaume, Etienne. Il pensait que j'en ferais bon usage, car il savait que j'aimais mieux courir les mers que parcourir les terres, l'épée à la main.

Emmeline hocha la tête et essaya de compter les nombreux bateaux alignés au bord de l'eau, juste sous les murs de la forteresse. Elle n'eut pas le temps d'aller au bout de cette tâche, car le cortège s'engageait sur le pont-levis et passait une porte voûtée pour entrer dans une vaste cour où s'activaient des serviteurs portant des livrées vert et or, les couleurs de leur maître. Un de ces hommes accourut et s'écria :

— Milord, Milord, qu'il est bon de vous avoir chez vous, de nouveau !

Talvas lui répondit :

— Il est toujours bon de revenir chez soi, même si c'est à la suite de circonstances un peu dramatiques.

Emmeline regardait autour d'elle et s'étonnait de voir que tous ces gens portaient les cheveux très longs. En dépit de l'invasion normande et de la main mise qui l'avait couronnée, quelque soixante-dix ans plus tôt, les Saxons refusaient de sacrifier à la mode des vainqueurs. Ceux-ci avaient l'air de véritables barbares !

Joyeux, Talvas descendit de son cheval. Il demanda :

— Alors, comment vont nos affaires, Waltheof ?

Tandis qu'un palefrenier emmenait déjà le cheval, ledit Waltheof répondait :

— Nous avons fait préparer des chambres pour vos

hôtes, Milord, et voici Bronwen qui sera tout spécialement affectée au service de l'impératrice.

Bronwen, une grande jeune fille blonde, s'avança au-devant de l'impératrice et la salua d'une révérence.

— Le feu flambe dans la grand-salle et un repas a été préparé, poursuivit Waltheof.

Visiblement très content de son efficacité, il bombait la poitrine et attendait un compliment, que Talvas lui décerna volontiers. Une main sur l'épaule, il lui dit :

— C'est parfait, Waltheof. Tu as fait pour le mieux, surtout en un temps aussi court, et je te félicite.

Mais le comte Robert approchait. Il attira Talvas à l'écart, puis lui dit quelques mots en lui montrant un certain chariot. Talvas opina et déclara :

— Je vais organiser une escorte pour conduire la dépouille royale à la cathédrale de Reading. Laissons mes gens prendre leur petit déjeuner, et ensuite ils seront prêts à partir. Considérez que c'est une affaire faite.

Emmeline, qui n'était toujours pas descendue de son cheval, se trouvait assez près pour avoir entendu cette discrète conversation. Ainsi, se dit-elle, Talvas pouvait sur l'instant mettre sur pied une escorte pour accompagner un cadavre, mais pour elle, il faudrait attendre le lendemain, et qui sait si, demain, des impondérables ne viendraient pas l'obliger à repousser encore ce projet ! Elle allait dire sa façon de penser, et justement, Talvas s'approchait, tout sourire.

— Alors, le petit oiseau a toujours envie de s'envoler ? Pourquoi ne descendez-vous pas de cheval ?

Elle lui décocha un regard furieux en disant :

— Je n'ai aucun désir de m'attarder ici et vous le savez fort bien ! Mais je constate que si vous avez instantanément des hommes pour accompagner un cercueil, vous n'en avez pas pour moi.

— Quelle ingratitude ! s'exclama-t-il, les yeux rieurs. Vous êtes très exigeante, damoiselle. Je vous ai offert de faire réparer votre bateau et de vous donner une escorte dès demain. Vous pouvez bien accepter de passer une nuit sous mon toit, non ?

Comment lui dire — non, ne pas lui dire ! — qu'elle redoutait le magnétisme qu'il exerçait sur elle, et que pour cette raison elle avait hâte de partir ? Comment avouer — non, ne pas avouer ! — qu'elle perdait le contrôle de soi quand elle se trouvait près de lui ? Cet homme avait un étrange pouvoir sur elle : avec lui, elle se conduisait d'une façon qui la rendait perplexe. Elle ne se reconnaissait pas. Pour toutes ces raisons, qui ne le regardaient pas, elle devait partir, et elle le dit :

— Il faut que je m'éloigne d'ici... de vous !

Horreur ! Elle avait dit ce qu'il ne fallait pas, elle avait prononcé les mots qu'elle voulait enfouir au plus profond de son être.

Le regard de Talvas s'était assombri. Une main sur la bride du cheval, il demanda d'une voix calme, aux accents métalliques :

— Pourquoi ? Pourquoi faut-il que vous vous éloigniez de moi ?

Incapable de répondre, elle secoua la tête.

— Avez-vous peur de ce qui pourrait advenir ?

La question sonnait comme une promesse...

— Peur ? murmura-t-elle.

Elle avait l'impression d'être prise par un charme qu'il lui fallait briser, elle ne savait comment.

— Oui, peur de moi, peut-être ?

Perchée sur sa monture, Emmeline se redressa et tenta de se montrer moqueuse, sûre d'elle :

— Peur de vous ? Je n'ai pas peur de vous, messire. Jamais je n'aurai peur de vous !

Talvas eut un sourire diabolique pour répondre :

— Que voilà des mots dangereux, damoiselle.

Il éleva les mains pour prendre la taille d'Emmeline et la soulever, avec cette déconcertante facilité qu'elle avait déjà éprouvée. Il la maintint en l'air, puis la plaqua contre lui, son visage tout près du sien, et il souriait toujours, et elle regretta ses imprudentes paroles, sa vantardise gratuite. Il était trop près, ou plutôt, elle était trop près de lui. Elle tenta de se débattre et gigota lamentablement, ses pieds s'agitant au-dessus du sol qu'ils ne parvenaient pas à toucher.

— As-tu peur de moi ? demanda-t-il.

— Posez-moi par terre !

— Répondez.

— Je vous ai déjà répondu et la réponse n'a pas changé : c'est « non » !

Elle dardait sur lui un regard furieux qui n'eut aucun effet, ou plutôt, qui eut pour effet de l'enhardir davantage. Il se pencha sur ses lèvres, avec une intention évidente. Changeant de ton, elle supplia :

— Messire, n'oubliez pas où vous êtes...

Il grommela un juron et la posa sur le sol, avec brusquerie, puis recula. Il ne souriait plus. Son visage avait pris l'apparence d'un masque figé.

— Pardonnez-moi, damoiselle, grommela-t-il d'une voix sourde. Je crois que je me suis oublié.

Emmeline s'enchanta de pouvoir exploiter cette petite victoire. Elle proclama, les bras croisés, l'air sévère :

— Vous n'avez aucun droit de me traiter de cette façon.

— Demain matin, vous partirez et il est probable que nous ne nous reverrons plus jamais. Nous serons débarrassés l'un de l'autre alors.

— On ne s'en plaindra pas ! rétorqua-t-elle avec rudesse.

Mais, soudain, à la perspective de le quitter, elle eut froid au cœur.

10

Emmeline risqua un œil dans la grand-salle avant d'y entrer. Elle avait pris un bain, enfilé des vêtements propres et confortables, et se sentait revivre. Il n'était guère plus que le milieu de l'après-midi, mais il faisait déjà presque nuit. D'énormes torches accrochées sur tous les murs inondaient la salle d'une lumière rouge et dansante, tandis que le brasier qui ronflait dans l'immense cheminée procurait une chaleur qui se répandait par vagues et portait aussi une forte odeur de fumée.

Autour des tables était déjà rassemblée une foule nombreuse, chevaliers et hommes du peuple mêlés pour de joyeuses agapes, tout ce monde riant et entrechoquant ses gobelets avec une belle ardeur.

Restée sur le seuil, Emmeline se demandait où elle devrait s'asseoir ; au haut bout de la table, où elle pouvait voir l'impératrice, Talvas et le comte Robert déjà installés, ou plus bas, dans la foule indistincte qui faisait ripaille ?

— Venez donc avec moi, damoiselle. Permettez que je vous accompagne.

Emmeline se retourna et sourit à Guillaume. Celui-ci, qui n'avait pas moins de trente ans, avait gardé les traits d'un tout jeune homme, et comme d'habitude, il souriait aimablement. Il lui prit le bras avec courtoisie pour la conduire vers le haut bout de la table, frayant pour elle un passage dans la mêlée. Il l'aida à s'installer et prit place près d'elle, puis il l'engagea à se servir des mets disposés devant eux, pendant qu'il lui remplissait son gobelet de vin.

Elle le remercia de ses attentions. Il répondit :

— C'est non seulement un plaisir pour moi, mais un devoir. Je n'oublie pas que, sans vous, nous ne serions pas à nous réjouir dans cette salle, mais servirions de nourriture aux poissons, dans le fond de la mer.

— Je n'ai pas fait grand-chose, mais c'est un véritable miracle que personne n'ait été tué lorsque le bateau s'est échoué sur la côte.

— Ne soyez pas modeste, damoiselle ! Ne minimisez pas votre rôle dans cette affaire. Nous avons atteint la côte parce que vous aviez remis la voile en place. Vous avez bien agi.

A ce moment, l'estomac d'Emmeline émit un borborygme. Elle rougit, tandis que Guillaume souriait de plus belle.

— Il est temps de vous restaurer. Mangez ! ordonna-t-il aimablement.

Elle lui obéit volontiers, et se servit du rôti dont le fumet chatouillait ses narines depuis son arrivée à cette table. Puis, tandis qu'elle commençait à dévorer, elle s'aperçut que les tables posées sur tréteaux étaient poussées contre les murs par tous ceux qui venaient de s'y restaurer et de boire.

La bouche pleine, elle demanda à Guillaume, qui s'emparait de sa quatrième cuisse de poulet :

— Pourquoi font-ils cela ?

Il lui expliqua, comme s'il énonçait une évidence :

— C'est simple : maintenant qu'ils ont bien mangé et bien bu, ils vont danser, damoiselle. Vous comprenez, les nuits sont longues, en hiver, par ici. Il faut bien se distraire, n'est-ce pas ?

Les musiciens, rassemblés dans un coin, commencèrent à jouer du luth, de la lyre, de la harpe, pour lancer la première farandole de la soirée. Leur musique douce et entraînante à la fois monta jusqu'aux voûtes de la grand-salle, emplit tout l'espace, emplit aussi les cœurs et donna à tous l'envie de se dégourdir les jambes. Même Emmeline se trouvait dans cet état et elle se surprit à esquisser quelques pas, sous la table.

Elle regarda, non sans un peu d'envie, la longue chaîne qui se formait et commençait à se mouvoir, à avancer et à reculer, à exécuter des mouvements compliqués au rythme de la musique. Ainsi, se dit-elle, voilà de quoi était faite la vie ordinaire au château : de la musique, des rires... Voilà qui était très différent de la vie simple et tranquille qu'elle menait avec sa mère, dans leur petite maison de Barfleur ; plus différent, encore, de l'existence austère et houleuse que lui avait fait connaître Giffard, son mari. Tandis que ses pieds battaient la mesure, elle suivait les évolutions de la farandole, qu'elle trouvait de plus en plus compliquées, et finalement se demanda comment ces gens faisaient pour s'y retrouver, car personne ne commettait de faux pas, et la chaîne qui se disloquait sur l'indication du meneur, se reconstituait ensuite, comme par miracle.

— Cette danse est un mystère pour moi, avoua-t-elle à Guillaume quand elle se fut aperçue qu'il la regardait.

Il parut étonné et dit :

— Vous avez bien dû danser, déjà...

C'était plus une observation qu'une question.

— Non, dit-elle en secouant la tête. Je n'ai jamais eu...

Le reste de sa phrase se perdit dans un hurlement qui la fit sursauter, hurlement incompréhensible d'abord, puis dans lequel elle ne tarda pas à reconnaître cet appel :

— Talvas ! Talvas !

Les danseurs s'étaient arrêtés et, tournés vers leur seigneur, ils frappaient dans leurs mains et l'appelaient.

— Talvas ! Talvas ! Talvas !

Emmeline se pencha pour regarder vers lui, mais elle ne put le voir à cause de l'impératrice qui faisait écran entre eux. Elle se retourna vers Guillaume.

— Ils n'espèrent tout de même pas qu'il va danser, non ?

— Vous risquez d'être surprise, damoiselle, lui répondit-il, le couteau à la main.

Après avoir dévoré tant de cuisses de poulets, il se coupait une large tranche dans un rôti de porc.

Les hurlements montèrent d'un cran. Talvas se levait, magnifique dans une tunique vert et or, qui lui allait comme une seconde peau. Par-dessous, il portait une chemise dont la blancheur faisait un contraste frappant avec son beau visage tanné par les embruns. En souriant, il se déplaça derrière la table, et Emmeline pensa qu'il allait rejoindre les danseurs, mais il s'arrêta près d'elle et lui tendit sa main, paume vers le haut. Elle ne comprit pas, elle refusait de comprendre. Elle se tourna vers Guillaume, qui souriait de toutes ses dents et qui lui dit :

— Je crois que vous allez prendre votre première leçon de danse, damoiselle.

— Je ne peux… c'est impossible, murmura-t-elle, en adressant un regard suppliant à Talvas.

Elle ne savait pas danser. Elle trébucherait, tomberait peut-être. Elle ne ferait que l'embarrasser, et pour terminer, ils seraient ridicules tous les deux. Avait-il oublié qu'elle avait une cheville blessée, qui la faisait souffrir presque continûment, et qui lui interdisait de pratiquer les jolis mouvements qu'elle venait d'observer chez les danseurs ?

— Venez donc, damoiselle, lui dit Talvas, le regard rieur. Ne me refusez pas cette danse. Mon peuple veut vous remercier de m'avoir rendu à eux.

Puis il se pencha et murmura à son oreille, pour elle seule :

— Et moi aussi je tiens à vous honorer.

Le cœur battant d'une joie incompréhensible, Emmeline balbutia :

— Mais... je... Talvas... ma jambe ?

Il sourit et eut une moue qui se voulait rassurante.

— Je n'ai pas oublié, damoiselle.

Il lui prit la main et la tira pour l'obliger à se lever. Cette fois, il ne s'agissait plus de discuter. Puis il lui dit encore, en confidence :

— Je ne vous laisserai pas tomber.

Ils se dirigèrent vers le centre de la grand-salle, Emmeline ayant l'impression de traverser une mer de visages souriants, bienveillants, dans un silence impressionnant. Puis les musiciens se remirent à jouer. Talvas donna cette recommandation :

— Fiez-vous à moi. Laissez-vous conduire.

Il tenait la main gauche d'Emmeline, dont la main droite fut accaparée par un chevalier au visage tout grêlé par la petite vérole. Elle gardait le regard fixé sur Talvas et s'efforçait de faire tout comme lui, les pas et les mouvements, les petits tours sur elle-même, les petits tours autour de l'un ou l'autre des deux hommes qui l'encadraient. Elle ne se trouvait pas trop mauvaise à ce jeu, et quand sa jambe faible se dérobait sous elle, Talvas était toujours là pour la soutenir et la remettre d'aplomb, avec une telle rapidité et une telle adresse que personne ne s'en apercevait autour d'eux. Ainsi prenait-elle de plus en plus confiance en elle-même. Talvas ne la laisserait pas tomber. Il l'avait dit, il tenait sa promesse. Elle se sentait plus détendue, elle ne pinçait plus les lèvres et parfois même esquissait une ébauche de sourire. Elle commençait à prendre plaisir à ces évolutions. Elle pouvait aussi écouter la musique et se laisser porter par le rythme qui lui donnait de l'inspiration. Peu à peu, ce qui lui avait paru d'abord comme un exercice fastidieux devenait un jeu. Elle s'étourdissait dans un tourbillon de couleurs et de sons, dans lequel le visage souriant et attentionné de Talvas figurait comme un point fixe, le pôle vers lequel toujours elle revenait. Elle se laissait aller, se perdait dans la multitude, et comme par miracle elle finissait toujours par le retrouver. Elle s'accrochait à lui avec bonheur, savourait le contact de ses mains si fortes, goûtait son sourire et lui répondait d'un autre sourire. Elle avait conscience que s'établissait entre eux une sorte de complicité qui pouvait devenir risquée, mais qui n'avait aucune importance, puisque le lendemain elle partirait et qu'ensuite ils ne se reverraient plus jamais.

Il était partout à la fois. Elle le croyait d'un côté et il réapparaissait de l'autre. Toujours c'était son sourire qu'elle distinguait d'abord, dans le remous des visages qui évoluaient autour d'elle. Il lui prenait la taille et la serrait de près, ce qui était permis puisqu'il s'agissait d'une danse. Il approchait son visage comme s'il voulait lui donner un baiser. Elle lui souriait. Elle riait avec lui. Elle se sentait heureuse comme jamais. Il lui vint l'idée qu'elle se souviendrait toute sa vie de cette soirée. Une fois de plus, elle songea qu'elle quitterait ce château, le lendemain, avec un pincement au cœur.

Elle le regardait. Il la regardait.

Ils n'avaient pas remarqué que les musiciens ne jouaient plus. Ils ne savaient pas que le silence régnait dans la grand-salle. Ils ne savaient rien encore de l'incident.

L'impératrice Maud s'était levée. Son visage était un masque hideux, convulsé par la fureur. Tout son corps tremblait. Soudain elle hurla, et son cri déchira le silence :

— Comment osez-vous me faire ça, à moi ?

Son regard halluciné et son doigt tendu se dirigeaient vers le centre de la grand-salle et ils désignaient Talvas.

Talvas, avec calme, lâcha la main d'Emmeline. Puis

il fit deux pas en direction de l'impératrice, qu'il regarda avec étonnement, un sourcil haut, comme pour l'inviter à expliquer d'où lui venait cette soudaine fureur.

Ayant repris son souffle, elle éructa :

— Ignoble individu ! Vous m'avez trahi ! J'en ai la preuve ! Vous me le paierez !

Elle brandissait un parchemin duquel pendait un sceau de cire rouge. A côté d'elle se trouvait un jeune page, visiblement le messager qui venait de lui apporter le document, et qui s'effrayait de la réaction qu'il suscitait. Gêné, il dansait d'un pied sur l'autre et ne savait s'il devait rester là, en se faisant tout petit, ou prendre la fuite, le plus discrètement possible.

D'un ton uni, Talvas demanda :

— Peut-être daignerez-vous, Madame, me révéler ce que j'ai fait pour susciter une telle colère.

L'impératrice ouvrit la bouche, mais ne put prononcer que quelques sons inarticulés. Elle avait blêmi, elle semblait manquer d'air. Pantelante, elle se laissa tomber sur son siège et crispa ses mains sur les accoudoirs. Alors son demi-frère prit la parole, il énonça avec solennité, d'une voix caverneuse :

— Etienne a été couronné roi d'Angleterre ce matin même. Il s'agit de votre beau-frère, Talvas.

— Je sais qui est Etienne, répondit Talvas, avec une pointe d'ironie.

Maud se redressa et glapit :

— Il m'a volé ma couronne ! Robert a envoyé un message à l'abbé de Sherborne pour lui demander d'assister à mon couronnement à Winchester, et voilà les nouvelles que nous recevons en retour !

Elle froissa le parchemin et le jeta sur la table, comme une enfant capricieuse, mécontente de ne pas recevoir le jouet qu'elle convoitait.

— C'est malheureux, Madame, et je compatis, dit Talvas qui ne paraissait pas vraiment ému.

— C'est malheureux pour vous ! rétorqua l'impératrice hors d'elle. Comment se fait-il qu'Etienne ait su que le roi était mort ? Qui le lui a dit ?

Un murmure étonné parcourut la foule, et les gens se regardèrent les uns les autres. Bien sûr, se dit Emmeline, la mort du roi avait été gardée secrète, du moins l'impératrice l'avait-elle voulu ainsi, mais apparemment sa volonté n'avait pas été respectée. Celle-ci poursuivait :

— Comment Etienne a-t-il su ? Je vous pose la question mais je crois connaître la réponse. Votre sœur, Mathilde, est l'épouse d'Etienne, n'est-ce pas ? A mon avis, vous lui avez envoyé un message pour lui faire connaître la nouvelle, alors que j'avais exigé un secret absolu sur cette affaire. Le trône d'Angleterre est à moi ! Il me revient, de droit, et j'ai bien l'intention de le conquérir, quoi qu'il m'en coûte. Mais avant, il faut que je sache qui est pour moi. Qui ne se déclarera pas pour moi sera considéré comme mon ennemi, avec toutes les conséquences fâcheuses que cela pourra entraîner pour lui. Quant à vous, messire Talvas, je ne vous pose pas la question, puisque je sais déjà que vous êtes un traître… Gardes ! Saisissez-vous de lui !

L'ordre résonna sous les hautes voûtes de la grand-salle, il sembla planer sur la foule abasourdie, mais personne ne bougea. Maud fronça les sourcils en constatant cette apathie. Elle n'avait pas l'habitude de ne pas voir ses ordres exécutés aussitôt donnés.

— Madame, expliqua Talvas avec hauteur, mes soldats n'ont qu'une loyauté et elle est pour moi. Quant à vos accusations, permettez-moi de vous faire observer, avec tout le respect que je vous dois, que vous vous trompez. Je n'ai pas envoyé de message à Mathilde. Je ne me suis jamais mêlé, ni de près ni de loin, à cette affaire de couronnement.

— Menteur ! hurla Maud. Vous serez puni comme vous le méritez. Je vous ferai chasser de votre propre château, même si je dois le faire moi-même !

En quelques pas, avec une rapidité phénoménale, dans un éclair vert et or, Talvas combla la distance qui le séparait de la table, et il se pencha dans le fauteuil où trônait l'impératrice en furie, celle-ci devant alors lever la tête pour lui parler, et elle parut plus petite, presque insignifiante en comparaison de l'imposante silhouette qui la dominait. D'une voix forte, rendue vibrante par l'indignation qu'il contenait, il déclara :

— Dois-je vous rappeler, Madame, que vous êtes ici chez moi, dans mon château, et que tous ceux que vous voyez dans cette salle sont mes gens ? Vous n'avez aucune autorité ici. C'est pourquoi je vous suggère, avec respect mais aussi avec une fermeté légitime, que vous partiez, maintenant, le plus vite possible, en n'oubliant pas que c'est vous-même qui venez de décider que j'étais votre ennemi.

Dans un recoin sombre, non loin derrière Talvas, Emmeline crut à ce moment déceler un mouvement discret, que son instinct lui fit apparaître comme inquiétant. Quelqu'un se cachait-il là ? Inquiète, elle chercha à mieux voir, distingua une silhouette. Il lui sembla voir luire du métal : une courte épée ? Que se passait-il là ? Quel coup fourré préparait-on ? Talvas courait-il quelque danger ? Elle se rappela le conseil qu'il lui avait donné, concernant Maud, fieffée ambitieuse qui ne reculerait devant rien pour monter sur le trône d'Angleterre, et se vengerait sûrement avec cruauté de tous ceux qui lui barreraient le chemin.

Justement, elle disait à Talvas :

— Ecoutez-moi. Ecoutez-moi bien. Je serai reine d'Angleterre et vous feriez bien de m'aider. Je réquisitionne votre château, d'où je me lancerai à la conquête du royaume. C'est ici que se rassembleront les troupes dont j'aurai besoin, c'est d'ici que nous marcherons sur Winchester dès que le temps sera venu. La couronne reposera sur ma tête, que vous le vouliez ou non !

— Il vous faudra me combattre pour l'obtenir, fit observer Talvas, avec le plus grand calme.

L'impératrice s'affaissa alors dans son fauteuil, comme si une lassitude soudaine l'avait prise à l'idée qu'elle ne pourrait faire plier cet homme comme elle le voulait. Levant la main pour faire approcher son demi-frère, elle lui dit d'une voix lasse :

— Occupe-toi de lui ; moi, je renonce.

Méfiant, Talvas posa la main sur la poignée de son épée tandis que Robert s'approchait, mais celui-ci leva les mains en l'air pour montrer que ses intentions étaient pacifiques. Au même moment, la silhouette qu'Emmeline avait repérée sortait de l'ombre : il s'agissait d'un homme grand et fort, véritable colosse qui fonçait sur Talvas, et il brandissait, non une épée comme elle l'avait cru, mais une masse d'armes. Elle cria :

— Talvas, derrière vous !

Il se retourna et n'eut que le temps de se baisser pour éviter le coup qui lui était porté dans l'intention de lui écraser la tête. Hélas, il ne fut pas assez rapide, l'objet contondant heurta l'arrière de son crâne et il s'écroula, d'abord à genoux, hébété, avant de s'affaler aux pieds de l'impératrice.

Emmeline s'élança, mais sa progression fut bloquée par le colosse qui la regarda, l'air goguenard.

Un silence de mort régnait dans la grand-salle. Personne ne bougeait.

— Qu'avez-vous fait ? s'écria Emmeline, à l'adresse de Maud. Vous n'avez pas honte ?

L'impératrice eut un petit ricanement plein de mépris, mais son visage restait impassible, et son regard presque éteint. Elle répondit d'une voix grinçante :

— Votre compassion est fort touchante, ma chère enfant, mais à votre place, je veillerais à ne pas montrer trop d'affection pour ce traître, à moins, bien sûr, que vous n'ayez le désir de le rejoindre dans les oubliettes où je m'en vais le faire jeter.

Puis elle se tourna vers son demi-frère.

— Occupez-vous de lui comme il le mérite. Et faites évacuer la salle. Nous n'avons plus de temps à perdre. J'ai un royaume à conquérir.

Emmeline tournait en rond dans sa chambre. Elle allait de la cheminée à la fenêtre puis de la fenêtre à la cheminée. Elle s'arrêtait un moment devant le feu, contemplait les flammes dansantes puis se remettait à marcher.

Dans la confusion qui avait marqué la fin du banquet, Talvas inconscient étant emmené tandis que la foule s'en allait tristement mais vite, chacun ayant peur de subir à son tour les foudres de l'impératrice en furie, Emmeline avait réussi, comme les autres, à sortir avec discrétion. Elle ne savait pas, alors, ce qu'elle devait faire, juste qu'il lui fallait quitter ce lieu de tous les dangers. Pour la suite, elle aviserait. Voilà donc ce qu'elle faisait dans sa chambre : elle marchait, et elle réfléchissait.

L'image de Talvas assommé ne cessait de hanter sa mémoire. Il n'avait pas fallu moins de trois hommes réquisitionnés par le comte Robert, pour l'emmener vers quelque destination infâme. Le sang coulant avec abondance de sa blessure à la tête, il avait laissé une longue trace rouge sur le dallage de la grand-salle. Où était-il maintenant ?

Emmeline s'arrêta un moment dans l'embrasure de la fenêtre. Elle aurait voulu agir, mais que faire ? Son instinct — l'instinct de survie, en vérité — lui conseillait de fuir le plus vite possible, alors que sa conscience lui ordonnait de rester. Si personne ne soignait la blessure de Talvas, il risquait de perdre tout son sang et de mourir misérablement. Elle ne pouvait laisser faire cela. Son devoir était de venir en aide à cet homme souvent agaçant mais qui savait aussi faire preuve de courtoisie, de bienveillance ; plus aventurier que chevalier, ses manières rudes n'avaient rien d'outrageant. S'il manquait de délicatesse, il y avait en lui une réelle gentillesse.

Fermant les yeux, Emmeline revécut par la pensée le baiser qu'il lui avait donné sur la *Belle de Saumur*, juste avant l'accident. Elle avait eu alors l'impression, qui ne se démentait pas dans le souvenir, d'une parfaite conjonction de leurs corps en même temps que d'une sublime union de leurs âmes.

Un frisson la parcourut. Pouvait-elle laisser mourir l'homme qui lui avait apporté cette révélation ? Certainement pas ! Non ! Talvas ne mourrait pas. Elle devait le retrouver, le plus vite possible. Foin des souvenirs, le temps de l'action était venu.

Elle ouvrit la porte.

Talvas se trouvait devant elle.

Elle sursauta, cilla. N'en croyant pas ses yeux, elle avança une main hésitante pour s'assurer que cette apparition avait une réalité.

Talvas souriant, se laissa volontiers toucher, en même temps qu'il mettait un doigt sur ses lèvres pour indiquer que le silence était de mise. Puis il entra dans la chambre, referma la porte derrière lui, mit la barre en place.

— Mais oui, c'est bien moi, damoiselle, dit-il alors à Emmeline qui persistait à le regarder avec étonnement.

Elle ébaucha la question qui lui brûlait les lèvres :

— Mais comment…

— Un passage secret, qui permet de sortir des oubliettes, tellement secret que je suis le seul à connaître.

Puis Talvas éclata d'un rire joyeux.

— L'impératrice et les autres croient que je suis toujours en bas...

Il rit encore, puis sembla soudain intrigué.

— Où alliez-vous au fait ?

— Je ne comprends pas...

— Mais oui ! Si vous avez ouvert la porte de votre chambre, c'est bien que vous vouliez aller quelque part, non ? Alors, quelle était votre destination, à cette heure si avancée de la nuit ?

Emmeline hésita avant de répondre. Maintenant qu'elle se trouvait en face de Talvas, tout ce qu'elle s'était dit à propos de lui, l'instant d'avant, lui paraissait ridicule et inapproprié. Elle expliqua cependant :

— Je ne pouvais pas vous laisser vous vider de tout votre sang. Je voulais vous retrouver pour vous soigner, si cela était possible.

— Vous pensez bien qu'ils ne vous auraient pas laissée m'approcher ! Cela dit, je suis flatté que vous ayez eu de la compassion pour moi.

A ces mots, Emmeline retrouva, intacte, toute l'animosité qu'elle éprouvait chaque fois qu'elle se trouvait en face de lui, et aggravée par le besoin de lui cacher les sentiments qu'elle avait découverts en elle, si peu de temps auparavant.

— Inutile d'en tirer des conclusions ! lui lança-t-elle. C'est le devoir de tout être humain d'aider son prochain quand celui-ci perd son sang au point que sa vie est mise en danger.

— Maud espérait bien que je mourrais misérablement dans mes propres oubliettes.

Talvas porta une main précautionneuse à l'arrière de son crâne et grimaça.

— Le monstre a frappé de toutes ses forces, reprit-il. Si vous n'aviez pas crié pour me prévenir, il aurait fait jaillir ma cervelle hors de mon crâne. Ma gratitude vous est acquise, à juste raison.

— Laissez-moi voir, proposa Emmeline, radoucie. Il sera peut-être nécessaire de recoudre cette blessure.

Mais Talvas secoua la tête.

— Non, ce n'est pas le moment, nous n'avons pas le temps. A l'heure où nous parlons, Guillaume s'emploie à seller nos chevaux. Je dois partir d'ici pour rejoindre ma sœur et son mari à Winchester. Maud est de très mauvaise humeur, ce qui ne vous a sans doute pas échappé. Nul ne sait ce qu'elle mijote, mais gare à nous quand elle se mettra en mouvement. Faisons tout ce que nous pouvons pour lui résister et pour protéger ceux à qui elle pourrait s'en prendre.

— Vous ne serez d'aucune utilité à votre sœur si vous tombez de cheval à cause d'une blessure infectée, objecta Emmeline avec autorité. Il faut au moins la laver. Laissez-moi jeter un coup d'œil. Installez-vous devant la cheminée, afin que j'y voie clair.

Elle s'en alla chercher une serviette et un pot d'eau, revint près de Talvas assis, ou plutôt avachi sur un tabouret, offrant son dos aux flammes. La blessure l'avait plus affaibli qu'il ne voulait bien le reconnaître. Ses traits s'étaient affaissés, il baissait les yeux. Il se redressa en voyant Emmeline revenir près de lui, mais ce sursaut ne la trompa point. Posant ses coudes sur ses genoux, il mit son visage dans ses mains et se courba devant elle pour s'offrir à ses soins.

Elle passa derrière lui, mit ses doigts dans les mèches de cheveux noirs et drus, sentit monter vers elle le parfum musqué, si viril, qu'elle connaissait bien maintenant, et dont elle oublia vite la séduction quand elle constata la gravité de la blessure, un long et profond sillon sanguinolent recouvert par des cheveux poisseux. Effrayée, elle se mordit la lèvre, mais se reprit et se mit en devoir de laver cette plaie, avec le linge trempé dans l'eau, le plus délicatement possible afin de ne pas provoquer de nouveaux saignements. Peu à peu rassurée — impressionnante, la blessure n'était quand même pas d'une gravité extrême — elle se laissa prendre de nouveau aux séductions inconscientes de Talvas, et savoura les frissons que lui donnait cette tâche.

— Voilà, c'est terminé, finit-elle par annoncer.

Elle restait derrière lui et le regardait. Les doigts lui démangeaient de le caresser encore, dans les cheveux, puis de descendre sur son visage, et encore de l'enlacer et de se pelotonner contre lui. Mieux valait s'éloigner afin de mieux résister à la tentation. Mais elle était si troublée qu'elle ne vit pas le pot, donna un coup de pied dedans, le pot se renversa, répandant sur le carrelage son contenu d'eau rougie.

— Oh..., fit-elle, désolée.

Le linge à la main, elle s'agenouilla pour éponger, mais Talvas lui prit la main et dit :

— Laissez cela.

Elle se releva, esquissa un mouvement de repli, mais il la retint, l'obligea à venir devant lui, entre ses cuisses qu'il serra sur elle, et il ajouta :

— Il faut que je vous parle.

Emmeline hocha la tête. Elle avait une conscience aiguë des cuisses de Talvas qui la retenaient prisonnière.

— Il faut que vous veniez avec moi, avec nous. Il serait trop dangereux pour vous de rester ici. Il semble que l'impératrice vous a prise en amitié, ce qui n'est pas forcément une bonne chose, car elle pourrait être tentée de vous utiliser contre moi. J'en suis même certain.

— Mais... ma sœur a besoin de moi, balbutia Emmeline. Il faut que je me rende chez elle, je voulais partir dès demain matin. L'impératrice n'oserait pas me retenir ici. Non, elle n'osera pas...

Talvas haussa les épaules.

— Qui sait ce que peut faire une princesse coutumière

de tous les caprices, surtout quand elle est enragée, et je peux vous garantir que Maud, en ce moment, est enragée. Elle a perdu le jouet qu'elle convoitait, et quel jouet : le trône d'Angleterre ! Pour elle, c'était la consécration de toute sa vie. En montant sur le trône, elle accédait au pouvoir suprême, qu'elle cherche depuis si longtemps. Mais ne croyez pas qu'elle ait renoncé après cet échec, et on peut s'attendre à tout. C'est pourquoi je vous le dis : venez avec moi, vous serez en sécurité.

Les mains de Talvas se posèrent sur les épaules d'Emmeline. Il la regardait d'un air presque suppliant, et visiblement, il n'avait pas l'intention de la forcer à le suivre si elle refusait son offre.

De son côté, Emmeline réfléchissait à cette proposition. Elle se repassa à la mémoire le petit discours qu'il venait de lui tenir, se posa une question essentielle : serait-elle en sécurité avec lui ? Compte tenu des petits picotements de désir qu'elle ressentait déjà à se trouver si près de lui, elle se vit obligée de répondre par la négative.

— Nous pourrions passer par chez ma sœur, proposa-t-elle d'une voix timide.

— Non, répondit-il aussitôt, ce n'est pas la même direction, et il faudrait pour cela faire un détour qui nous retarderait. Mais, dès que j'aurai retrouvé Mathilde, je pourrai vous fournir une escorte…

Une chouette hulula, une fois, deux fois, trois fois. Talvas se leva précipitamment, perdit l'équilibre, se rattrapa à Emmeline qu'il faillit entraîner dans sa chute.

— C'est Guillaume qui se signale, lui dit-il. Venez-vous avec nous, ou non ?

— Je viens.

— C'est bien.

Talvas se dirigea vers la fenêtre, l'ouvrit, s'assit à califourchon sur la tablette, jeta un coup d'œil vers le bas puis expliqua :

— Je vais vous faire descendre, Guillaume vous recueillera. Nous avons de la chance que cette pièce ne soit pas située très haut.

Emmeline hésita. Se balancer dans le vide, sans rien voir par cette nuit noire, pendue aux mains de Talvas, voilà qui ne lui souriait pas. Elle se mordillait l'intérieur de la joue et hésitait à s'avancer. Mais il la prit par la main pour l'obliger à venir, et il lui dit avec une sorte d'impatience :

— Allons, n'ayez pas peur. Une jeune femme capable de grimper à un mât n'a pas le vertige, non ?

« Non, songea-t-elle, je n'ai pas le vertige, mais je ne suis pas rassurée quand je me trouve près de vous. »

En dépit de son malaise, elle se laissa attirer près de la fenêtre, s'assit sur la tablette comme Talvas lui demandait de le faire, et quand elle eut les deux pieds qui pendaient dans le vide, elle se retourna vers lui. Elle entendait, en bas, les chevaux qui renâclaient.

Talvas lui prit les mains et ordonna :

— Laissez-vous aller.

Elle glissa lentement sur la tablette de la fenêtre et soudain, elle se sentit tomber dans le vide. Elle ressentit deux chocs, celui de ses bras qui se distendaient, celui de sa tête qui cognait contre la muraille. Elle se balança. Elle avait mal.

— J'ai peur, murmura-t-elle.

Talvas se fit entendre :

— Guillaume, est-ce que vous êtes prêt ?

Guillaume fit savoir que oui. Alors Talvas lâcha Emmeline. Elle glissa le long du mur, elle poussa un petit cri de douleur et de frayeur. Puis elle se retrouva, sans trop savoir, comme par miracle, dans les bras de Guillaume qui lui dit en riant :

— Soyez la bienvenue sur terre, damoiselle !

Sans perdre de temps, il la jeta sur la selle d'un cheval, enfourcha lui-même sa monture et ordonna :

— Filons d'ici.

— Et messire Talvas ? demanda-t-elle.

Elle se retourna vers la fenêtre, et le vit qui sautait, son ample manteau volant autour de lui comme une immense paire d'ailes. Il se reçut avec souplesse et sauta en selle.

— Vous n'êtes pas encore partis ? grommela-t-il.

Il prit la bride du cheval d'Emmeline et l'entraîna dans la fuite, au moment où, de l'intérieur du château, venaient des cris, un brouhaha montrant que l'on s'y agitait. L'évasion venait-elle d'être découverte ? Emmeline n'avait pas envie de le savoir. Elle ne se retourna pas. Elle piqua des deux pour aller plus vite. Il ne fallait pas se laisser distancer.

Pendant quelque temps, ils suivirent un chemin étroit qui serpentait dans les marais, à la queue leu leu, Talvas ouvrant le chemin et Guillaume galopant en arrière-garde. Il faisait froid. Emmeline se sentait fatiguée...

Talvas s'arrêta, sauta sur le sol et annonça :

— Il faut que nous marchions pendant un moment.

Hébétée, les mains crispées sur les rênes, Emmeline sursauta. Avait-elle dormi ? C'était bien possible. Elle regarda autour d'elle et eut l'impression qu'elle rêvait : une brume épaisse flottait autour d'elle, on n'y voyait pas à trois pas. Très fatiguée, elle passa une jambe par-dessus l'encolure de son cheval et se laissa glisser à terre. Elle se reçut mal. Sa jambe blessée lui infligea une grande douleur. Elle essaya quelques pas, en boitant. Talvas, devant elle, s'était déjà mis en route. Derrière elle, Guillaume chuchota :

— Ne vous laissez pas distancer par messire Talvas, damoiselle. Ne le perdez pas de vue, car il est le seul à connaître le cheminement qu'il faut suivre dans ces marais.

Faisant un effort considérable sur elle-même, Emmeline

se hâta, elle combla la distance qui la séparait de Talvas, et elle fixa son regard sur la croupe du cheval, qu'elle ne devait pas laisser se fondre dans la brume. Elle avait de plus en plus mal à sa jambe, mais elle continua bravement à marcher, en serrant les dents.

Ils avançaient, en silence, et la brume les environnait de ses filaments blancs.

Puis Emmeline entendit des aboiements, d'abord lointains, ensuite plus distincts. Talvas aussi les entendit, car il augmenta aussitôt l'allure. Emmeline voulut l'imiter, mais sa douleur devint intolérable. Or elle n'allait pas encore assez vite. Avec Talvas la distance se creusait et elle sentait dans son dos l'haleine du cheval de Guillaume. Elle eut la conscience aiguë d'être une gêne. A cause d'elle, les deux hommes risquaient d'être rattrapés par les soldats lancés à leurs trousses. Les aboiements donnaient l'impression que les poursuivants se rapprochaient inexorablement.

Emmeline s'arrêta et dit :

— Guillaume, passez devant moi. Je vous suivrai comme je pourrai, et tant pis s'ils me rattrapent. Ce n'est pas moi qu'ils veulent, mais Talvas et vous.

Guillaume hésita. Elle l'encouragea d'un sourire. Alors il passa devant elle. Talvas avait déjà complètement disparu, il s'était dissous dans la brume de plus en plus épaisse.

Emmeline faisait de son mieux pour suivre Guillaume, elle tâchait de ne pas perdre de vue son manteau d'un bleu lumineux, et elle écoutait les bruits métalliques du harnachement, qui la rassuraient mais s'étouffaient progressivement dans la brume. Il arriva qu'elle ne vit plus le manteau bleu. Elle essaya de courir un peu, dut renoncer. La peur la prit. Elle appela :

— Guillaume ? Talvas ?

N'obtenant aucune réponse, elle se remit à courir et cette fois ignora le véritable martyre que lui infligeait cet exercice.

Après quelques secondes, elle buta dans une silhouette qui venait de se matérialiser dans la brume.

— Dieu merci, murmura-t-elle soulagée ; vous m'avez attendue. J'ai bien cru que j'étais perdue.

— Tout le plaisir est pour moi, répondit la silhouette.

Ce n'était pas la voix de Guillaume.

Le comte Robert avait un sourire mauvais.

11

Les aboiements s'éloignaient puis s'éteignirent. Il ne resta plus qu'un silence tout blanc, inquiétant.

Talvas s'arrêta. Il avait conscience d'avoir marché très vite, trop vite peut-être pour Emmeline que sa jambe défavorisait. Maintenant que tout danger semblait — au moins provisoirement — écarté, elle aurait sans doute envie de se reposer un peu.

— Arrêtons-nous un moment, dit-il à Guillaume qui approchait.

Son regard essaya de percer la brume au-delà de son ami pour distinguer la silhouette d'Emmeline qui n'arrivait pas... mais qui n'allait pas tarder à se manifester... et qui n'arrivait décidément pas.

— Où est-elle ? demanda-t-il à Guillaume.

Celui-ci ne répondit pas. Le visage misérable, il regarda derrière lui, esquissa un haussement d'épaules, puis parut s'affaisser sur lui-même.

— Où est Emmeline ? répéta Talvas, avec une brutalité née de son angoisse. Je croyais qu'elle marchait devant vous ! Que s'est-il passé ?

Après un nouveau coup d'œil anxieux derrière lui, Guillaume expliqua :

— Elle m'a demandé de passer devant elle. Moi, j'ai pensé que c'était une bonne idée, car il est vrai qu'elle nous ralentissait… un peu… Il faut reconnaître qu'elle était très fatiguée. Et puis, comme elle me l'a dit elle-même, ce n'était pas elle que nos poursuivants cherchaient, mais vous, et peut-être moi.

La colère de Talvas explosa :

— Comment ? Vous saviez qu'elle perdait du terrain et vous l'avez abandonnée ? Non, mais, vous vous rendez compte de ce que vous avez fait ? Pourquoi ne m'avez-vous pas appelé ?

Son ressentiment contre Guillaume, légitime, s'adressait aussi à lui-même. En fait, il avait honte ; honte de ne pas s'être inquiété d'Emmeline plus tôt ; honte de l'avoir fortement incitée à le suivre et de ne plus s'être occupé d'elle ensuite. Elle avait eu confiance en lui, et de cette confiance il n'avait pas su se montrer digne. Fou de rage maintenant, il hurla :

— Pourquoi avez-vous fait cela ? Vous n'aviez pas le droit ! Vous l'avez abandonnée ! Je ne vous le pardonnerai jamais !

Guillaume se rapprocha de son ami. Il voulut justifier son comportement, même s'il se sentait encore coupable, et il le fit en ces termes :

— Je savais bien que si je vous alertais, vous auriez à cœur de l'attendre, et vous auriez été capturé par nos ennemis. Emmeline en avait conscience aussi. Elle m'a expressément demandé de vous suivre sans m'occuper d'elle. Alors je…

Talvas ne voulut pas en entendre davantage. Poussant un rugissement, il se mit en selle, fit faire à son cheval un demi-tour sur l'étroit chemin et déclara :

— Il faut que j'aille la chercher.

Il passa devant Guillaume, tout près, et le bouscula, exprès. Puis il se retourna et lui lança méchamment :

— Je ne l'abandonne pas, moi !

Guillaume, alors, se rebiffa. Il répondit avec tout autant de hargne :

— Cette femme vous a vraiment mis la cervelle à l'envers ! Je m'en doutais depuis quelque temps, mais j'en ai la confirmation.

Puis il se mit en selle à son tour et se lança derrière Talvas pour tenter de le raisonner.

— Messire, je vous en prie, n'agissez pas inconsidérément. Il serait plus sage d'aller jusqu'à Winchester, et là nous pourrions rassembler les troupes qu'il nous faudrait pour combattre l'impératrice. Messire... C'est à Winchester qu'est cantonnée l'armée d'Etienne. Que croyez-vous que nous allons faire, là, tous les deux ? Oui, nous pourrons peut-être retrouver Emmeline Lonnières, mais nous risquons surtout de rencontrer ceux qui nous poursuivent et qui, peut-être, la détiennent déjà. Pourquoi ne pas monter une vraie expédition, avec une troupe d'hommes loyaux ? Messire, réfléchissez !

Obstiné, Talvas avançait.

Puis il tira sur les rênes et s'arrêta. Il lui en coûtait de l'admettre, mais son ami avait raison. C'était folie que de se lancer seul — même à deux — à la recherche d'Emmeline, au risque de rencontrer leurs poursuivants. Mais fallait-il, en cette affaire, se montrer raisonnable, et abandonner Emmeline derrière lui ? Il décida que non, et fit connaître sa décision :

— Voici ce que nous allons faire : vous, vous allez à Winchester. Vous apprendrez à Etienne ce qui se passe. Quant à moi, je vais au secours d'Emmeline.

Guillaume insista :

— Faut-il que vous risquiez votre vie pour Emmeline Lonnières ?

— Oui, répliqua Talvas, je le lui dois. Elle a risqué sa vie pour moi, pour vous aussi, sur le bateau quand elle est montée au mât pour remettre une voile en place, alors que nous étions en pleine tempête. Si je suis encore en vie, c'est grâce à elle, qui m'a prévenu contre le coup que s'apprêtait à m'asséner l'homme à la solde de Maud. Comprenez-moi bien : j'ai une dette envers elle.

Pas encore convaincu, Guillaume secoua la tête et se montra ironique :

— Je comprends surtout qu'elle n'est pas laide, et que sa beauté a oblitéré vos facultés de jugement. Avez-vous oublié à qui vous avez promis votre loyauté ?

— Je n'appartiens à personne, répliqua Talvas, et vous le savez fort bien. Si j'ai choisi le camp d'Etienne, c'est tout simplement parce qu'il est le mari de ma sœur, et pour aucune autre raison. Mais je crois que nous avons assez discuté. Chaque minute qui passe est une minute perdue. Il faut que je retrouve Emmeline.

Il pressa les flancs de sa monture et s'éloigna dans la brume.

Emmeline se tortilla maladroitement pour tenter de se libérer, mais le comte Robert, qui lui serrait le bras, accentua sa prise et lui fit très mal. Elle protesta :

— Lâchez-moi, répugnant personnage. Vous me faites mal !

Il lui montra une fois de plus son détestable, son inquiétant sourire.

— Vous aviez cru que vous pourriez m'échapper, hein ? Vous l'avez cru ?

Puis il partit d'un rire démoniaque qui déforma ses traits, tandis qu'il se crispait avec méchanceté sur le bras d'Emmeline. Puis il la poussa brutalement en direction des hommes qui l'accompagnaient, en leur disant :

— Gardes ! Ramenez celle-ci au château, pendant que

je me lance à la poursuite de Talvas. On vient de me dire que les chiens avaient trouvé sa trace.

Emmeline, entraînée par les soudards, lança :

— Vous ne le rattraperez jamais !

Le comte Robert eut un petit sourire amusé, et il répondit :

— Détrompez-vous, cela nous sera très facile, au contraire, grâce à ces chiens bien entraînés par messire Talvas lui-même. Ils sont capables de renifler une trace même ténue. N'est-il pas amusant de constater que ces animaux de chasse, si bien dressés par Talvas, vont nous mener à lui ?

Remplie de fureur, mais aussi de crainte, Emmeline protesta :

— Vous n'êtes pas à la chasse ! Talvas n'est pas du gibier !

— Mais si, bien au contraire ! Un traître ne mérite pas un autre traitement. Nous sommes bien à la chasse, et je ramènerai l'animal vivant. Ensuite, quel traitement lui réservera Maud ? Je crains bien qu'elle ne lui tranche la gorge.

— Elle n'a pas le droit !

— N'oubliez pas qu'il lui a fait perdre le trône qui lui revenait. C'est un affront qu'elle ne peut lui pardonner.

— Messire Talvas n'a pas voulu prendre parti. Vous vous trompez lourdement sur son compte !

Le comte Robert ricana encore, puis il prit un air faussement apitoyé.

— Comme vous êtes touchante, ma petite ! Non, mais, dites-moi, croyez-vous vraiment que vous sauverez le misérable avec des arguments aussi insignifiants ? Allons, ne perdez pas votre temps, ne me faites pas perdre le mien. Rien n'arrêtera la vengeance de Maud. Je ramènerai Talvas et nous aurons le plaisir d'assister à son exécution. Puis nous nous occuperons de vous... Je crois que vous regretterez d'avoir rencontré cet homme, car il ne vous aura apporté que des malheurs. Mais c'est assez parlé. Gardes, emmenez maintenant cette charmante personne au château, et gare à vous si vous me la perdez !

Puis il tourna les talons et se mit en selle. Accompagné des cavaliers qui l'attendaient, il se lança sur la piste de Talvas. Au loin retentissaient les aboiements furieux des chiens excités par la chasse.

Emmeline se mit en chemin, entre deux gardes qui la tenaient avec fermeté, chacun ayant une main lourdement posée sur ses épaules. Ils retournaient au château de Hawkeshayne, à pied, avec toutes les difficultés et toute la souffrance que cela supposait pour elle.

Sa jambe la faisait souffrir. Elle trébuchait. Elle avait les pieds mouillés et glacés. Et pourtant, oubliant toutes ces misères, elle s'appliquait à réfléchir, afin de trouver, si possible, un moyen de sortir de la situation délicate où elle se trouvait. Elle était seule désormais. Talvas ne reviendrait pas. Il serait pris sans doute, tué à coup sûr. Elle ne pouvait plus compter que sur elle-même.

On la ramenait au château en longeant le petit fleuve côtier, dont le niveau montait rapidement à cause de la marée. Bientôt les marais seraient submergés, le comte Robert perdrait la trace de Talvas, peut-être même se perdrait-il lui-même dans toute cette eau… Tel fut le vœu fervent qu'Emmeline forma, et qui lui mit un peu de baume au cœur.

Levant les yeux, elle revit les hautes murailles de Hawkeshayne, qui, nimbées de brume blanche, semblaient flotter au-dessus du sol. Si elle y entrait, elle risquait de ne plus pouvoir en sortir. C'était donc maintenant ou jamais.

Alors qu'ils approchaient du pont-levis, elle se laissa tomber par terre en gémissant :

— Oh… mon pied…

Les deux gardes se penchèrent sur elle, un s'accroupit pour tenter de discerner la cause de sa souffrance. Elle lui

1, 2, 3... Grattez !

GRATTEZ LES CASES DORÉES

 J'ai gagné
2 romans Historiques gratuits !

 J'ai gagné **2 cadeaux !**

 J'ai gagné
**2 romans Historiques gratuits
+ 2 cadeaux !**

BRAVO !

Retournez-nous vite votre coupon complété au dos !

☐ **Oui**, envoyez-moi mes 2 romans **Les Historiques gratuits** et mes **2 cadeaux surprise**. Les frais de port me sont offerts.

J'accepte de recevoir ensuite chaque mois 3 livres de la collection Les Historiques, simplement en consultation, au prix exceptionnel de 5,65 € le volume (au lieu de 5,95 €), auxquels viennent s'ajouter 2,80 € de participation aux frais de port. Je n'ai aucune obligation d'achat et je peux retourner les livres, frais de port à ma charge, sans rien vous devoir, ou annuler tout envoi futur, à ma guise. Il en sera ainsi tous les mois tant que je le voudrai. **Dans tous les cas, je conserverai mes cadeaux.**

N° ABONNÉE (SI VOUS EN AVEZ UN) |_|_|_|_|_|_|_|_|

☐ Mme ☐ Mlle

NOM .... PRÉNOM ....

ADRESSE ....

.... CP |_|_|_|_|_|

VILLE ....

N° DE TÉLÉPHONE |_|_||_|_||_|_||_|_||_|_|

DATE DE NAISSANCE ....

EMAIL ....

☐ Oui, je souhaite recevoir les offres promotionnelles des Éditions Harlequin par e-mail.

☐ Oui, je souhaite recevoir les offres promotionnelles des partenaires des Éditions Harlequin par e-mail.

Offre valable jusqu'au 28/02/2011.
Vous recevrez votre colis 20 jours environ après réception de cette carte.

HH0E01

Cette offre – soumise à acceptation – est valable jusqu'au 28 février 2011 à raison d'une demande par foyer. Prix susceptibles de changement. Réservé aux lectrices de plus de 18 ans qui n'ont pas encore demandé de livres gratuits. Photos non contractuelles. Conformément à la loi Informatique et Liberté du 6 janvier 1978, vous disposez d'un droit d'accès et de rectification aux données personnelles vous concernant en vous adressant au : Service Lectrices Harlequin – BP 20008 - 59718 Lille cedex 9. Les informations demandées sont nécessaires à la gestion de votre commande et le suivi de la relation commerciale. Si vous ne souhaitez pas recevoir nos offres promotionnelles, cochez ci-contre ☐ Y. Par notre intermédiaire, vous pouvez être amenée à recevoir des propositions commerciales de nos partenaires. Si vous ne le souhaitez pas, cochez ci-contre ☐ O.

EDI 2213 - Encart Historiques août 2010

ECOPLI

20 g
Validité permanente

HARLEQUIN
AUTORISATION 59031
59789 LILLE CEDEX 9

donna un violent coup de poing au menton puis se redressa et poussa l'autre en arrière et il tomba sur le dos. Elle n'avait plus qu'à prendre son élan et à courir vers le fleuve côtier. Elle ne s'arrêta que pour prendre une longue inspiration, et elle plongea. Derrière elle, les gardes accouraient déjà.

A cause de la brume, ses poursuivants avaient peu de chance de la voir. Elle fila vers le centre du cours d'eau. Elle n'avait plus qu'à se laisser porter par la marée montante qui la poussa très vite vers l'intérieur des terres. Elle espérait profiter de cette aide le plus longtemps possible ; dans combien de temps le sens du courant s'inverserait-il ? Elle n'en savait rien. Elle nageait donc de toutes ses forces, afin de mettre le plus de distance possible entre elle et ses poursuivants qui, sans nul doute, s'étaient lancés à sa poursuite le long du cours d'eau.

Mais la fatigue finit par se faire sentir, ses mouvements devinrent plus lents et moins précis. Pour se reposer, elle se mit sur le dos et se laissa emporter, immobile. Elle en profita pour lever la tête et essayer de savoir si elle était déjà à une distance appréciable du château, mais avec cette brume, c'était difficile à dire. Elle prêta l'oreille, ne perçut aucun bruit suspect, ce qu'elle jugea plutôt rassurant. Consciente qu'elle ne pourrait, de toute façon, plus nager très longtemps, elle se dirigea vers la rive.

Elle tâtonna, ne trouva que de la boue, pas de racines ni même de touffes d'herbes à quoi elle aurait pu s'accrocher. Elle tentait de se hisser, mais glissait lamentablement et retombait dans l'eau.

Or le courant commençait à s'inverser et le niveau de l'eau baissait rapidement, découvrant une large surface boueuse et molle, dans laquelle Emmeline pataugea un long moment. Elle rampa, finit par trouver une zone un peu plus résistante, plus dure sous ses genoux et ses mains. Elle s'y allongea avec délice, puis roula sur le dos. Elle respira longuement, le regard tourné vers le ciel qu'elle ne voyait pas. Elle se demanda où elle se trouvait. Elle n'en savait rien. Elle ignorait totalement si elle pouvait se juger en relative sécurité ou si elle devait courir encore afin de se mettre hors d'atteinte de ses poursuivants.

Une autre difficulté lui apparut. Elle se dit qu'elle avait commis une véritable folie en sautant dans la rivière. Tant qu'elle avait nagé, le froid de l'eau ne l'avait pas trop gênée, mais maintenant, avec ses vêtements dégoulinants qui lui collaient à la peau, avec la boue qui caparaçonnait ses bras, ses mains et même son visage, elle grelottait et claquait des dents. Si elle ne se réchauffait pas très vite, elle risquait de mourir. Elle devait trouver un abri. Du feu ? Il n'y fallait même pas songer.

Avec difficulté, elle se mit debout. Elle décida qu'elle marcherait en longeant le fleuve côtier, dont elle entendait les remous sur sa droite. Elle allait avec précaution, les mains en avant afin de ne pas donner du nez dans un arbre. Il lui arriva plus d'une fois de se prendre les pieds dans un trou ou dans quelque racine. Elle tombait mais chaque fois se relevait. Elle avançait avec obstination.

La neige commença à tomber. Les flocons dansaient devant ses yeux et rendaient plus difficile encore sa progression. Elle avait de plus en plus froid. Elle songea que, cette fois, elle n'avait plus aucune chance, et qu'elle allait mourir, misérablement.

Quand elle l'aperçut, d'abord, elle n'en crut pas ses yeux. Elle songea qu'elle avait une hallucination, mais en approchant, elle put constater la réalité de ce qu'elle voyait : une cabane, pauvre construction en planches, sans doute un abri pour quelques animaux. En pleurant de bonheur, Emmeline marcha plus vite vers ce havre inespéré. Elle aurait voulu courir, mais ses membres raidis par la fatigue et le froid se refusaient à cet exercice. Elle entra et se laissa tomber sur le sol de terre battue. Elle n'y voyait rien. A quatre pattes, explora son domaine, en tâtonnant et trouva un énorme tas de paille. Elle s'y jeta, s'y enfonça, ramena sur elle autant de paille qu'elle put. Elle grelottait toujours, mais elle avait un peu moins froid et ressentait une merveilleuse sensation de confort.

Elle ne tarda pas à s'endormir.

Cette voix.

Elle entendait la voix grave et mélodieuse qui, progressivement, sans violence, la tirait du sommeil. Elle ne dormait plus vraiment, mais elle n'était pas encore véritablement éveillée et, avec paresse, reprenait contact avec la réalité. Elle se sentait bien, merveilleusement bien. La paille ne lui piquait plus la peau, elle se trouvait enveloppée dans quelque chose de doux, une fourrure sans doute... Et puis, elle ne sentait plus sur elle le contact désagréable de ses vêtements mouillés et froids... pour la bonne raison qu'elle n'avait plus de vêtements ! Elle était toute nue !

Elle ouvrit les yeux.

Talvas était assis en face d'elle, par terre, le dos appuyé à la mince paroi de planches mal jointes, les yeux clos. Devant lui brûlait un petit feu, qui illuminait son visage, lui donnait des teintes rouges et jaunes, en accentuait le dessin. Environné d'ombres dansantes, il avait l'air d'un diable montant la garde aux portes de l'enfer.

— Vous ? cria Emmeline incrédule.

Talvas dormait-il ou faisait-il semblant ? En tout cas, il ne sursauta pas. Il ouvrit les yeux avec lenteur, porta son regard sur Emmeline et sourit. Puis il hocha la tête, plusieurs fois, avant de répondre :

— Eh oui, damoiselle, c'est bien moi.

Bien des questions tourmentaient Emmeline, auxquelles

elle se trouvait incapable de répondre. Que faisait-il ici, alors qu'il aurait dû se trouver à des lieues et des lieues ? Se doutait-il du danger qu'il courait ? Ne savait-il pas que les hommes du comte Robert le cherchaient ? Elle se redressa, en veillant à rester décemment couverte par la fourrure qui l'enveloppait, et s'écria :

— Talvas, vous ne pouvez pas rester ici ! Fuyez pendant qu'il est encore temps ! Ils vous cherchent !

Ses cheveux dégringolèrent devant son visage, encore légèrement humides.

— Ils me cherchent ? répondit Talvas d'un air amusé. Cela n'a aucune importance.

— Et Maud ? Elle occupe votre château ; votre maison !

— Maud ? Nous allons nous en occuper.

Emmeline secoua la tête. Tant d'insouciance était inconcevable. Avait-il perdu la raison ? Elle tenta de lui expliquer.

— Talvas, je ne vous comprends pas. Votre vie est en danger, vous ne l'ignorez sans doute pas, et pourtant vous revenez. Pourquoi ?

Talvas se leva et vint s'agenouiller près d'Emmeline.

— C'est pour vous que je suis revenu.

Elle retint sa respiration, puis balbutia :

— Non… Talvas, je ne comprends pas. Vous n'avez pas risqué votre vie pour moi, tout de même… Cessez de vous moquer de moi…

Il lui prit les mains, qu'elle avait encore glacées, et elle savoura la chaleur qu'il lui communiquait, alors qu'il lui parlait encore.

— Non, croyez-moi. D'ailleurs, avez-vous réellement cru que je vous laisserais entre les mains de ces gens ? Si vous avez pensé cela, j'en serais chagriné.

Talvas était ému. La puissance des sentiments qu'il éprouvait pour cette jeune femme l'émerveillait. C'était bien d'amour qu'il s'agissait, même si la sensualité n'était pas absente : il était fasciné par une épaule nue dont Emmeline lui donnait le spectacle, et il devait faire appel à toute sa volonté pour ne pas en approcher ses mains, ses lèvres...

Quand il avait enfin trouvé Emmeline, elle dormait en grelottant, recroquevillée dans le tas de paille, les lèvres toutes bleues, le corps glacé. Sans aucune autre intention que de la réchauffer, il l'avait dépouillée de ses vêtements trempés et l'avait frictionnée avant de l'envelopper dans son manteau doublé de fourrure. Elle avait gémi mais ne s'était pas réveillée. Il avait agi vite, sans oser regarder trop ce corps nu qu'il serrait contre lui, en espérant qu'il l'oublierait très vite, que ce souvenir ne l'obséderait pas.

Il avait cru y réussir, et s'était félicité de ne nourrir aucune pensée voluptueuse tant qu'il avait veillé la jeune femme endormie. Il avait trouvé alors remarquable sa force de caractère. Il n'en allait plus de même maintenant qu'elle s'était éveillée. Des images qu'il avait cru pulvérisées par son cerveau, se reformaient pour le tourmenter : la courbe d'un sein, la minceur de la taille, la gracilité de ce corps qu'il avait tenu dans ses bras... Il prenait même conscience de détails qu'il n'avait pas cru remarquer sur le moment. Le désir qu'il avait voulu ignorer, ce désir dont il avait même voulu se convaincre qu'il n'existait pas, le tourmentait avec une terrible acuité. Il n'était revenu — croyait-il — que pour sauver Emmeline, la tirer des griffes de Robert et de Maud, la faire conduire chez sa sœur si tel était son désir. Voilà ce qu'il avait voulu croire. Or, mieux valait reconnaître la vérité : il ne voulait pas la laisser partir, il ferait tout pour l'en empêcher, parce qu'elle exerçait sur lui une attirance contre laquelle il ne pouvait pas lutter.

— Vous êtes revenu... pour moi ? dit Emmeline.

Elle rit, ou plutôt se força à rire pour oublier l'étrange émotion qui faisait battre son cœur et lui serrait la gorge.

— Cela n'a pas de sens. Pourquoi feriez-vous une chose pareille ? ajouta-t-elle.

Les yeux de Talvas brillaient comme des saphirs. Il souriait de toutes ses dents. Il émanait de lui comme un tourbillon de sensualité qu'Emmeline jugea dangereuse.

— Pourquoi ? dit-il. Vous posez la question ? Est-ce bien nécessaire ?

— C'est que personne n'a jamais rien fait de tel pour moi, répondit-elle.

Personne n'avait jamais rien fait de tel pour elle et elle s'émerveillait de compter pour cet homme, d'avoir de l'importance pour lui, même si cette constatation n'allait pas sans l'inquiéter aussi. Talvas avait donc risqué sa vie pour elle. Qu'aurait fait Giffard, dans des circonstances semblables ? Il lui eût tourné le dos, il eût fui sans se soucier d'elle, ne pensant qu'à son propre salut. Pire encore, il l'aurait chassée dès le moment où elle n'aurait plus eu aucun intérêt pour lui ou qu'elle serait devenue une gêne. N'était-ce pas pour cette raison, précisément, qu'il l'avait poussée dans l'escalier ? Elle portait son enfant, pourtant, mais cela ne lui plaisait pas.

« Je ne veux pas d'enfant ! avait-il hurlé. Je veux la paix dans ma maison ! C'est ici chez moi et c'est moi qui décide qui vit sous mon toit ! »

— Vous êtes gentil, vous, murmura Emmeline.

Elle avança la main et, du bout des doigts, elle caressa la joue de Talvas.

Talvas ferma les yeux et savoura le frôlement de ces doigts si doux. Gentil, lui ? C'était bien le dernier qualificatif qu'il se fût appliqué. Comme elle se trompait ! Ce n'était pas de la gentillesse qu'il éprouvait pour elle, mais du désir, un désir forcené qui l'incitait à se jeter sur elle pour lui faire l'amour, qu'elle le voulût ou non ; un désir violent qui le faisait trembler et contre lequel il avait peur de ne plus pouvoir lutter très longtemps.

Emmeline interrompit sa caresse, et lui dit d'une voix angoissée :

— Talvas, vous devez partir, maintenant. Je ne veux pas que ces gens vous rattrapent. Le comte Robert a dit que Maud vous trancherait la gorge si...

— Cessez de vous inquiéter pour moi, lui répondit-il avec émotion. Je suis assez grand et assez fort pour résister à tous ceux qui voudraient s'en prendre à moi. Croyez-moi, ils pourraient même regretter leur audace.

— Faites comme vous voulez, soupira Emmeline. Je suppose que vous savez ce que vous faites. Il n'empêche : je n'arrive toujours pas à comprendre pourquoi vous tenez absolument à rester ici.

— Vous ne comprenez pas, vraiment ?

— J'ai bien une petite idée...

— Dites.

— Vous pensez que je suis trop indépendante de caractère et cela vous énerve.

Enchantée d'avoir pu dire ce qu'elle avait sur le cœur, Emmeline partit d'un grand rire joyeux, sous le regard consterné de Talvas, qui lui prit les mains.

— Votre indépendance m'agaçait, je l'avoue ; mais ce n'est plus le cas. En revanche, vous avez toujours sur moi une influence certaine, comme j'en ai une sur vous.

— Que voulez-vous dire ?

Emmeline ferma les yeux. Elle redoutait la réponse autant qu'elle l'espérait.

Talvas se pencha sur elle en disant :

— Je n'ai rien à dire, mais à démontrer.

Démontrer, oui. Il devait posséder Emmeline, là, maintenant, juste une fois. Ensuite, il pourrait l'oublier, peut-être... Il n'en était pas certain.

Il se pencha davantage, appuya de tout son poids sur Emmeline qui fut bien obligée de s'allonger sous lui. Il repoussa le manteau qui la lui dissimulait, découvrit la poitrine dont la vue exacerba son désir. Ses lèvres s'approchèrent. Elle protesta faiblement :

— Talvas, je…

Elle n'en put dire davantage, car il l'embrassa et elle se laissa emporter par le tourbillon d'émotions et de sentiments qu'il suscitait en elle. Oubliant ses appréhensions, elle s'abandonna, avec l'impression qu'elle s'ouvrait comme une fleur sous la caresse du soleil levant. A la mort de Giffard, elle avait pris un engagement solennel avec elle-même : plus jamais elle n'appartiendrait à un homme. Or, enflammée par le baiser et les caresses de Talvas, elle trouvait cet engagement beaucoup moins important, elle commençait à penser qu'elle pouvait, non pas se parjurer — elle n'en était pas encore là — mais trouver des accommodements avec elle-même. Elle avait peut-être été trop sévère ou trop hâtive dans ses résolutions.

Talvas approfondissait leur baiser, ses caresses devenant plus pressantes. Emmeline songea qu'il allait lui faire l'amour, et elle était prête à se donner à lui. Mais il s'arracha à elle pour lui dire, les yeux brillants et la voix rauque :

— Vous êtes mienne.

Les mains d'Emmeline, qui s'accrochaient aux cheveux de Talvas, retombèrent le long de son corps. Elle avait envie de pleurer. Le charme était rompu.

Elle murmura :

— Giffard me disait la même chose, avant…

12

Talvas se rejeta en arrière et s'assit sur ses talons. La respiration courte, il porta sa main à ses yeux en même temps qu'il secouait la tête, comme s'il avait la vision brouillée et les idées confuses, et il s'exclama :

— Emmeline, dites-moi, je vous prie, ce que vous a fait subir ce personnage ? J'ai besoin de savoir.

Il la vit se recroqueviller, ses genoux remontant contre son ventre et sa tête se penchant vers sa poitrine. En l'entendant soupirer plusieurs fois, il comprit qu'elle aurait beaucoup de mal à lui dire les terribles secrets qu'elle portait en elle. Il aurait bien voulu la réconforter, l'encourager, mais n'osait avancer la main vers elle et il ne trouvait pas non plus les mots qu'il aurait fallu prononcer. Il craignait aussi que sa compassion fût mal interprétée, ce qui aurait eu pour conséquence d'éloigner de lui la jeune femme.

— Emmeline, pardonnez-moi, murmura-t-il.

Il la vit qui relevait un peu la tête et qui tournait son regard vers lui. Il crut qu'elle allait parler, mais elle resta muette. Déconcerté, très gêné et se sentant de plus en plus maladroit, il passa une main nerveuse dans ses cheveux. Que faire ? Que dire ? Il ne le savait pas. Emmeline semblait brisée, abattue, épuisée par les épreuves subies autrefois, et si elle avait les yeux brillants, c'était parce que les larmes s'accrochaient à ses cils. Il avança la main pour en balayer une qui roulait enfin sur la joue de la jeune femme. Elle vit son mouvement et recula vivement. Puis elle dit, d'une voix cassée par l'émotion :

— Excusez-moi, je suis désolée.

— Non, répondit-il, tout est de ma faute. Je suis un maladroit.

— Ce sont vos mots, Talvas...

Incapable d'en dire davantage, la jeune femme baissa de nouveau la tête et s'employa à gratter quelques-unes des taches de boue séchée qui maculaient ses bras.

— Des mots d'une grande puissance, dit Talvas, si j'en juge par l'effet qu'ils ont sur vous. Que s'est-il passé ?

Emmeline s'assit, avec lenteur, péniblement, et ses épaules restèrent affaissées comme si elle portait physiquement tout le poids de sa misère. Talvas attendit. Il n'était pas question pour lui de la brusquer, et sa patience trouva sa récompense quand elle commença :

— J'ai accepté d'épouser Giffard Lonnières, après la mort de mon père, pour le bien de ma famille, c'est-à-dire ma mère et moi. Nous étions bien pauvres, et c'est le seul moyen que nous ayons trouvé pour ne pas mourir de faim. En fait, je n'avais pas le choix. J'ai fait mon devoir, c'est tout.

Un craquement se fit entendre dans le feu, une gerbe d'étincelles jaillit, et retomba en pluie sur le sol de terre battue, sur la paille. Talvas se démena pour piétiner plusieurs débuts d'incendie. Puis le silence se fit dans la cabane. Une fois encore, Talvas attendit qu'Emmeline reprenne le fil de son récit.

— J'ai commis une erreur, murmura-t-elle enfin. Ma mère et moi aurions très bien pu survivre si nous n'avions pas cédé à la panique, et, surtout, si nous n'avions pas pensé que la présence d'un homme nous était indispensable. Nous n'avions pas besoin de protection ! Nous aurions eu une existence beaucoup plus heureuse sans cet homme, modeste peut-être, mais heureuse, surtout pour moi. Avec Giffard, j'ai connu l'enfer.

Talvas, qui était venu s'agenouiller de nouveau près d'Emmeline, reçut cette confidence comme un coup de poing dans le ventre, qui coupa sa respiration. Elle poursuivait :

— Quand on m'a ramené le cadavre de Giffard, qui avait été transpercé par une flèche, j'ai pensé sauter de joie. J'ai éprouvé, à ce moment, un soulagement incroyable, indicible. Dès ce moment, je me suis juré que plus aucun homme ne m'humilierait ou me ferait souffrir.

Talvas aperçut une cheville qui dépassait de la paille, celle qu'il avait déjà vue, bleue et déformée. Il la désigna et demanda :

— Comment cela est-il arrivé ?

— Il m'a poussée et je suis tombée dans l'escalier de la maison. Il revenait des tavernes, où il avait beaucoup bu, pour fêter une opération commerciale très fructueuse. C'est pourquoi, vous voyez...

Emmeline s'interrompit. Elle retira quelques brins de paille de ses cheveux, les observa comme si elle découvrait quelque chose d'extraordinaire. Puis elle reporta son regard sur Talvas, et, avec un pauvre petit sourire timide, elle reprit le fil de son récit.

— J'aimais bien quand il partait sur ses bateaux, parce que cela me procurait une période de répit, mais quand il revenait... C'était toujours la même chose, et ce soir-là, j'ai tout de suite compris qu'il était ivre, comme d'habitude, peut-être plus que d'habitude. Je l'ai su à la façon dont il avait claqué la porte derrière lui en rentrant, avec une telle violence que toute la maison avait tremblé. Puis, aussitôt, il avait commencé à hurler après moi. J'étais à l'étage, je m'apprêtais pour la nuit... Je n'ai rien dit... Il est monté...

Sa voix tremblait de plus en plus. Elle rougit en se rappelant comment Giffard l'avait jetée sur le lit conjugal, avant de déchirer sa chemise de nuit et de s'abattre sur elle. De tout cela elle ne dirait rien : à Talvas de comprendre, à demi-mot. Elle reprit :

— Quand cela fut fini... je lui ai dit... Oh, mon Dieu !

Elle cacha son visage dans ses mains pour cacher ses larmes, mais les larmes jaillirent entre ses doigts et tombèrent sur la paille comme une pluie.

Talvas serrait les poings à s'en faire blanchir les jointures. Ce que lui racontait la jeune femme le gênait horriblement, mais en même temps il avait besoin de savoir. Après avoir beaucoup hésité, il posa la question qui lui brûlait les lèvres :

— Que lui avez-vous dit, Emmeline ?

Elle éclata en sanglots qui l'empêchèrent de parler pendant un moment, puis les mots sortirent de sa bouche, un à un, avec difficulté.

— Je... lui... ai... parlé... du... bébé...

Elle se mordit le poing, et ensuite put parler avec un peu plus de facilité :

— J'ai été stupide, vraiment stupide... Oui, je lui ai appris que j'étais enceinte...

Elle dut s'interrompre encore, et les sanglots éclatèrent une nouvelle fois.

— Je regretterai jusqu'à mon dernier jour de lui avoir dit cela. Je n'aurais pas dû..., reprit-elle, sa voix montant dans les aigus.

Et les larmes se remirent à couler, à flots, longtemps... Quand enfin elles se tarirent, Emmeline murmura :

— J'ai essayé d'oublier, j'ai essayé de vivre, mais je n'ai jamais pu... Je voulais oublier ce qu'il m'avait fait, mais c'était impossible. Il a ouvert en moi une blessure qui ne s'est jamais refermée... J'ai beaucoup saigné cette nuit-là, et je savais déjà que mon enfant était perdu, qu'il était mort au moment où Giffard m'avait donné ce coup de poing dans le ventre.

Elle essuya son visage à deux mains, renifla et conclut :

— C'est lui qui a fait de moi ce que je suis aujourd'hui.

— Seigneur Jésus ! s'exclama Talvas en bondissant sur ses pieds. Si je le tenais...

S'il le tenait, il ne savait pas bien ce qu'il lui ferait, il savait juste que ce serait terrible pour ce forban.

Emmeline le regardait qui donnait du poing dans la paume de son autre main. Elle lisait sur son visage les émotions qui l'animaient : une colère monstrueuse, le désir de vengeance, une envie de meurtre. D'ailleurs, il finit par grommeler :

— Il faut qu'il paie !

— Il est mort et enterré, lui rappela Emmeline avec un beau sourire illuminé par ses larmes.

Elle éprouvait une immense sensation de libération, de bien-être, comme si son passé douloureux avait laissé en elle des échardes qui se retiraient d'elle peu à peu.

Talvas se laissa tomber à genoux à côté d'elle. D'un doigt tremblant qui trahissait son émotion, il désigna le front d'Emmeline et lui dit :

— Ici, il n'est pas mort. Il est toujours là.

Elle rougit et baissa les yeux. Il lui prit le visage dans sa main, du pouce caressa les pommettes hautes, en apprécia la douceur satinée. Elle murmurait :

— Je n'ai jamais dit cela à personne, jamais... Et je ne sais toujours pas pourquoi je me suis confiée à vous.

Pourquoi s'était-elle confiée, en effet ? A cause de la fatigue, et du relatif bien-être qu'elle avait éprouvé à se réchauffer dans la paille ? ou alors, avait-elle pensé que Talvas pourrait l'entendre sans la juger défavorablement ? Avait-elle, pour la première fois depuis la mort de Giffard, estimé qu'elle pouvait avoir confiance en un homme ?

— Je suis heureux que vous ayez eu confiance, lui dit Talvas.

Emmeline esquissa un sourire timide. Elle savait que quelque chose venait de changer dans ses relations avec lui. Il comprenait ce qu'elle avait souffert. Elle pouvait avoir confiance en lui. Il la protégerait. Il se tenait devant la porte. Derrière lui elle voyait la nuit noire et les flocons de neige qui tourbillonnaient. Il montait la garde. Elle ne risquait rien. Elle pouvait donc dormir. D'ailleurs, elle avait sommeil. Elle retint difficilement un bâillement et laissa sa tête retomber dans la paille.

Talvas lui dit en riant :

— Je crois que vous avez besoin de sommeil ; moi aussi d'ailleurs. Il se fait tard et nous devrons repartir tôt demain matin.

Elle l'interrogea du regard, et il répondit :

— Oui, je vous conduirai chez votre sœur. Dormez donc, mais vous pourriez peut-être vous rhabiller dès maintenant.

Il lui apporta ses vêtements qui avaient séché à côté du feu. Elle les prit, le regarda avec gêne. Il hocha la tête et soupira :

— Je vais faire un tour dehors.

Elle n'éprouvait plus de gêne parce qu'elle était rhabillée ; ses vêtements étaient raidis par la boue séchée, ce qui n'était pas un gros inconvénient. En outre, enveloppée dans le manteau de Talvas, elle n'avait plus froid. Tout allait bien, donc, et pourtant, elle ne parvenait pas à trouver le sommeil. Mille pensées l'assaillaient. Elle revivait inlassablement les événements de la soirée et essayait de les analyser, afin de savoir ce qu'il allait en sortir. Sa vie en serait-elle changée ? Voilà ce qu'elle tentait de définir, mais ses conclusions changeaient sans cesse et plus elle y réfléchissait, moins elle savait.

Un petit bruit la tira soudain de ses méditations. Elle tourna la tête pour voir, et éprouva la caresse de la fourrure sur sa joue. Elle vit que Talvas, qui se trouvait tout près d'elle, dans la paille, ne dormait pas non plus : il avait les yeux grands ouverts et sans doute depuis un bon moment. Elle ne l'avait pas réveillé.

— Que se passe-t-il ? lui demanda-t-elle. Pourquoi ne dormez-vous pas ?

La réponse fusa avec une virulence montrant qu'il la méditait sans doute depuis un long moment :

— L'ignoble personnage aurait dû être puni sévèrement pour tout ce qu'il vous a fait endurer.

Puis Talvas se souleva sur un coude pour se pencher sur Emmeline. Il avait un visage contracté sous l'effet de la colère.

— Il ne faut plus y penser, lui dit Emmeline. C'est fini, tout cela.

Elle s'émerveillait, sans vouloir le dire, de le voir compatir à ses malheurs anciens.

Mais lui, prenant un poignet qu'il caressa de son pouce, il répondit avec véhémence :

— Je ne peux pas, Emmeline, je ne peux pas ! Je ne peux pas oublier les mots que vous avez prononcés. Aucun homme n'a le droit de traiter une femme comme votre mari l'a fait.

Le cœur d'Emmeline commençait à battre avec plus de force : à cause de la caresse ou à cause des mots prononcés par Talvas ? Un peu des deux sans doute, mais si elle voulait être tout à fait honnête, elle devait reconnaître que la caresse l'émouvait plus que les paroles ; et que ce qu'elle ressentait, ressemblait à du désir plus qu'à de la reconnaissance. Elle tâcha de prononcer quelques paroles convenues pour oublier l'étourdissement qui la prenait :

— Cela arrive souvent, malheureusement… bien trop souvent… C'est pourquoi je me suis juré, devant le cadavre encore chaud de Giffard, que je ne serais plus jamais à aucun homme, plus jamais.

— Quel gâchis ! marmonna Talvas.

Il se rapprocha encore, se colla contre elle et lui caressa les lèvres, du bout d'un doigt, en lui disant :

— Vous refusez de donner droit à vos véritables sentiments.

— Non, chuchota-t-elle d'une voix rauque. Ce n'est pas vrai… et d'abord, c'est mieux comme ça.

— En êtes-vous certaine ?

Sans répondre, elle ferma les yeux.

— Donnez-moi un baiser, supplia-t-il.

Il retint son souffle. Il avait peur. Ce qu'il craignait ? D'être repoussé, car cela signifierait qu'Emmeline avait la volonté de demeurer dans la prison où elle s'était enfermée volontairement. Ce qu'il voulait ? Eveiller, ou plutôt réveiller son désir, et lui montrer, lui prouver qu'un homme pouvait être aimant, plein de délicatesse, capable de se conduire sans brutalité, bref, qu'un homme pouvait être tout le contraire de ce Giffard qui lui avait fait tant de mal.

Emmeline rouvrit les yeux. Elle vit Talvas tout près d'elle, son visage rendu sérieux par le désir qui l'animait. Elle se mit à trembler. Elle ne savait que faire. Elle souleva une main timide et la posa sur l'épaule de Talvas, que ne recouvrait que sa chemise de lin blanc. La tête lui tournait.

— Donnez-moi un baiser, répéta-t-il, d'une voix plus pressante. Faites-le, sans réfléchir.

Emmeline effleura, du bout des doigts, cette bouche qui s'offrait et qui s'entrouvrit sous sa caresse, et son souffle, irrégulier, lui rendit sa caresse. Alors, elle leva la tête et leurs lèvres se rencontrèrent. C'est ce qu'elle voulait, pour lui prouver la confiance qu'elle avait en lui, la passion qu'il suscitait en elle.

Au moment où ils se rejoignaient dans le baiser, il eut un spasme et il referma les bras sur elle pour la rapprocher de lui, et la serrer, et ses mains, impatientes, fébriles, la caressèrent longuement. Puis, se redressant de nouveau, il lui demanda, la diction hachée par son souffle court :

— Que répondriez-vous si je vous disais que je vous aime, Emmeline ? Permettrez-vous jamais à un homme de vous aimer, de vous aimer vraiment ?

Emmeline sentit tout son corps frémir à cause de la tension que suscitait en elle cette question. Elle comprenait ce qu'il lui demandait, mais elle ne savait comment répondre.

— En vérité, Talvas, j'ai connu l'amour d'un seul homme, qui était mon père, répondit-elle d'une voix mal assurée. Je n'ai pas d'autre expérience.

— Et votre mariage ?

Elle partit d'un éclat de rire ironique. Puis elle expliqua, comme à un enfant trop naïf :

— Ha ! L'amour et le mariage sont deux réalités très différentes, qui n'ont même rien à voir l'une avec l'autre ! Ils ne peuvent même pas coexister car ils sont antinomiques. Que signifie le mariage, si ce n'est la possession de la femme par le mari, l'exercice de la puissance pour lui, l'abdication de toute volonté pour elle ? L'amour, au contraire, c'est... c'est...

Son discours s'arrêta là car elle n'avait pas de théorie sur l'amour. Talvas répondit :

— Je ne suis pas d'accord avec vous. Quand on aime quelqu'un, on veut son bien, et on l'épouse.

Elle secoua la tête.

— Ce n'est pas l'expérience que j'ai.

Il insista, non sans une pointe d'agacement :

— Votre expérience repose sur un seul mariage, avec… avec ce Giffard. C'est insuffisant !

Il se redressa et fourragea dans ses cheveux d'une main nerveuse, tandis qu'elle rétorquait, tout aussi agacée :

— Et vous, sur quelle expérience fondez-vous votre opinion ? Que savez-vous du mariage ? Que savez-vous de l'amour ? Dites-le-moi, je serais curieuse de le savoir !

Une bûche craqua dans le foyer, une gerbe d'étincelles monta jusqu'au toit de planches. Puis le silence revint dans l'étroit espace. Alors Talvas répondit :

— J'en sais plus que vous ne le supposez, Emmeline ; beaucoup plus.

Lord Edgar de Waldeath se leva à moitié de son fauteuil. Il redressa son imposante carrure et jeta son bol en direction de son épouse qui tremblait à l'autre bout de la table, et il hurla :

— Cette bouillie d'avoine est froide ! Je n'en veux pas !

Sylvie esquiva le projectile de justesse, et le bol passa tout près de sa tête avant d'aller s'écraser sur le mur derrière elle. Elle reçut des parcelles de bouillie d'avoine sur la tête, mais n'en eut cure. Le regard éteint, elle attendit la suite de l'algarade. Son mari buvait à longs traits la bière que contenait un énorme pichet, et quand il eut terminé, il essuya sa bouche avec sa manche et il reprit ses hurlements :

— Allez me chercher de la bouillie d'avoine, et chaude, cette fois ! Femme incapable !

Il ponctua cette injonction d'un rot sonore.

Sylvie se leva, se pencha pour ramasser le bol, et elle se rendit dans la cuisine, vite, la tête basse, évitant de croiser le regard d'Edgar, de crainte de déclencher une nouvelle bordée d'injures. Son mari était imprévisible. Elle n'avait aucun moyen de savoir à l'avance quelle serait son humeur, comment il se comporterait. D'une main tremblante, elle tendit le bol à la servante, en essayant de paraître digne alors que celle-ci avait fort bien entendu la scène. Une épaisse vapeur montait du chaudron où mijotait la bouillie d'avoine : elle était donc chaude, et donc Edgar devrait être content... ou alors il la trouverait trop chaude ; mais alors, cette fois, elle lui dirait... Elle ne lui dirait rien, hélas ; elle n'oserait pas. Mais Emmeline, oui, parce qu'Emmeline avait du caractère et que Sylvie en manquait. Elle en avait conscience. Elle le regrettait.

Emmeline avait-elle reçu sa lettre ? Arriverait-elle bientôt ? Telles étaient les questions que Sylvie ne cessait de se poser depuis plusieurs jours. Tous ses espoirs reposaient en Emmeline : elle arriverait, elle dirait son fait au brutal époux, et elle mettrait fin à ce mariage qui n'était qu'une parodie. Quand Geoffroy, le marchand, était arrivé, quelques semaines plus tôt, Sylvie s'était dit aussitôt qu'il était sa dernière chance. Vite, elle avait griffonné une lettre pour Emmeline, un véritable appel au secours. Avec discrétion, elle l'avait glissée dans la main de Geoffroy, en murmurant quelques mots pour lui en signaler l'importance.

La voix d'Edgar se fit entendre :

— Plus vite que ça !

Sylvie sursauta. Elle prit le bol et courut le présenter à son mari. Sans la regarder, il plongea sa cuiller dans la bouillie, la porta à sa bouche et poussa un hurlement.

— Trop chaud !

C'était bien ce qu'elle avait craint. De nouveau, il l'abreuva d'injures.

— Petite incapable ! Vous ne pouvez donc pas faire les choses comme il faut !

Il se leva. Il avait le regard mauvais. Sylvie crut qu'il

avait l'intention de la battre, ce qui était déjà arrivé. Elle secoua la tête, l'air misérable, pour supplier, et en même temps, elle se demandait comment elle avait pu penser, il n'y avait pas si longtemps, que cet homme serait le mari idéal dont elle rêvait ? Etait-elle folle, à cette époque ? Elle n'était pas loin de le penser.

Quand elle avait rencontré Edgar, qui était le fils aîné d'un riche noble propriétaire à la fois en Angleterre et en Normandie, quand elle avait vu qu'elle ne lui était pas indifférente, elle avait cru son avenir assuré. Elle était d'autant plus heureuse que ledit Edgar était plutôt bel homme, qu'il avait un visage avenant, et que, par-dessus tout, il était riche, immensément riche. Elle n'avait pas osé l'amener dans sa famille trop pauvre, trop humble, pas assez flatteuse, pas assez amusante non plus. Pensez donc ! Deux veuves, sa mère qui pleurait un être aimé et une sœur qui voyait tous les hommes d'un mauvais œil sous prétexte que son mari n'avait pas été gentil avec elle ! Par chance, Edgar avait hâte de l'emmener en Angleterre. Sur le coup, elle ne lui avait pas dit non plus qu'elle avait une petite fille, souvenir d'une passade avec un autre homme.

— Eh, je te parle !

Edgar se remettait à hurler. La bave aux lèvres, il ordonnait, en montrant la bouillie d'avoine collée sur le mur :

— Nettoie-moi ça !

— Je vais chercher la servante, murmura Sylvie.

— Non ! Je veux que tu le fasses toi-même ! Cela t'apprendra à faire un peu attention ! Quand on commet des erreurs, on paie ! Au travail !

Sylvie ne bougea pas. Elle semblait paralysée. Edgar lui donna une bourrade pour la faire bouger. Puis il la prit par le bras, la traîna vers le mur à nettoyer et là, il la força à se mettre à genoux. Il éructait :

— J'ai dit : nettoie !

Il lui asséna un coup de poing qu'elle reçut sur l'oreille. Elle chancela, poussa un cri de douleur, mais se redressa aussitôt avec dignité. « Ne pas lui montrer que je souffre », pensa-t-elle ; ne pas lui donner cette satisfaction. Pour se mettre du baume au cœur, elle songea à sa lettre. Emmeline l'avait reçue. Emmeline ne tarderait plus à arriver. Cette pensée lui fit du bien, et si elle ne s'était pas retenue, elle eût souri.

— Je suis votre épouse ! marmonna-t-elle. Vous n'avez pas le droit de me traiter ainsi.

Elle se massa l'oreille. La douleur était toujours lancinante. Il ricanait.

— Je te traiterais mieux si tu me faisais honneur. Non, mais, tu t'es vue ? Maigre comme un coucou ! Ce n'est pas l'idée que je me fais d'une épouse. Crois-tu que c'est agréable de coucher avec un squelette ?

Sylvie baissa les yeux. Ce n'était pas la première fois qu'elle entendait ce reproche, qui lui causait toujours autant de peine. Edgar s'emportait encore plus.

— En fait, je suis même certain qu'un squelette doit être plus amusant que toi. Et où sont les enfants que tu m'avais promis ? Où sont-ils, hein ? Je te le demande ! Je veux des enfants à qui transmettre mon nom, des enfants qui hériteront de mes titres et de mes terres. Tu n'es qu'un ventre vide, une épouse stérile et inutile !

Ivre de colère, il souleva Sylvie par les épaules et il la plaqua contre le mur pour lui hurler à la figure :

— Et d'abord, je te traite comme j'ai envie ! Tu es ma femme, je fais de toi ce que je veux.

Il lui donna une bourrade et sa tête cogna contre le mur. Puis il la lâcha, lui tourna le dos et s'éloigna. Lentement elle se laissa glisser et s'assit, épuisée, malheureuse. Pourtant, elle trouva la force de lui lancer une réplique qu'elle espérait assassine.

— Je suis votre femme, mais plus pour très longtemps.

Il s'arrêta, se retourna, la regarda.

— Je m'en vais, reprit-elle. Je vous quitte. Je retourne en France. Emmeline sera bientôt ici. Elle vient pour me chercher.

Edgar salua d'un éclat de rire tonitruant cette annonce.

— Ta sœur ? Mais il y a beau temps qu'elle a oublié ton existence ! Et d'ailleurs, je la comprends tout à fait. N'oublie pas que tu es partie sans faire tes adieux à ta famille. A mon avis, ta mère et ta sœur ne sont pas près de te pardonner.

— Emmeline n'est pas comme ça, murmura Sylvie. Elle n'a pas de rancune.

Elle se rappelait fort bien la tristesse de sa sœur quand elle lui avait annoncé son départ pour l'Angleterre. Emmeline avait pleuré, car elles avaient toujours été très proches l'une de l'autre. Sylvie lui avait demandé d'annoncer la nouvelle à leur mère car elle n'avait pas le courage d'en affronter la désapprobation. Puis elles s'étaient embrassées longuement, et Emmeline avait recommandé à Sylvie de « prendre soin d'elle ».

Edgar regardait sa femme avec un rictus plein de mépris. Comme elle était faible ! Comme elle manquait de charme ! Comme elle était veule ! Elle se conduisait avec toute la modestie qui convenait à une épouse honnête. Elle faisait preuve d'une soumission qui le ravissait et l'écœurait à la fois. Malgré toutes les avanies qu'il lui faisait endurer, elle restait auprès de lui, car sans lui, sans argent, sans connaissances, elle n'aurait pas survécu longtemps. Elle était seule, totalement isolée dans un pays étranger pour elle. Elle était à sa merci et il aimait cela. Il l'avait voulu ainsi. Il avait organisé cet isolement. A des lieues à la ronde, il était respecté et même craint, personne n'oserait aider sa femme si elle prenait la fuite. Il était donc tranquille...

En revanche, il serait moins tranquille si la sœur menaçait d'apparaître. Avec une alliée, Sylvie se sentirait plus forte et donc plus audacieuse. Edgar jeta un coup d'œil méprisant à sa femme recroquevillée contre le mur. « Sa » femme, oui ; elle était à lui. Elle lui appartenait. Il avait le droit de la traiter comme bon lui semblait et aussi longtemps qu'il lui plairait. Ce n'était pas à elle de décider quand le jeu devait se terminer et cela, elle devait le comprendre.

— Je crois que tu as besoin d'une petite leçon, Sylvie... Je me ferai un plaisir de te la donner.

A l'extérieur de la hutte, il faisait très froid mais le vent ne soufflait plus et le soleil brillait. Une fine couche de neige scintillante recouvrait le sol et les arbres, elle donnait au paysage l'apparence d'une féerie. Quand Emmeline sortit dans la lumière, elle frotta ses yeux éblouis et encore ensommeillés.

— Mettez votre pied dans mes mains, Emmeline, que je vous fasse monter.

Talvas, près de son cheval, l'attendait. Il souriait parce qu'il la trouvait émouvante, un peu perdue. Avec son visage encore taché de boue et sa natte mal nouée, elle ressemblait à une enfant.

— Il est tôt, murmura-t-elle sur un ton boudeur, en se frottant les yeux avec une énergie accrue.

Elle avait dormi, certes. Elle avait fini par dormir, non sans mal, à cause de toutes les idées qui lui trottaient par la tête. Elle avait dormi, un peu, trop peu, si bien qu'elle se sentait aussi fatiguée qu'après une nuit blanche.

Talvas la rappela à l'ordre.

— Dépêchez-vous, Emmeline. Nous n'avons pas de temps à perdre. Il faut que nous fassions du chemin avant que les sbires de Maud ne reprennent les recherches.

Emmeline fit quelques pas dans la neige craquante, puis elle s'arrêta et regarda autour d'elle, subitement inquiète.

— Vous parlez comme si nous courions un danger…

Talvas hocha la tête. Il avait l'air grave.

— Tout peut arriver, en effet, Emmeline. Si les hommes d'Etienne ne parviennent pas à capturer Maud, elle ne mettra pas longtemps à mettre sur pied sa propre armée, dont Robert prendra le commandement. Elle a beaucoup de partisans dans ce pays, qui sont prêts à en découdre avec Etienne.

— Vous voulez dire qu'une guerre civile se prépare ?

— Il est possible qu'elle ait lieu, en effet. En ce qui me concerne, je n'aimerais pas être pris en tenaille entre les deux camps. Je n'aimerais surtout pas que nous tombions entre les mains de Maud si elle prend l'avantage.

— Pourtant, c'est bien sur mon bateau que Maud est revenue en Angleterre !

Avec un sourire désabusé, Talvas précisa :

— C'est exact, et c'est moi qui en avais le commandement. Maud devrait donc m'être reconnaissante d'être ici.

Emmeline secoua la tête. Elle ne comprenait plus.

— Pourquoi n'avez-vous pas essayé de m'arrêter ?

— Parce qu'il est impossible de vous arrêter, damoiselle.

Talvas sourit en voyant l'air interloqué de la jeune femme, et il ajouta :

— Je plaisante. Si vous n'aviez pas mis votre bateau à la disposition de Maud, elle en aurait trouvé un autre. Cela dit, il faut reconnaître que vous lui avez quand même facilité la tâche. Sans vous, il lui aurait fallu un peu plus de temps pour traverser la Manche.

Emmeline rougit. Elle se sentait coupable, et comprenait de moins en moins.

— Je n'avais pas de capitaine, et c'est vous qui vous êtes proposé ; vous aussi vous avez aidé Maud !

— Je voulais garder un œil sur elle, c'est tout... Non, ce n'est pas tout. Je voulais aussi garder un œil sur vous.

Emmeline approchait enfin pour monter à cheval. Elle demanda :

— Donc, vous êtes loyal à Etienne ?

Elle mit un pied dans les mains que Talvas lui présentait en guise d'étrier et posa une main sur l'épaule offerte, en disant :

— Si vraiment il faut que je combatte, ce sera aux côtés d'Etienne, en effet. Il a épousé ma sœur, ne l'oubliez pas.

Emmeline restait immobile, songeuse.

— Allons-y Emmeline, l'encouragea-t-il. Nous devrions arriver à Waldeath, chez votre sœur, en milieu de matinée.

Elle hocha la tête et se laissa propulser sur l'encolure du cheval, puis il se mit en selle, derrière elle.

— Appuyez-vous contre moi, lui ordonna-t-il. Et laissez-vous aller, vous êtes toute raide et vous allez ralentir la course du cheval.

Emmeline obtempéra, non sans hésitation. Les émotions de la nuit l'avaient rendue timide et maladroite avec Talvas. Elle craignait de lui avoir fait trop de confidences, et, redoutant d'en faire davantage, préférait garder ses distances. Elle regrettait les paroles qu'elle avait prononcées, même si Talvas l'avait écoutée sans pitié ni moquerie. Cette nuit, il avait eu une présence rassurante, grâce à quoi elle s'était sentie plus forte ; alors, pourquoi être près de lui l'effarouchait-il tant à présent ? Elle n'aurait su le dire. Elle ne comprenait pas, non plus, que malgré son envie de retrouver sa sœur, elle appréhendait déjà le départ de Talvas. Ce voyage en sa compagnie serait le dernier. Il allait lui manquer.

***

— Nous ne sommes plus très loin, maintenant, dit Talvas.

Ils venaient d'arriver au sommet d'une colline déserte. Il arrêta son cheval et tendit le bras.

— Waldeath se trouve au fond de la vallée, là, juste en bas de la colline, derrière le bouquet d'arbres. Je crois même que nous pourrions l'apercevoir... Tenez, regardez, on voit la fumée qui monte...

Le ciel sans nuages, d'un bleu éclatant, formait un contraste non moins éclatant avec le paysage blafard. Emmeline attacha son regard au petit bois que lui signalait Talvas, et entre les arbres, elle distingua le village.

— Mon Dieu ! s'écria-t-elle ; Talvas, Talvas ! Le village brûle. Ma sœur ! Ma sœur !

Elle se tortillait sur la selle pour essayer de se retourner, puis elle s'empara des rênes et les agita pour remettre le cheval en mouvement. Elle tremblait de tous ses membres. Elle aurait voulu être déjà arrivée à destination, et en même temps elle avait peur de ce qu'elle découvrirait.

— Cramponnez-vous, lui dit Talvas.

Il planta ses éperons dans les flancs de sa monture, qui s'élança et dévala la pente raide, projetant derrière elle des mottes de terre et de neige. Ils traversèrent le petit bois, où leur parvenaient les cris des villageois et une atroce odeur de fumée. Lorsqu'ils arrivèrent aux premières chaumières, ils découvrirent toute l'étendue du désastre : les gens qui couraient dans tous les sens, beaucoup blessés, certains gisant au sol, inanimés, et les flammes partout, et la fumée au-dessus...

— Mon Dieu..., murmura Emmeline, penchée en avant, pétrifiée par l'horreur. Qui a fait cela ? Il faut aider ces pauvres gens.

Soudain elle passa une jambe par-dessus l'encolure du cheval, échappa à Talvas qui cherchait à la retenir et glissa le long du poil lustré pour tomber sur le sol. D'un geste nerveux elle tira sur sa robe qui restait coincée sous la selle et marcha rapidement vers le village. Elle s'arrêta près d'une femme assise dans l'herbe, qui tenait un tout petit enfant dans ses bras ; elle le berçait et en même temps elle pleurait, et elle criait, et de grosses larmes coulaient le long de ses joues.

Emmeline attacha son regard au petit enfant et vit, horrifiée, qu'il avait une grande blessure à la tête, qui saignait abondamment. Elle voulut le prendre à la mère pour le soigner, mais celle-ci lui résista avec une vigueur surprenante.

— Pourquoi ? demanda-t-elle, peinée et incompréhensive. Je veux vous aider.

Elle entendit, derrière elle, la voix implacable de Talvas.

— Laissez, ce n'est pas nécessaire. L'enfant est mort.

Les mains d'Emmeline retombèrent le long de son corps. Jamais elle ne s'était sentie plus impuissante, incapable de porter secours.

— Venez, reprit Talvas en lui prenant la main pour l'entraîner. Essayons de trouver votre sœur. Elle pourra peut-être nous raconter ce qui s'est passé.

Emmeline se leva lentement. Elle se sentait si gauche, si raide qu'elle avait l'impression d'être de bois. Lentement, elle éleva la main pour dire :

— Le château est là-bas.

Les murailles s'élevaient au-dessus des toits en flammes.

— Prions pour que nous y trouvions votre sœur, répondit Talvas.

Ils traversèrent le village en silence, prirent le chemin étroit qui montait vers le sommet de la colline, ils allaient lentement, dans un silence lourd que troublaient seulement les pas du cheval sur les cailloux. Ils franchirent le pont-levis, passèrent sous le porche où aucun garde ne se trouva là pour les arrêter. Ils entrèrent dans la cour où errait une silhouette solitaire.

Sylvie.

— Seigneur ! s'écria Emmeline en passant la jambe par-dessus l'encolure du cheval.

Elle courut vers sa sœur qu'elle prit dans ses bras et serra contre elle.

— Que s'est-il passé ? demanda-t-elle d'une voix haletante. Que t'ont-ils fait ? Qui ?

Sylvie, toute pâle, tremblait de tous ses membres et semblait incapable de parler. Le regard fixe, elle regardait quelque chose — ou quelqu'un ? — derrière Emmeline. Puis elle commença à secouer la tête et ses tremblements s'accentuèrent. Elle avait peur. Elle balbutia :

— Non, non ! Pas lui ! Emmenez-le ! Il me punira pour ce que j'ai fait.

— Que se passe-t-il, Sylvie ? De qui parles-tu ?

Elle se retourna pour suivre le regard de sa sœur, qui lui prit la tête pour l'en empêcher et l'obliger à la regarder, elle.

— Elle délire, fit Talvas. Voyez comme elle tremble.

Lui aussi semblait perturbé par la scène à laquelle il assistait, ce qui ne lui ressemblait pas.

— Que s'est-il passé ici ? demanda Emmeline.

— Ma foi, je n'en sais rien et je suppose que nous aurons du mal à le savoir.

Après un long moment de silence, il demanda, d'une voix brouillée par l'émotion :

— Cette jeune femme est-elle votre sœur ?

— Oui, c'est bien Sylvie, ma sœur.

— Sylvie Duhamel…, murmura-t-il.

Celle-ci, dont les yeux écarquillés, se fixaient sur Talvas qui était visiblement la cause de sa terreur, se démenait pour échapper à sa sœur et fuir. Emmeline dit à Talvas :

— Eloignez-vous, je vous en prie. Vous lui faites peur, quoique je n'arrive pas à comprendre pourquoi.

Comme il ne bougeait pas, elle le regarda mieux et s'étonna.

— Qu'avez-vous ? Vous me semblez aussi effrayé qu'elle... Mon dieu, vous vous connaissez. Vous vous êtes déjà rencontrés, n'est-ce pas ?

— Le mot « rencontre » est un peu faible pour décrire nos relations antérieures, dit-il d'une voix mate, et le visage crispé.

— Dites-moi.

Alors Talvas partit d'un éclat de rire retentissant, excessif, rire douloureux et non pas joyeux. Puis il s'exclama :

— Emmeline, votre chère sœur, est la femme que j'ai eu autrefois l'intention d'épouser. Elle est la mère de mon enfant.

13

— Que dites-vous ?

Emmeline resta un moment sans voix et vacilla. Elle regarda Talvas, puis Sylvie, puis Talvas de nouveau. En observant les deux visages, en comparant les expressions si semblables qu'elle lisait sur chacun d'eux, elle essayait d'imaginer des scènes auxquelles il lui était difficile de croire : Sylvie et Talvas ensemble, Sylvie et Talvas parents d'une petite fille. Tout cela lui paraissait si improbable, si dénué de sens qu'elle avait du mal à y croire et même à le comprendre.

— Vous m'avez bien entendu, répondit Talvas, d'une voix métallique. Cette femme est la mère de mon enfant. Quand elle m'a quitté, elle a emmené Rose avec elle, et je ne l'ai jamais revue... jusqu'à aujourd'hui.

Rose... Emmeline repensa à la toute petite fille que sa sœur avait amenée à Barfleur. Elle revit son joli visage dont elle n'avait oublié aucun détail : les cheveux noirs comme le jais, les yeux d'un bleu perçant... Rose était bien la fille de Talvas. Comment n'avait-elle pas fait le rapprochement plus tôt ?

La ressemblance était frappante et pourtant, elle ne voulait pas y croire ; pas encore.

— Non, ce n'est pas possible, murmura-t-elle.

Une autre image s'imposa à elle, une image révoltante et

qui l'indisposait au plus haut point : Sylvie et Talvas, Sylvie dans les bras de Talvas, Sylvie faisant l'amour avec Talvas... toute une vie dont elle ne savait rien, qu'elle ne pouvait qu'imaginer. Cette image instillait en elle le poison de la jalousie. Qu'adviendrait-il à présent de la tendre amitié qui s'était instaurée entre elle et Talvas ? Leur lien ne survivrait pas à cela, il serait anéanti.

— Tout cela est vrai, Emmeline, confirma Sylvie d'une voix presque inaudible. Talvas ne ment pas.

Emmeline se sentit mal. La tête lui tournait, et c'est contre Talvas qu'elle décida de s'en prendre. Le reproche fusa :

— Vous ne m'aviez jamais dit que vous aviez un enfant !

— Ce n'est pas un sujet qu'on aborde spontanément au cours d'une conversation, répondit-il sèchement.

Le regard dur et fixe, il semblait voir à travers elle. Emmeline perdit alors tout contrôle d'elle-même.

— Vous auriez dû me le dire quand même ! hurla-t-elle, hors d'elle. Vous deviez me le dire ! La nuit dernière...

D'une main rageuse, elle essuya les larmes qui perlaient à ses paupières, puis elle baissa la tête et regarda ses pieds.

— Emmeline...

Talvas lui prit le menton pour l'obliger à relever les yeux vers lui.

— La nuit dernière, ce n'était pas le moment, lui dit-il, cette fois, avec une grande tendresse dans la voix.

Emmeline hocha la tête. Elle se mordilla la lèvre. Un rapide effort de réflexion lui montra que son attitude était injuste. Talvas ne méritait pas de subir ses foudres ; Sylvie non plus, sans doute. De quel droit se permettait-elle de juger ? Ne pouvait-elle pas essayer de comprendre ? Certes, mais pour comprendre, elle devait savoir, tout savoir.

— Comment..., commença-t-elle, incapable de formuler la suite de sa question.

Talvas devina aussitôt où elle voulait en venir.

— J'étais jeune et un peu fou, fou au point de vouloir épouser votre sœur, dit-il. Je l'aimais, oui je l'aimais sans doute. Quand j'ai compris quelle sorte de femme elle était, j'ai accepté qu'elle s'en aille, qu'elle me quitte...

Puis il se tourna vers Sylvie et la foudroya du regard.

— Mais elle n'avait pas le droit de me séparer de ma petite fille, pas le droit !

Sylvie s'avança, resserrant son châle sur ses épaules dans une vaine tentative pour atténuer ses tremblements.

— Je suis désolée, Talvas, vraiment désolée, murmura-t-elle. Je sais que je n'aurais pas dû faire cela.

Talvas pinça si fort les lèvres que sa bouche fut réduite à une simple ligne.

— J'aurai du mal à vous pardonner, Sylvie, rétorqua-t-il, toujours intraitable. A cause de vous, j'ai perdu ma petite fille deux fois, d'abord quand vous avez disparu avec elle, et ensuite quand j'ai appris qu'elle était morte.

Un sanglot échappa à Sylvie, dont le visage se convulsa ; puis elle parut sur le point de s'affaisser. Emmeline l'enlaça pour la soutenir et la réconforter. Elle-même avait beaucoup de mal à contenir ses émotions.

— Je vous en prie, ne soyez pas trop dur avec elle, plaida-t-elle. Je crois qu'elle a subi assez d'épreuves pour aujourd'hui. Son village brûle, beaucoup de gens sont blessés, peut-être morts, et son mari a disparu.

Talvas avait envie de hurler pour faire comprendre à Sylvie tout le mal qu'elle lui avait fait, mais, plongeant dans le regard si limpide d'Emmeline, admirant son beau visage si calme, il admit qu'elle avait raison et préféra se taire. Toutefois, il jugea prudent de s'éloigner des deux sœurs.

Tandis qu'il se détournait, Emmeline lui emboîta le pas, poursuivant son plaidoyer.

— C'était il y a longtemps, Talvas. Il ne sert à rien de

ressasser les mauvais souvenirs. Et puis, sachez que votre petite fille n'est pas morte seule.

A ces mots, Talvas émit un long et rauque gémissement de douleur. Puis il lui fit face et l'agrippa par les épaules.

— Etiez-vous auprès d'elle à ce moment-là ? s'enquit-il d'une voix sourde.

Emmeline avait conscience de la souffrance qu'elle lui infligeait. Sans y penser, elle caressa sa joue blême, rugueuse de barbe. Elle aurait voulu le prendre dans ses bras pour le consoler comme un enfant.

— Oui, dit-elle ; Sylvie nous a confié Rose. C'est ma mère et moi qui en avons reçu la garde, à Barfleur.

Il se passa les deux mains sur le visage avant de dire :
— Je l'ignorais.

— Rose n'est pas morte par la faute de Sylvie, Talvas. Elle avait attrapé une mauvaise fièvre, voilà tout…

Emmeline ne voulut pas en dire davantage. A quoi bon torturer ce père en lui donnant tous les détails ?

— Pourquoi ? Pourquoi était-elle avec vous ? demanda-t-il, d'une voix cassée qui faisait peine à entendre.

— Sylvie nous l'a confiée pour aller en Angleterre avec… lord Edgar.

Talvas serra les poings.

— Je connais enfin le nom de cet homme, dit-il entre ses dents. Elle n'a même pas daigné me le dire quand elle m'a quitté, quand elle a rompu nos fiançailles.

— Vos fiançailles ? s'écria Emmeline.

De nouveau la jalousie la reprenait, aiguë, lui tordant les entrailles.

— C'est exact. Votre sœur et moi avons été fiancés, et pour tout dire j'ajouterai : contre la volonté de mes parents. On peut les comprendre ; il n'est pas d'usage que le fils d'un seigneur épouse une servante. Je…

Soudain, un cri retentit. Talvas, Emmeline et Sylvie

virent arriver un jeune garçon qui accourait, les bras en l'air, et qui criait :

— Maîtresse ! Maîtresse ! Ils reviennent ! Les soldats, ils arrivent !

Sylvie se signa.

— Alors, que Dieu nous vienne en aide, murmura-t-elle.

Talvas tira son épée.

— Mettez votre sœur à l'abri, ordonna-t-il à Emmeline.

Et il marcha, d'un pas décidé, en direction du village, vers les chaumières en feu, où aucun mouvement inquiétant ne se faisait voir pour le moment.

— Non ! N'y allez pas ! cria Emmeline.

Elle courut derrière lui, l'agrippa par la manche pour le retenir. Il s'arrêta, la regarda comme s'il s'étonnait de la voir là, la questionna d'un haussement de sourcils .

— Si vous allez au village tout seul, vous pourriez vous y faire tuer.

— Suggérez-vous de venir avec moi ?

— Euh… non, pas exactement. En quoi vous serais-je utile ? Mais vous êtes seul et ils sont sans doute plusieurs…

— Il faut plus de quelques soudards pour me faire peur, damoiselle ! repartit Talvas fièrement. Faites ce que je vous ai dit et occupez-vous de votre sœur. Je préférerais ne plus la voir.

Emmeline n'insista pas et le regarda partir. Il avait l'épée haute, mais les épaules affaissées, comme s'il portait tout le poids de sa douleur.

Déchirée, Emmeline aurait voulu courir encore derrière lui, pour lui apporter un peu de réconfort, mais elle devait penser à sa sœur qui avait besoin d'elle aussi.

— Pourquoi l'as-tu amené ici ? Pourquoi as-tu fait cela ? demanda Sylvie, quand elle fut revenue auprès d'elle.

— Je ne l'ai pas fait pour te nuire, Sylvie, se défendit Emmeline. Je ne savais pas qu'il avait été ton fiancé, qu'il était le père de ton enfant. Je ne savais même pas que tu avais été fiancée ! Pourquoi ne me l'avais-tu pas dit ?

Sylvie baissa la tête et soupira :

— C'est une période de ma vie dont je ne suis pas très fière. Talvas me hait, et il a de bonnes raisons pour cela.

— Mais certainement ! répondit Emmeline sur un ton un peu léger.

Elle ne voulait pas en rajouter à la peine de sa sœur, mais Sylvie ne fut pas rassérénée pour autant.

— Ce n'est pas un sujet dont on peut plaisanter, reprit-elle toujours aussi triste. Talvas aura besoin de temps pour me pardonner, et je ne suis pas sûre qu'il y parvienne un jour... Comment lui en vouloir ? Ce que je lui ai fait est inqualifiable.

Les larmes se remirent à couler sur son visage et les sanglots l'agitèrent. Emmeline la prit de nouveau dans ses bras et l'attira contre elle.

— Il ne faut pas désespérer. Talvas est plus compréhensif que tu ne le penses. C'est un homme bon.

Sylvie secoua la tête.

— Je me suis tellement trompée sur son compte !

Emmeline s'avisa alors d'une grosse ecchymose que sa sœur portait au menton. Elle y regarda de plus près et demanda :

— Qui t'a fait cela ? Les brigands ?

« Indirectement, oui », songea Sylvie, dont les yeux s'embuaient de nouveau. Edgar avait annoncé qu'il lui donnerait une leçon, et cette leçon il lui avait donnée... en faisant détruire le village qu'elle aimait, ce havre de paix où elle aimait à se retirer et se donner l'illusion qu'elle était un peu heureuse.

Oh, elle l'avait tant supplié ! Elle s'était même traînée à ses pieds en promettant désormais de faire tout ce qu'il voudrait, vraiment tout, d'être une épouse encore plus soumise, une véritable esclave... En vain. A la tête d'une bande de maraudeurs, tous portant des casques à visière qui dissimulaient leurs visages, il avait ravagé le village, molestant les habitants, mettant le feu aux chaumières, et cela dans le seul but de « donner une leçon à sa femme ».

Il s'en était ensuite retourné dans son château, très content de soi déjà, mais cela ne lui suffisait pas encore. Il avait chassé tous ceux dont il supposait qu'ils soutenaient secrètement Sylvie. Il voulait qu'elle se retrouve seule, complètement abandonnée. Il voulait la pousser au désespoir.

Et il avait parfaitement réussi.

Bien sûr, elle s'était cru sauvée quand elle avait vu Emmeline, sa chère sœur, pénétrer dans la cour du château ; Dieu merci, elle avait donc reçu sa lettre et venait enfin la chercher pour la ramener en France. Mais la présence de Talvas l'avait aussitôt fait déchanter. S'il y avait bien quelqu'un qui ne lèverait pas le petit doigt pour l'aider, c'était bien lui. Comment le lui reprocher, après l'affront qu'elle lui avait infligé ? Elle comprenait à présent l'erreur qu'elle avait commise. L'adolescent d'autrefois était devenu bel homme et elle aurait eu une vie bien différente si elle ne l'avait pas quitté ! Au lieu de cela, elle l'avait rejeté à cause de son désir d'être marin et s'était littéralement jetée dans les bras du riche lord Edgar, alors de passage à Boulogne. « Tout est ma faute », songea-t-elle plus désespérée que jamais. Elle avait péché par égoïsme, par cupidité aussi, la situation de fortune d'Edgar lui paraissant beaucoup plus intéressante que celle de Talvas. Elle ne devait s'en prendre qu'à elle-même. Ah ! Si elle avait su, si elle avait pu deviner que son caprice la mettrait entre les mains d'un mari brutal et méchant ! Hélas, ses illusions n'avaient pas duré bien longtemps.

— Sylvie ?

La voix d'Emmeline la tira de ses méditations moroses et elle tourna son regard vers sa sœur.

— Viens ! Mettons-nous à l'abri avant que le danger ne nous menace.

Sylvie tendit une main tremblante.

— Trop tard, murmura-t-elle.

Emmeline, alarmée par sa soudaine pâleur, se retourna, s'attendant à voir arriver un des soldats. Mais le soulagement la saisit quand elle comprit que c'était Talvas que lui désignait Sylvie, Talvas qui revenait en compagnie d'un homme grand et blond, et tous deux à la tête d'une vingtaine de cavaliers. Tous portaient des surcots écarlates sur lesquels brillaient deux lions d'or.

— Mon Dieu ! murmura Sylvie. C'est le roi d'Angleterre.

Emmeline plaça la dernière boule de pâte levée sur la pelle de bois à long manche, et l'enfourna. Puis elle tourna sur elle-même pour envisager la quantité de tâches restant à accomplir dans cette cuisine qui avait été précipitamment désertée. Elle avait déjà sauvé deux poulardes qui commençaient à brûler dans la cheminée, et maintenant, elle allait pâtisser. Plongeant ses mains dans un sac de farine, elle en préleva une grosse poignée qu'elle versa dans un bol, elle y ajouta du beurre et de l'eau, commença à malaxer tout cela, et s'adressa à Sylvie qui, assise sur un tabouret, la regardait d'un œil morne.

— On voit que tes serviteurs n'avaient pas eu vent de l'attaque qui allait se produire.

Sylvie ne répondit pas. Elle ne parlait plus depuis un long moment, ce dont Emmeline s'inquiétait vivement.

Quand le roi Etienne avait annoncé que ses hommes et lui, épuisés après une longue chevauchée, mouraient de faim, Emmeline s'était portée volontaire pour vaquer aux préparatifs d'un repas, en espérant que la cuisine serait l'endroit idéal pour parler avec sa sœur en toute tranquillité. Or Sylvie s'enfonçait dans le mutisme. Refusant de céder au découragement, Emmeline tenta une nouvelle approche.

— Il n'y avait donc pas de sentinelles, pas de gardes pour baisser la herse et lever le pont quand les hommes armés se sont approchés du château ?

Enfin Sylvie parla.

— Ce fut une complète surprise, dit-elle, sa voix trahissant une extrême lassitude.

— Je suppose qu'Edgar et ses hommes ont poursuivi les assaillants ? C'est pour cela qu'il n'est pas ici en ce moment ?

— C'est Edgar lui-même qui a instigué tout cela, Emmeline.

Les mains d'Emmeline s'immobilisèrent dans la pâte. Elle fixa un regard incrédule sur sa sœur qui, le visage dans ses mains, pleurait doucement.

— Ton mari, lord Edgar, a lancé cette attaque contre son propre village ? Pourquoi ?

Les mains de Sylvie retombèrent sur la table, et ses yeux rougis par le chagrin se fixèrent sur Emmeline.

— Il s'agissait pour lui de me donner une leçon, déclara-t-elle. Il voulait me montrer qui est le maître dans cette maison.

— Mais il est fou !

— Je le crois, oui.

Puis les larmes se remirent à couler, elles ruisselèrent

sur ses joues et tombèrent sur la table, dessinant des étoiles dans la poussière blanche de la farine.

Abasourdie, Emmeline retira ses mains de la pâte et les essuya sur son tablier. Puis elle contourna la table et s'agenouilla devant sa sœur, qu'elle enlaça.

— Depuis combien de temps ton mari te brutalise-t-il ?

— Il faut que tu m'emmènes loin d'ici, Emmeline, supplia Sylvie en guise de réponse, les mains jointes dans une prière éperdue. Emmène-moi, je t'en prie ! Il faut que je sois partie avant qu'il ne revienne. Tu ne peux pas savoir de quoi il est capable. J'ai tellement peur !

Peinée de voir sa sœur dans cet état pitoyable, Emmeline s'empressa de la rassurer.

— Très bien, mais nous allons d'abord nous reposer cette nuit. Je crois que nous en avons besoin toutes les deux. Demain matin, je demanderai à Talvas de nous fournir une escorte, et nous partirons. Il nous faudra aussi un bateau, qu'il nous procurera et nous rentrerons en France.

Sylvie la remercia d'un pâle sourire, mais elle restait inquiète.

— C'est vrai ? Tu me le promets ? Tu m'emmèneras avec toi, loin d'ici ?

— C'est pour cela que je suis venue, Sylvie. Alors, oui, je te promets de repartir avec toi.

Les deux sœurs s'étreignaient quand l'huis pivota sur ses gonds, en grinçant. Elles sursautèrent et s'éloignèrent précipitamment l'une de l'autre, quand Talvas fit son entrée.

— Quelle scène touchante ! lança-t-il, ironique. Désolé de vous déranger, mais les hommes ont encore faim.

Gênée, Emmeline se leva, tapota l'épaule de Sylvie, puis se remit à sa pâtisserie, sans oser regarder Talvas qui s'approchait de la table.

— Qu'est-ce que vous étiez en train de comploter, toutes les deux ? demanda-t-il d'un ton soupçonneux.

Emmeline forma une boule de pâte qu'elle plaqua sur la table, puis elle s'empara du rouleau pour l'étaler. Sans voir Talvas, elle sentait son regard fixé sur elle. Il s'impatientait. A quoi bon le faire attendre ?

— Nous ne complotons rien du tout, messire. Nous parlions de notre voyage. Nous partons demain.

— Quel voyage ? fit Talvas en lui saisissant brusquement le poignet.

Il n'était pas question qu'elle s'en aille, songeait-il en resserrant sa prise dans l'intention de lui faire mal. Effectivement, elle grimaça ; il en éprouva une certaine satisfaction, aussitôt remplacée par un sentiment de honte. Alors, il relâcha son étreinte et regarda le beau visage de la jeune femme, si émouvant avec cette trace de farine sur la joue. Tandis qu'il s'absorbait dans cette contemplation, il se posa la question qui l'obsédait depuis qu'il avait revu Sylvie : comment deux sœurs pouvaient-elles se ressembler tant physiquement et se révéler si différentes par leur caractère ?

Sur le poignet d'Emmeline, la prise brutale s'était transformée en une caresse qui la troublait.

— J'emmènerai Sylvie en France dès demain matin, dit-elle d'une voix chevrotante. Elle ne peut pas rester ici plus longtemps.

Talvas eut un petit rictus de contrariété.

— Cela n'est pas possible, Emmeline. Etienne a formé d'autres projets pour vous.

Elle sursauta. Il corrigea :

— D'autres projets... pour nous.

Elle secoua la tête.

— Alors, il faudra qu'il change ses projets, protesta-t-elle. Vous ne croyez pas qu'il est temps, pour nous, de partir ?

Elle protestait, mais au fond d'elle, une lueur d'espoir faisait battre son cœur. Elle allait devoir rester avec lui un peu plus longtemps.

— Je pense que vous avez raison, dit-il en souriant. Les épreuves ne vous ont pas manqué et je conçois que vous aspiriez à plus de repos. J'ajoute que l'Angleterre, en ce moment, n'est pas un lieu où on puisse laisser une femme sans protection ; elle y courrait trop de dangers.

« Une femme sans protection » ? A ces mots, Emmeline bondit.

— Je suis capable de me défendre et de défendre ma sœur ! affirma-t-elle avec sa combativité coutumière.

Talvas secoua la tête.

— Non, Emmeline, vous vous trompez. Je veux bien reconnaître que vous ne manquez pas de courage, que vous en avez même plus que bien des hommes. Mais ne vous bercez pas d'illusions : du point de vue de la force physique, vous êtes quand même désavantagée. Toute seule, vous seriez en danger.

— C'est vous qui me mettez en danger ! s'exclama-t-elle, en colère.

Ah ! Comme elle détestait les hommes qui voulaient à toute force lui dire ce qu'elle devait faire, et contrôler ses moindres faits et gestes !

— Je ne cherche pas à vous mettre en danger, Emmeline, mais comprenez-moi : je ne peux pas non plus désobéir au roi. Il m'a donné des instructions, je dois m'y conformer.

— Vous faites toujours ce que le roi vous dit ? lança-t-elle, les yeux pleins de colère.

Avec le plus grand calme, il lui répondit :

— Il y a une notion qu'on appelle la loyauté, et dont je

me suis fait une règle de vie. Vous devez en avoir entendu parler ? Je sais que vous ne la pratiquez pas, mais…

— Il faut n'avoir pas beaucoup de caractère pour vouloir toujours dépendre des autres !

— Vous devriez essayer la loyauté, Emmeline. Vous seriez surprise de ses effets.

Emmeline ne sut que répondre. Elle se demanda s'ils parlaient toujours de la même chose. Puis elle tourna son regard vers sa sœur au visage ravagé par les larmes, la désigna à Talvas et lui dit :

— Je suis loyale envers ma sœur. J'ai promis à Sylvie de la ramener en France. Elle est en danger. Ne l'oubliez pas.

— Nous sommes tous en danger si nous ne parvenons pas à arrêter Maud. C'est notre affaire à tous.

— Je ne puis rien pour vous aider ! C'est une armée qu'il vous faut. Où voulez-vous que je vous la trouve ?

— Laissez-moi vous expliquer. Vous avez des compétences dans la navigation. Une femme n'éveillera pas les soupçons. Vous devriez donc pouvoir vous approcher de Sedroc sans anicroches.

Emmeline ouvrit la bouche pour protester. Talvas ne lui en laissa pas le temps.

— Croyez-moi, cette idée me déplaît tout autant qu'à vous-même. Mais Etienne a pris sa décision. Il pense qu'à nous deux, nous pourrons chasser Maud plus facilement que toute une armée.

— « Nous deux » ? A quoi pense-t-il ?

Emmeline connaissait déjà la réponse à cette question, ce que Talvas lui confirma.

— Etienne a la conviction que tous les deux, nous pourrions entrer au château de Sedroc et en chasser Maud.

Sylvie se mit à gémir.

— N'y va pas, Emmeline ! C'est trop dangereux ! Et puis, tu as promis de m'emmener loin d'ici.

Emmeline se sentait partagée. Puisqu'il était question de loyauté, c'est à Sylvie qu'elle devait sa loyauté, mais la perspective de rester en compagnie de Talvas lui souriait, même s'il fallait vivre avec lui une autre aventure dangereuse.

— Peut-être pourrions-nous trouver une solution ? dit-elle à l'attention de sa sœur. Si tu restes ici jusqu'à ce que je revienne de Sedroc...

L'air abattu, Sylvie soupira.

— En fait, il se venge de ce que je lui ai fait subir.

— Non, Sylvie, tu te méprends. Messire Talvas a reçu des ordres du roi.

— Il essaie de t'arracher à moi.

— Pas pour longtemps, Sylvie. Je suis certaine que le roi accordera volontiers quelques soldats pour assurer ta protection, en attendant mon retour.

— Si vous me pardonnez vraiment, Talvas, ne m'enlevez pas ma sœur. Je vous en prie ! l'implora-t-elle, véhémente.

Puis elle étouffa un sanglot et, le poing dans la bouche, s'en alla en courant.

— Il faut que j'aille avec elle, dit Emmeline.

— Laissez-la ! ordonna Talvas.

Elle s'éloigna néanmoins, et se retourna pour déclarer :

— Non, Talvas, je ne peux pas abandonner ma sœur. Comprenez-le.

14

Tout habillée, Emmeline, couchée sur le lit à côté de Sylvie, éprouva un vif soulagement en constatant que celle-ci s'était enfin endormie, après avoir tant pleuré.

Quand elle s'était lancée à sa poursuite, au sortir de la cuisine, elle l'avait cherchée longtemps, avant de la trouver dans une chambre tout en haut du donjon, jetée sur le lit où elle pleurait à chaudes larmes. Elle l'avait prise dans ses bras pour la consoler. D'une voix entrecoupée par les sanglots, Sylvie lui avait raconté ce qu'avait été son mariage avec Edgar, une vie d'injures et de sévices, une vie que chaque jour elle s'était amèrement repentie d'avoir choisie.

En l'écoutant, Emmeline s'était senti accablée par le remords. Avait-elle le droit d'abandonner sa sœur pour suivre Talvas ? Sûrement pas. Il n'avait qu'à trouver une personne plus qualifiée pour le genre de mission qu'il se proposait d'entreprendre.

Emmeline se retourna, avec précaution, dans le lit trop étroit pour accueillir deux personnes. Elle posa les pieds sur le sol et se leva sans faire de bruit. Elle se retourna pour remonter les couvertures sur Sylvie. Sur la pointe des pieds, elle quitta la chambre en silence. Puis, dans l'escalier, elle se demanda dans quelle direction elle se dirigerait pour trouver une autre chambre, où elle pourrait prendre un repos bien mérité.

— Vous voilà enfin !

Elle sursauta et se retourna, vit Talvas qui, adossé dans un recoin de la muraille, les bras croisés, la regardait avec un sourire narquois.

— Vous ? fit-elle, le cœur battant. Vous m'avez fait peur.

— J'en suis désolé. Je vous attends depuis un certain temps et je suis bien content de vous voir enfin.

— M'attendre ? Pourquoi ? Je pense que tout le monde dort, maintenant, le roi aussi, et ses soldats... Je ne sais où.

— Dans la grand-salle, tout simplement, au plus près de la cheminée. Ils n'auront pas froid.

— Pourquoi n'êtes-vous pas avec eux ?

— Je voulais m'assurer que vous passeriez une bonne nuit. Nous partirons tôt demain matin et la route sera longue pour aller à Sedroc.

Emmeline secoua la tête.

— Je crains de ne pas pouvoir aller avec vous, Talvas. Je n'ai pas le droit d'abandonner Sylvie, surtout pas après les épreuves qu'elle vient de subir. J'en ai appris de belles sur son mariage : un véritable enfer.

— Elle aurait dû y penser avant de suivre son Edgar, rétorqua-t-il sans la moindre indulgence.

— Chut ! Vous allez me la réveiller. Elle vient tout juste de sombrer dans le sommeil.

Talvas prit la main d'Emmeline.

— Alors, venez avec moi, lui dit-il d'une voix assourdie, qui n'en paraissait que plus sensuelle.

Il l'entraîna vers un escalier, qu'ils empruntèrent, puis ils s'engagèrent dans un long corridor au bout duquel se trouvait une porte, qu'il poussa. Là était une chambre.

— Oh ! fit Emmeline avec ravissement, en regardant autour d'elle.

C'était une vaste pièce circulaire, bien chauffée par une

immense cheminée. Il n'y manquait pas de chandelles disséminées sur plusieurs tables et accrochées aux murs, qui dispensaient une belle lumière dorée contrastant avec celle, écarlate, de la flambée. Au milieu s'élevait un lit très large et très haut, couvert de fourrures.

— C'est magnifique, déclara-t-elle. Qui a préparé cette chambre ?

— Moi.

L'émerveillement d'Emmeline s'atténua.

— Pourquoi ? demanda-t-elle, soupçonneuse.

Talvas éclata de rire.

— Toujours aussi méfiante ? Comme j'ai eu l'honneur de vous le déclarer un peu plus tôt, je tiens à ce que vous passiez une bonne nuit.

— Avant d'aller à Sedroc ?

— Avant d'aller à Sedroc.

Plus du tout émerveillée, elle se hissa sur le lit, elle s'y assit et, les mains en son giron, elle demanda :

— Pourquoi n'y iriez-vous pas avec quelqu'un d'autre ? Pourquoi faut-il que ce soit moi ?

Talvas vint près d'elle et s'assit à son tour.

— Parce que j'ai confiance en vous, répondit-il.

Emmeline ferma les yeux. Le compliment la touchait mais il ne mettait pas un terme à son indécision.

— Sylvie…

— Elle bénéficiera d'une protection jusqu'à notre retour. Elle sera en sécurité. Ne craignez pas pour elle.

Emmeline baissa la tête et regarda ses mains jointes. Elle voulait réfléchir, mais en avait-elle besoin, vraiment ? Elle savait ce qu'elle voulait, et le message de son cœur était sans ambiguïté : « va avec lui ». Aller avec lui. Elle leva la tête et regarda encore autour d'elle pour revoir tous les détails de cette chambre : les tapisseries aux murs, les tapis sur le dallage, une table de toilette qu'elle n'avait pas encore remarqué...

— Les soldats d'Etienne resteront ici pour protéger Sylvie ? demanda-t-elle encore.

— Oui. Etienne a déjà donné son accord.

— Alors, je vais avec vous, capitula-t-elle.

Emmeline leva les yeux vers Talvas et lui fit un timide sourire. Il lui prit les mains :

— Merci, Emmeline, dit-il avec ferveur. Vous êtes très différente de votre sœur, décidément.

— Pas si différente que vous le croyez, Talvas. Rappelez-vous que vous l'avez aimée.

Talvas retira ses mains, et ce fut à son tour de baisser les yeux, accablé.

— J'ai cru que je l'aimais. Et la revoir... après toutes ces années... tous mes souvenirs se sont ravivés.

— Racontez-moi, murmura-t-elle, lui prenant une main pour l'encourager.

— Nous étions fiancés. Nous devions nous marier. Le jour de nos noces avait même été fixé, mais déjà la mésentente commençait à s'installer. Sylvie voulait me voir accepter le domaine que mon père voulait me donner, mais je préférais faire ma fortune moi-même, sur la mer. Nous étions aussi entêtés l'un que l'autre.

— Elle a détesté la pauvreté qui nous a accablées après la mort de notre père. Elle ne pouvait supporter cet état, qu'elle jugeait humiliant.

— Je suppose qu'elle est venue se mettre au service de mon père avec l'idée qu'elle trouverait un homme riche qui accepterait de l'épouser.

Talvas partit d'un rire triste, puis il soupira :

— Pas de chance pour elle, qui n'a pas tout de suite jeté son dévolu sur l'homme qu'il lui fallait vraiment, et pas de chance non plus pour moi... Peut-être aurais-je dû l'obliger au mariage, au lieu de la laisser filer, et qui sait si, alors...

Sa voix, étranglée par l'émotion, se tut.

— Vous pensez que votre petite fille aurait survécu dans ce cas ? demanda Emmeline.

— C'est ce que je pense, oui.

Emmeline lui pressa les mains. Il la remercia d'un hochement de tête et esquissa un sourire. La présence de la jeune femme le réconfortait. A son contact, il sentait se dissoudre la haine qu'il avait senti se ranimer si vivement quand il avait revu Sylvie. Ne résistant pas à son impulsion, il se pencha pour donner un baiser sur le front d'Emmeline.

— Merci, lui dit-il.

— Je ne fais pas plus pour vous que vous n'avez fait pour moi, lui répondit-elle.

— Beaucoup plus, au contraire, beaucoup plus... protesta-t-il.

Son bras passa autour des épaules d'Emmeline et il l'attira contre lui. Il lui donna un nouveau baiser, dans les cheveux cette fois, puis lui caressa la joue, du bout des doigts, avec une délicatesse infinie. Elle frissonna et esquissa un mouvement de retrait.

— N'ayez pas peur de moi, lui dit-il. Si vous le voulez, dites un mot, juste un mot, et je cesserai.

Sensible au désir qui la troublait, Emmeline ne dit rien. Elle s'abandonna aux mains fébriles de Talvas, qui lui caressaient le visage et s'enfouissaient dans ses cheveux. Incapable de rester inactive, de ne pas partager cet émoi qui la faisait se sentir plus vivante, elle lui effleura les lèvres, qui s'entrouvrirent, et s'émut de l'entendre gémir. Elle avait donc sur lui autant de pouvoir qu'il en avait sur elle ? Mais quel était ce pouvoir qu'il exerçait sur elle, cet homme rude dont les mains se faisaient si douces et qui la touchaient avec révérence, comme si elle lui était sacrée ?

— Vous êtes si belle, murmura-t-il, en la regardant avec dévotion.

Puis il approcha son visage et posa un baiser dans le cou d'Emmeline, juste sous l'oreille. Une sensation délicieuse la parcourut, qu'elle savoura. Mais aussitôt après, elle eut un mouvement de recul.

— Non, c'est trop...

Elle éprouvait quelque difficulté à respirer.

Talvas rit doucement, son souffle caressant la joue d'Emmeline.

— Ce n'est que le début, chérie, lui dit-il.

Il contemplait le joli profil de la jeune femme, il s'en délectait en sachant que jamais il ne s'en rassasierait. Il trouvait, dans ses traits, le dessin de ce caractère si bien trempé qui souvent l'avait étonné et parfois même agacé, mais qu'il ne se lasserait plus jamais d'admirer. Emporté par sa fougue amoureuse, il enlaça Emmeline et la pressa contre lui et il lui donna un long baiser auquel elle ne chercha pas à se dérober. Puis, haletant, il lui demanda :

— Vous avez conscience de ce qui va nous arriver ?

Emmeline hocha la tête.

— Etes-vous bien sûre de le vouloir ?

— Oui.

Alors le désir se déchaîna en lui. Ses doigts s'acharnèrent sur les vêtements de la jeune femme, non pour les lui ôter, mais pour les lui arracher, les déchirer, si grande était son impatience de l'avoir à lui, toute à lui, sans ce faible rempart d'étoffe qui la dissimulait à lui. Il la déshabilla entièrement, et il se déshabilla, vite, très vite. Elle s'abandonnait à lui et le caressait avec une ardeur tout aussi grande, mais tout à coup elle s'arrêta, comme étonnée de ce qu'elle faisait.

— Je n'ai jamais touché un homme de cette façon, murmura-t-elle.

Talvas regarda la main qu'elle avait posée sur sa poitrine. Il se sentait vaguement confus.

— Je suis désolé, répondit-il gentiment.

Durant un instant, il laissa ses mains explorer le corps d'Emmeline. Puis, le désir l'emportant, il s'étendit à côté d'elle, pour l'attirer à lui.

En sentant contre sa hanche, le sexe dur et viril de Talvas, elle fut parcourue d'un intense frémissement, qui la laissa tout étourdie. Une nouvelle fois, la bouche de Talvas chercha la sienne. Elle répondit à la puissance de leur baiser, comme une fleur s'ouvre à la lumière du soleil. Toutes ses hésitations fondaient sous l'assaut de cette bouche ardente, se dissolvaient en une sorte d'extase brutale.

— Ah ! Vous allez me rendre folle, dit-elle dans un souffle.

Sans dire un mot, Talvas se coucha sur elle. L'éclat de ses yeux répondait pour lui. Dans la pénombre, Emmeline devinait le dessin vigoureux de sa poitrine d'homme, où la lumière de la torche accrochait des reflets d'or bruni. Elle jouissait de sentir le poids de ce corps qui creusait sous elle le matelas de paille odorante, et la chaleur des larges mains qui enfermaient la beauté fragile de son visage.

Les yeux de Talvas brillaient d'un désir impatient. Il chercha tout d'abord à se dominer en faisant jouer ses doigts dans les boucles blondes d'Emmeline.

— Le voulez-vous vraiment ? demanda-t-il encore.

Elle observa les linéaments virils de son visage, le dessin sensuel de sa lèvre inférieure, la courbe des sourcils qui se relevaient, interrogateurs. Jamais elle n'avait été aussi sûre de vouloir quelque chose. Elle savait que si elle et lui ne partageaient que ce seul moment, elle l'en aimerait pour toujours.

— Oui, Talvas, je le veux vraiment.

Il répondit d'un sourire, qu'il accompagna d'une étreinte

avide. Puis, les mains dans les cheveux d'Emmeline, dont les boucles s'enroulèrent autour de ses poignets, il prit ses lèvres. Quand sa bouche eut puisé dans ce baiser toute la tendresse qu'elle y cherchait, il glissa jusqu'à la gorge de la jeune femme, sur sa poitrine, son ventre, et plus bas encore.

Emmeline sentait son corps parcouru de vagues d'un plaisir intense qui se succédaient et renaissaient sitôt qu'elles semblaient décroître. Abandonnant toute réserve, elle murmura, émerveillée :

— Je... je n'avais jamais éprouvé cela auparavant.

Elle n'avait pas achevé de prononcer ces mots qu'elle sentit les doigts de Talvas pénétrer au plus intime d'elle-même, se glisser au plus profond de sa féminité. Elle se raidit, et ses joues s'empourprèrent.

Alors, appuyé sur un coude, Talvas leva la tête pour lui dire, tendrement :

— Surtout, ma chérie, n'ayez pas honte.

Cette prière murmurée fit renaître un désir qui avait semblé comme suspendu. Le sang se remit à parcourir violemment ses veines, à frapper ses tempes, à affoler son cœur. Qu'allait-il faire, maintenant ?

Avec lenteur, tout doucement, attentif aux réactions d'Emmeline, Talvas commença d'entrer en elle. Elle demeurait silencieuse, mais son corps parlait. D'instinct, elle sut comment aider son amant dans sa lente progression, comme lui faire comprendre ce qu'elle souhaitait, et, les jambes enroulées autour de ses reins, elle s'ouvrit plus complètement à la force dont elle se sentait habitée.

Soudain, avec un gémissement, elle s'appuya sur ses bras, pour redresser le buste, comme appelée par un plaisir brûlant, inconnu, à la rencontre duquel elle ne pouvait que se jeter.

Alors Talvas commença de bouger en elle. Il s'était

emparé de son corps. Elle se laissa emporter, comme on s'abandonne, incapable de résister, au courant d'un fleuve, sans savoir vers quels bords il l'entraînait. Mieux, elle secondait Talvas dans son entreprise, étroitement enlacée à lui, accompagnant ses mouvements. Elle avait renoncé à toute pensée consciente. Son esprit n'était plus qu'un cheval emballé, qui, le frein aux dents, est insensible à ce qui n'est pas sa course.

— Talvas... je... Oh..., s'exclama-t-elle.

Quand elle le sentit entrer plus profondément, elle ouvrit de nouveau la bouche, mais fut incapable de dire un mot. C'est son corps, qui, tendu, arqué, tremblant, traduisit l'indicible bouleversement qui l'ébranlait jusqu'au tréfonds de son être.

La tête rejetée en arrière, Talvas tremblait lui aussi. Il atteignit en même temps le sommet de son plaisir. Puis il s'écroula sur le corps d'Emmeline, parcouru de frissons et de spasmes délicieux.

Enfin il s'immobilisa. Alors Emmeline, revenue à elle, entoura tendrement de ses bras le grand corps ruisselant de sueur de son amant et l'attira sur elle, plus près, tout près.

Emmeline tourna la tête, l'oreille aux aguets. A côté d'elle dormait profondément l'homme avec qui elle venait de connaître une des plus étonnantes expériences de sa vie. Son corps vibrait encore du plaisir que Talvas lui avait donné. Il lui avait fait connaître l'amour physique, alors qu'elle avait cru jusque-là que l'amour consistait en ces accouplements brutaux et vulgaires que Giffard lui imposait. Ignorante, elle n'avait jamais imaginé qu'elle recevrait tant de joie à se donner à un homme.

Elle songea fugitivement qu'elle venait d'écorner quelque peu la morale. Veuve, elle était censée ne plus connaître les plaisirs de la chair... à condition qu'elle les eût connus auparavant, ce qui n'était pas le cas. Mais elle balaya vite ces scrupules. Après tout, qui saurait ? Elle n'était pas obligée de chanter sur tous les toits qu'elle avait passé une nuit avec Talvas de Boulogne !

Blottie contre lui, elle donna à ses pensées un tour tout différent, en se demandant quel était le son qui l'avait brusquement réveillée.

— Talvas ? murmura-t-elle, en se soulevant un peu pour se pencher sur lui.

— Que se passe-t-il ? répondit-il, sans ouvrir les yeux, mais en la reprenant dans une étreinte qui l'attira contre lui.

— Il me semble bien que j'ai entendu Sylvie crier. Il faudrait que j'aille voir si tout va bien.

Il protesta, d'une voix endormie.

— Emmeline, pas encore ! Ce doit être le milieu de la nuit. Reste encore un peu.

Evidemment, la tentation était forte. Emmeline se lova contre Talvas qui l'emprisonnait, elle caressa les bras qui formaient comme un étau autour d'elle, mais l'appel du devoir finit par prévaloir. Elle se tortilla pour se libérer, en disant :

— Je reviens le plus vite possible.

— Tu me quittes déjà, Emmeline ? fit Talvas, d'une voix plaintive.

— Comment pourrais-je te quitter après les moments que nous avons passés ensemble ? Je reviens.

Talvas, au lieu de la laisser partir, resserra davantage son étreinte en murmurant :

— Mais je n'ai pas envie de te laisser partir, moi ! Je veux te garder.

Emmeline répondit alors, et le ton changea :

— C'était une aventure, Talvas, rien de plus. Nous ne nous sommes pas engagés pour la vie.

— C'est plus qu'une aventure, dit Talvas, avec ardeur.
— Si tu veux, mais cela ne signifie pas que je t'appartiens.
— Je n'ai jamais dit…
Talvas se redressa pour regarder Emmeline.
— De quoi as-tu peur ? demanda-t-il avec gravité.
Elle s'éloigna de lui en disant :
— Je ne veux pas appartenir à quelqu'un.
Il soupira :
— Essaie de comprendre, Emmeline. Je n'ai aucun pouvoir sur toi, même après ce merveilleux moment que nous venons de partager.
— Tu es un homme.
— J'avais remarqué, fit-il en souriant.
Elle n'avait pas envie de rire. Elle s'agaça.
— Ce n'est pas un sujet de plaisanterie, Talvas. Tu dois penser que tu as des droits sur moi, maintenant. J'en suis certaine.
Talvas, qui voyait mal, dans l'obscurité, le visage chiffonné d'Emmeline, ne sut que répondre. Que pouvait-il, que devait-il dire ? Qu'il éprouvait du désir pour elle, qu'il avait besoin d'elle, qu'il voulait l'avoir près de lui, toujours, jusqu'à la fin de sa vie ? Or elle haïssait l'idée même d'attachement, et celle de mariage encore plus.
— Va voir ce qu'il arrive à Sylvie, grommela-t-il. Nous reparlerons de tout cela plus tard.
Nue, elle se leva, et sortit du lit. Il la dévora des yeux tandis qu'elle s'habillait, puis se couvrait la tête d'un grand châle avant de quitter la chambre.
Resté seul, Talvas croisa ses mains sous sa nuque et ferma les yeux. Il soupira. Il n'y avait pas si longtemps, il n'avait rien à perdre. Maintenant, il avait tout à perdre.

*
* *

Emmeline s'arrêta dans l'escalier obscur. Elle éprouvait le besoin de remettre ses idées en ordre.

Avait-elle commis une erreur en passant la nuit avec Talvas ? Avait-elle eu raison de succomber au désir, réel, qu'elle éprouvait pour lui ? Elle ne le regrettait pas, mais s'inquiétait des conséquences, regrettables, que cette nuit pouvait avoir pour elle : Talvas était certes un homme aimable, ce qui ne l'empêchait pas de se montrer possessif.

Le silence régnait dans tout le château. Emmeline ne percevait que les ronflements, lointains, des hommes qui dormaient dans la grand-salle, bruit diffus qu'elle trouvait rassurant puisqu'il lui permettait de penser qu'elle n'était pas toute seule dans la nuit.

Elle descendit sur la pointe des pieds, arriva devant la porte de la chambre où dormait Sylvie, ouvrit la porte et ne mit pas longtemps à se rendre compte que le lit était vide. Elle entra dans toutes les pièces aux alentours, et elle remonta même pour vérifier si sa sœur avait tenté de la retrouver. Elle redescendit à toute vitesse et sans se soucier, cette fois, du bruit qu'elle pouvait faire, entra en trombe dans la grand-salle où elle ne vit que les hommes endormis, enveloppés dans leurs manteaux ; pas un ne leva la tête ni même n'ouvrit un œil.

Prise de panique, Emmeline se demanda si sa sœur n'avait pas quitté le château. Elle se précipita dehors.

En sortant du donjon, elle reçut du vent une gifle glacée. Elle rentra la tête dans les épaules et traversa la cour, vite, franchit la porte sous le regard méfiant des hommes de garde, qui cependant n'osèrent pas l'arrêter, et sortit. L'herbe gelée craquait sous ses pas. Déplorant de n'avoir pas pris de gants, elle frotta ses mains l'une contre l'autre afin de les réchauffer, tout en tournant sur elle-même en s'interrogeant sur la direction qu'avait pu prendre Sylvie. Avait-elle tenté de trouver refuge dans le village, dont les maisons incendiées fumaient encore ? Possible.

Emmeline se mit donc en devoir d'y aller voir. Elle partit en courant, mais après quelques foulées, elle s'arrêta avec le sentiment d'avoir vu fugitivement un détail qui aurait dû retenir son attention. Elle revint sur ses pas et, sur le pont-levis, s'arrêta devant un lambeau d'étoffe bleue, accroché à la rambarde. Elle s'en empara, l'examina de plus près et reconnut que son instinct ne l'avait pas trompé : ce tissu, arraché à la robe de Sylvie, prouvait que celle-ci était bien passée par là, qu'elle était effectivement sortie du château.

Mais une pensée terrible la frappa alors : le morceau de tissu se trouvait de l'autre côté de la rambarde, c'est-à-dire à l'extérieur, au-dessus du fossé plein d'eau. Affolée, elle se pencha, tandis que ses lèvres murmuraient déjà une prière :

— Mon Dieu, faites qu'elle n'y soit pas...

Son regard glissa sur les eaux noires et calmes et ne tarda pas à apercevoir une silhouette. Sylvie flottait, immobile, les cheveux répandus autour d'elle, et sa robe gonflée d'air la maintenait à la surface.

— Au secours ! cria Emmeline.

Indécise, affolée, elle courait d'un bout à l'autre du pont, ne sachant que faire. Elle hurla, elle s'égosilla.

— Au secours ! Venez m'aider ! Je vous en supplie !

Personne ne lui répondit, personne ne vint. Elle s'approcha alors du bord des douves et risqua un pied sur la berge herbeuse, rendue glissante par le givre. Il fallait bien qu'elle descende, puisque personne ne venait l'aider ! Elle courait le danger de tomber elle-même dans l'eau, mais estimait n'avoir pas le droit de se dérober à son devoir. Elle dérapa, se rattrapa de justesse à la rambarde, essaya de trouver une prise pour son pied.

— Arrête, Emmeline, arrête !

Déjà, Talvas était près d'elle. Il l'enveloppait de ses bras et la tirait en arrière. Il la remit sur la berge, puis descendit, ou plutôt se laissa glisser jusqu'au bord de l'eau. Par chance, il n'y tomba pas. Il se pencha et empoigna Sylvie par le bas de sa robe.

Les larmes aux yeux, muette de douleur et de rage, Emmeline regarda Talvas poser sa sœur sur l'herbe, puis se pencher sur elle pour l'examiner. Elle esquissa quelques pas pour descendre, mais Talvas, qui avait deviné son intention, l'en dissuada du geste et de la parole.

— Ne venez pas. C'est trop dangereux.

Il prit Sylvie dans ses bras et remonta la pente, lentement, avec précaution. Il glissa plusieurs fois, mais termina son ascension sans encombre et se porta au-devant d'Emmeline, dans la lumière des torches portées par les gardes enfin accourus du château.

— Je suis désolé, lui dit-il.

La gorge nouée, Emmeline garda d'abord le silence. Puis, lorsqu'elle retrouva la parole, ce fut pour hurler son désarroi, les mains crispées sur les bras de Talvas.

— Elle ne voulait pas me croire ! Elle savait qu'elle ne serait pas en sécurité et elle me l'avait dit ! Elle n'avait pas confiance en moi !

Misérable, elle se laissa glisser sur le sol, en pleurant amèrement.

— Ce n'est pas ta faute, lui dit Talvas en se penchant sur elle pour l'aider à se relever.

— Bien sûr que si ! C'est notre faute ! A tous les deux !

— Calme-toi, ma chérie. Je t'en prie.

— Me calmer ? Tu veux que je me calme, alors que ma sœur vient de mourir ? Je l'ai trahie et je ne me le pardonnerai jamais.

15

Ils suivaient une route étroite et mal pavée, pleine de boue, qui serpentait le long de la côte.

Talvas observait, à la dérobée, Emmeline qui chevauchait à côté de lui. Elle s'affaissait sur son cheval et de grandes marques presque noires cernaient ses beaux yeux verts. Il ne la reconnaissait pas, elle n'était plus la même. Il lui en coûtait de l'admettre, mais elle lui manquait, la jeune femme vive, au caractère bien trempé, celle qui n'avait peur de rien, qui affrontait la vie avec un courage indomptable... et qui ne manquait jamais une occasion de le contredire.

La veille, ils avaient enterré Sylvie. Tout de suite après la cérémonie, Talvas avait eu une violente dispute avec Etienne, arguant qu'Emmeline n'était pas en état d'accomplir la mission qu'il lui destinait. Or le roi s'était montré intraitable et lui avait répété que seuls lui et la jeune femme avaient la possibilité de faire sortir Maud du château de Sedroc, et il avait fini par en cønvenir, ce qu'il se reprochait maintenant. Il entraînait Emmeline dans une aventure dangereuse, alors qu'il aurait dû la protéger, de toutes les façons possibles. Tandis qu'il se penchait sur l'encolure de son cheval pour éviter une branche basse, il se demanda, une fois de plus, ce qu'il pourrait faire pour atténuer un chagrin qu'il contribuait sans aucun doute à augmenter.

— Arrêtons-nous ici un petit moment, pour nous reposer.

Il désignait une clairière circulaire, entourée de hauts arbres aux branches desquelles s'accrochaient obstinément quelques feuilles noirâtres que le vent secouait avec brutalité.

— Vous éprouvez peut-être le besoin de vous reposer, rétorqua Emmeline avec aigreur, mais moi, je préférerais continuer. Plus vite nous en aurons terminé, plus vite je serai rentrée chez moi.

Depuis la veille, elle était revenue au « vous » formel. Comme si elle voulait gommer toute intimité entre eux.

— Vous êtes si fatiguée, lui répondit-il, en se penchant pour lui prendre le coude.

Elle lui refusa son bras.

— Je n'ai nul besoin de votre sollicitude parce que Sylvie est morte. Je sais bien que vous êtes même assez content de la savoir disparue, alors, ne faites pas semblant !

Talvas eut un petit haussement d'épaules, mais sa réponse ne porta aucune animosité.

— Je ne prétendrai pas que je portais votre sœur aux nues, mais je ne lui ai jamais souhaité aucun mal.

— Si je ne vous connaissais pas mieux, je vous suspecterais de l'avoir éliminée !

Talvas considéra la jeune femme avec compassion, et il murmura :

— Arrêtez, Emmeline, vous vous faites du mal.

Elle baissa la tête, les larmes lui vinrent aux yeux.

— Je suis désolée, balbutia-t-elle. Je suis injuste, je le sais bien. Je n'ai pas à vous faire porter le poids de ma culpabilité.

— Je comprends.

— Elle avait confiance en moi, Talvas ! Elle pensait que je la protégerais et j'ai failli.

— Non...

Talvas mit pied à terre et conduisit sa monture sous les arbres. Il l'attacha à une branche et revint vers Emmeline, à qui il tendit les mains pour l'aider à descendre.

— Vous avez fait tout ce que vous pouviez pour Sylvie, poursuivit-il. Vous avez même risqué votre vie pour elle. Je sais que vous souffrez, je sais que vous m'en voulez, mais nous devons nous réconcilier maintenant car notre mission sera très, très dangereuse. Il faut que nous puissions compter l'un sur l'autre. Il faut que nous puissions avoir confiance l'un dans l'autre.

Emmeline hésita. Elle médita les paroles très solennelles qu'elle venait d'entendre. Au fond d'elle-même, elle savait déjà que, sans Talvas, elle serait perdue. Pourquoi ne pas le reconnaître ? Alors elle posa sa main dans celle que Talvas lui tendait. Et lui, aussitôt, lui prit la taille pour la soulever et la déposer sur le sol. Elle le regarda droit dans les yeux. :

— J'ai dit que je ferais cela et je tiendrai parole, déclara-t-elle, avec non moins de solennité qu'il n'en avait mis lui-même dans son discours, mais avec aussi un peu d'hésitation car il s'agissait pour elle de faire amende honorable, à cause des mots très durs qu'elle avait prononcés.

Talvas la remercia d'un sourire et d'un hochement de tête. Puis, il lui prit le coude pour la conduire un peu plus loin, entre les arbres.

— Il faut vous restaurer, dit-il.

Il étendit son manteau sur un lit de feuilles mortes, invita Emmeline à s'y asseoir, puis décrocha de sa selle un sac de cuir dont il tira une miche de pain et un gros fromage. Il tendit le tout à la jeune femme, qui secoua la tête. Elle n'en voulait pas. Il les agita sous son nez en disant :

— Il faut que vous mangiez.

Elle fit « non », encore. Il rompit un morceau de pain et le lui plaça d'autorité dans la main.

— Vous aurez besoin de toutes vos forces pour accomplir votre mission, insista-t-il.

Elle secoua encore la tête.

— Je ne peux pas. J'ai trop honte.

Elle ne mentait pas : les larmes lui venaient aux yeux et sa voix s'étranglait.

Talvas s'agenouilla devant elle et lui caressa la joue.

— N'ayez pas honte, lui dit-il. N'ayez pas de regrets. Ne croyez surtout pas que votre sœur est morte à cause de ce qui s'est passé entre nous.

Emmeline ferma les yeux. La caresse de Talvas, si douce, lui était en même temps une torture. Des souvenirs affluèrent, qui se superposèrent à l'image de sa sœur et finirent par la faire disparaître dans son esprit, souvenirs si vifs qu'elle éprouva physiquement les effets de la passion qu'elle avait partagée avec Talvas. Une simple caresse avait cet effet. Elle s'adonna à ce plaisir inopiné, non sans un peu de remords, mais juste pour un moment, se dit-elle, afin de se donner un peu du réconfort dont elle avait tant besoin dans une période si noire de sa vie. Ce réconfort, elle en avait conscience, Talvas pouvait le lui apporter ; d'ailleurs, grande était la tentation de s'en remettre totalement à lui, de se jeter dans ses bras et de s'abandonner ; mais, à cette tentation, en revanche, elle ne céda pas.

— Emmeline, murmura-t-il.

Il ouvrit les bras et l'attira contre lui, lui soulevant le menton pour l'obliger à le regarder. Elle aurait voulu ne pas se laisser faire, mais n'avait plus aucune capacité de défense ; à cause de la mort de Sylvie, se dit-elle, qui lui infligeait une douleur insupportable ; et Talvas profitait de la situation. Or elle savait que ces arguments n'avaient aucune valeur et qu'elle se mentait à elle-même. Elle devait reconnaître qu'elle aimait la passion qu'il savait éveiller en elle, d'une seule caresse, comme maintenant. Sans vouloir le reconnaître vraiment, avec une certaine hypocrisie, elle attendait, elle espérait, tout ce que lui promettait cette caresse.

Aussi éprouva-t-elle une vive déception quand Talvas, brusquement, mit un terme à sa caresse, s'éloigna un peu et tourna la tête pour regarder derrière lui. Emmeline crut qu'il regrettait son geste, mais comprit qu'il n'en était rien quand elle entendit quelques craquements dans la forêt ainsi qu'un hennissement : quelqu'un approchait.

Talvas se leva. Prêt à affronter le danger, il avait déjà la main sur la poignée de son épée. Mais il regarda Emmeline et lui dit à voix basse :

— Nous n'en avons pas encore fini, damoiselle. Je pense que vous le savez aussi bien que moi.

Edgar de Waldeath ruminait sa mauvaise humeur. Il les suivait depuis longtemps et il ne les trouvait pas. Où pouvaient-ils bien se trouver ?

Il avait pensé, il avait cru qu'Emmeline Lonnières serait aussi piètre cavalière que sa sœur et qu'à cause d'elle ces deux-là ne pourraient pas avancer bien vite. Or, non seulement ils progressaient plus vite que prévu, mais en plus ils étaient partis avant le lever du jour ; Edgar, épuisé par son expédition punitive contre le village, dormait encore profondément et rêvait aux péripéties de la veille : il avait voulu donner une leçon à sa femme et l'affaire avait tourné au bain de sang, ce qui ne lui avait pas déplu, bien au contraire.

Après ces réjouissances, il avait renvoyé ses soldats et s'en était retourné tout seul à son château. Quelle n'avait pas été sa surprise d'y trouver les soldats d'Etienne, et le roi lui-même, installé là comme chez lui, assis au haut bout de la table ! Par chance, le château comportait un véritable réseau de corridors secrets et de caches, qu'Edgar avait pu utiliser pour épier, pour écouter, et ainsi avait-il pu prendre connaissance des projets élaborés par le roi, concernant l'impératrice Maud.

Puis, tandis qu'il prenait un escalier tout aussi discret pour aller prendre du repos dans une chambre introuvable, Edgar s'était amèrement repenti d'avoir renvoyé tous ses hommes dans leurs foyers. Ah, s'il avait su ! Maintenant, il était obligé de supporter la présence de l'intrus, n'ayant aucun moyen de le chasser de chez lui.

Il avait un autre embarras à résoudre : en dépit de son retour discret, une personne, une seule, savait qu'il était là. Elle ne l'avait pas vu, mais, comme un animal traqué, elle l'avait flairé, elle l'avait suivi à la trace, et quand il avait ouvert les yeux, il l'avait vue, qui l'observait, craintive, depuis la porte qu'elle avait entrouverte. Il avait su, tout de suite, qu'elle irait le dénoncer au roi. Alors, tandis qu'elle refermait la porte, il avait bondi. Sortant de son lit comme un fauve de sa tanière, il avait saisi Sylvie à la gorge et l'avait étranglée. Puis il avait emmené le cadavre encore chaud dehors afin de le jeter dans les douves.

Tuer ne lui posait aucun problème de conscience. C'était même un plaisir pour lui. Dès sa prime jeunesse, il accompagnait son père et son frère aîné dans des opérations de maraude. Ils s'en allaient souvent dépouiller les seigneurs du voisinage, leurs rivaux, et rien ne leur paraissait plus normal que ces expéditions sanglantes. Tuer pour vivre, telle était leur devise.

Sans doute Edgar devrait-il tuer encore pour aider l'impératrice Maud à reprendre le trône d'Angleterre. Celle-ci lui avait promis une belle récompense en or et en terres. Il en frémissait d'aise, d'autant plus que cette aventure lui offrait des perspectives encore plus réjouissantes : si Maud parvenait à ses fins, il deviendrait un de ses familiers, et par-là même un des plus puissants barons d'Angleterre.

L'affaire lui semblait bien engagée. Il avait un plan pour

vaincre Etienne, et pour mettre en œuvre ce plan, il avait besoin de Talvas et d'Emmeline. L'ennui, c'est que ces deux-là, il ne les retrouvait pas aussi facilement qu'il l'avait imaginé. Il pressa donc les flancs de sa monture, qui passa du trot au petit galop.

Il perçut soudain un faible bruit de voix, que lui apportait le vent froid. Aussitôt, il arrêta sa monture et tendit la tête de tous côtés pour discerner la provenance de ce bruit, comprenant qu'il s'agissait d'un homme et d'une femme, lesquels ne devaient pas se trouver très loin. Il sauta à terre, enroula les rênes autour d'une branche basse et se fraya un chemin dans la forêt, aussi discrètement que possible.

Il arriva aux abords d'une clairière. Il s'approcha davantage et les vit, assis sur un manteau déployé, partageant un repas de pain et de fromage. Il s'arrêta pour réfléchir.

Il savait n'être pas de taille contre le fameux Talvas de Boulogne. Dans un combat à l'épée ou à mains nues, celui-ci l'éliminerait en moins de temps qu'il n'en fallait pour le dire. La jeune femme serait plus facile à vaincre, mais comment l'attirer à l'écart ? Edgar en était là de ses réflexions quand, à sa grande surprise, il vit Talvas se pencher sur Emmeline pour lui donner un long baiser. Fasciné, il voulut se rapprocher encore pour jouir du spectacle, mais, oubliant toute prudence, il mit le pied sur une branche morte, qui craqua bruyamment. Aussitôt le couple, alerté, s'interrompit et Talvas regarda autour de lui.

Courbé sur le sol, Edgar se hâta de retourner à son cheval. Il avait le sourire aux lèvres, car un plan astucieux venait de germer dans son esprit.

— Qui va là ? cria Talvas.

L'épée en main, il avait fait passer Emmeline derrière lui, pour la protéger.

Edgar arrivait benoîtement, à pied, tirant son cheval derrière lui. Il portait un surcot écarlate « emprunté » à un des soldats d'Etienne. Arrivé à proximité, il déclara, tout sourire :

— Bonjour ! Je m'appelle Robert d'Ilminster.

— Vous êtes pour Etienne ou pour Maud ? demanda Talvas, sur ses gardes.

Edgar montra son surcot.

— Cela ne se voit-il pas ? Je suis un fidèle d'Etienne ! Il m'a d'ailleurs chargé de vous retrouver, lord Talvas, pour vous aider.

Talvas fronçait les sourcils.

— C'est bizarre, il ne m'a pas parlé de vous. Et puis, j'ai bien vu tous les gens qui l'accompagnaient, mais je ne me souviens pas de votre visage.

— C'est que je suis arrivé à Waldeath au cours de la nuit. Je venais de Winchester. Etienne a fait mander qu'il avait besoin de soldats supplémentaires pour le coup de main qu'il veut tenter contre Sedroc. Je suis ici comme éclaireur.

Talvas hocha la tête. Cette explication lui convenait : comment cet homme aurait pu connaître le plan concernant Sedroc, s'il n'en avait pas parlé avec le roi ? Pour celui-ci, il s'agissait, en effet, de masser des troupes devant Sedroc, et ainsi Maud n'aurait aucune chance de s'échapper...

— Alors, dit Talvas, soyez le bienvenu parmi nous.

Il regarda Emmeline et hésita. Comment la présenter ? Il fallait se décider vite...

— Et voici ma femme.

Emmeline sursauta, et le petit sourire satisfait de Talvas la rendit furieuse. Mais que pouvait-elle répondre ? Rien, sans doute, vu les circonstances... Et voilà que Talvas, en plus, lui prenait le coude, qu'il posait une main possessive sur elle !

Edgar s'inclina profondément, pour se donner le temps d'éteindre son sourire. « Fille de rien », songea-t-il tandis qu'il se redressait. Elle n'était pas mariée à l'autre, il en avait la conviction. Puis il la regarda mieux et ressentit un vif pincement de désir : cette Emmeline ressemblait beaucoup à Sylvie, mais elle était infiniment plus désirable.

Une foule nombreuse entrait à Warenham car c'était jour de marché. Sur la place principale, les commerçants avaient monté leurs étals où ils avaient disposé leurs marchandises, dont ils vantaient les qualités en s'égosillant. Il s'agissait de se faire entendre plus que leurs voisins afin de capter l'attention des chalands.

A peine avaient-ils franchi la porte de la bourgade, que Talvas, Emmeline et Edgar avaient été pris dans le fleuve populaire qui les poussait invinciblement vers le centre. Leur présence ne causait aucun trouble, et si, parfois, certaines gens désignaient le surcot écarlate d'Edgar, c'était sans animosité. Tout Warenham était pour le roi Etienne, et tous les habitants espéraient que Maud, « l'usurpatrice », serait bientôt emprisonnée et punie comme elle le méritait.

— Arrêtons-nous ici, décida Talvas en montrant une barrière où les chevaux pourraient être attachés.

Il sauta sur le sol et Edgar l'imita. Etourdie par l'animation intense et bruyante, Emmeline regardait autour d'elle, elle observait les mouvements de foule, mais elle lorgnait surtout sur les étoffes brillantes qu'elle apercevait sur quelques étals non loin de là, et les doigts lui démangeaient d'y aller s'y glisser. Elle songeait à Geoffroy, qui saurait les apprécier tout aussi bien qu'elle, et qui aimerait aussi l'atmosphère enjouée de ce marché si animé. Cette idée lui donna un peu de nostalgie. Elle pensa à Barfleur et s'aperçut que sa petite ville lui manquait.

— Emmeline ?

Elle sursauta et tourna la tête vers Talvas, qui désigna le marché et lui dit en souriant :

— Tout cela fait envie, n'est-ce pas ? Vous voulez sans doute aller voir de plus près, non ?

— Je peux, vraiment ? s'exclama-t-elle, sincèrement surprise, car elle ne s'attendait absolument pas à une proposition de ce genre.

— Certainement, lui dit-il en caressant l'encolure du cheval. Mais attention : n'achetez pas n'importe quoi !

Emmeline se laissa glisser à terre en craignant d'y toucher rudement, mais Talvas, prévenant, la retint dans sa descente. Elle s'étira. Après tant d'heures passées à cheval, elle avait mal partout.

— Je vous impose une épreuve trop rude, murmura Talvas, sensible à sa fatigue.

Par fierté, elle nia.

— Pas du tout, voyons ! Je vais aussi bien que possible, même s'il est vrai que je n'ai pas l'habitude des longues chevauchées.

— Vous savez, je ne suis pas d'accord avec Etienne. Il n'aurait pas dû vous engager pour cette mission.

Elle leva les yeux vers Talvas, et avec un sourire un peu triste, lui dit :

— Moi aussi je redoutais cette mission, mais maintenant, elle m'aide. Elle m'aide à oublier.

Talvas exerça une petite pression sur son épaule, ce qui la réconforta ; et il marmonna :

— Si vous le dites…

Puis il se tourna vers leur compagnon de voyage.

— Robert, voulez-vous nous procurer quelques provisions, pendant que j'accompagne ma femme ? Nous n'avons pas beaucoup de temps, car nous devons atteindre Sedroc avant la tombée de la nuit.

L'homme hocha la tête et s'éloigna, non sans avoir rabattu son capuchon sur sa tête, afin de mettre son visage dans l'ombre. Il ne tenait pas à être reconnu.

Emmeline le suivit un moment du regard, puis elle dit à Talvas :

— Il n'est pas nécessaire que vous veniez avec moi. Votre « femme » peut très bien se débrouiller toute seule.

— J'en doute, damoiselle. Mais nous vivons des temps, troublés, et c'est pourquoi je préfère rester près de vous.

— Je n'imagine pas que les étoffes puissent vous intéresser.

— Vous seriez étonnée de savoir à quoi je m'intéresse, damoiselle, répondit Talvas, d'une voix caressante.

Il conduisit Emmeline vers les premiers étals, en la tenant par le bras. Elle commença, avec joie, à palper les premiers coupons colorés et si doux au toucher. Puis elle se mit à rire.

— Si ma mère pouvait me voir, maintenant ! Elle n'en croirait pas ses yeux. Elle qui m'a toujours reproché de ne pas prendre assez soin de ma toilette et de mon apparence !

Talvas s'émerveillait de la voir, enfin, prendre un peu de plaisir. Il allait lui en faire le compliment, quand son attention fut attirée ailleurs, et il déclara alors :

— Je crois que notre compagnon de voyage a besoin de moi. A mon avis, les provisions doivent coûter trop cher pour sa bourse. Pouvez-vous m'attendre un moment ? Je reviens tout de suite.

Emmeline hocha la tête volontiers, tout en reconnaissant, en son for intérieur, qu'elle se sentait tout de même plus rassurée quand Talvas se trouvait près d'elle. Il lui en eût coûté de l'admettre ouvertement, mais elle commençait à lui faire confiance. Tandis qu'il s'éloignait, elle se remit à l'examen des étoffes.

— Vous n'êtes pas de par ici, damoiselle, lui dit la marchande, qui l'observait avec un intérêt non dissimulé.

— Non, en effet, répondit-elle, toujours penchée sur l'étal.

— C'est bien ce que je pensais...

Le ton, lourd de sous-entendus, inquiéta Emmeline.

— Que voulez-vous dire ? chuchota-t-elle.

— Je veux dire que si vous étiez de par ici, vous ne vous montreriez pas en compagnie de cet homme.

— De qui parlez-vous ? De lord Talvas qui était avec moi à l'instant ?

— Non, de l'autre, milady, de l'autre...

— Robert d'Ilminster ?

La marchande éclata de rire comme à une bonne plaisanterie. Elle rit à gorge déployée, le visage tout rouge, la bouche grande ouverte, et elle s'arrêta dans une toux qui la fit se plier en deux. Elle dit alors, sur un ton de conspirateur :

— Approchez-vous un peu.

La femme prit le bras d'Emmeline, et, avec une force étonnante, elle la tira pour lui faire contourner l'étal. Et alors, elle murmura :

— Cet homme est Edgar de Waldeath, murmura-t-elle. C'est un homme cruel.

— Que dites-vous ? s'exclama Emmeline, qui avait l'impression de voir un gouffre s'ouvrir sous ses pieds.

— Je dis que cet homme est bien connu et que tout le monde, par ici, sait qu'il est méchant et vicieux. Il n'a aucun scrupule. Vous savez ce qu'on raconte ? Il a mis le feu à son propre village afin d'attirer le roi Etienne dans un piège.

— Attirer le roi Etienne ? répéta Emmeline qui essayait de comprendre.

Et la lumière se fit dans son esprit affolé. Elle devait réfléchir, prendre une décision... Elle se hissa sur la pointe des pieds pour essayer de voir où se trouvait Talvas. Elle l'aperçut en train de converser avec un autre homme qu'elle ne connaissait pas. Quant à Edgar, il était pour lors invisible.

Les yeux perdus dans le vague, Emmeline réfléchissait à voix haute.

— Donc, Edgar de Waldeath œuvre pour l'impératrice Maud... Vous en êtes bien sûre ? s'enquit-elle, en ramenant son regard sur la marchande.

— Absolument sûre. D'ailleurs, vous n'avez qu'à voir comment le regardent les gens d'ici. Il a rabattu son capuchon pour dissimuler son visage, et il arbore un surcot comme s'il était un soldat du roi Etienne, mais cela ne nous empêche pas de le reconnaître, croyez-moi ! Je m'étonne que personne n'ait encore eu l'idée de lui planter un couteau dans le dos.

— Il faut que je le dise à Talvas, murmura Emmeline, qui luttait pour contrôler la panique montant en elle. Il faut que je lui raconte tout cela avant qu'il ne soit trop tard.

— Je vous souhaite bonne chance, répondit la marchande, avec un petit sourire complice. Si vous parvenez à éliminer cet individu, tout le pays vous en sera reconnaissant.

Fébrile, Emmeline s'engagea dans la foule avec le désir de retrouver Talvas le plus vite possible. Les mots prononcés par la marchande tourbillonnaient dans son esprit, elle les savait vrais et pourtant elle avait du mal à y croire : l'homme qui se faisait appeler Robert était en fait Edgar, le mari de Sylvie... Où était-il, celui-là ? Une fois encore, elle se hissa sur la pointe des pieds pour essayer d'apercevoir le surcot écarlate, bien reconnaissable, qui lui signalerait la présence de l'homme. Elle ne voyait plus Talvas non plus, ce qui commençait à l'inquiéter. Elle accéléra le pas.

Puis elle vit Talvas, au loin, adossé à une maison, seul. Elle allait pouvoir lui révéler ce qu'elle venait d'apprendre ! Elle l'appela, mais il ne l'entendit pas dans le brouhaha que faisait la foule. Elle se mit à courir, mais une main brutale la saisit au bras, l'arrêta, l'obligea à se retourner. Elle se trouva face à Edgar de Waldeath, le visage déformé par la haine.

— Vous savez qui je suis, hein ? Vous le savez ? dit-il d'une voix sifflante.

Elle tenta de lui échapper, essayant de lui soustraire son bras.

— Je ne sais pas de quoi vous voulez parler, messire Robert.

Il se rapprocha et lui jeta son haleine fétide au visage.

— Pas la peine de me raconter des histoires ! J'ai vu la vieille qui vous parlait. Je sais ce qu'elle vous a dit.

Comprenant qu'il ne servait plus à rien de feindre, Emmeline se rebiffa et se montra tout aussi agressive.

— Effectivement, je ne saurais pas quel genre d'homme vous êtes, si cette femme ne m'avait pas parlé. Et maintenant, laissez-moi partir !

— Pas si vite ! Vous en savez trop, et vous êtes naïve si vous espérez pouvoir contrecarrer mes plans.

Soudain inquiète, Emmeline essaya de parlementer.

— Je vous promets que je ne dirai rien. Laissez-moi partir et vous pourrez disparaître dans cette foule. Lord Talvas ne saura rien, vous avez ma parole.

Edgar ricana. Il étudia le visage d'Emmeline, avec une concupiscence évidente, puis il répondit :

— Je crois que vous n'avez pas bien compris. J'ai besoin de vous. Vous me servirez d'appât.

Craignant d'être tombée dans un piège dont elle ne sortirait pas seule, Emmeline essaya encore de se dégager, tout en appelant :

— Talvas ! Tal…

Elle ne put en dire davantage. Edgar l'avait plaquée contre lui, il avait une main sur sa bouche, et elle sentit le contact glacé d'une lame sur sa gorge.

Son cri avait cependant alerté Talvas qui accourut, mais s'arrêta en découvrant la scène.

— Que se passe-t-il ici ? Robert ! Que faites-vous ? demanda-t-il, incrédule.

— N'approchez pas, Talvas, répondit Edgar avec un

mauvais sourire. Non, ne tirez pas votre épée, ce serait inutile ; et surtout, n'approchez pas davantage. Vous ne voulez pas que je coupe la gorge de ce petit ange, n'est-ce pas ?

Il se mit à rire, le corps tout secoué de spasmes, comme s'il faisait une bonne plaisanterie. Il riait au milieu de la foule qui commençait à se rassembler et faisait cercle autour de la scène. Tous retenaient leur souffle.

— Laissez-la partir, Robert...

Talvas donnait l'impression du plus grand calme. Or, de toute sa vie, il n'avait jamais était plus inquiet. En vérité, il avait peur, peur pour Emmeline, et il rageait de ne pouvoir rien tenter pour la tirer de cette épineuse situation. Il n'osait même pas esquisser le moindre geste qui aurait pu déclencher une réaction fatale de l'homme qui la tenait à sa merci. Les poings serrés, il recula lentement. Et il fit « non » de la tête, sans trop savoir pourquoi. Edgar prit cette mimique pour lui et ricana de nouveau.

— Non, Talvas, non. Je vois que vous avez bien compris. Je ne lui rends pas sa liberté. Et d'abord, je ne m'appelle pas Robert, mais Edgar... Edgar de Waldeath, pour vous servir.

Un murmure effaré monta de la foule. Ce nom n'était pas inconnu, et à l'évidence, il n'était guère apprécié.

— Que voulez-vous, Edgar ? De l'argent ?

Parler pour gagner du temps... Distrait, Edgar serait peut-être plus facile à subjuguer...

— Vous vous trompez complètement, mon pauvre Talvas, répondit-il. Je veux plus, beaucoup plus.

— Dites.

— Le roi Etienne. Il ne devrait pas vous être difficile de trouver votre beau-frère et de me le livrer. En échange, je vous rendrais cette petite à qui vous semblez beaucoup tenir.

Talvas haussa les épaules avec mépris.

— Le roi Etienne ne se collette pas avec des individus tels que vous.

— Alors le petit ange va mourir, soupira Edgar, faussement apitoyé. Elle mourra ? En fait, non, car je suis certain que vous vous démènerez pour la sauver. Je vous ai vus, tous les deux, dans la clairière... Le baiser, vous vous souvenez ? Remarquez, je vous comprends, car elle est vraiment délicieuse.

Ces mots eurent sur Talvas l'effet d'une révélation. Il comprit, alors, la puissance des liens qui l'unissaient à Emmeline. Dès lors, la décision à prendre lui parut évidente et il s'étonna même que, pendant un moment, il se fût demandé qui choisir entre le roi et cette jeune femme.

— Très bien, dit-il, je ferai comme vous voulez, mais à une condition.

— Laquelle.

— Emmeline Lonnières n'aura pas à souffrir de vous, en aucune manière. Est-ce bien compris ?

Edgar partit d'un petit rire indécent.

— Je comprends, mais quel dommage ! Pourquoi ne pas vous l'avouer, cette petite me tente. Elle est beaucoup plus séduisante que ne l'était sa sœur, la pauvre !

La rage au cœur, Talvas fit un pas en avant. Aussitôt le couteau exerça une pression plus forte sur la gorge d'Emmeline, qui poussa un petit cri effrayé.

— Calmez-vous, Talvas, reprenait Edgar. C'est Etienne que je veux vraiment ; pas une nuit d'amour que je peux obtenir avec n'importe qui.

Il commença à reculer, en entraînant Emmeline avec lui, dans l'ombre des ruelles étroites du bourg.

— Rendez-vous demain, sur la colline que l'on aperçoit d'ici, lança-t-il en s'éloignant. Je vous préviens : si vous n'êtes pas là au douzième coup de midi, avec le roi Etienne bien sûr, alors cette femme mourra.

16

Avec une brutalité délibérée, Edgar traînait Emmeline dans les rues étroites de Warenham et jamais sa main sur le coude de la jeune femme ne relâchait son étreinte si douloureuse pour elle.

Le temps devenait maussade. Le ciel s'encombrait de nuages noirs poussés par le vent d'ouest ; la pluie ne tarderait pas à tomber.

Emmeline trébuchait. Des épaules ou des coudes, elle se cognait aux murs quand Edgar la poussait pour lui indiquer un changement de direction. Visiblement il connaissait bien la petite ville et il savait où il allait. Pas une seule fois il n'hésita, et s'il se retournait, ce n'était pas pour se repérer, mais pour vérifier qu'il n'était pas suivi.

Ils finirent par arriver dans un quartier misérable de la bourgade, un ensemble de chaumières toutes plus délabrées les unes que les autres. Edgar s'arrêta devant un huis vermoulu, qu'il poussa d'un coup d'épaule. Il précipita Emmeline dans une pièce sombre, humide et malodorante.

— Ne dites rien, murmura-t-il d'une voix menaçante, tandis qu'il s'occupait à refermer la porte.

La targette de fer s'insinua dans son logement, en grinçant horriblement.

Emmeline regardait autour d'elle, elle observait le domaine qui serait sans doute sa prison pour quelque temps, et que n'éclairaient, faiblement, que deux petites fenêtres munies de barreaux et encombrées par d'immenses toiles d'araignées.

— Asseyez-vous là, ordonna Edgar.

Il désignait un tabouret placé devant la cheminée éteinte. Au milieu de la pièce se trouvait une petite table couverte de poussière. Il n'y avait pas d'autre mobilier.

Emmeline s'assit. Elle n'avait pas l'intention d'énerver cet homme qu'elle sentait prêt à exercer toutes sortes de sévices. Il suffisait, pour s'en convaincre, de croiser son regard ou de regarder le couteau qu'il avait gardé en main, et qu'il planta dans le sol de terre battue en s'agenouillant devant elle.

Il lui lia les chevilles et les attacha à un pied du tabouret. Puis il lui noua les mains derrière le dos.

— C'est parfait ! déclara-t-il en se relevant pour admirer son travail. Je doute que vous puissiez vous échapper.

Pour se récompenser, il alla chercher, dans un coin, une outre sans doute placée là par ses soins, et en tira une longue rasade. Satisfait, il émit un rot sonore.

Emmeline, qui s'était promis de garder un silence dédaigneux, ne put s'empêcher de lancer, sarcastique :

— Je vois que vous aviez tout prévu !

Edgar lui répondit d'un sourire hideux. Il était vraiment très, très content de lui. D'un geste ample, il désigna l'espace autour d'eux et répondit :

— Il est toujours utile d'avoir un repaire comme celui-ci à sa disposition. Cette chaumière — qui ne paie pas de mine, je vous le concède — appartient à moi et à quelques amis très chers. Personne, à Warenham, ne le sait.

Emmeline posa alors la question qui lui brûlait les lèvres :

— Comment saviez-vous que Talvas et moi emprunterions ce trajet ?

Edgar s'assit sur le sol devant elle et s'adossa à la cheminée. Il examina son couteau, puis regarda la jeune femme comme s'il méditait de s'en servir sur elle. Enfin, il expliqua :

— Quand je suis retourné dans mon château, hier soir, je l'ai trouvé occupé par les soldats d'Etienne, et par le roi lui-même ! Mais, comme je suis malin, je ne me suis pas montré, ce qui m'a permis d'en apprendre de belles sur le plan qu'Etienne avait imaginé et qu'il voulait vous faire exécuter. C'est ce plan que je m'emploie maintenant à contrecarrer.

— Traître !

Edgar écarquilla les yeux et grimaça comme sous le coup d'un étonnement douloureux, mais le sourire lui revint aussitôt.

— Pourquoi traître ? Etienne est un usurpateur. La couronne revient à Maud, cela ne souffre pas de contestation. Et si je réussis dans mon entreprise, Etienne ne sera plus roi pendant très longtemps, croyez-moi. Je vous rappelle que votre Talvas a pour ordre de me l'amener.

— Je serais vous, je n'y compterais pas trop. Pourquoi voudriez-vous que Talvas vous livre son roi en échange d'une femme du commun, une roturière !

— J'y compte bien, au contraire. J'ai bien vu comme il vous regarde, comme il vous parle. Tenez ! Je serais même prêt à parier que vous n'en êtes plus au stade des douces paroles.

Emmeline s'empourpra, ce qui déclencha l'hilarité d'Edgar, et il jubila.

— Je le savais ! Je le savais ! Il y a longtemps que vous couchez ensemble ?

— Cela ne vous regarde pas !

Edgar se leva. L'air menaçant, il se planta devant Emmeline et agita son couteau.

— Quel dommage que je ne puisse profiter un peu de vous. Je suis certain que vous sauriez m'apprécier.

Il s'agenouilla devant elle et posa une main sur son genou, qu'il lui caressa au travers de l'étoffe, avant de remonter le long de la cuisse. La panique s'empara d'Emmeline quand il reprit, avec un sourire qui en disait long sur son état d'esprit :

— Après tout, pourquoi ne pas nous amuser un peu ensemble ? Histoire de passer le temps... Qui le saurait ? Vous ne seriez pas obligée de le dire.

Malgré son désarroi, Emmeline cracha son mépris.

— Je me demande ce que Sylvie pouvait vous trouver.

La main d'Edgar lui caressa la cuisse encore un peu plus haut, puis il répondit :

— Vous voulez dire, sans doute : qu'est-ce que je lui trouvais, moi ? Quand je pense que cette chienne m'a trahi, à la fin... Après tout ce que j'avais fait pour elle !

— Elle vous a trahi ? Que voulez-vous dire ?

— Elle savait que j'étais revenu, et elle est venue m'espionner ! Je l'ai surprise : elle m'épiait, depuis la porte, croyant que je dormais, mais je ne dormais que d'un œil ! Et en voyant son regard, j'ai compris qu'elle s'apprêtait à me trahir, qu'elle avait l'intention de courir chez Etienne pour lui rapporter que j'étais là, à sa portée, à sa merci ! Par chance, j'ai réussi à l'arrêter avant qu'elle ne mette ce funeste projet à exécution.

— Vous l'avez... « arrêtée » ?

Edgar montra ses mains, et il déclara avec simplicité :

— Je l'ai étranglée. C'était nécessaire ; facile aussi.

Choquée, Emmeline se mit à pleurer en silence. Pauvre Sylvie, songea-t-elle. Brave Sylvie ! Elle avait eu l'intention de donner l'alerte et l'ignoble l'individu l'avait éliminée. Emmeline pouvait donc ne plus s'estimer responsable de la mort de sa sœur ; cette nouvelle présentation des faits lui ôtait toute culpabilité, mais pas sa douleur.

De sa poche, Edgar tira un long morceau de tissu qui avait été blanc.

— Et maintenant, assez bavardé, dit-il pour annoncer ses intentions.

Il lui confectionna un bâillon serré. La bouche distendue par le torchon répugnant, Emmeline était incapable d'émettre le moindre son. Elle agita la tête et roula des yeux pour montrer qu'elle souffrait, mais cette mimique n'eut d'autre effet que de susciter l'hilarité d'Edgar. Puis il se pencha devant elle, approcha son visage, lui fit humer son haleine fétide.

— C'est pour vous empêcher de parler, expliqua-t-il, comme si elle ne s'en doutait pas. Et tenez-vous tranquille jusqu'à mon retour, hein ?

Et il sortit. Un bruit de ferraille se fit entendre, prouvant qu'il fermait la porte avec le plus grand soin. De nouveau les larmes jaillirent aux yeux d'Emmeline. Elle tâcha néanmoins de réfléchir. Combien de temps Edgar serait-il absent ? Qu'avait-il prévu pour les prochaines heures, en particulier pour la nuit ? Avait-il l'intention de changer de cachette ? Autant de questions auxquelles elle ne pouvait répondre.

Talvas chercherait à la délivrer. Elle n'en doutait nullement, mais quand arriverait-il à la masure ? La trouverait-il, surtout ? En tout cas, elle n'avait pas l'intention de rester inactive en l'attendant. Elle commença à agiter ses poignets et ses chevilles, en pure perte car elle était vraiment ligotée d'une façon très serrée. En outre, le tabouret était fort solide et il ne fallait pas espérer le démantibuler.

Epuisée, Emmeline cessa de se tortiller, et elle reporta son regard sur les alentours, dans l'espoir d'y découvrir un moyen permettant de faciliter son évasion... et elle crut soudain avoir trouvé. Déjà l'espoir renaissait. Elle redoubla alors d'efforts pour desserrer les cordes qui blessaient ses poignets et ses chevilles. Ignorant sa douleur, elle s'acharna et ne tarda pas à comprendre que les nœuds faits par Edgar, compliqués, n'étaient peut-être pas aussi efficaces qu'il semblait le croire. Serrant les dents, Emmeline travaillait à les élargir. Elle devait sortir de cette chaumière, à tout prix, faute de quoi elle serait violée, ou tuée, ou les deux. Elle devait retrouver Talvas. Elle imaginait qu'il la regardait, son regard si bleu lui donnait le courage et l'énergie dont elle avait tant besoin dans ces moments cruciaux.

— Le voici ! murmura Guillaume.

Alors qu'il parlait, une petite brume sortait de sa bouche car la nuit était glaciale sous le ciel tout noir éclairé par la pleine lune. Il s'enveloppa plus étroitement dans son manteau et se rencogna afin de se dissimuler dans l'ombre.

— Attrapons-le, fit Talvas derrière lui, en le poussant dans le dos.

Tranquillement, Guillaume résista et fit connaître son objection.

— Non, mon ami, nous ne bougeons pas. C'est trop tôt. Laissons-le plutôt s'éloigner un peu. C'est qu'il est rusé, le bougre, et il pourrait nous repérer si nous le talonnons. De plus, il est possible qu'il ait laissé des sbires à lui auprès d'Emmeline. Si nous l'attaquons, il est possible qu'il lance un ordre fatal et que...

— N'en dites pas plus, murmura Talvas. J'ai compris.

Nerveux, il repoussa son capuchon, se passa la main dans les cheveux, et ajouta :

— Il faut que je la sorte de là. Le temps presse.

Avec un calme imparable, Guillaume répondit :

— Je sais, Talvas, je sais. Nous allons délivrer Emmeline.

Mais il ne faut pas agir dans la précipitation ; cela pourrait lui être fatale.

La gorge nouée, Talvas hocha la tête. Il avait éprouvé un vif soulagement quand il avait vu arriver Guillaume, en compagnie de quelques soldats d'Etienne : c'était juste après l'enlèvement d'Emmeline par Edgar. Il était alors si troublé qu'il était incapable d'agir, et il s'était abandonné entre les mains de son ami, le laissant prendre les initiatives qui s'imposaient.

— Il nous sera impossible de passer cette porte si nous n'avons pas la clé, reprit Guillaume. Elle est renforcée avec des barres de fer, n'espérons pas l'enfoncer. Et, voyez vous-même : il n'y a pas de fenêtre sur le devant. Donc, il nous faut la clé, et nous devrons la prendre à Edgar.

— Et ensuite, nous le traînerons à l'échafaud, grommela Talvas.

L'image d'Emmeline traînée, brutalisée par Edgar, l'obsédait. Il n'avait jamais eu à ce point soif de vengeance.

Ils suivirent Edgar de loin, avec précaution, sans faire le moindre bruit afin de n'être pas repérés. Ils communiquaient par gestes, comme ils avaient l'habitude de le faire chaque fois qu'ils affrontaient un danger, et cette façon de faire leur était possible parce qu'ils étaient amis depuis longtemps, parce qu'ils avaient une totale confiance l'un dans l'autre.

Soudain l'occasion se présenta, les événements se précipitèrent. Alors qu'Edgar s'engageait dans un sentier bordé de hauts talus, ils se lancèrent à l'attaque.

— Je vous tiens, forban ! hurla Talvas au comble de la joie.

Il venait de sauter sur lui, il l'avait précipité sur le sol et, assis sur son dos, il le maintenait solidement, en lui tirant les bras en arrière.

— Prenez la clé, dit-il à Guillaume.

Tandis que celui-ci s'emparait de la bourse dont il faisait

l'inventaire, Edgar leva un peu la tête et montra son visage plein de boue. Avec un rictus de mépris, il lança :

— C'est trop tard, Talvas. Je savais que vous ne seriez pas capable de tenir votre parole. Alors, j'ai pris mon plaisir avec la fille et je l'ai tuée. Elle est morte, mon cher. Trop tard, vous dis-je.

Talvas ferma les yeux sous le coup de la douleur intense, formidable, qui l'étreignait. Mais il se ressaisit très vite, se leva, tira Edgar par ses vêtements pour le mettre debout, et il le souffleta en hurlant :

— Vous mentez, espèce de chien !

Pendant ce temps, Guillaume avait terminé l'inventaire de la bourse et il déclara :

— Il n'y a pas de clé là-dedans.

— Où est-elle ? fit Talvas.

Edgar se maintint dans un silence méprisant, ce qui lui valut deux nouveaux soufflets, et Talvas s'apprêtait à lui en administrer d'autres, mais Guillaume le retint.

— Cela ne sert à rien, Talvas.

Et Edgar de reprendre :

— Il a raison, cela ne sert à rien. Laissez donc votre Emmeline pourrir doucement, jusqu'à ce qu'elle ne soit plus qu'un petit tas d'os blanchis.

Soudain, il poussa un petit cri de frayeur, son assurance envolée, quand une pointe de couteau lui piqua la gorge.

— Dis-moi où est cette clé, répéta Talvas, avec un calme beaucoup plus inquiétant que sa colère.

— Vous ne la trouverez jamais !

Et, avec un rire démoniaque, Edgar réussit à jeter, très loin, en direction d'épais fourrés, un objet métallique qui ne pouvait être que la clé. Guillaume en suivit des yeux la trajectoire, et, dès qu'il l'eut vue tomber, il se précipita pour essayer de la récupérer, et pendant ce temps, Talvas saisit Edgar à deux mains crispées sur la tunique, et il le souleva du sol.

— Dieu sait que j'ai envie de te trancher la gorge, mais heureusement pour toi, il y a dans ce pays des lois qui m'en empêchent.

La voix de Guillaume se fit alors entendre.

— J'ai trouvé !

Il sortit des buissons et il jubilait en brandissant la clé. Talvas eut un mince sourire de triomphe, et il se calma, mais ce fut encore d'une voix vibrant de colère rentrée qu'il s'adressa à Edgar :

— Le shérif de Warenham vous gardera dans sa prison jusqu'à ce qu'il soit temps de vous traîner devant la justice du roi Etienne, *votre* roi, que vous le vouliez ou non.

— Jamais ! hurla Edgar.

Fou de rage, il se rua sur Talvas, usant de son corps comme d'un bélier pour déséquilibrer son adversaire. Les deux hommes tombèrent dans la boue, Edgar luttant pour se libérer, Talvas luttant pour le maîtriser, et en même temps il tâtonnait autour de lui, à la recherche de son couteau perdu dans la chute. Il le trouva. La lutte devint plus féroce, Edgar hurlant sa haine et multipliant les coups pour assommer Talvas. Enlacés l'un à l'autre, ils roulèrent plusieurs fois sur le chemin, jusqu'au moment où Edgar poussa un cri étouffé, s'immobilisa et s'affaissa doucement sur Talvas, qui le repoussa, découvrant alors son couteau plongé dans le cœur d'Edgar.

Le roi Etienne se tenait devant la grande porte du château de Waldeath. Il faisait sa tête des mauvais jours, lui qui offrait habituellement à ses interlocuteurs un visage avenant. Un mal de tête diffus le tourmentait, et il porta une main à son front pour tenter de l'apaiser.

Son inconfort se doublait d'un agacement certain à cause de la personne qu'il voyait arriver, une femme qui approchait, le sourire aux lèvres, sans doute très contente de la surprise qu'elle lui faisait.

— Mathilde ! bougonna-t-il quand elle fut à portée de voix. Que faites-vous donc ici ?

— Je m'ennuyais à Winchester. Je m'inquiétais aussi, ne sachant si vous étiez mort ou vif. Alors je me suis dit que je devais m'en rendre compte par moi-même.

Etienne soupira. Ce genre d'explication ne le satisfaisait pas, bien au contraire.

— Vous vous mettez en danger pour rien, fit-il d'une voix sourde. Vous rendez-vous compte de ce qui se passe par ici ?

Il montra, derrière elle, le village de Waldeath encore fumant ; dans l'air flottait encore l'odeur âcre de l'incendie.

— Les espions de Maud sont partout, ajouta-t-il. Ses hommes de main aussi et ils sont à l'affût d'un mauvais coup à commettre. Etant ma femme, vous seriez une victime de choix pour ces méchantes gens.

— De nos jours on n'est sûr nulle part, lui répondit-elle d'un ton léger. C'est pourquoi j'ai pensé que je serais aussi bien ici. S'il m'arrive malheur, j'aurai au moins la consolation de vous avoir près de moi.

Etienne soupira de nouveau. Puis il porta son regard sur ses soldats, qui se préparaient à marcher sur Sedroc. Une grande animation régnait dans la cour, les hommes courant en tous sens et vérifiant leur armement et leur équipement, les officiers criant leurs directives, pressant leurs gens pour les mettre en ordre.

Puis Etienne porta son attention sur sa femme. Son mal de tête s'était aggravé, ce qui n'était pas bon signe.

— Ce n'était vraiment pas une bonne idée que de venir

ici ; trop dangereux. Comme vous le voyez, nous nous préparons à une expédition et…

— Expédition si dangereuse que vous n'avez pas hésité à envoyer mon frère Talvas en mission préparatoire, accompagné d'une jeune femme, à ce qu'on m'a dit.

La tête un peu penchée, le regard brillant, un petit sourire ironique aux lèvres, Mathilde attendit la réponse de son mari, qu'elle venait de mettre en difficulté : il suffisait de voir comme il s'était rembruni.

— On m'a rapporté que la jeune femme en question avait été capturée par un des hommes à la solde de Maud, répondit-il, l'air sombre. C'est dire que nous n'avons plus de temps à perdre.

— Et Talvas ? Vous en avez des nouvelles ?

Etienne se mordit la lèvre, de plus en plus gêné.

— De lui, je ne sais rien du tout.

— Seigneur Jésus ! s'exclama Mathilde. Eh bien moi, je veux savoir ! Je viens avec vous.

— Il n'en est pas question ; trop dangereux, je vous l'ai dit.

— Et moi, je vous dis que je veux savoir. Talvas est peut-être mort, à l'heure actuelle ! Et vous ne me le disiez pas ?

Etienne comprit qu'il n'empêcherait certainement pas sa femme de suivre l'expédition. Pour tenter encore de l'en dissuader il fit valoir cet argument :

— Mort ? Cela m'étonnerait. Je ne connais pas d'homme aussi chanceux que votre frère.

— Cela est vrai, mais il n'en reste pas moins vrai que la jeune femme a été capturée, et qu'elle a besoin d'aide. Je pense que je pourrai vous être utile. Je viens avec vous !

Emmeline aurait été incapable de dire pendant combien de temps elle avait marché, ou quelle distance elle avait parcourue ; plusieurs lieues, sans aucun doute. Le vent glacial sifflait et agitait les branches des grands arbres bordant la route où elle marchait, tête baissée ; il soulevait sa robe, s'infiltrait dans ses manches et la glaçait jusqu'aux os. Elle avait froid, elle était fatiguée, et si elle s'était écoutée, elle se fût couchée, là, dans une encoignure, pour dormir, pour mourir, pour ne plus souffrir. Au début, elle avait couru ; elle marchait maintenant, de plus en plus lentement. Sa jambe blessée lui infligeait d'intolérables souffrances.

Quand elle avait réussi à sortir de sa prison, quand elle s'était coulée dehors au travers de la haute lucarne qu'Edgar n'avait pas jugé utile d'obstruer, elle avait connu un moment d'enthousiasme intense. Au moment où elle tombait, rudement, sur la terre gelée, elle riait à gorge déployée, tant elle était heureuse d'avoir réussi son évasion, tant elle se plaisait aussi à imaginer la tête que ferait son geôlier quand il découvrirait que l'oiseau s'était envolé.

Encore fallait-il ne pas se faire reprendre. Reprenant contact avec la dure réalité, Emmeline avait vite perdu sa joie. Ignorant les lieux que fréquentait Edgar, elle s'était hâtée de sortir de Warenham, qu'elle avait ensuite contourné pour retrouver la route menant à Hawkeshayne et à son bateau. Sa pratique de la navigation lui avait appris comment déterminer sa position grâce aux étoiles. Par chance le ciel dégagé lui permettait de repérer facilement l'étoile polaire, qui indiquait le nord ; se diriger vers l'ouest lui était donc très facile.

Surmontant sa douleur, Emmeline se remit à marcher d'un meilleur pas. Elle devait continuer à avancer, ne pas céder au découragement, et surtout, ne compter que sur elle-même, car personne ne pouvait lui venir en aide. Son intention était donc de retrouver son bateau afin de rentrer chez elle, en France.

Malgré sa fatigue, elle mettait un pied devant l'autre,

puis encore un autre. Chaque pas qu'elle faisait était une avancée vers la liberté. Elle marchait, malgré ses pieds glacés, malgré tout son corps raidi par le froid, malgré ses doigts, ses oreilles et son nez engourdis. Pour oublier ses misères, elle se posait des questions, tâchait de résoudre de petits problèmes pratiques : sachant que Talvas et elle, à cheval, n'avaient pas mis plus d'une demi-journée pour gagner Warenham, combien lui faudrait-il de temps, à pied, pour atteindre la mer ? Elle recommença plusieurs fois les calculs, n'arrivant jamais au même résultat.

De plus en plus fatiguée, elle se rendit compte que son esprit s'embrouillait, que ses souvenirs avaient moins de précision. Elle se posait des questions : quand avait-elle voyagé en compagnie de Talvas pour se rendre à Warenham ? Hier ou avant-hier ? Elle ne parvenait pas à en décider. Des pensées bizarres lui venaient aussi, qui n'avaient plus aucune logique. Elle eut l'impression, étrange en elle-même, que son intelligence s'en allait par lambeaux que lui arrachait le vent, et qu'elle devenait folle peu à peu. Dans un éclair de lucidité, elle prit conscience que la fatigue lui infligeait cette épreuve, et que peut-être elle devrait prendre un peu de repos ; mais où ? Elle avisa un gros arbre entouré de buissons. Elle pensa qu'elle pourrait y dormir un peu, relativement à l'abri du froid. Elle se glissa donc dans le buisson, se recroquevilla sur elle-même, ferma les yeux et s'endormit aussitôt.

Couché sur l'encolure de son cheval qu'il excitait sans cesse de ses éperons, Talvas filait comme le vent, tendu vers un but qu'il n'était même pas sûr d'atteindre. Il n'avait qu'une idée en tête, une idée obsédante : retrouver Emmeline, et il croyait savoir où elle allait, parce qu'il la connaissait bien désormais, au point que c'en était même comme s'il avait pu glisser son esprit en elle.

Quand il avait ouvert la porte de la chaumière ayant servi de prison à la jeune femme, il avait constaté qu'elle n'y était plus, et, menant de rapides investigations, il n'avait pas tardé à comprendre qu'elle avait réussi à s'échapper, en passant par une lucarne haute et fort étroite, qu'Edgar avait sans doute jugée impraticable.

S'il pouvait s'en réjouir, il éprouva néanmoins un choc en découvrant les liens tachés de sang, le bâillon sale. Il imagina qu'Emmeline se trouvait alors dans le froid, seule, peu habillée, et il se désola de ne pouvoir la prendre dans ses bras pour la réconforter et la réchauffer. Après un moment d'angoisse, il se reprit cependant et décida qu'il la retrouverait, et vite. Il se remit donc en selle, éperonna son cheval qui hennit de surprise et partit au galop.

Il n'avait pas encore parcouru une longue distance qu'il rencontra un groupe d'hommes qui occupaient toute la largeur de la route et l'empêchaient de passer ; c'étaient de riches voyageurs s'il en jugeait par leur habillement, étoffes somptueuses et couleurs vives, beaucoup d'écarlates et de rouges qui éclataient sur le fond noir de la forêt. Obligé de ralentir, Talvas jura en tirant sur les rênes, mais maintint son cheval à un trot rapide, car il ne voulait pas perdre trop de temps, et il fendrait vite ce groupe de gêneurs, en regardant droit devant lui pour ne pas avoir à les saluer car ils l'agaçaient.

Or il eut la surprise de s'entendre héler par son nom, et, tournant la tête, il aperçut Etienne, son beau-frère, roi d'Angleterre. Il ne pouvait plus ne pas s'arrêter, et c'est même avec une joie réelle qu'il sauta à terre.

— Etienne, que faites-vous ici. Je suis à la recherche d'Emmeline, damoiselle Lonnières. Elle est probablement tout près d'ici !

— Elle est ici, répondit Etienne. Nous venons juste de la rencontrer.

S'il annonçait apparemment une bonne nouvelle, il n'avait cependant pas le visage qui convenait, ce qui alarma Talvas. Craignant le pire, il murmura :

— Non, ne me dites pas…

Le cœur brisé déjà, les larmes aux yeux, jugeant que le silence de son beau-frère apportait la confirmation de ses craintes, il supplia :

— Ce n'est pas vrai… Dites-moi que ce n'est pas vrai.

Comme un somnambule, il se fraya un passage parmi les hommes qui l'entouraient, il rejeta d'un geste brusque la main amicale d'Etienne qui se posait sur son bras, et soudain il s'arrêta. Il n'en croyait pas ses yeux. Emmeline était là, devant lui, recroquevillée sur le sol, immobile, enveloppée dans un grand manteau. Il se précipita et se laissa tomber près de la jeune femme. Elle avait les lèvres bleues. Alors qu'il approchait ses mains pour lui caresser le visage, il entendit ces mots :

— Il n'y a rien que tu puisses faire pour elle, Talvas. Elle est morte.

Il reconnut, sans avoir besoin de se retourner, la voix de sa sœur Mathilde. Il ne se retourna pas. Ses doigts effleuraient le visage d'Emmeline, il cherchait désespérément un signe qui lui indiquerait qu'elle n'était pas morte, pas vraiment morte, qu'il y avait encore un espoir de la voir s'éveiller. Alors elle lui sourirait… Rien de tel ne se produisit. Le désespoir le submergea.

— Non ! hurla-t-il en la prenant dans ses bras.

Il la serra contre lui et alors, il perçut, bien faibles, les battements d'un cœur qui refusait de s'arrêter. Il se releva.

— Elle n'est pas morte ! proclama-t-il. Le froid est en train de la tuer, mais elle n'est pas morte ; pas encore.

Il la porta en courant vers un chariot tiré par deux bœufs, il la déposa dans l'habitacle, la couvrit de tout ce qu'il put trouver à l'intérieur comme couvertures et fourrures, sortit, referma avec soin les panneaux de cuir, et déclara à l'assistance médusée :

— Je l'emmène à Hawkeshayne.

— Et notre action contre Maud ? protesta vivement Etienne. Vous l'oubliez ? J'ai besoin de vous à Sedroc, moi ! Laissons Mathilde s'occuper d'Emmeline. Nous lui fournirons une escorte.

— Maud peut attendre ! répliqua Talvas avec un regard terrible de détermination. C'est moi qui emmène Emmeline et personne d'autre.

Il se disposa à rentrer dans l'habitacle du chariot.

— Attendez ! le rappela encore Etienne.

Sa femme lui murmura alors quelques mots à l'oreille. Il l'écouta avec attention puis hocha la tête et ne dit plus rien.

Dans le chariot, Talvas découvrit Emmeline et la dépouilla de tous ses vêtements, vite, avec une résolution qui confinait à la brutalité. Il avait déjà vu des gens mourir de froid, surtout en mer, et il ne serait pas dit qu'il laisserait Emmeline perdre la vie de cette façon sans avoir rien tenté. La joie qu'il avait connu en découvrant qu'elle était encore vivante avait cédé la place à une grande angoisse : s'il ne lui prodiguait pas les soins qui convenaient, il la perdrait et il porterait jusqu'à la fin de ses jours le poids de la culpabilité. Or il savait ce qu'il convenait de faire, il devait juste ne pas perdre de temps.

Quand Emmeline fut nue, il se déshabilla également puis, la prenant dans ses bras, il se colla à elle et rabattit sur eux les couvertures et les fourrures. La chaleur corporelle était seule capable de réchauffer un corps gelé ; il le savait d'expérience. Il l'enlaça, il la pressa contre lui, il passa aussi ses jambes autour d'elle. Puis, la frictionnant sur tout le corps, il murmura :

— Pourquoi ne m'as-tu pas attendu, Emmeline ?

Il sentait sa chaleur le quitter, il sentait le froid d'Emmeline entrer en lui. Il posait souvent sa main sur la poitrine de la jeune femme. Il se réjouissait parce que son cœur ne cessait pas de battre. Il se désolait parce que son cœur ne battait pas plus vite.

Mathilde passa soudain la tête entre les pans de cuir et elle poussa un cri et s'exclama :

— Talvas ! Qu'est-ce que tu fais ? Tu as perdu la raison ?

— J'essaie de lui sauver la vie ! répondit-il, les dents serrées. Ça ne se voit pas ?

— Je n'ai jamais vu personne sauver la vie de quelqu'un de cette façon, répondit sa sœur scandalisée. Vous êtes nus tous les deux ?

— Aussi nus qu'on peut l'être, répondit-il. C'est nécessaire pour...

— Ce n'est pas convenable, le coupa-t-elle. Franchement, Talvas, tu devrais me laisser m'occuper d'elle.

Entre les bras de Talvas, Emmeline eut un petit spasme et elle laissa échapper un faible gémissement.

— Mathilde, reprit-il, dis-moi une chose. Nous sommes bien sur la route de Hawkeshayne, n'est-ce pas ?

— Oui. J'ai décidé de vous accompagner, tous les deux, pendant qu'Etienne s'est remis en route pour aller déloger Maud. Il n'est pas très content de toi, je dois dire.

Talvas haussa les épaules.

— Je me moque de ce que pense Etienne. Maintenant, si tu veux bien, referme la portière. Tu fais entrer le froid.

— Laisse-moi prendre ta place. Tu mets en grand danger la réputation de cette jeune femme.

— Cela n'a aucune importance. Ce que je veux, c'est la ramener à la vie.
— Elle compte beaucoup pour toi...
Ce n'était pas une question, mais une constatation.
Talvas eut ce cri du cœur :
— Oh oui, elle compte beaucoup pour moi ; beaucoup plus que tu ne peux l'imaginer.

17

Des voix lointaines perçaient difficilement le brouillard dans lequel se trouvait Emmeline ; une était familière, lui semblait-il, mais pourtant elle avait du mal à la reconnaître. Elle se sentait faible. Il lui semblait qu'elle avait beaucoup dormi mais elle se sentait encore très fatiguée. Elle avait encore envie de dormir, elle n'avait même pas le courage d'entrouvrir les yeux pour voir où elle se trouvait. Elle n'avait pas la moindre idée de l'endroit où elle avait dormi et n'éprouvait pas une vive envie de le savoir. Elle se sentait paresseuse. Elle n'osait pas trop bouger non plus, à cause d'une vive douleur qu'elle ressentait à l'épaule gauche, et elle n'arrivait pas à se rappeler l'origine de cette douleur.

Une femme disait :

— N'aie donc pas peur, Talvas. Je m'occuperai bien d'elle. Je garderai l'œil sur elle et je l'accompagnerai partout où elle voudra aller.

Cette femme, qui était-elle ? La curiosité eut raison de la paresse d'Emmeline. Elle souleva une paupière, juste une, pour se rendre compte. Elle vit deux silhouettes non loin d'elle, dans l'embrasure d'une fenêtre, et aussitôt elle reconnut Talvas, mais il se trouvait en compagnie d'une femme qui était pour elle une totale étrangère.

Talvas riait. Il semblait heureux. Il avait un rire d'adolescent. A la grande surprise d'Emmeline, il tira sur les deux nattes de la jeune femme, qui ne protesta pas. Elle devait avoir l'habitude. Puis, redevenu sérieux, Talvas déclara :

— Ce qui m'ennuie, Mathilde, c'est que je ne sais même pas où tu as l'intention de te rendre.

Mathilde ! La sœur de Talvas, bien sûr !

Désirant voir mieux comment était cette Mathilde, Emmeline ouvrit les deux yeux, elle souleva un peu la tête, et elle s'agaça de ne pas bien voir la jeune femme à cause du contre-jour. Or celle-ci la vit et s'écria :

— Regarde, Talvas. Elle s'éveille enfin !
— Dieu merci, répondit-il.

En trois enjambées, il s'approcha du lit. L'air soucieux, il se pencha sur Emmeline qui ouvrit la bouche et éprouva quelque peine à parler. Elle avait la gorge nouée. Après plusieurs toussotements, elle parvint à murmurer :

— Talvas ! Je suis bien aise de vous revoir.

Le regard bleu de Talvas s'illumina.

— Et moi donc !

Lui aussi avait la voix enrouée. Ne pouvant en dire plus sur le moment, il prit les mains d'Emmeline et les garda dans les siennes. Elle sourit.

— Vous me regardez comme si vous ne m'aviez jamais vue.

Il hocha la tête avec vigueur.

— Il est bien vrai que j'ai bien cru ne jamais vous revoir.

Sans lâcher les mains d'Emmeline, il s'assit sur le bord du lit, sans la quitter du regard. Elle s'aperçut qu'il avait un visage fatigué et pas rasé, avec des cernes sous les yeux, et les yeux injectés de sang.

— Vous n'avez pas l'air très vaillant, lui dit-elle.

Il ne répondit pas, exécuta un petit haussement d'épaules qui voulait tout dire, et sa sœur répondit pour lui :

— Il n'a plus dormi depuis le moment qu'il vous a déposée dans ce lit.

Elle s'approcha et, du bout de l'index, effleura la barbe qu'il portait au menton, d'un air protecteur.

— Combien de temps cela fait-il ? demanda Emmeline.

Elle voulut se soulever sur un coude mais retomba sur ses oreillers, étonnée par le nombre de douleurs diverses que ce simple mouvement avait causées.

— Quelques jours, murmura Talvas, l'air modeste. Mais il ne faut pas vous agiter, Emmeline. Vous avez reçu un choc considérable à l'épaule, et puis, il y a cette coupure à la gorge, en bonne voie de guérison, heureusement.

Il effleura ladite coupure, et Emmeline ferma les yeux pour mieux savourer le plaisir qu'elle ressentait à cette caresse délicate. Or Talvas interpréta mal sa réaction et il s'inquiéta.

— Qu'avez-vous ? Avez-vous mal ?

Elle rouvrit les yeux, leurs regards s'accrochèrent l'un à l'autre.

Avec tact, Mathilde déclara :

— Bon ! Je vais faire un tour ! J'ai pu constater que la jeune personne est tirée d'affaire, je pense que l'on n'a plus besoin de moi ici.

Elle décocha un sourire à Emmeline, un autre à son frère, puis sortit à grands pas, ouvrit la porte et la referma derrière elle. Un moment de silence régna alors dans la chambre, puis Emmeline reprit la parole.

— Je vais tout à fait bien, Talvas.

Or le ton de sa déclaration en démentait la teneur. C'est qu'elle commençait à se souvenir de son aventure, que les souvenirs lui revenaient avec une terrible acuité, et qu'en particulier, elle venait de se rappeler sa sœur flottant dans l'eau des douves.

— Ce scélérat vous a-t-il fait du mal ? demanda Talvas.

— Non… mais il a tué Sylvie. Elle ne s'est pas suicidée, Talvas ! C'est lui, son mari, qui l'a tuée. Elle avait compris qu'il était revenu au château et elle avait l'intention de nous en avertir, d'en avertir le roi aussi. Hélas, Edgar l'a supprimée pour l'empêcher de parler. Il l'a étranglée. C'est lui-même qui me l'a dit.

— Qu'elle repose en paix, murmura Talvas touché. Si elle avait pu parler, vous n'auriez pas connu de bien pénibles mésaventures.

— Elle essayait de se racheter, Talvas. Elle avait conscience d'avoir commis de graves erreurs et elle voulait réparer le mal qu'elle vous avait fait.

— C'est ce que je comprends, maintenant. J'ai conscience de l'avoir trop mal jugée. C'était une femme courageuse.

Obéissant à une impulsion venue du plus profond de lui-même, Talvas se pencha sur Emmeline et la prit dans ses bras, en murmurant, d'une voix vibrante :

— Et vous aussi vous êtes une femme courageuse.

— Je ne crois pas, soupira-t-elle. J'ai eu souvent peur, ces derniers temps.

— Quoi de plus normal ? On est d'autant plus courageux qu'on surmonte ses peurs.

Puis Talvas indiqua une petite ecchymose jaune et bleue qu'Emmeline portait au coin de la bouche, et il demanda :

— D'où vient ceci ?

— J'ai dit à Edgar qu'il perdait son temps en voulant m'utiliser comme appât, et que vous n'essayeriez pas de me délivrer. Il m'a bâillonnée pour me faire taire.

— Vous vous trompiez, Emmeline. Je suis venu.

— Il fallait bien le faire douter ! Mais je savais que vous viendriez, j'en étais sûre.

Comme ceux de Mathilde, les doigts d'Emmeline s'aventurèrent sur le menton de Talvas, qui les couvrit de ses propres mains pour les garder sur lui. Les yeux embués, il murmura :

— Je vous avais perdue, Emmeline, et je désespérais de vous trouver.

Il approcha de sa bouche les mains de la jeune femme et déposa un baiser dans la paume de chacune d'elles.

— Et quand je vous ai retrouvée, immobile, couchée sur le sol, j'ai cru que vous étiez morte de froid, poursuivit-il. J'ai passé là le moment le plus terrible de ma vie. J'ai cru...

Les mots moururent sur ses lèvres et il secoua la tête, car il était incapable de raconter l'expérience terrible qu'il avait vécue, et dont le souvenir même le faisait souffrir.

— Je ne pourrais pas supporter cette souffrance une seconde fois, et cela n'arrivera plus, ajouta-t-il enfin. Je ne risquerai plus de vous perdre, Emmeline, parce que je ne vous laisserai plus courir de tels risques. Vous n'irez plus vous jeter dans la gueule du loup, et s'il le faut, j'irai à votre place car c'est à moi de vous protéger.

Emmeline secoua doucement la tête et répondit :

— C'est malheureusement impossible, Talvas.

— Et puis-je savoir pourquoi ?

— Parce que vous êtes en train de me parler mariage ; à mots couverts, peut-être même sans vous l'avouer vraiment, mais c'est bien de mariage qu'il s'agit dans votre esprit.

Il répondit avec une certaine arrogance :

— Eh bien, vous vous trompez ! Oui, j'ai bien l'idée de mariage en tête et c'est tout à fait conscient chez moi !

Dire qu'il avait failli se confier à elle, se livrer tout entier, alors qu'elle ne songeait qu'à le repousser. Elle ne voulait donc pas de lui ?

Comme s'il avait besoin d'une confirmation, elle lui dit dans un murmure :

— Talvas, non, je ne peux pas accepter.

S'il ne s'emporta pas, ce fut de justesse.

— Et pourquoi ? lança-t-il, un ton trop haut tout de même.

Mû par un désir impérieux, il se pencha sur Emmeline et lui donna un baiser agressif, hargneux même, auquel il mit fin presque aussitôt, en se rendant compte que cela ne servirait à rien et qu'au contraire il desservait plutôt sa cause. Il se redressa, découragé, et souffla :

— Pourquoi, mais pourquoi refusez-vous de reconnaître ce qu'il y a entre nous ?

— Je ne refuse rien ! protesta Emmeline. Talvas, comprenez-moi bien. Je veux être avec vous, vivre auprès de vous, mais je ne peux pas me marier avec vous.

Il se leva brusquement et marcha à grands pas vers la fenêtre, en serrant les poings. La rage bouillait en lui et il avait envie de hurler. Arrivé à la fenêtre, il se retourna pour lancer :

— Alors, je ne pourrai pas vous protéger ! Je ne le pourrai pas ! Vous comprenez ?

Le désespoir s'empara d'Emmeline. Toute la joie, qu'elle avait éprouvée en retrouvant Talvas, s'était évanouie. Tournant la tête, elle enfouit son visage dans l'oreiller qu'elle mouilla de ses larmes.

— Je ne demande pas votre protection, Talvas, répondit-elle d'une voix étouffée. Je veux seulement votre amour.

Talvas prit sur lui-même pour calmer son indignation.

— A cause d'un mariage malheureux, vous voulez gâcher toute votre vie, commenta-t-il. Je désapprouve, mais je peux comprendre. Bien sûr, je n'ai pas l'intention de vous obliger à m'épouser, rien ne m'y autorise. Evidemment, il en irait autrement si vous portiez un enfant, *mon* enfant.

Emmeline frémit. Elle avait peur de comprendre.

— Vous voulez dire... que vous me *forceriez* à vous épouser ?

Résolu, les dents serrées et le regard terrible, Talvas fit « oui » de la tête avant de formuler sa pensée.

— Si c'était nécessaire, oui.

Malheureuse d'entendre ces propos qui confirmaient ses pires craintes, qui lui faisaient voir, de nouveau, Talvas comme un homme tyrannique, accablée de voir l'image de celui-ci se confondre à celle de Giffard, Emmeline répondit :

— Alors, fasse le ciel que je ne porte pas votre enfant.

Talvas sortit en claquant la porte.

Le lierre aux feuilles sombres couvrait les murs gris qui entouraient le jardin potager, à l'intérieur du château de Hawkeshayne. Un rouge-gorge solitaire se tenait perché sur un petit arbre totalement dépouillé de ses feuilles, et ses plumes écarlates donnaient la seule tache de couleur, la seule note gaie dans ce petit monde blafard, à peine éclairé par un soleil blême et froid de fin d'après-midi. Emmeline se promenait lentement, au bras de Mathilde.

Elles marchaient dans les allées, entre les planches nues, soigneusement retournées, qui attendaient les semailles et les plants d'un printemps encore lointain.

Emmeline commençait à trouver le temps long. Une grande semaine avait passé depuis le jour où Talvas était parti rejoindre Etienne afin d'évincer Maud enfermée au château de Sedroc. Avant de s'en aller, il avait laissé des instructions très précises à sa sœur Mathilde, concernant Emmeline, en lui demandant de ne laisser celle-ci aller nulle part, ce qui revenait pratiquement à la tenir prisonnière entre les hauts murs de Hawkeshayne.

A Emmeline, il n'avait plus parlé depuis qu'il avait quitté la chambre où elle se rétablissait et où elle avait éclaté en sanglots aussitôt après que la porte s'était refermée avec bruit. Elle avait gardé le lit au cours des jours suivants, se désolant de ne plus recevoir de Talvas une visite qu'elle redoutait en même temps. Mise au courant, par Mathilde, des projets de celui-ci, elle s'était levée pour se poster à une fenêtre, d'où elle l'avait vu partir en compagnie de Guillaume et d'un groupe de cavaliers en grand arroi. Il ne s'était même pas retourné pour jeter un coup d'œil vers sa fenêtre, alors qu'il savait fort bien qu'elle s'y confinait.

— Je suis bien contente de voir que vous reprenez des couleurs, lui dit Mathilde.

En quelques jours, elles étaient devenues les meilleures amies du monde, en découvrant qu'elles avaient beaucoup de points communs, dont un désir d'indépendance aussi affirmé chez l'une que chez l'autre. Elles s'étaient confiées l'une à l'autre, elles avaient parlé, elles avaient ri. On les voyait partout ensemble, la brune et la blonde, la grande Mathilde, la petite Emmeline.

— C'est le vent qui me met le rouge aux joues, répondit celle-ci, mais je suis contente de le sentir sur mon visage.

Elle inspira à pleins poumons l'air venu de la mer toute proche et qui en charriait les fortes senteurs.

— Le vent de la mer me fait du bien, il me redonne des forces, reprit-elle. Quoi qu'il en soit, je suis totalement rétablie maintenant, et il ne me manque plus, pour être tout à fait heureuse…

Elle avait donné un tel relief à ce mot, « heureuse » que Mathilde, saisie, s'arrêta et se tourna vers elle.

— Que voulez-vous dire ?

— Qu'il est temps pour moi de retourner en France.

Un vol de corbeaux passa au-dessus d'elles et ils déchirèrent l'air de leurs cris fort désagréables. Elles les regardèrent passer, se bouchèrent les oreilles en riant, puis elles reprirent le fil de leur conversation.

— Emmeline, vous n'êtes pas gentille, dit Mathilde en lui agitant un index sous le nez. Vous savez fort bien que Talvas a demandé que vous attendiez son retour. Je pense qu'il a l'intention de vous ramener en France, sur votre propre bateau. Alors, un peu de patience, que diable !

Faisant taire son cœur qui lui pinçait désagréablement, Emmeline fit valoir son projet.

— Je pourrais très facilement trouver un capitaine pour la *Belle de Saumur*. Plus rien ni personne ne me retient ici. Alors, pourquoi attendre ?

— Etes-vous bien sûre de cela ? demanda Mathilde, d'un ton soupçonneux.

Elle éprouvait quelque inquiétude, son frère ayant été très clair avec elle sur la mission qu'il lui confiait : surtout, ne pas laisser s'échapper Emmeline, et elle craignait de faillir. Elle n'avait pas oublié les vives inquiétudes qu'il avait montrées lorsqu'il veillait la jeune femme inconsciente. Elle s'en était étonnée, elle s'en étonnait encore. En vérité, jamais elle n'avait vu son frère aussi tendre, aussi attentionné.

— Il veut m'épouser, soupira Emmeline.

— C'est merveilleux ! s'exclama Mathilde en lui prenant les mains. Mais alors, je ne comprends pas pourquoi vous voulez retourner en France. Pourquoi ?

— Parce que j'ai dit non.

— Là, je comprends encore moins.

— Il ne croit pas que l'amour et le mariage sont des réalités différentes, qui n'ont rien à voir l'une avec l'autre. Il veut me protéger et il pense que le mariage est la seule voie qui s'ouvre devant nous. Mais moi, j'ai tant souffert avec mon premier mari, j'ai été si contente, ensuite, de jouir de mon indépendance, que je n'ai pas envie de me lier de nouveau. Vous pouvez comprendre cela, non ?

Mathilde réfléchit un moment avant de demander :

— Que voulez-vous que je vous dise, Emmeline ? que

j'ai l'impression d'être soumise à mon mari et que je m'en afflige ?

— Certainement pas. Loin de moi cette idée ! Je pense, au contraire, que vous êtes une des femmes les moins soumises qui soit. Avec le caractère que vous avez, c'est un danger qui ne vous menace pas.

Le sourire était revenu aux lèvres d'Emmeline. Bras dessus, bras dessous, les deux amies se remirent à marcher. Mathilde se mit à rire.

— Je prends cette déclaration pour un compliment. Cela dit, je tiens à préciser que je suis heureuse en mariage, que j'aime mon mari, et que ceci explique sans doute cela.

Rêveuse, Emmeline reprit :

— Je vous comprends et je vous envie.

Puis, après un petit moment de silence, elle eut ce cri du cœur :

— Oh, Mathilde, il faut que je lui parle ! J'ai été si méchante avec lui. Combien de temps faudra-t-il encore attendre le retour de Talvas et d'Etienne, selon vous ?

Miraculeusement, elle se sentit déchargée d'un grand poids : elle avait dit la vérité de son cœur, ce qui l'avait libérée.

Mathilde, redevenue sérieuse, soupira.

— Qui pourrait le dire ? Ce château, pour agréable qu'il soit, n'en est pas moins une prison pour moi, et je gage que vous avez la même impression.

Emmeline approuva d'un vif hochement de tête.

— Je n'ignore pas qu'un siège peut durer des semaines et des semaines, fit-elle remarquer.

Le soleil descendait sur l'horizon. Il commençait à faire plus froid. En silence, les deux jeunes femmes quittèrent le jardin pour rentrer dans le château.

— Talvas n'a pas interdit que nous sortions ensemble

dans la campagne. Vous sentez-vous capable de monter à cheval ? proposa Mathilde.

— Aussi prête qu'on peut l'être, répondit Emmeline avec enthousiasme.

Le château de Sedroc, dressé sur un promontoire rocheux, dominait la campagne environnante, toute plate, de champs et de marais salés. Cette énorme forteresse carrée, entourée de douves profondes, comportait, pour les assiégés, une seule sortie possible, la grande porte actuellement fermée par la herse abaissée et le pont-levis relevé, elle était bloquée par les soldats d'Etienne qui y montaient une garde permanente et fort attentive. Tout près de là se regroupaient les tentes rondes aux toits coniques, une vingtaine en tout, chacune pouvant abriter dix hommes prêts à toute éventualité, prêts à intervenir en cas de besoin. Etienne n'était pas disposé à laisser Maud lui glisser entre les doigts, et il avait pris les arrangements nécessaires : c'était un véritable piège qu'il avait installé autour du château.

Dans le petit matin blême, alors que les soldats se rassemblaient autour des feux pour prendre leur petit déjeuner, Talvas, assis sur un petit tabouret devant la tente qu'il partageait avec Etienne, contemplait ses grosses bottes couvertes de rosée. Puis il se pencha pour puiser, dans le seau placé à côté de lui, un plein gobelet d'eau fraîche qu'il but avidement, puis il soupira en reportant son regard sur le château.

Le siège durait depuis trop longtemps. Les soldats d'Etienne commençaient à montrer des signes de lassitude. Beaucoup étaient malades, quelques-uns avaient même succombé à de méchantes quintes de toux. Le froid continuel, le vent coupant, les mettaient à rude épreuve.

Talvas s'intéressa à un héraut d'armes qui, arborant un surcot aux couleurs de Maud et brandissant un drapeau blanc, venait de sortir du château et, encadré par deux soldats, se dirigeait vers Etienne en grande conversation avec Guillaume. Ce messager venait-il annoncer la fin des hostilités, la reddition prochaine de l'ambitieuse ? Talvas l'espérait. Si Maud avait un peu de bon sens, elle devait reconnaître qu'elle n'avait plus aucune chance de monter sur le trône d'Angleterre, qu'il ne servait donc à rien de contester le pouvoir d'Etienne, légitime souverain.

Talvas prêta l'oreille au héraut qui récitait son message et qu'Etienne interrompit très vite, éclatant d'un rire tonitruant.

— Pas question ! Vous pouvez aller lui transmettre cette réponse.

Quoique étonné, le héraut ne se le fit pas dire deux fois. Il décampa, toujours encadré des deux soldats. Etienne, qui avait son visage des mauvais jours, s'approcha de Talvas.

— Elle refuse de se rendre ! Elle est folle, ou quoi ? Ils ne doivent plus avoir grand-chose à se mettre sous la dent, là-bas ! Combien de temps croit-elle pouvoir tenir encore ?

— Il ne leur reste plus que l'eau du puits, répondit Talvas. Si nous pouvions le tarir, le siège prendrait fin en quelques jours... Que dis-je ? En quelques heures !

En vérité, il enrageait de devoir rester à Sedroc. Certes loyal envers Etienne, il n'avait qu'une envie, qui le taraudait : retourner à Hawkeshayne, auprès d'Emmeline. Il méditait sans cesse les dernières paroles, si peu amènes, qu'ils avaient échangées. Il regrettait d'être parti sans avoir au moins tenté une réconciliation, mais il restait meurtri par le constant rejet que la jeune femme manifestait à son égard.

A ces regrets se mêlait une crainte qui ne comptait pas pour peu dans sa hâte de retourner à Hawkeshayne : il n'était pas certain que sa sœur parviendrait à retenir longtemps Emmeline, qui tenterait sans doute, et par tous les moyens, de quitter le château pour aller en France, pour le fuir.

Il étendit ses jambes et grimaça à cause d'une petite blessure à la cuisse, reçue la veille, et qui le faisait souffrir. Etienne s'en aperçut.

— Comment va votre jambe ? Est-ce qu'elle saigne toujours autant ? s'enquit le souverain.

— Non, je ne crois pas. Guillaume m'a pansé de son mieux. Et puis, ne nous affolons pas, ce n'est qu'une égratignure. N'en parlons plus.

Il s'agaçait d'autant plus d'avoir reçu cette blessure qu'il s'accusait de négligence, ou plutôt de distraction : inspectant le poste de garde devant la porte du château, il ne pensait en fait qu'à Emmeline et n'avait donc pas vu venir la flèche tirée par un archer en haut du rempart.

Il ne savait plus depuis combien de jours il n'avait plus vu Emmeline, et préférait ne plus compter. Or, plus l'absence se prolongeait, plus le souvenir l'obsédait. Le jour il ne pensait qu'à Emmeline ; la nuit, ses rêves le ramenaient à elle. Le jour lui manquait l'esprit vif et souvent caustique de la jeune femme ; la nuit, il essayait de se remémorer le délicat parfum floral qui émanait d'elle. Chaque fois qu'il essayait de la chasser de son esprit, le souvenir d'elle lui revenait avec plus de force et le tourmentait davantage.

Un appel, puis la main d'Etienne qui le tirait par la manche, l'arrachèrent à ses pensées. Les deux hommes tournèrent leur regard vers la direction d'où venait l'alerte. Les mains en visière au-dessus des yeux.

— Que se passe-t-il ? Je distingue, mal, deux cavaliers qui ne semblent pas avoir d'intentions belliqueuses, nota Etienne. Attendons…

Talvas, médusé, avait déjà compris, et sans doute parce qu'il avait meilleure vue que le roi, que les deux cavaliers étaient en fait deux cavalières, Mathilde sa sœur, et Emmeline. Le cœur battant, il attendit. Elles ne tardèrent pas entrer dans le camp, sans trop se soucier des regards gourmands des soldats.

Emmeline avait les joues bien rouges à cause du froid, mais elle ne s'en souciait pas, elle ne songeait pas à rabattre sur sa tête le capuchon qui pendait dans son dos. Elle riait à cause d'une plaisanterie que Mathilde venait de lui glisser à l'oreille. La voyant joyeuse, visiblement heureuse, Talvas éprouva un pincement au cœur, et il se demanda, non sans inquiétude, si elle venait pour lui. Mais il n'osait bouger, et restait planté là, alors qu'Etienne s'avançait vivement pour aller au-devant de sa femme.

— Mathilde ! Qu'est-ce que vous faites ici ? Avez-vous perdu la raison ?

Il lui tendit les mains pour l'aider à descendre, et elle lui répondit, avant de tomber dans ses bras :

— Il y avait si longtemps que je ne vous avais vu, mon cher ami. Je n'y tenais plus.

Elle lui planta un baiser sur le nez et ajouta :

— Emmeline et moi nous faisions du souci pour vous… pour vous deux, dois-je préciser.

Elle accompagna cette déclaration d'un coup d'œil espiègle à Talvas, qui se rembrunit.

— Pourquoi cette mine sombre ? lui lança-t-elle. Pourquoi ces yeux furibonds ? Tu n'es pas content de nous voir ?

Emmeline se laissa glisser au bas de sa monture. L'indifférence de Talvas ; pire, sa mine renfrognée, avait eu raison de sa bonne humeur et elle regrettait déjà d'avoir entrepris ce voyage. Elle s'était trompée, hélas, et la tristesse l'enveloppait de ses voiles gris. Après avoir tant ri en compagnie de Mathilde, elle avait maintenant envie de pleurer. La tête rentrée dans les épaules, elle attendait Talvas qui se décida enfin à venir près d'elle, en traînant un peu la jambe.

— Qu'est-ce que vous avez ? demanda-t-elle, la curiosité prenant le pas sur la tristesse.

— Ce que j'ai ? grommela-t-il ; comme s'il était besoin de poser la question ! Je croyais vous avoir dit de rester à Hawkeshayne, de m'y attendre.

— Vous ne m'avez rien dit de tel !

— Je l'ai dit à ma sœur, c'est la même chose !

— Oui, mais Mathilde avait envie de venir ici ; alors, je l'ai suivie.

Mathilde, prétexte facile pour ne pas dire à Talvas qu'elle avait envie de le voir, qu'il lui avait manqué, qu'elle pensait souvent avec nostalgie à la nuit qu'ils avaient passée dans la hutte, parce qu'alors, elle s'était sentie prête à se confier à lui, avec la certitude qu'il ne la jugerait pas. Or cet état de grâce n'avait pas duré, à cause d'elle qui avait tout gâché en refusant la proposition de mariage qu'il lui présentait, et en la refusant de façon agressive. Ces barrières qu'elle sentait entre eux, c'était elle qui les avait élevées, et si elle en souffrait, c'était à elle qu'elle devait s'en prendre. Pourrait-elle les abattre maintenant ? Elle en doutait.

— Si je comprends bien, vous avez accompagné ma sœur sans barguigner, mais quand c'est moi qui vous demande quelque chose, c'est impossible.

Perçant, le regard bleu de Talvas accusait plus encore que ses paroles. Mal à l'aise, Emmeline arrangea les plis de son manteau et protesta faiblement :

— Je ne pouvais tout de même pas la laisser voyager toute seule !

Talvas émit un petit ricanement guttural.

— Bien sûr, si elle avait été attaquée par quelques malandrins, vous l'auriez défendue avec succès ! Vous avez la carrure et les talents guerriers qu'il faut pour cela... Mais pourquoi m'étonner ? Vous n'en êtes plus à une sottise près !

Il y eut ensuite un moment de silence. Sous son voile que

soulevait le vent, Emmeline baissait la tête et se rongeait un ongle. Puis, prenant son courage à deux mains, elle déclara :

— J'avais envie de vous voir.

Elle put admirer l'effet de ces quelques mots : les yeux écarquillés, l'air stupide, Talvas la regardait comme s'il venait d'être frappé par la foudre. Ses yeux s'illuminaient d'une lueur étrange, presque surnaturelle.

Il la regardait. Elle le regardait.

Le monde s'était dissous et le temps s'était arrêté.

Il n'y avait plus que lui, et elle, qui vivaient l'un par l'autre.

— Etienne me dit que tu as été blessé à la jambe ? Montre.

Mathilde avait rompu le charme.

— Hein ? dit Talvas.

— Ta jambe ! Montre-moi ça. Dis donc, tu saignes...

Penchée, Mathilde examinait la jambe de son frère qui, adressant un petit sourire à Emmeline, lui fit comprendre qu'il faudrait reprendre leur tête-à-tête plus tard.

— Je propose que tu m'examines sous ma tente, dit-il à sa sœur. Ce serait plus convenable, non ?

Mathilde opina du chef, et, avant de suivre son frère, elle se tourna vers Emmeline.

— Venez donc avec moi, vous pourrez m'aider. Vous me le tiendrez s'il s'agite trop, et vous le bâillonnerez s'il crie.

Puis, voyant que Talvas faisait grise mine, elle lui donna une bourrade.

— Mais non, je plaisante !

Elle n'eut plus du tout envie de plaisanter quand elle put voir la blessure, qui, profonde, gonflée, présentait une sorte d'ourlet violacé et laissait échapper beaucoup de sang.

Allongé sur son lit de camp, les braies sur les chevilles,

un bras sur les yeux, Talvas n'avait plus rien du fier guerrier. De son visage, Emmeline ne voyait plus que sa bouche, qui s'étirait en un rictus de douleur quand sa sœur tourmentait sa blessure.

— C'est de la folie, finit par déclarer celle-ci. Cette blessure n'a pas été nettoyée convenablement… et regardez-moi ce bandage ! C'est Guillaume qui a fait cela ? Il en était sans doute si fier qu'il n'a pas voulu le changer !

D'un air dégoûté, elle montra le tissu rendu rigide par le sang coagulé qui s'y était accumulé depuis la veille.

— Il ne faut pas blâmer Guillaume, dit Talvas. Il a fait ce qu'il a pu.

Obéissant aux instructions de Mathilde, Emmeline s'en alla chercher un sac de cuir que celle-ci avait apporté avec elle et qui pendait encore à la selle de son cheval. En sortant, elle constata avec satisfaction que Guillaume s'occupait déjà à faire chauffer une grande marmite remplie d'eau claire. Elle pensait à Talvas, qui lui avait paru fatigué, et qui, sans doute, souffrait, non seulement d'être soigné par sa sœur sous l'œil de témoins, mais encore de devoir subir ses remontrances et ses commentaires acerbes.

— Tu as de la chance que j'aie pensé à apporter tout cela ! déclara d'ailleurs celle-ci quand elle eut reçu son sac de cuir. Franchement, je ne sais pas ce que tu ferais sans moi !

Elle sortit plusieurs petits sacs en toile fine, qu'elle portait à son nez afin d'en déterminer le contenu, et mettait de côté ceux qui contenaient les herbes au moyen desquelles elle préparerait un cataplasme salvateur.

— J'espère que tu sais ce que tu fais, dit Talvas.

Il avait, cette fois, les deux mains croisées sous la nuque et observait ce qui se passait autour de lui, portant son regard sur Mathilde puis sur Emmeline. Et c'est à celle-ci qu'il s'adressa ensuite.

— J'ai l'impression que vous avez repris des forces, damoiselle. Vous êtes tout à fait rétablie.

Effectivement, il lui trouvait le teint frais, la démarche alerte. Elle portait une belle robe, sans doute prêtée par Mathilde, et qui lui allait parfaitement. Les deux jeunes femmes s'entendaient décidément très bien. Cette pensée réjouissait Talvas, et la présence d'Emmeline le réjouissait davantage.

— Mais oui, je suis rétablie, lui répondit-elle. Et c'est à votre sœur que je le dois. Grâce à elle, j'étais debout deux jours après votre départ.

Les deux amies échangèrent un sourire complice, puis Mathilde, toute aux soins qu'elle donnait à son frère, enchaîna.

— J'ai besoin de votre aide, Emmeline... Il faut que vous rapprochiez les bords de la blessure, afin que je puisse la recoudre proprement.

Emmeline jeta un coup d'œil sur la blessure, qu'elle trouva béante, énorme, monstrueuse. Elle crut défaillir et rougit violemment.

— Pas de faiblesse ! ordonna Mathilde. Ce n'est pas le moment ! Vous voulez sauver sa jambe, oui ou non ?

Emmeline hocha la tête, prit une longue inspiration, puis, les yeux mi-clos, elle se pencha et suivit les instructions de son amie, rapprocha les bords de la blessure qu'elle pinçait entre les pouces et les index, en essayant de ne pas regarder le linge qui, tout près de ses mains, couvrait la virilité de Talvas. Elle le sentit frémir.

— Vous ai-je fait mal ? demanda-t-elle.

Il fit « non » avec la tête et soupira.

— Mathilde, vas-y, ne perdons pas de temps.

Il s'étonnait du désir qui se faisait sentir malgré son inconfort, et ce désir était pour lui la source d'un autre inconfort, tant il craignait de le voir se manifester aux yeux des deux jeunes femmes qui le soignaient. Il ferma les yeux, s'efforça de penser à autre chose, puis accueillit avec soulagement la vive douleur qui lui infligea l'aiguille de Mathilde entrant dans sa chair.

— Comment va le patient? demanda Etienne un peu plus tard, en passant la tête dans l'embrasure de la portière.
— Il survit, grommela Talvas.
La blessure était recousue, il remettait ses braies.
Mathilde rangeait ses affaires.
— Talvas ne pourra jamais guérir ici, dit-elle. Il doit rentrer à la maison, et d'ailleurs, ce siège n'a déjà que trop duré.
— C'est bien mon avis, répondit Etienne. Il faut terminer cette affaire. Empoisonnons le puits, c'est, selon moi, le seul moyen de débusquer Maud.
Talvas émit aussitôt une vive protestation :
— Pas question, Etienne! Je ne suis pas d'accord! Je n'aime pas ce genre de méthode.
— Puisque je vous dis que c'est le seul moyen! plaida Etienne. Je n'ai pas envie de monter la garde devant ce château pendant un an encore, si ce n'est davantage. Cela dit, il y aurait bien une autre façon de procéder...
Il glissa un rapide regard en direction d'Emmeline. Talvas s'en inquiéta et demanda :
— On peut savoir quelle serait votre idée?
— Supposons qu'une personne, plutôt menue, puisse entrer dans le château du côté de la mer. A marée haute, une barque s'approcherait de la muraille, la personne dont je parle escaladerait et s'introduirait en passant par une fenêtre. C'est le plan que j'avais conçu pour vous deux, mais Edgar de Waldeath l'a rendu impraticable.

— Non ! fit Talvas, les yeux fermés, en secouant la tête. Non, non et non !

Au lieu de lui répondre, Etienne se tourna vers Emmeline.

— J'ai l'impression que vous n'avez pas froid aux yeux. Voulez-vous nous aider ? Vous êtes la plus petite, la plus leste de tous ceux qui sont autour de moi.

— Vous voulez que j'escalade ? fit-elle, incrédule.

— Il n'en est pas question ! hurla Talvas. J'aime mieux m'engager pour un siège de cent ans plutôt que de mettre Emmeline en danger !

— Si c'est le seul moyen de mettre un terme à ce siège, pourquoi ne pas tenter ? dit-elle.

— C'est dangereux, grommela-t-il.

— N'ai-je pas déjà prouvé que j'étais capable de me sortir des situations les plus épineuses ?

— C'est bien vrai ! approuva Mathilde.

Talvas soupira, sachant qu'il n'aurait pas le dessus dans cette discussion. Et puis, il se livrait à une rapide évaluation du problème et des heureuses conséquences qui pourraient en découler : s'il laissait Emmeline se lancer dans l'aventure, elle lui en serait reconnaissante, elle serait obligée d'admettre qu'il respectait sa liberté, qu'il n'était pas le tyran domestique qu'elle imaginait... Partant de là, elle accepterait de se marier avec lui. Elle n'aurait plus aucun prétexte valable pour refuser.

— Très bien ! déclara-t-il d'un ton décidé. Emmeline, c'est moi qui vous conduirai au château, et c'est moi qui vous en ramènerai.

— Mais, ta jambe ! protesta Mathilde. Ta blessure risque de se rouvrir !

— C'est à prendre ou à laisser !

18

Talvas ramait. Il serrait les dents et essayait de ne pas trop penser à sa blessure que ses mouvements tiraillaient douloureusement. Emmeline, assise en face de lui à la proue, maintenait les bras écartés pour ne pas perdre l'équilibre dans l'étroit canot qui glissait sur les eaux noires. Elle s'était enveloppée dans un grand manteau au capuchon rabattu jusque sur ses yeux, portait des braies d'homme ainsi que des bottes légères, solidement ligaturées sur ses mollets.

A chaque mouvement de rame, qui les rapprochait de Sedroc, Talvas méditait de faire demi-tour, de mettre un terme à l'aventure, sans doute dangereuse, où il entraînait une fois de plus Emmeline. Mais avait-il le choix ? Il savait que non. Son esprit de guerrier lui démontrait que l'expédition était nécessaire, quand son cœur amoureux la refusait. Il en résultait un conflit intérieur plus douloureux encore que sa blessure à la cuisse.

Amoureux, oui, il l'était; et il n'était plus question de le contester. Il s'était, plus d'une fois, emporté contre Emmeline parce qu'elle refusait d'accepter ses demandes en mariage, il avait éprouvé la tentation de partir et de l'oublier, mais alors il savait déjà qu'il n'en serait pas capable, et maintenant il était convaincu de l'aimer.

— J'aime les parfums de la mer, dit soudain Emmeline.

Elle jeta la tête en arrière pour humer le vent salé, et fit ainsi tomber son capuchon. A ce moment, Talvas se rappela leur première rencontre, dans le port de Barfleur : il était encore sur le pont du bateau et il avait vu, de loin, la magnifique chevelure blonde de la jeune femme qui attendait sur le quai. Quand il pensait qu'il l'avait prise alors pour une prostituée, il rougissait encore de honte ! Par quelle aberration de son esprit avait-il pu commettre une erreur aussi grossière ? Emmeline était une femme unique, à nulle autre pareille, d'une beauté extraordinaire, douée d'un caractère que beaucoup d'hommes pourraient lui envier. Evidemment, c'était ce caractère qui la poussait à vouloir rester indépendante, et donc à refuser toute idée de mariage. Comment pourrait-il l'amener à changer d'avis, sans la brusquer ? Tel était le problème qu'il examinait depuis un certain temps.

Le canot toucha le rocher sur lequel s'élevait le château de Sedroc. Emmeline se retourna, jeta l'amarre autour d'un des poteaux disposés là à cet effet, puis se pencha pour l'assurer.

— Attendez, laissez-moi faire, dit Talvas.

Ayant rentré les avirons à l'intérieur du canot, il s'avança pour faire un nœud avec l'amarre. Puis il prit les mains d'Emmeline.

— Vous n'êtes pas obligée de faire cela, dit-il avec gravité. Il est encore temps de nous en aller d'ici.

— Il le faut pourtant, lui répondit-elle. Vos hommes sont épuisés, vous êtes blessé, et si nous ne tentons pas ce coup de main, le siège peut durer encore des mois.

Il hocha la tête, non par conviction, mais parce qu'il savait qu'il ne la ferait pas changer d'avis.

— Vous savez ce que vous avez à faire ? demanda-t-il.

Elle sourit en se rappelant le nombre incalculable de répétitions qu'elle avait faites sous la direction d'Etienne et de Talvas, ceux-ci rabâchant leurs instructions jusqu'à perdre haleine.

— J'ai tout en tête, dit-elle.

— N'oubliez surtout pas que vous devez revenir ici avant la marée descendante, faute de quoi le canot ne pourra pas reprendre la mer et nous serons pris au piège.

— Raison de plus pour ne pas perdre de temps !

Talvas repoussa une mèche de cheveux blonds qui barrait le visage de la jeune femme, et il soupira :

— J'aimerais pouvoir aller avec vous.

Emmeline, émue, lui prit les mains.

— J'aimerais vous avoir avec moi, mais c'est malheureusement impossible.

Il lui prit alors le menton et se pencha sur elle pour lui donner un rapide baiser, qu'il conclut par cette recommandation :

— Prenez soin de vous, ma belle.

Elle escalada la muraille avec facilité et fort rapidement, car, entre les grosses pierres, les prises pour ses petites mains et ses pieds menus ne manquaient pas. Parvenue à la petite fenêtre, elle jeta un coup d'œil vers le bas et adressa un petit signe à Talvas, avant de s'introduire à l'intérieur. Puis elle tira sur la corde au moyen de laquelle elle hissa un petit sac de cuir qu'elle accrocha aussitôt à sa ceinture. Elle se trouvait dans un corridor fort sombre, éclairé par une seule petite torche fumeuse. Rabattant son capuchon le plus bas possible sur ses yeux, elle se mit en marche pour accomplir sa mission.

Se remémorant les instructions de Talvas, elle trouva facilement son chemin. Elle devait, pour atteindre le puits situé dans une petite cour devant les cuisines, descendre plusieurs escaliers et parcourir un assez long trajet. Elle marchait d'un bon pas, l'air assuré, croisant plusieurs personnes qui lui prêtèrent à peine attention. La traversée de la grand-salle l'inquiétait plus, mais là encore, elle progressa sans anicroche. De là, elle n'avait plus qu'à se rendre aux cuisines, en sortir par une autre porte, pour gagner la petite cour. Arrivée au puits, elle décrocha le sac de cuir, l'ouvrit, puis, après quelques secondes d'hésitation tout de même, en versa le contenu dans l'eau.

— Hé, là ! Qu'est-ce que vous faites ?

Emmeline frémit et n'osa pas se retourner. Cette voix, elle l'aurait reconnue entre mille, puisque c'était celle de Maud, toujours aussi impérieuse, cassante même.

— Alors, paysan, tu réponds ? Qu'est-ce que tu viens de jeter dans le puits ?

Du coin de l'œil, Emmeline évaluait le chemin qu'elle aurait à parcourir pour s'échapper, elle calculait ses chances. Avec lenteur, elle se retourna.

— Vous ? émit Maud abasourdie. Mais je pensais que vous étiez morte ! Vous devriez être morte.

Elle s'approcha et, d'une main presque timide, effleura le bras d'Emmeline, comme si elle devait s'assurer qu'elle n'avait pas affaire à un fantôme.

— Le siège est terminé, fit Emmeline avec calme. Je viens d'empoisonner le puits.

Les deux mains se crispèrent sur les bras d'Emmeline, comme des serres d'oiseau de proie.

— Quoi ? hurla-t-elle. Oh ! Espèce de…

Puis, saisie tout aussitôt d'un abattement extrême, elle soupira, pitoyable :

— Quand je pense que je croyais pouvoir compter sur

vous... Je voulais vous avoir pour amie... J'aurais pu vous couvrir de richesses... Pauvre fille ! Petite sotte ! Vous avez préféré vous rallier au camp d'Etienne ! Eh bien, il faudra en supporter les conséquences !

— Cela ne servira à rien, Maud. Vous savez bien que vous n'avez plus aucune chance. Rendez-vous, ce serait plus simple pour tout le monde.

— Jamais ! Vous m'entendez : jamais !

Et Maud s'égosilla :

— Gardes ! Gardes !

Emmeline profita de cette occasion pour se libérer d'un coup sec. Puis, repoussant l'impératrice, elle se précipita vers les cuisines, où elle entra en coup de vent. Les ayant traversées sans rencontrer de résistance, elle s'engagea dans le dédale des corridors et des escaliers qui devaient la mener à la fenêtre. Quand elle y parvint, ses poursuivants étaient encore loin derrière elle, si elle en jugeait par leurs appels, leurs cris qui formaient un brouhaha confus. Sans perdre de temps, elle jeta dehors son sac de cuir, puis se glissa à l'extérieur et commença de descendre de la même façon qu'elle avait monté, vite mais sans précipitation, prenant toujours le temps de s'assurer qu'elle avait une prise sûre avant de s'y appuyer. Arrivée presque en bas, elle trouva des pierres mouillées, preuve que la mer avait commencé à descendre. Puis elle entendit la voix rassurante de Talvas.

— Vous y êtes presque. Sautez, maintenant. Je vous recevrai.

Sans hésiter, Emmeline lâcha prise et tomba dans les bras ouverts qui l'attendaient. Talvas la déposa dans le canot et grommela :

— Qu'est-ce que vous faisiez ? Vous en avez mis, du temps !

***

Le drapeau blanc de la reddition fut hissé sur le donjon de Sedroc quelques heures plus tard. Puis un héraut d'armes sortit pour parlementer. Maud abandonnait ses prétentions sur le trône d'Angleterre. Elle demandait la grâce de sortir et d'aller à Gloucester, où elle comptait s'établir, en compagnie de son demi-frère, en promettant de ne plus jamais essayer de nuire à Etienne, qu'elle considérait désormais comme le légitime roi. Celui-ci accepta les termes de l'accord. L'affaire se terminait pour sa plus grande satisfaction. Dès le lendemain, on pouvait lever le camp.

A Hawkeshayne, quelques jours plus tard, Mathilde se livrait à une occupation très intéressante, dans sa chambre. Elle sortait de ses bagages tout ce qu'elle avait de vêtements. Le visage sérieux, le front un peu plissé, elle les disposait sur son grand lit, par catégories.

Emmeline, dans l'embrasure d'une fenêtre, admirait le coucher du soleil. Après un dernier coup d'œil sur les collines rougies par la lumière déclinante, elle se retourna, et, voyant Mathilde hésiter devant un bliaut écarlate brodé de fils d'or, elle précisa :

— Surtout, je voudrais quelque chose de simple.

Elle tremblait à l'idée d'attirer sur elle une attention exagérée, peut-être même des sourires moqueurs ou des réflexions perfides sur cette jeune femme de peu qui prenait les airs de princesse.

— N'ayez aucune crainte, lui répondit Mathilde avec un grand sourire. Le rouge vous va très bien au teint. J'avais pensé endosser ce bliaut, mais je vous le donne de grand cœur. Moi je mettrai ce vert, qui n'est pas mal non plus.

Emmeline, d'une main hésitante, caressa le beau tissu écarlate, puis soupira :

— C'est vraiment très beau ; trop, peut-être... Je n'ai pas l'habitude... Ce n'est pas pour moi...

— Vous plaisantez ! s'exclama Mathilde. Pourquoi n'auriez-vous pas le droit de porter de beaux atours ? Vous êtes, ce soir, la reine de la fête. Vous serez honorée comme l'héroïne que vous êtes. Tout le peuple de Hawkeshayne attend avec impatience le moment où il pourra vous acclamer et boire à votre santé. Ces hommages sont mérités, il vous faut une tenue de circonstance.

Ayant trouvé ce qu'elle voulait, elle fourra quelques pièces de vêtement dans un coffre, puis se redressa pour continuer :

— Etienne tient aussi à vous remercier publiquement, et c'est bien la moindre des choses. Pour tout dire, je ne l'ai jamais vu aussi enthousiaste à l'idée de participer à une fête.

Pourtant Emmeline ne manifestait pas, à son goût, la joie qui convenait.

— Que se passe-t-il, Emmeline ? l'interrogea-t-elle, soudain inquiète. On dirait que vous n'êtes pas contente.

— Il n'y avait pas que moi, dit la jeune femme, en se mordillant un ongle. Il n'est pas juste que je reçoive seule tant d'hommages Talvas était là aussi, n'est-ce pas ? Vous vous en souvenez ?

Emmeline avait des souvenirs très précis de cette expédition mémorable, et un détail, surtout, la troublait chaque fois qu'elle y pensait : quand elle s'était laissée tomber du mur, Talvas l'avait recueillie. Elle en avait encore des frissons.

— Bien sûr que je me souviens ! répondit Mathilde. Et j'ai l'impression que vous n'oublierez jamais...

Elle ne se trompait pas ! Prenant les mains d'Emmeline, elle poursuivit, sur le ton de la confidence :

— J'ai l'impression que vous vous entendez bien, tous les deux. Vous êtes faits l'un pour l'autre, il faut le dire. Votre courage s'accorde bien à celui de Talvas.

— Il ne faut pas exagérer...

— Vous voulez rire ! Vous escaladez la muraille d'un château, vous circulez à l'intérieur jusqu'au puits, vous y jetez ce qu'il faut, vous échappez à Maud, vous retrouvez le chemin du retour, vous redescendez... Que vous faut-il de plus ? Moi, je le dis, et tout le monde pense comme moi : vous êtes une femme pleine de courage. Ne l'oubliez pas et ne vous mésestimez pas.

— C'est promis, dit Emmeline, en souriant.

Puis, dans le silence qui suivit, elle observa Mathilde qui rangeait encore des vêtements dans le coffre.

— Tous ces bagages que vous avez apportés avec vous de Winchester ! C'est incroyable, fit-elle remarquer pour changer de sujet.

— Je suis toujours très chargée et c'est pourquoi j'exige toujours d'avoir un chariot tiré par des bœufs... ou deux chariots. J'estime qu'un voyage n'a rien d'agréable s'il faut se priver de tout !

Emmeline éclata de rire, en se rappelant le tout petit bagage qu'elle avait pris avec elle en embarquant sur la *Belle de Saumur* : un bliaut de rechange, un tout petit peu de linge et c'était tout. Et maintenant, après quelques semaines passées en Angleterre, il ne lui restait plus que ce qu'elle avait sur elle.

— Le roi est très compréhensif, nota Emmeline.

Elle avait en effet observé, chez le couple royal, une qualité de relations qu'elle trouvait admirable, qu'elle enviait aussi, elle qui avait tant souffert dans son mariage.

Mathilde, se redressa.

— Détrompez-vous. Ce n'est pas une question de compréhension, mais de respect. Etienne me respecte, il écoute ce que j'ai à lui dire, et il me traite comme une égale. Je ne suis pas sa domestique, mais son épouse.

— Vous avez de la chance. Etienne possède des qualités qu'on trouve rarement chez un homme.

— Pas si rarement que vous le pensez, Emmeline. Il suffit que vous ayez assez de caractère pour vous imposer, et vous obtenez tout cela. Le caractère, vous l'avez. Quant à l'homme capable de vous traiter avec humanité, je crois que vous l'avez déjà plus ou moins trouvé, non ?

— Je sais, je sais…, murmura Emmeline en se tordant les mains. En fait, je ne sais rien du tout.

— Toujours pas de projets de mariage ?

Confuse, Emmeline baissa la tête et tenta de se justifier.

— Mes sentiments n'ont pas varié à ce sujet. Le mariage, pour moi, c'est la mainmise du mari sur la femme. En me mariant, je devrais renoncer à mon indépendance, à laquelle je tiens par-dessus tout. C'est tout ce que j'ai, vous comprenez ? En fait, c'est ma vie. Je…

Sa voix s'étrangla. Elle ne put en dire davantage.

— Ce que je ne comprends pas, c'est que vous vous enferriez dans des idées pareilles, rétorqua Mathilde, les mains sur les hanches. Franchement, est-ce que j'ai l'air d'être la propriété d'Etienne ? Croyez-vous qu'il ait une quelconque mainmise sur moi ?

Emmeline fit « non » de la tête en regardant cette femme fière et digne. Son amie essayait de lui faire comprendre que le mariage n'était pas forcément la tutelle du mari sur la femme. Mais ce qui était vrai pour une Mathilde le serait-il aussi pour une Emmeline ?

— Rien ne vous interdit de connaître le même bonheur, précisa Mathilde.

Avec à-propos, elle venait de répondre à la question qu'Emmeline se posait. Avait-elle le don de lire dans les pensées ?

— Je n'en suis pas certaine. C'est, tout de même, un risque à courir.

Avec un sourire encourageant, Mathilde répondit :

— Vous m'étonnez, Emmeline, vraiment. Vous m'avez prouvé que vous êtes capable de prendre toutes sortes de risques, même de mettre votre vie en danger. Encore une fois, je ne connais pas beaucoup de personnes aussi courageuses que vous. Alors, pourquoi ne pas prendre ce risque-ci ? Mais assez discuté de ce sujet ! Hâtons-nous de nous préparer, car nos hommes nous attendent dans la grand-salle, et les connaissant comme je les connais, ils doivent commencer à dauber sur le retard chronique des femmes !

— Quels sont vos plans, maintenant, Etienne ?

Confortablement assis dans un fauteuil à haut dossier, Talvas faisait la conversation avec son ami, tout en observant la grand-salle qui commençait à s'emplir d'invités.

Etienne, se coupa une tranche de rôti qu'il fourra tout entière dans sa bouche.

— Ma foi, je ne sais pas combien de temps Maud va pouvoir se tenir tranquille, sans doute pas très longtemps, mais que cela ne m'empêche pas de me réjouir ce soir, répondit-il la bouche pleine. Après tant de maigre chère au camp, ce festin est pour moi un avant-goût de paradis !

Il s'essuya la bouche avec sa manche et reprit :

— Si j'ai bien compris, Mathilde aimerait passer quelques jours encore à Hawkeshayne...

— Elle a surtout envie de rester en compagnie de sa nouvelle amie.

— Emmeline, bien sûr... Il est bien vrai qu'elles ont l'air proches l'une de l'autre, les mâtines !

Joyeux, Etienne asséna une bourrade à Talvas.

— Qu'est-ce que vous en pensez ? C'est que vous avez votre mot à dire. Vous sentez-vous capable de nous supporter quelques jours de plus, Mathilde et moi ?

— Vous êtes toujours le bienvenu et vous le savez fort bien.

— Et Emmeline ?

Talvas haussa les épaules.

— Elle peut faire ce qu'elle veut.

— Allons, allons... Ne faites pas votre indifférent. Quels sont vos projets, à tous les deux ?

Talvas enroula ses doigts autour de son gobelet, qu'il étudia longuement avant de le porter à sa bouche. Puis, ayant pris une longue gorgée de bière, il répondit :

— Nous n'avons pas de projets.

— Quelles sont les intentions d'Emmeline ? Rester ici ou rentrer en France ?

— A elle de voir, fit Talvas, sèchement ; vous avez sûrement compris qu'elle n'écoute qu'une loi : la sienne.

Etienne se permit d'en rire.

— J'avais remarqué, figurez-vous. C'est vraiment une femme faite pour vous.

— C'est à voir...

Juste à ce moment, Talvas aperçut une silhouette en robe écarlate, qui faisait son entrée dans la grand-salle. Du menton, il la désigna à Etienne.

— Quand on parle du loup...

Emmeline et Mathilde s'avançaient lentement, elles circulaient entre les longues tablées et attiraient sur elles tous les regards. Leurs robes aux couleurs flamboyantes faisaient un contraste éclatant avec les tenues plutôt ternes, brunes ou grises, de l'assemblée. Les conversations s'éteignaient les unes après les autres, tous les convives n'ayant plus d'yeux que pour leur nouvelle reine ainsi que pour la jeune femme grâce à qui ils échappaient à la redoutable domination de Maud. Tous se levaient et s'inclinaient avec respect au passage des deux dames.

— Elle est à couper le souffle, murmura Etienne.

Et il ne parlait pas de Mathilde...

Talvas avait accordé à sa sœur un regard admiratif, mais il avait cru que son cœur cessait de battre quand il avait vu Emmeline ; sa robe écarlate, qui ondulait de façon très suggestive dans la lumière des innombrables candélabres, mettait en valeur la minceur de sa taille et la rondeur de ses hanches. Sur sa tête couronnée par ses cheveux blonds, elle avait placé un voile de soie blanche, presque transparent, si fin qu'il flottait autour d'elle comme une brume.

Le désir s'alluma en Talvas et le consuma. S'il s'était écouté, il eût bondi, pris Emmeline dans ses bras pour l'arracher à l'adoration de la foule et l'emporter loin de cette salle, parce qu'il la voulait toute à lui, rien qu'à lui. Il était jaloux de tous ces gens qui la regardaient. Mais il se contint. Avec une détermination bien étudiée, il posa son gobelet sur la table, puis se leva et s'en alla à la rencontre d'Emmeline. Il lui prit la main.

Elle leva vers lui des yeux agrandis par un étonnement sincère, puis aussitôt ses lèvres s'étirèrent en un sourire de plaisir.

— Je ne vous ai pas vue de toute la journée, murmura-t-il, tout près, afin de n'être entendu que d'elle.

Elle leva la main et lui effleura le visage. Il trouva qu'elle avait les doigts tout froids, mais elle n'en excita pas moins le désir en lui, et, sans réfléchir, sans songer aux dizaines de paires d'yeux braqués sur eux, il la prit par la taille pour l'attirer contre lui et approcher ses lèvres.

Ce baiser suscita les acclamations et les applaudissements, il sembla que le tonnerre éclatait et roulait dans la grand-salle. Puis, quand le calme fut un peu revenu, la voix d'Etienne, puissante et joyeuse, se fit entendre :

— Mon ami, il ne faut pas la garder pour vous tout seul ! Amenez-nous damoiselle Emmeline, que nous puissions tous boire à sa santé, ainsi qu'il convient !

A regret, Talvas mit un terme au baiser. Le brouhaha s'amenuisa encore, mourut tout à fait, et, dans un silence parfait, tous les regards se tournèrent vers le roi qui, debout, levait solennellement son gobelet.

— Rendons tous hommage à damoiselle Emmeline Lonnières ! dit-il.

Les acclamations reprirent. Mille fois, dix mille fois le nom d'Emmeline fut proclamé par les convives enthousiastes et admiratifs.

Emue, intimidée, elle écoutait cette démonstration qui la remplissait de confusion et de plaisir tout en même temps. Elle baissait les yeux, mais souriait aussi. Puis elle se tourna vers Talvas dont le bras lui ceignait la taille et elle lui dit :

— Ce n'est pas juste. Ils devraient vous honorer aussi.

— C'est tout à fait juste, répondit-il en se penchant vers elle ; c'est à vous seule que revient l'honneur.

Il prit la main d'Emmeline, il la hissa au-dessus de sa tête pour saluer, et les acclamations reprirent avec une vigueur accrue.

Et derrière eux se fit entendre la voix de Mathilde qui bougonnait :

— Bon ! Vous venez, tous les deux ? Je meurs de faim !

Talvas s'effaça pour la laisser passer, mais il retint Emmeline qui se disposait à suivre son amie.

— Pas maintenant, lui murmura-t-il à l'oreille. J'ai quelque chose à vous dire.

Dubitative, elle hésita, mais il insista.

— Venez, je vous promets que ce ne sera pas long.

— Mais on va nous voir sortir...

— Mais non ! On ne nous regarde plus ! Personne ne nous verra sortir.

Mathilde, consciente qu'elle progressait seule en direction de la haute table, se retourna.

— Emmeline, avez-vous besoin d'un chaperon ? demanda-t-elle.

— Pas du tout ! s'empressa de répondre Emmeline, avec une mimique montrant qu'elle ne désirait absolument pas attirer l'attention sur elle.

L'affaire étant entendue, Talvas poussa la jeune femme vers la porte qu'elle venait de passer, et si certains convives les virent sortir, il parut qu'aucun n'en fit mention : il n'y eut pas de tapage pour saluer cette disparition, dont Emmeline s'émouvait cependant. Bientôt, ils se retrouvèrent dans un recoin sombre derrière un rideau.

— Que va-t-on penser de nous ? s'inquiéta-t-elle. Et d'ailleurs, je sais ce qu'on va penser, après le baiser qu'on nous a vus échanger.

— Ils peuvent penser ce qu'ils veulent ! répondit Talvas.

Ses yeux luisaient dans la pénombre. Sans rien dire de plus, il reprit Emmeline par la main et l'entraîna vers les cuisines, qu'ils traversèrent, et de là dans le jardin potager, qui était désert et glacial. Il fallait marcher encore pour atteindre un banc de pierre placé contre la haute muraille du château. Talvas invita Emmeline à s'y asseoir, ce qu'elle fit, en tremblant à cause du froid vif qui perçait sa robe, trop légère pour se promener dehors en cette saison.

Talvas s'en rendit compte, car il ôta son petit manteau

d'apparat pour le jeter sur les épaules de la jeune femme, sans lui laisser le temps de protester. Un doigt sur les lèvres, il lui fit savoir qu'il était inutile de dire quoi que ce fût à ce sujet, mais, comme il ne prenait pas la parole, se contentant de la regarder en souriant, il se fit un silence qu'Emmeline trouva pesant. Elle éprouva le besoin de dire quelque chose, n'importe quoi, les premiers mots qui lui passèrent par la tête.

— J'aime beaucoup cet endroit. Mathilde et moi y sommes venues souvent, du temps où vous étiez au siège de Sedroc.

Talvas hocha la tête. Assis à côté d'elle, les coudes sur les genoux et le menton dans les mains, il semblait compter les petits cailloux du sol. Après un long moment, il dit enfin, sans regarder Emmeline :

— Vous m'avez beaucoup manqué.

Puis le silence encore, qui s'étirait, péniblement. Et alors, Talvas se redressa, il se tourna vers Emmeline, la regarda droit dans les yeux.

— Avez-vous, vraiment, l'intention de retourner en France ?

La franchise de cette question prit Emmeline de court. En d'autres circonstances, elle eût répondu avec moins de franchise, trouvé sans doute des faux-fuyants, mais, en l'occurrence, n'ayant pas eu le temps de préparer son esprit, elle laissa parler son cœur.

— Non, je ne pars pas. Je veux rester avec vous.

Elle se sentit ensuite comme libérée, comme si elle venait d'être déchargée d'un fardeau énorme, celui de règles sans valeur qu'elle s'imposait au nom de principes révolus.

Talvas, de son côté, éprouva une joie extraordinaire. Les larmes aux yeux, il se laissa tomber à genoux devant Emmeline, et, lui prenant les deux mains, s'exclama :

— Alors, vous voulez bien m'épouser ?

Alors, la raison d'Emmeline reprit l'ascendant sur son cœur. Elle l'aimait, mais elle tenait aussi à sa liberté.

— Non, Talvas, vous savez ce que je pense. Je ne veux pas de fiançailles, je ne veux pas de mariage.

L'affliction de Talvas égala le bonheur trop bref qu'il venait de connaître. Effondré, il abandonna les mains d'Emmeline.

— Et moi qui avais cru... Quel fou j'ai été ! murmura-t-il, la voix empreinte de souffrance.

Prise de remords, Emmeline tenta de réparer le mal qu'elle avait fait. Elle caressa la joue de Talvas.

— Je pensais que vous aviez compris ..., dit-elle, d'un ton maternel, lénifiant. Ne réagissez pas comme cela, voyons...

Talvas repoussa la main qui le caressait.

— Si je ne vous épouse pas, je vous perds, reprit-il. J'ai déjà trop perdu. Mais cela, vous ne voulez pas le comprendre, Emmeline.

Il se leva brusquement. Il serrait les poings.

Malheureuse de le voir ainsi, Emmeline tenta de plaider sa cause, de faire comprendre son point de vue.

— Le mariage n'est pas nécessaire, Talvas. Puisque je vous dis que je veux rester auprès de vous... Vous ne me perdrez pas. Ne pouvez-vous pas le comprendre ?

Il haussa les épaules.

— L'Eglise condamnerait cette vie qui serait la vôtre, et vous le savez fort bien. Vous seriez considérée comme une femme de mauvaise vie, et si vous ne portez pas mon nom, je ne pourrai pas vous protéger. Ne vous l'ai-je pas déjà dit ?

Emmeline se leva pour lui faire face. Elle savait déjà que sa proposition, peu réaliste au demeurant, n'aurait pas l'heur de lui plaire, mais elle ne put s'empêcher de la lui présenter.

— Il suffirait de ne pas rendre notre relation publique… Personne n'en saurait rien, donc personne ne pourrait nous critiquer. En quelque sorte, je serais votre femme et cela serait un secret entre nous.

Le visage fermé, le regard éteint, Talvas la considéra un long moment.

— Ce n'est pas assez, Emmeline ; pas assez.

19

Non loin du château de Hawkeshayne, un ample méandre du fleuve côtier avait été aménagé en zone portuaire ainsi qu'en chantier naval. C'est là que Talvas faisait construire les bateaux dont il dressait lui-même les plans ; il les vendait ensuite, ou il s'en servait pour courir les mers.

Le vent froid sifflait et agitait les branches dénudées des arbres. Talvas accéléra le pas. Il conduisait Emmeline vers les hauts hangars qui bordaient la rivière.

Emmeline suivait, en silence. Toute à ses pensées, elle n'avait pas envie de parler, et Talvas ne lui adressait pas la parole, ce qui la satisfaisait et en même temps la rendait plus malheureuse encore.

Mettant un terme à leur entretien dans le jardin potager, Talvas l'avait plantée là, il l'avait abandonnée sans une parole d'adieu. Après un long moment de désarroi, elle avait gagné sa chambre, en courant, car il n'était plus question pour elle de participer à la fête dont lui parvenaient les échos assourdis. Elle s'était jetée sur son lit, tout habillée et avait pleuré tout son soûl, longtemps, bruyamment ; secouée par les sanglots qui, parfois, lui coupaient le souffle, elle avait pleuré jusqu'à n'avoir plus de larmes à verser, et elle avait pleuré encore, pleuré de chagrin, pleuré de colère aussi.

Pourquoi Talvas se montrait-il si déraisonnable ?

Pourquoi avait-il encore le désir de l'épouser, après tout ce qu'elle lui avait raconté sur elle ? Ne comprenait-il pas ? Ne voulait-il pas comprendre ?

Au petit matin, en reniflant, Emmeline s'était rendue à la seule conclusion possible : elle devait partir. La dignité, la fierté aussi, ainsi qu'un soupçon d'entêtement — elle voulait bien le reconnaître en son for intérieur — lui dictaient cette résolution.

Et pourtant, l'idée de quitter Talvas lui causait une telle souffrance qu'elle s'était souvent demandé, dans les jours suivants, si elle ne devrait pas plutôt se laisser conduire à l'autel, une nouvelle fois, et prononcer un « oui » qui lui faisait horreur. Le doute s'était installé en elle, et elle l'avait combattu de toutes ses forces.

Elle n'avait plus revu Talvas pendant toute une semaine, préférant ne pas sortir de sa chambre, où elle s'était torturée à loisir, tandis que se livrait en elle, indéfiniment recommencé, le combat de son cœur contre sa raison. Talvas n'avait pas cherché à lui rendre visite.

Le chemin boueux, à travers la forêt, amorçait une descente. Talvas glissa. Il se rattrapa à une branche et se retourna pour recommander :

— Faites attention, ici.

Puis, comme la jeune femme hésitait à avancer le pied, il lui prit la main pour l'aider à franchir ce passage délicat, mais sans la regarder.

Talvas ne voulait plus croiser le regard des yeux verts d'Emmeline, sachant trop quel effet ils avaient sur lui. Mais les doigts, dans sa main, eurent le même effet et il serra les dents en se reprochant l'imprudence qu'il venait de commettre. Il se hâta donc de reprendre les devants dès que ce fut possible, et il marcha plus vite encore. Il avait hâte d'en finir.

Quand Emmeline s'était approchée de lui, le matin

même, il avait senti immédiatement son cœur se gonfler d'un espoir insensé. Il avait cru, pendant un bref instant, qu'elle avait changé d'avis ! Puis un seul regard sur son visage pâle et ses yeux éteints l'avait convaincu de son erreur. Avec une politesse très formelle, elle s'était enquise de la *Belle de Saumur* : les travaux avançaient-ils ? Seraient-ils bientôt terminés ? Voilà tout ce qui l'intéressait. Elle parlait d'une voix posée, distante, froide même, comme s'il n'y avait jamais rien eu entre eux, comme s'ils ne s'étaient pas cruellement déchirés quelques jours plus tôt. Comment ne pas comprendre que sa décision de rentrer en France était irrévocable ? Qu'elle avait hâte de le quitter ? Bouillant d'une rage qu'il avait eu du mal à ne pas exprimer, Talvas avait résisté aussi à l'envie de courir au chantier naval pour mettre la *Belle de Saumur* en pièces, afin de retenir Emmeline, malgré elle.

Emmeline avait du mal à suivre. Elle allait aussi vite que possible, craignait de glisser et de tomber, s'accrochait aux branches. Le souffle lui manquait. Talvas prenait sans doute un malin plaisir à l'épuiser, et il réussissait d'autant mieux, sans le savoir, qu'Emmeline portait la vie : elle était enceinte. Au cours de sa réclusion volontaire dans sa chambre, elle en avait pris peu à peu conscience, elle avait maintes et maintes fois fait toutes sortes de calculs sur ses doigts, et la vérité avait fini par s'imposer à elle avec une clarté aveuglante : elle portait l'enfant de Talvas.

Comme si elle avait besoin d'une preuve supplémentaire, la nausée la tourmentait et ne facilitait pas sa progression sur la pente raide de ce chemin boueux. Se mordant la lèvre inférieure, elle mettait ses pas dans ceux de Talvas et tâchait de ne pas tomber. Obsédée par sa récente découverte, elle tâchait de ne pas succomber à la panique. Que faire ? Fallait-il le dire à Talvas ? S'il savait, il la forcerait à l'épouser, sans aucun doute. Fallait-il, alors, ne rien dire ? Ce serait d'une cruauté sans nom. Emmeline soupira. L'indécision qui la torturait était pour elle une souffrance de plus.

Ils sortirent de la forêt et parvinrent au fleuve côtier qu'ils entreprirent de longer celle-ci suivant celui-là. La marée était basse, le vent charriait de fortes odeurs de vase, que, malgré son dégoût, Emmeline inspirait à pleins poumons ; sa nausée la tourmentait moins.

Talvas s'arrêta et tendit le bras dans une direction.

— Là-bas. Nous y sommes presque.

Il montrait l'impressionnante lignée de hauts hangars, dont les toits pointus dessinaient une frise régulière sous le ciel gris. Emmeline hocha la tête et ramena sur elle les pans de son manteau. Elle était contente de n'avoir plus à marcher beaucoup, car elle était fatiguée. Elle se fatiguait vite depuis quelque temps. Elle n'avait plus d'énergie. Elle se sentait faible. Elle avait envie de pleurer.

Talvas la regardait avec inquiétude. La voyant trembler, il lui prit le menton. Il la regarda de plus près, nota la pâleur du visage, les grands cernes bleus, presque noirs.

— Vous souffrez ? s'enquit-il.

Elle ne répondit pas. Alors il haussa les épaules et se remit à marcher ; mais, après quelques pas, il constata qu'elle ne le suivait pas.

— Dépêchez-vous, voyons ! Nous n'avons pas toute la journée !

Emmeline cilla. Tant de dureté la blessait. Mais avait-elle le droit de s'en plaindre ? Devait-elle même s'en étonner, après le camouflet qu'elle lui avait infligé à plusieurs reprises ? Il avait tous les droits d'être en colère contre elle, et il le serait encore plus s'il apprenait, par d'autres, qu'elle était enceinte. Alors, fallait-il le lui dire ou ne pas le lui dire ? Ce dilemme l'avait tenue éveillée une grande partie de la nuit. Pouvait-elle gagner la France en gardant son secret ? Avait-elle le droit de priver cet homme de son enfant, après qu'il eut perdu sa petite fille ? Comme tant d'autres, cette question restait sans réponse. Accablée, Emmeline se remit en marche.

Ils entrèrent dans le premier hangar, et la première impression recueillie par Emmeline fut celle des copeaux de bois, si agréablement odorants. Puis elle attacha son regard aux lignes élégantes de son bateau.

Sur cales, la *Belle de Saumur* semblait énorme, et il y avait quelque chose de presque indécent dans cette coque exposée, qui normalement glissait sous la surface de la mer. Beaucoup d'hommes s'activaient autour, préparant les bardeaux incurvés qu'ils mettaient ensuite en place pour boucher la brèche, qui avait déjà presque entièrement disparu. Ayant aperçu Talvas, tous lui adressèrent des signes amicaux, avant de se remettre diligemment au travail.

— C'est presque terminé, comme vous pouvez le constater, dit Talvas, d'un ton morne.

— C'est ce que je vois, en effet.

Emmeline n'était pas plus heureuse que lui. Si la *Belle de Saumur* était prête à reprendre la mer, plus rien ne la retenait en Angleterre, elle devrait mettre son projet — sa menace ? — à exécution. A cette idée, les larmes lui montèrent aux yeux et brouillèrent sa vision. Pour ne pas montrer sa tristesse, elle s'avança d'un pas mécanique jusqu'au bateau, dont elle caressa la coque ventrue.

— Elle est très belle, murmura-t-elle.

Pourquoi, mais pourquoi avait-elle eu l'idée saugrenue de demander où en étaient les travaux de réparation ? Parfois elle se demandait si elle ne perdait pas la tête ! N'aurait-il pas mieux valu temporiser, gagner du temps, réfléchir encore à son avenir, à celui de son enfant, et à celui de Talvas, bien sûr ; qu'elle le voulût ou non, leurs trois destins étaient liés.

Elle se retourna.

— Merci d'avoir réparé mon bateau. Il a tellement d'importance pour moi, comme vous le savez. Je suis si heureuse...

Talvas s'avança vers elle.

— Alors, pourquoi pleurez-vous ?

Il effleura les cils d'Emmeline, sur le bout du doigt recueillit une larme qu'il lui montra.

— Je ne pleure pas, répondit-elle, contre toute évidence.

Le cœur de Talvas se serrait à la perspective du déchirement qu'Emmeline lui imposait, qu'il ne pouvait ni ne voulait s'épargner en acceptant les termes du contrat boiteux qu'elle lui proposait. Avait-il le choix ? Non. Puisqu'elle ne voulait pas l'épouser, il devait la laisser partir. Pour ne pas laisser voir sa souffrance, il reporta son regard sur le mât et lança d'un ton qu'il voulait enjoué :

— Et une nouvelle voile, en plus ! Vous voyez qu'on ne vous refuse rien.

Une vision le hantait : celle d'Emmeline, accrochée à ce même mât, au cours de la nuit terrible.

— Quand pourrai-je reprendre la mer ? lui demanda-t-elle.

Il fit une petite grimace.

— Dès demain, si vous voulez.

Emmeline hocha la tête.

— Alors, il faut que je me mette en quête d'un capitaine et d'un équipage. Vivement que je revoie Barfleur !

Puis elle partit d'un rire étrange, sans joie ; d'un rire qui sonnait faux et affirmait le contraire de ce qu'elle prétendait.

— Peut-être pourriez-vous m'aider ? risqua-t-elle.

Talvas s'interrogeait. Emmeline avait décidément mauvaise mine, le teint pâle, le regard éteint, des cernes qui semblaient avoir encore grandi. Il s'inquiétait pour elle, mais s'agaçait aussi : pourquoi s'obstinait-elle à ne pas vouloir se marier avec lui ? Avait-elle peur de lui ? Il brûlait de la prendre dans ses bras pour lui prouver qu'elle pouvait compter sur lui, qu'il ne voulait que la protéger... Elle ne le croirait pas ! Alors, à quoi bon ? La douleur lui tordit le cœur et déforma sa bouche. Il esquissa un rictus méchant.

— Je gage que vous ne trouverez personne. Noël sera bientôt là, et à cette époque de l'année, les marins n'ont qu'une idée en tête : rester chez eux, au chaud, avec leur femme et leurs enfants.

— Alors, vous ne voulez pas m'aider ?

Il haussa les épaules, persistant à se montrer odieux.

— Figurez-vous que j'ai mieux à faire que de vous trouver un équipage !

Emmeline pâlit, cilla, et, de nouveau, les larmes lui montèrent aux yeux. Puis elle baissa la tête et s'affaissa. Talvas éprouva une joie cruelle en voyant l'effet produit par ses paroles, et il décida de porter le coup de grâce.

— Il ne faut vous en prendre qu'à vous, Emmeline. A qui la faute, sinon à vous-même ? On n'a pas idée de s'entêter comme vous le faites ! Alors, réfléchissez, et rendez-vous compte qu'un mot, un seul petit mot venant de vous, pourrait tout changer. Juste un mot.

Emmeline n'entendait plus, elle ne voyait plus. Ne sachant que dire, ne sachant comment répondre à cette supplication que la méchanceté rendait inopérante, elle secoua la tête, puis avança, comme une somnambule, et sortit du hangar.

Il régnait dans la grand-salle un air de fête qui ne trompait pas : cette fois, Noël était tout proche. Des serviteurs portaient de pleines brassées de lierre et de houx, qu'ils accrochaient partout où ils le pouvaient, et disposaient sur les tables déjà recouvertes de nappes blanches. Le rideau de cuir, qui fermait la porte donnant sur l'extérieur, s'ouvrait sans arrêt pour donner passage à des gens qui entraient ou sortaient, tous avec des mines réjouies, tous chantonnant.

Mathilde, assise au haut bout de la table, observait avec satisfaction ces préparatifs qui donnaient de la gaieté à la grand-salle autrement bien terne et bien triste. Elle adorait cette période de l'année, les préparatifs de Noël peut-être encore plus que la fête en elle-même. Elle les appréciait d'autant plus que, cette année, elle séjournerait à Hawkeshayne en compagnie de son mari et de son frère. Toute la famille serait donc réunie. Que demander de plus ?

Elle se tourna vers Talvas et lui dit :

— Je suis ravie qu'Emmeline ait finalement décidé de prolonger un peu son séjour ici. Et toi ?

Talvas ne répondit pas.

— Talvas ?

— Hmm ? fit-il.

Il sortit de ses pensées, mais regarda sa sœur comme s'il ne la connaissait pas.

— Tu m'écoutes ? lui dit-elle, en haussant la voix.

Un peu agacé, il hocha la tête, longuement.

— Mais oui, je t'écoute. Que se passe-t-il ?

— Je t'ai posé une question…

— Tu pourrais répéter ?

Mathilde laissa échapper un long soupir.

— Es-tu satisfait qu'Emmeline ait décidé de séjourner ici plus longtemps que prévu ?

Talvas gonfla les joues puis haussa un peu les épaules, avant de répondre :

— De toute façon, elle n'avait pas tellement le choix. Le temps est si mauvais en cette saison qu'il faudrait être fou pour traverser la Manche.

Il ne répondait pas à la question : était-il content ? La réponse était : « non ». Emmeline ayant définitivement repoussé sa demande en mariage, il préférait la voir partir, et le plus tôt serait le mieux, lui semblait-il. Chaque fois qu'il la voyait, il se sentait rempli de désespoir, il avait envie de pleurer, et il craignait d'être vu les larmes aux yeux.

— Emmeline renoncerait à cause du mauvais temps ? C'est nouveau ! fit Mathilde, d'un air malin.

— Ce qui signifie ?

— Qu'elle serait déjà partie si elle en avait vraiment envie.

— Et alors ?

— Alors, je pense qu'elle reste pour une raison différente.

Talvas s'accorda un répit pour écouter une requête que son bailli venait lui présenter, il régla l'affaire, puis il fallut bien revenir à sa sœur, qui attendait avec impatience de pouvoir reprendre leur entretien.

— Emmeline reste parce qu'elle ne peut pas faire autrement, pas parce qu'elle en a envie, dit-il.

Mathilde leva les yeux au ciel.

— C'est à cause de toi qu'elle reste, pauvre idiot.

Cette affirmation suscita la colère de Talvas, une colère incompréhensible qui le poussa à se lever si brusquement qu'il faillit faire tomber son fauteuil. Et il faillit hurler, mais, voyant que beaucoup de gens autour d'eux, devinant l'incident, regardaient et écoutaient avec un intérêt non dissimulé, il se pencha vers sa sœur pour lui dire, les dents serrées :

— Il n'y a rien entre nous ! Tu peux comprendre

cela ? Rien de rien. Alors, je t'en prie, mêle-toi de ce qui te regarde !

Mathilde grimaça. Elle n'aimait pas recevoir de remontrances, et sans doute son mari ne se permettait-il pas de lui parler de cette façon... Mais elle n'insista pas davantage.

Talvas n'avait plus beaucoup vu Emmeline au cours des derniers jours. Elle l'évitait, passait la plus grande partie de son temps dans sa chambre, ou alors avec les femmes qui se réunissaient pour bavarder en se livrant à des travaux de broderie ou de couture. Si, par le plus grand des hasards, ils se rencontraient, ils faisaient l'un et l'autre comme s'ils se connaissaient à peine, s'adressaient des salutations très formelles, et, très rarement, s'aventuraient jusqu'à prononcer des propos convenus sur le temps ou la préparation de la fête. Chaque fois, Talvas se sentait crucifié. Les liens qu'ils avaient tissés étaient bel et bien rompus, et il apparaissait clairement qu'Emmeline ne souhaitait pas les renouer ; elle était lointaine, et sans doute son esprit était déjà en France. Elle rongeait son frein à Hawkeshayne en attendant le jour où elle pourrait embarquer à bord de la *Belle de Saumur*.

Talvas se gardait bien de tenter quoi que ce fût pour la reconquérir. Il tâchait de maîtriser ses sentiments, en attendant le jour où il pourrait estimer qu'ils étaient morts. Alors il se sentirait libre. Mais ce jour viendrait-il ?

Emmeline descendait l'escalier avec précaution, une main sur le mur. Elle avait peur de tomber. Elle descendait lentement, certes à cause des marches glissantes, mais aussi parce qu'elle s'apprêtait à appliquer une grande résolution qu'elle avait prise. Elle ne renoncerait pas, mais elle préférait se donner encore un peu de temps. Le cœur lui battait fort.

Les tempêtes des derniers jours lui avaient donné le temps de la réflexion. Après beaucoup d'atermoiements, elle avait pris sa décision, quelques heures plus tôt, dans la lueur blafarde de l'aube, après une nuit blanche : elle dirait la vérité à Talvas, à propos de l'enfant qui était le sien, et s'il réitérait sa proposition de mariage, eh bien ! elle lui dirait « oui », cette fois. Il lui était apparu qu'elle n'était plus la seule à être concernée par ce mariage, et qu'elle devait penser aussi à la vie du petit être qu'elle portait dans son sein. Si s'engager avec Talvas, pour le bien de l'enfant, nécessitait de se marier avec lui, elle accepterait. Elle n'avait plus le droit d'être égoïste.

Pour être tout à fait honnête avec elle-même, elle reconnaissait volontiers qu'une vie sans Talvas lui paraîtrait intolérable, et que, si elle pensait à l'avenir de son enfant, elle pensait aussi au sien, un peu...

— Je pensais qu'elle prendrait son repas dans sa chambre, comme d'habitude, bougonna Talvas quand il vit Emmeline à l'entrée de la grand-salle.

Les mains sur les accoudoirs, il s'apprêta à se lever, mais Mathilde, une main sur son bras, l'en dissuada.

— Tu ne vas pas fuir, tout de même, Talvas ! Ce serait un affront pour elle.

Il se rassit et se tassa dans son fauteuil.

— De toute façon, c'est elle qui fuira quand elle me verra !

Mais sa surprise fut grande quand il s'aperçut que, non seulement Emmeline venait vers le haut bout de la table, mais qu'en plus c'est lui qu'elle venait voir : la démarche assurée, elle le regardait déjà, tandis qu'elle traversait toute la grand-salle, d'une démarche élégante et souple, splendide dans une robe bleue aux manches si exagérément ouvertes qu'elles touchaient le sol. Belle et fraîche comme une fleur printanière, elle suscitait, comme d'habitude, l'admiration de tous ceux qui se trouvaient attablés là et qui arrêtaient leurs agapes pour la regarder passer, tous avec des yeux ronds, la bouche ouverte.

— Ma chère Emmeline, venez ! lui dit Mathilde en se levant pour l'accueillir. Venez prendre votre petit déjeuner avec moi. Talvas a déjà englouti le sien, mais je commence à peine. Nous aurons tout le temps de parler.

Emmeline lui sourit et du coin de l'œil elle regardait Talvas renfrogné, qui faisait comme si elle n'était pas là. Elle se demanda si elle aurait le courage de lui dire ce qu'elle était venue lui annoncer. Elle se sentait nettement moins courageuse.

Mathilde, ayant compris en partie ce qui l'inquiétait, lui dit pour la rassurer :

— Ne vous occupez pas de lui, il est d'une humeur de dogue ce matin. Venez plutôt me tenir compagnie.

Elle tapota, l'air engageant, le fauteuil vide à côté d'elle.

Emmeline s'y installa et croisa ses mains sur le bord de la table. Elle regardait droit devant elle, en se demandant pourquoi il faisait si chaud dans la grand-salle, ce matin-là.

— Avez-vous bien dormi ? lui demanda Mathilde.

Le mensonge lui vint aux lèvres avec une facilité déconcertante, alors qu'elle se sentait fatiguée d'avoir marché en rond pendant plusieurs heures, avant de se tourner et se retourner dans son lit. Elle n'avait pas fermé l'œil de la nuit.

— Très bien, répondit-elle. Il faut dire que j'ai une chambre très agréable et un lit des plus confortables.

Mathilde tourna brièvement les yeux vers son frère, qu'elle vit ramassé sur lui-même, la tête dans les épaules, le regard baissé. Elle se recula contre son siège pour permettre à Emmeline de le voir.

— Talvas a des soucis en ce moment, dit-elle. Vous le voyez, il pense. Le pauvre, il ne peut même pas nous consacrer quelques instants... Il faut dire que nous avons une conversation si futile, n'est-ce pas ?

Or Emmeline n'avait pas envie de rire à ses dépends. « Il est malheureux, songea-t-elle. Et c'est moi qui suis la cause de son malheur. Si nous ne nous parlons plus, si nous ne pouvons même plus nous voir, c'est à cause de moi. »

Brusquement tout son courage lui revint.

— Il faut que je lui parle, fit-elle.

Mathilde écarquilla les yeux. Cette requête la surprenait au plus haut point. Néanmoins, elle acquiesça.

— Finissons de déjeuner, et ensuite, je vous laisserai, tous les deux.

Emmeline regarda le bol de bouillie d'avoine chaude qu'un serviteur venait de déposer devant elle. Le fumet suffit à réveiller sa nausée. Elle eut un haut-le-cœur et pensa : « Non, pas maintenant ! Pas avant que je ne lui aie parlé ! »

Mathilde, qui se servait largement de charcuterie, la regarda avec étonnement.

— Eh bien, mangez donc, Emmeline ! Ne laissez pas refroidir !

— Je n'ai pas faim, soupira celle-ci.

Elle se sentait de plus en plus mal.

— Qu'avez-vous donc ? C'est vrai que vous n'avez pas l'air bien. Vous êtes toute pâle. Et puis, voilà que vos mains tremblent.

Si seulement elle pouvait parler un peu moins fort, songea Emmeline, qui ne voulait pas attirer l'attention de Talvas, du moins pas de cette façon. Elle se pencha pour le voir et constata avec soulagement qu'il avait engagé une conversation. Et Mathilde, tout sourire, de reprendre :

— Si je ne vous connaissais pas aussi bien, je dirais que, peut-être, vous êtes enceinte.

Et toujours cette manie de parler trop fort, comme si elle avait envie de mettre au courant tous ceux qui se trouvaient dans la grand-salle, et dont certains, déjà, prêtaient une oreille attentive ! Emmeline sentit qu'elle avait les mains moites. Mais elle prit sur elle pour éclater de rire et répliquer :

— Que voilà une bonne plaisanterie ! Comment pourrais-je être enceinte ?

Puis elle se força à prendre quelques cuillerées de sa bouillie d'avoine, en priant pour que Talvas n'eût pas entendu, parce qu'il saurait, lui, qu'elle avait la possibilité d'être enceinte. Une idée amenant l'autre, elle revit les circonstances de cette nuit très particulière, elle les revit même avec tant de précision qu'elle se sentit rougir.

Et ce détail n'échappa pas à Mathilde, qui lui effleura la joue.

— Mais vous rougissez, ma petite ! Je n'ose croire que je vous ai embarrassée avec mes propos. Vous en entendrez bien d'autres, quand vous serez mariée !

Emmeline eut un sourire gauche, puis elle se concentra sur sa bouillie d'avoine, qu'elle trouvait de plus en plus écœurante. Elle aurait voulu disparaître, se désintégrer, à défaut glisser sous la table sans attirer l'attention de quiconque. Et la nausée revenait, plus dérangeante. Elle voyait venir le moment où elle serait obligée de se pencher de côté pour vomir. Aussi se leva-t-elle.

— Il faut que je m'en aille.

Bien étonnée, Mathilde ne chercha pas à la retenir, tandis qu'elle s'éloignait à toute vitesse. Elle traversa les cuisines et se rendit dans le jardin potager et courut s'adosser au mur qui recevait les rayons du pâle soleil matinal et ferma les yeux. Comment pourrait-elle parler à Talvas, dans l'état où elle se trouvait ? Elle n'avait plus de forces, elle tremblait de tous ses membres. Dans ces conditions, elle ne pouvait paraître devant lui. Mieux valait se cacher, pour attendre la fin du malaise. Elle lui parlerait, mais pas maintenant... plus tard.

Elle pria en espérant que Talvas n'avait pas remarqué sa sortie hâtive. Mais s'il avait vu, s'il se doutait de quelque chose, alors elle n'était pas en sécurité ici. Elle devait fuir et trouver un refuge plus sûr que ce petit jardin. Vite ! Elle regarda autour d'elle, dans l'espoir d'y trouver une cachette. Une question la taraudait : avait-il entendu ce que disait Mathilde ?

Elle jugea que les écuries, où elle pouvait parvenir en passant par une petite porte dans la muraille, seraient le lieu dont elle avait besoin. Elle s'y glissa avec délice, avec le sentiment d'être en sécurité. Jamais Talvas ne viendrait la chercher là. Elle entra dans la pénombre, flatta la croupe d'un cheval qui l'accueillait avec un hennissement sonore, poursuivit son chemin jusqu'au fond, jusqu'au tas de foin qu'elle escalada avec un plaisir d'enfant. Puis elle se laissa tomber, sur le dos, les bras en croix, et elle ferma les yeux, savourant les fortes fragrances évocatrices des chaudes journées d'été.

— Quand aviez-vous l'intention de m'annoncer la nouvelle ?

Emmeline ouvrit les yeux. Elle n'avait pas couru assez vite. Talvas était déjà là, il l'apostrophait, et sur quel ton ! Savait-il qu'elle était là, ou lançait-il cette question au hasard ? Elle essaya de s'enfoncer dans le foin, mais peine perdue, Talvas lui saisissait la cheville pour l'obliger à redescendre.

— Alors, je vous ai posé une question : quand ? Combien

de temps auriez-vous encore attendu, Emmeline ? Vous auriez choisi la période de l'accouchement, peut-être ? Un peu avant ou un peu après ? Ou jamais ?

Il s'agitait, il faisait de grands gestes. Jamais elle ne l'avait vu dans cet état. Recroquevillée sur son tas de foin comme si elle craignait de recevoir des coups, elle répondit :

— J'étais prête à vous le dire.

— Vous mentez ! hurla-t-il, dirigeant contre elle un index accusateur. Vous étiez prête à retourner en France sans rien me dire !

Accablée, Emmeline ne chercha pas à retenir ses larmes, qui coulèrent avec abondance sur ses joues, et elle protesta :

— Ce n'est pas vrai ! protesta-t-elle. Je voulais vous le dire, Talvas, mais j'attendais d'être certaine.

La mine sévère, le regard méchant, Talvas croisa les bras et la toisa de toute sa hauteur.

— Certaine ? certaine de quoi ? demanda-t-il, d'un ton un peu moins véhément.

— Certaine de vouloir rester en Angleterre ; certaine de pouvoir vous épouser.

Ses mots coulèrent sur le cœur de Talvas comme un baume bienfaisant, et aussitôt il se reprocha d'avoir manqué de mesure. Tout de même, ce revirement l'étonnait grandement. Indécis, il se laissa tomber à genoux devant Emmeline.

— Vous ne voulez pas vous marier avec moi... Vous avez été parfaitement claire à ce sujet... Vous me l'avez même dit plusieurs fois.

Elle esquissa un sourire modeste, qui illumina son visage pâle et atténua l'ampleur de ses cernes.

— Je l'ai dit, mais j'ai changé d'avis, dit-elle. Je veux bien me marier avec vous.

Pourquoi ce ton si triste ? se demanda Talvas. Cela signifiait-il qu'elle se résignait, qu'elle faisait un choix qui l'accablait ? Agissait-elle par devoir, pour l'enfant qu'elle portait, et non par amour ? Cette idée le remplit d'amertume. Il craignait de savoir la vérité, mais la vérité valait mieux que l'incertitude.

— S'il n'y avait pas l'enfant, vous seriez partie, n'est-ce pas ? Vous m'auriez quitté ? murmura-t-il, la voix cassée par l'émotion.

Emmeline fit un « non » énergique de la tête, qui le rassura instantanément.

— Non, Talvas, je ne vous aurais pas quitté. Mais j'étais irritée contre vous, à cause de votre ton autoritaire quand vous me demandiez de vous épouser. J'avais l'impression que vous vouliez m'obliger à faire quelque chose que je ne voulais pas. Quand j'ai su que j'étais enceinte, j'ai compris que je perdrais beaucoup à vouloir rester libre, que c'est même toute ma vie que je perdrais. Maintenant, j'en ai même un peu honte.

Très émue, elle baissa les yeux. Talvas n'aimait pas la voir s'humilier devant lui. Tout bien considéré, il préférait quand elle était fière, quand elle lui tenait tête, même si, dans ces moments, elle l'agaçait au plus haut point. Ainsi, elle avait décidé de renoncer à sa précieuse liberté... Etait-ce pour cette raison qu'il se sentait vaguement déçu ?

La petite chapelle de Hawkeshayne avait été préparée en hâte et tous ceux qui y entraient pour assister à la cérémonie se posaient des questions sur les raisons qui poussaient leur seigneur à épouser si vite sa damoiselle. On parlait d'un mystère, on disait que l'entente ne régnait pas entre eux, et certains racontaient même qu'ils les avaient entendus se disputer.

D'aucuns se croyaient mieux renseignés et faisaient remarquer que, quelques jours plus tôt, alors qu'un banquet venait à peine de commencer dans la grand-salle, messire Talvas avait dû emmener précipitamment sa fiancée avant qu'elle eût eu le temps de prendre la moindre nourriture ; selon eux, il ne fallait pas être grand clerc pour interpréter cet incident…

Talvas avait pris place dans sa chapelle, conscient des chuchotements derrière lui. Il s'efforça de n'y pas prêter attention. Le regard fixé sur un rayon de lumière colorée qui tombait d'un vitrail et illuminait l'autel, il essayait de prier. Il aurait tant aimé recevoir un signe surnaturel lui prouvant qu'il agissait bien en épousant Emmeline… Il ne le savait pas. Jamais il ne s'était senti aussi indécis, et il avait mal à la tête parce qu'il avait trop bu la veille. Ses libations s'étaient prolongées tard dans la nuit. Dans la bière il avait cherché réponse à la grande question qu'il ne cessait de se poser depuis quelque temps, et il ne l'y avait pas trouvée. Avait-il raison d'épouser Emmeline quand il n'était pas certain qu'elle l'aimait ?

Il sursauta au bruit que faisait le chapelain en déplaçant un candélabre sur les marches de l'autel, là où il devrait s'agenouiller dans quelques instants pour dire qu'il consentait à prendre Emmeline pour épouse.

Seigneur, comme il l'aimait ! Mieux, il l'admirait. Mais l'admirerait-il, l'aimerait-il encore si elle abdiquait cette liberté qui était son plus bel ornement ?

Et elle, l'aimait-elle ? Rien n'était moins sûr. Même si tel était le cas, l'aimerait-elle encore dans quelques années, quand elle se rendrait compte qu'elle lui avait sacrifié sa liberté ? N'en viendrait-elle pas, au contraire, à le haïr de toutes ses forces ?

Ne risquait-il pas de la perdre en l'épousant ?

Talvas sursauta quand une main se posa sur son épaule.

— Etes-vous prêt ? lui murmura Etienne à l'oreille.

Talvas plissa le front. Il avait de plus en plus mal à la tête. Hébété, il regarda son beau-frère avec angoisse.

— Non, je ne suis pas prêt. Etienne, pouvez-vous aller me chercher Mathilde ? J'ai un service à lui demander.

— Il veut que... *quoi* ?

Emmeline avait crié sa question, et ses yeux écarquillés montraient à quel point elle était étonnée, scandalisée même. Elle se tordit les mains, puis, d'une voix encore éraillée, elle reprit :

— Je ne suis pas certaine de bien comprendre.

— Moi non plus, répondit Mathilde, mais je vous rapporte ses paroles avec la plus grande exactitude. Il m'a dit que vous étiez libre de prendre la fuite, comme si vous étiez prisonnière dans ce château.

— Mais...

Soudain, Emmeline eut une révélation. Elle venait de comprendre ce que voulait Talvas. Son cœur bondit de joie et elle s'écria, en riant cette fois :

— Il est fou !

— C'est bien mon avis, répliqua Mathilde. Il n'a pas cessé de me dire qu'il ne supporterait pas de vous voir le quitter, qu'il mourrait le jour que vous prendriez la mer pour ne plus jamais revenir. Et voilà que, maintenant, il vous demande de... A quoi cela rime-t-il ? Vous avez raison : il est devenu fou !

Emmeline lui prit les mains.

— Ne comprenez-vous pas ? Il me donne la liberté de choisir ! C'est merveilleux... Oh ! il faut que je le trouve ! Où était-il quand il vous a chargée de cette commission ?

— Dans la chapelle, et il n'avait pas l'air très heureux de s'y trouver. Allez-y.

Emmeline partit en courant.

— Et que Dieu soit avec vous ! lui cria Mathilde dans le dos.

La chapelle était vide, toute l'assistance ayant été priée d'en sortir. Il n'y restait plus qu'une personne, une seule : Talvas, assis sur la marche la plus basse de l'autel, les coudes sur les genoux et la tête dans les mains. Il semblait plongé dans des méditations très profondes et pas très plaisantes.

— Talvas ! s'écria Emmeline en entrant.

Lentement, il leva la tête vers elle. Vêtu avec une recherche extrême, il n'en était pas moins viril pour autant, et il était d'une beauté renversante, impression que renforçait encore son air éperdu. Après un moment de silence, il parla enfin.

— Que faites-vous ici ? Mathilde ne vous a-t-elle pas dit que vous étiez libre de partir ? Elle ne vous a pas délivré mon message ?

Il se leva. Il s'énervait.

— Je ne veux pas partir, Talvas ! lança Emmeline. Je veux rester, avec vous... avec toi.

La bouche encore ouverte, il se tut. Il semblait ne pas comprendre. Emmeline s'approcha pour s'asseoir à côté de lui. Lentement, il tourna la tête vers elle et murmura :

— J'ai commis une erreur, Emmeline, et j'en suis profondément désolé. Jamais je n'aurais dû te forcer à te marier avec moi. S'il est une femme, en ce monde, qui a le droit de choisir, c'est bien toi. Mais la possibilité de choisir t'a été enlevée par cet enfant. Notre enfant. Du moins, c'est ce que tu as cru, n'est-ce pas ?

Notre enfant... Il y avait tant de fierté, tant de douceur aussi, dans la façon dont il avait prononcé ces mots, qu'Emmeline se sentit le cœur enflammé d'amour pour lui.

— Et là, tu veux me donner ce choix..., dit-elle.

Emue, elle lui caressa la joue tandis qu'il hochait la tête.

— Oui, je te donne le choix et je respecterai ta décision.

Sur le ton d'une tendre remontrance, elle murmura :

— Même sans le bébé, tu as vraiment cru que je te quitterais ? Que je pourrais partir avec la volonté de ne plus jamais te revoir ? Après Giffard, j'ai pensé, c'est vrai, que je ne pourrais plus jamais avoir confiance en un homme ; il me semblait que les hommes n'étaient pas capables d'aimer, qu'ils ne pensaient qu'à assujettir les femmes pour en faire leurs domestiques, leurs esclaves. Or tu m'as prouvé que je me trompais. Avec toi, j'ai compris qu'un homme était capable d'aimer, vraiment.

Elle vit la joie rallumer le regard de Talvas. Puis il sourit. Elle lui rendit son sourire. Enhardi, il se rapprocha d'elle, l'enlaça au niveau de la taille. Il avait la gorge serrée par l'émotion quand il posa la question à laquelle il lui fallait une réponse pour être tout à fait rassuré :

— Alors, tu restes avec moi, ici, à Hawkeshayne ?

Coquette, elle voulut le faire languir un peu. Elle lui effleura les lèvres, du bout du doigt, en souriant mystérieusement. Il fronça les sourcils, l'inquiétude le reprenant.

— Réponds, la pressa-t-il d'une voix sourde.

Emmeline lui décocha son plus beau sourire et elle lança, d'une voix éclatante :

— Oui, Talvas. Je reste ici, avec toi, pour toujours !

Alors il partit d'un immense éclat de rire qui ricocha sur les voûtes de la petite chapelle. Il rit longtemps, bruyamment, comme un enfant heureux. Puis il prit Emmeline dans ses bras, il la serra contre lui et approcha ses lèvres pour lui donner le baiser qui scellerait leur pacte d'amour, le baiser qui les unirait pour l'éternité.

À paraître le 1er octobre 2010

UNE PASSION INAVOUABLE, de Sarah Elliott - n°489

Londres, 1822. Entrée comme gouvernante au service de William Stanton, comte de Lennox, afin d'éponger les dettes de son père, Isabelle Thomas croit avoir enfin trouvé un refuge. Mais très vite, les relations avec son maître, le ténébreux William, prennent un tour passionné : de confidences en baisers brûlants, le comte révèle un irrésistible tempérament. Subjuguée, incapable de revenir à la raison, Isabelle ne peut s'empêcher de s'interroger sur l'avenir de cette passion clandestine. Car aux yeux de tous, William est déjà destiné à une autre, une femme du même monde que lui..

UN SECRET SI BIEN GARDÉ, de Cheryl St John - n°490

Colorado, 1882. Afin de cacher le drame qui entoure la naissance de son fils, Mariah a toujours prétendu être mariée à un aventurier, parti très loin chercher de l'or. Or un jour, son petit garçon réclame le droit d'écrire à son père, et elle n'a d'autre choix que d'envoyer la lettre... en poste restante, en espérant que la missive se perdra. Seulement, quand un certain Wes Burrows, une bel inconnu au regard de braise, se présente à sa porte, elle comprend, atterrée, qu'elle a mal joué : c'est Wes qui a reçu la lettre « égarée », et bien qu'il ne soit pas le père, il est résolu à élever et éduquer l'enfant. Craignant que son secret ne soit découvert, Mariah, elle, n'y est pas du tout disposée...

UN ÉPOUX SUR MESURE, de Candace Camp - n°491

Angleterre, Régence. Un baiser fougueux échangé au cours d'une soirée : il n'en faut pas plus à lady Calandra Lilles pour se convaincre que le comte Richard Bromwell est le mari idéal. A la fois séduisant et anticonformiste, Richard est exactement l'homme qu'il lui faut pour échapper à son ultra-protecteur de frère. Une détonnante révélation vient cependant assombrir ses projets : Richard n'est autre que l'ennemi de son frère ! Est-ce à dire qu'il se sert d'elle pour régler ses comptes ? Calandra ose à peine y croire. Néanmoins, elle décide d'en avoir le cœur net en mettant Richard à l'épreuve...

LA COURTISANE D'ALIÉNOR, de Denise Lynn - n°492

Poitiers, 1171. William de Bronwyn ? Est-ce donc là l'époux que lui destine la reine ? Après tant d'années de loyauté, après avoir mis sa réputation et sa beauté au service d'Aliénor d'Aquitaine, voilà Sarah de Rémy fiancée à… un ancien esclave ! Comme si elle ne méritait pas un véritable seigneur, au lieu de ce hobereau de campagne. Certes, il a fière allure, il est même très bel homme. Mais à l'idée d'épouser cet arrogant qui n'est ni noble ni riche, la fière courtisane qu'elle est ne décolère pas. D'autant que son futur époux ne semble pas plus satisfait qu'elle, et ose la prendre de haut…

LE DÉSIR POUR MAÎTRE, de Blythe Gifford - n°493

Cambridge, 1387. Prise à son propre piège ! Depuis qu'elle est tombée sous le charme de Duncan, un séduisant et ténébreux professeur, Jane est en pleine confusion. Elle qui, en se déguisant en garçon, a réussi à déjouer l'interdiction faite aux filles de poursuivre des études, ne sait plus que faire ! Si elle dévoile son identité, elle pourra dire adieu à ses rêves d'instruction et d'indépendance ; mais si elle persiste dans son jeu, Duncan continuera de la traiter comme un gamin farouche, et non comme la femme qu'il a révélée en elle…

LE BAISER VOLÉ, de Carol Finch - n°494

Texas, 1870. Gabrielle Price n'en revient pas de son audace ! Surprise en pleine nuit dans la chambre d'un inconnu - qui l'a certainement prise pour une cambrioleuse -, elle n'a pas eu d'autre choix que de le faire taire… en l'embrassant ! S'il s'était mis à parler, ou pis, s'il l'avait jetée dehors, elle aurait été faite. Car son fiancé, qui se trouve juste derrière la porte, dans le couloir, l'aurait découverte et aurait compris qu'elle sait tout de ses virées nocturnes. Et alors, Gabrielle aurait raté sa seule chance d'annuler ce mariage dont elle n'a jamais voulu ! Seulement, la voilà maintenant devant un autre problème, et de taille : enhardi par leur baiser, son séduisant inconnu lui fait sentir qu'il pousserait bien le jeu beaucoup plus loin…

www.harlequin.fr

A paraître le 1er septembre

Best-Sellers n° 434 • suspense
Pour te retrouver - Heather Gudenkauf
Calli a été enlevée. Lorsqu'elle découvre que sa fille de sept ans a disparu, Antonia Clark s'effondre dans la chaleur étouffante de l'été. Qui lui a pris sa fille, ce petit être doux et rêveur qu'elle aime de tout son cœur et qui s'est étrangement enfermé dans le mutisme trois ans auparavant ? Elle a pourtant tout fait pour être la meilleure des mères, pour offrir, à Calli et à son frère, un foyer chaleureux. Et pour les protéger. Mais elle a sans doute commis des erreurs. De graves erreurs même. Désespérée, Antonia ne sait plus aujourd'hui à qui faire confiance. Doit-elle continuer à taire les lourds secrets qui pèsent sur sa famille, ou au contraire sortir de l'isolement et accepter l'aide que lui propose un ami d'enfance, le shérif adjoint Louis ?

Best-Sellers n°435 • suspense
Mortelle confidence - Heather Graham
Indigo. C'est le dernier mot prononcé par un inconnu qui s'effondre brutalement sur Jessy Sparhawk, en pleine nuit, un poignard planté dans le dos. A peine remise de ce choc, Jessy est assaillie par de terrifiantes visions de cet homme, animé d'un profond désir de vengeance. Cauchemars éveillés ? Divagations ? Et quel peut bien être le sens de cette confidence mortelle ? Terrorisée, Jessy se confie à Dillon Wolf, le détective en charge de l'enquête qui, immédiatement sensible à son récit, lui offre sa protection. Une protection bien utile car déjà, Jessy aperçoit l'ombre effrayante d'une nouvelle victime.

Best-Sellers n°436 • suspense
Dissimulation - Carla Neggers
Quand elle découvre que Norman Estabrook, l'un de ses amis, est en réalité un véritable traitre, Lizzie Rush, fille d'un célèbre agent secret, se retrouve face à un terrible dilemme. Car malgré ses réticences, elle ne peut passer sous silence le terrible secret qu'elle a découvert. Elle se résout donc à transmettre toutes les informations dont elle dispose au FBI, afin que Norman soit arrêté. Pourtant, en agissant ainsi, elle sait bien qu'elle se met en danger. D'autant que la police souhaite profiter de sa situation privilégiée auprès de Norman pour en apprendre davantage. Et c'est ainsi que bien malgré elle, Lizzie se désigne comme la cible de la vengeance de cet ex-ami.

Best-Sellers n°437 • thriller
Le cercle du mal - Karen Rose
Brisée lors de son adolescence par la mort violente de sa sœur jumelle, ainsi que par le suicide de leur mère, Alexandra Fallon n'a jamais voulu revenir à Dutton, sa ville natale. Mais l'horreur refait brusquement surface treize ans plus tard, lorsqu'un appel pressant émanant de sa ville natale lui demande de revenir au plus vite en Georgie : Hope, sa petite nièce de quatre ans, a été retrouvée enfermée dans un placard, en état de choc… Prête à tout pour venir en aide à Hope, mais aussi pour retrouver la mère de la fillette, Alexandra accepte de coopérer avec Daniel Vartanian, l'agent du FBI chargé de l'enquête. Mais à peine l'enquête a-t-elle commencé qu'une série de meurtres rappelant celui dont a été victime la sœur d'Alexandra vient de nouveau frapper la tranquille communauté de Dutton…

Une nouvelle enquête de l'agent Daniel Vartanian

Best-Sellers n°438 • roman
L'héritage des Selby - Lynne Wilding
Orpheline et enfant unique, Vanessa Forsythe a tout quitté pour suivre Bren Selby, un séduisant Australien qui incarne ce qui lui a toujours manqué. Car en l'épousant, c'est un clan qu'elle intègre. Un clan dont elle perpétue le nom en donnant naissance à un fils. Loin de Londres, la voici désormais maîtresse d'Amaroo Downs, un ranch perdu au milieu des terres inhospitalières de l'ouest australien. Mais les proches de Bren ne voient pas d'un bon œil l'arrivée de cette étrangère sur leurs terres. Avec courage, Vanessa s'en accommode. Jusqu'au jour où un scandale, surgi du passé, menace de détruire son bonheur si fragile. Se peut-il que l'héritage des Selby auquel elle croyait tant ne soit finalement qu'une chimère ?

Best-Sellers n°439 • thriller
Coupable innocence - Nora Roberts
A peine s'est-elle installée dans la maison que sa grand-mère lui a léguée à Innocence, Mississippi, que la célèbre violoniste Caroline Waverly découvre le cadavre d'une jeune femme sauvagement assassinée. Edda Lou a été torturée avant de mourir, et son corps porte la signature barbare du meurtrier : entailles, scarifications. Mais il y a pire encore : ce meurtre, le troisième commis dans la petite ville, est sans doute l'œuvre d'un habitant d'Innocence. Les soupçons se portent sur Tucker Longstreet, le dernier amant en date de la victime, qui avait eu une dispute avec elle juste avant sa mort. Caroline, elle, ne veut pas croire à la culpabilité de Tucker. Mieux même : le personnage la fascine.

Best-Sellers n°440 • historique
Le prince du scandale - Nicola Cornick
Pour sauver l'honneur de sa famille, Catherine Fenton a accepté d'épouser un scélérat, un félon qui soumet son père à un ignoble chantage afin de s'approprier son héritage. Un sacrifice auquel elle se résigne sans hésitation. Jusqu'au jour où elle rencontre le baron Benjamin Hawksmoor, un homme totalement infréquentable dont les liaisons sulfureuses et les dettes de jeu font jaser tout Londres. Subjuguée bien malgré elle par celui que tous surnomment le « prince du scandale », Catherine n'a d'autre choix que de lui résister. Mais Benjamin semble décidé à la conquérir et met tout en œuvre pour lui faire rompre sa promesse…

www.harlequin.fr

GRATUITS !

2 romans
et 2 cadeaux surprise !

Pour vous remercier de votre fidélité, nous vous offrons 2 merveilleux romans **Les Historiques** entièrement GRATUITS et 2 cadeaux surprise ! Bénéficiez également de tous les avantages du Service Lectrices :

- **Vos romans en avant-première**
- **Livraison à domicile**
- **5% de réduction**
- **Cadeaux gratuits**

En acceptant cette offre GRATUITE, vous n'avez aucune obligation d'achat et vous pouvez retourner les romans, frais de port à votre charge, sans rien nous devoir, ou annuler tout envoi futur, à tout moment. Complétez le bulletin et retournez-le nous rapidement !

☐ **OUI !** Envoyez-moi mes 2 romans Les Historiques et mes 2 cadeaux surprise gratuitement. Les frais de port me sont offerts. Sauf contrordre de ma part, j'accepte ensuite de recevoir chaque mois 3 livres Les Historiques inédits au prix exceptionnel de 5,65€ le volume (au lieu de 5,95€), auxquels viennent s'ajouter 2,80€ de participation aux frais de port. Dans tous les cas, je conserverai mes cadeaux.

N° d'abonnée (si vous en avez un) ⎵⎵⎵⎵⎵⎵⎵⎵⎵⎵   **HZ0F09**

Nom : .... Prénom : ....

Adresse : ....

CP : ⎵⎵⎵⎵⎵   Ville : ....

Téléphone : ⎵⎵⎵⎵⎵⎵⎵⎵⎵⎵

E-mail : ....

☐ Oui, je souhaite être tenue informée par e-mail de l'actualité des éditions Harlequin.
☐ Oui, je souhaite bénéficier par e-mail des offres promotionnelles des partenaires des éditions Harlequin.

Renvoyez cette page à : Service Lectrices Harlequin – BP 20008 – 59718 Lille Cedex 9

Date limite : **31 décembre 2010.** Vous recevrez votre colis environ 20 jours après réception de ce bon. Offre soumise à acceptation et réservée aux personnes majeures, résidant en France métropolitaine. Offre limitée à 2 collections par foyer. Prix susceptibles de modification en cours d'année. Conformément à la loi Informatique et libertés du 6 janvier 1978, vous disposez d'un droit d'accès et de rectification aux données personnelles vous concernant. Il vous suffit de nous écrire en nous indiquant vos nom, prénom et adresse à : Service Lectrices Harlequin - BP 20008 - 59718 LILLE Cedex 9. Harlequin® est une marque déposée du groupe Harlequin. Harlequin SA – 83/85, Bd Vincent Auriol – 75646 Paris cedex 13. SA au capital 1 120 000€ - R.C. Paris. Siret 31867159100069/APE5811Z

NEWSLETTER
www.harlequin.fr

Vous souhaitez être tenue
informée de toute l'actualité
des Éditions Harlequin ?

C'est très simple !

Inscrivez-vous
sur notre site internet.

Rendez-vous vite sur

www.harlequin.fr

GRATUITS !
2 ROMANS* et 2 CADEAUX surprise !

OUI ! Envoyez-moi mes **2 livres offerts*** de la collection que j'ai choisie et mes **2 cadeaux surprise gratuitement**.
Sauf contrordre de ma part, j'accepte ensuite de recevoir chaque mois les romans de la collection choisie, simplement en consultation.

* 1 roman pour les collections Jade, Mira et Audace - Pas de roman gratuit pour la collection Nocturne

COCHEZ la collection choisie et renvoyez cette page au Service Lectrices Harlequin – BP 20008 – 59718 Lille Cedex 9

- ❑ **AZUR** ....ZZ0F56........ 6 romans par mois 24,76€
- ❑ **HORIZON** ....OZ0F54........ 4 romans par mois 18,20€
- ❑ **AUDACE** ....UZ0F52........ 2 romans par mois 12,28€
- ❑ **BLANCHE** ....BZ0F53........ 3 volumes doubles par mois 20,32€
- ❑ **LES HISTORIQUES** ....HZ0F53........ 3 romans par mois 19,75€
- ❑ **BEST SELLERS** ......EZ0F53........ 3 romans par mois 22,18€
- ❑ **NOCTURNE** ....TZ0F52........ 2 romans par mois 12,12€
- ❑ **PRÉLUD'** ....AZ0F54........ 4 romans par mois 23,12€
- ❑ **PASSIONS** ....RZ0F53........3 volumes doubles par mois 20,77€
- ❑ **BLACK ROSE** ....IZ0F53........ 3 volumes doubles par mois 20,77€
- ❑ **MIRA** ....MZ0F52........ 2 romans par mois 26,56€
- ❑ **JADE** ....JZ0F52........ 2 romans par mois 26,56€

N° d'abonnée Harlequin (si vous en avez un) ☐☐☐☐☐☐☐☐

Mme ❑ Mlle ❑   Nom : _____

Prénom : _____ Adresse : _____

Code Postal : ☐☐☐☐☐   Ville : _____

Tél. : ☐☐☐☐☐☐☐☐☐☐

E-mail : _____

❑ Oui, je souhaite recevoir par e-mail les offres promotionnelles des éditions Harlequin
❑ Oui, je souhaite recevoir par e-mail les offres promotionnelles des partenaires des éditions Harlequin

Date limite : 30 novembre 2010. Vous recevrez votre colis environ 20 jours après réception de ce bon. Offre soumise à acceptation et réservée aux personnes majeures, résidant en France métropolitaine, dans la limite des stocks disponibles. Offre limitée à 2 collections par foyer. Prix susceptibles de modification en cours d'année. Conformément à la loi Informatique et libertés du 6 janvier 1978, vous disposez d'un droit d'accès et de rectification aux données personnelles vous concernant. Par notre intermédiaire, vous pouvez être amenée à recevoir des propositions d'autres entreprises. Si vous ne le souhaitez pas, il vous suffit de nous écrire en nous indiquant vos nom, prénom et adresse à : Service Lectrices Harlequin BP 20008 59718 LILLE Cedex 9. Harlequin® est une marque déposée du groupe Harlequin.